2022年潍坊市
重点文艺作品
扶持项目

潍水啸声

◎张瘦石 著

山東文藝出版社

图书在版编目（CIP）数据

潍水啸声 / 张瘦石著. -- 济南 : 山东文艺出版社, 2023.3

ISBN 978-7-5329-6739-1

Ⅰ. ①潍… Ⅱ. ①张… Ⅲ. ①长篇小说–中国–当代 Ⅳ. ①I247.5

中国版本图书馆 CIP 数据核字(2022)第 181655 号

潍水啸声

WEISHUI XIAOSHENG

张瘦石　著

主管单位　山东出版传媒股份有限公司
出版发行　山东文艺出版社
社　　址　山东省济南市英雄山路 189 号
邮　　编　250002
网　　址　www.sdwypress.com

读者服务　0531 – 82098776（总编室）
　　　　　　0531 – 82098775（市场营销部）
电子邮箱　sdwy@sdpress.com.cn

印　　刷　潍坊新天地印务有限公司
开　　本　710 毫米 × 1000 毫米　1/16
印　　张　21.5
字　　数　275 千
版　　权　2023 年 3 月第 1 版
印　　次　2023 年 3 月第 1 次印刷
书　　号　ISBN 978-7-5329-6739-1
定　　价　88.00 元

目　录

引 子

一九四八年春节刚过，国民党军队败象尽显，中国人民解放军不断从西北、东北、华北、中原等各大战场传来节节胜利的消息。

在峡山湖上游的潍水平原上，捷报频传，一片欢腾，大街小巷传播着被鲁中纵队解放的喜讯。

正当潍水两岸都浸沉在欢腾喜悦中时，华北平原东南部的海滨城市——青岛，却显得格外冷清和萧条。虽说还是大年初二，却丝毫没有节日的热闹气氛，只有干冷的西北风还是跟往常一样，不知疲倦地刮个不停。

浑浊的天空中，浮云沉沉，把昔日美丽的岛城从头至尾裹得严严实实，让人一时半会儿透不过气来，那些临街的残垣断壁和一根根电线杆上，"建设大东亚共荣圈"和"王道乐土"的残迹依稀可见，如今又被刷贴上一张张"精诚团结"和"剿灭共匪"等字迹的标语口号，在寒冷的朔风中抖动。

静寂的大街上，寒风料峭，凉意袭人。

正在这时，一阵刺耳的警笛突然划破上空，一队队荷枪实弹的士兵和身穿黑色制服的警察，伴随着长官的口令和咔咔的皮鞋声，从青岛警备司令部涌出，奔向城外五号炮台。

一路上三步一岗，五步一哨，不稀不密地一字排开，如临大敌一般，各段路口封锁戒严，给往日嘈杂的大街和广场增添了阴森恐怖的气息。

一辆乌黑锃亮的警车，从青岛警备司令部大门口缓缓开出，车上关押着原山东第三方面军第一集团军军长杨云龙。警车前面是三辆挎斗摩托车，摆成三角形阵势，鸣笛开道。警车后面是一辆六轮大卡车，载着几十个全副武装的执法人员，一个个如狼似虎，杀气腾腾。紧紧尾随其后的，是一部德国造的小轿车，车上坐着青岛警备司令官丁治磐，以及杨云龙的昔日宿敌曹克明、赵季勋和周毓英。

宽阔的大街冷冷清清，早已戒严。

警车居中呼啸着行驶，一会儿来到了五号炮台。

警车还未停稳，从车上跳下几名执法队员，分左右两侧排开，肃立警车后门两旁，大约过了十几分钟，警车后门才被人缓缓打开，接着从车上推下一位四十多岁的中年汉子，只见他——

两鬓稀疏添霜花，
手铐脚镣和锁枷。
背后插有亡命牌，
高出头皮有七拃。
个子不高脸黑瘦，
胡子未刮满腮茬。
面带微笑枭雄气，
抽筋扒皮算个啥？
来生又是一好汉，
咬牙切齿不跪下。

不须笔者详细介绍，大家也猜个八九不离十，此人便是杨云龙。

只见他被推下警车，揉了揉手腕，眨了几下眼睛，然后仰起头，警觉地朝四周巡视一番，嘴角习惯性地向右一咧，腮帮子上的肌肉也跟着微微抽动几下，蜡黄的脸上露出一丝苦笑。头发可能多日未梳洗打理，看上去有些蓬乱，步子也有些蹒跚，唯独那双机警贼刁的小眼睛，还是跟从前一样放射出凶狠的贼光，鄙视着这个对他来说并不陌生的处境。

如今他已不是从前叱咤风云的杨云龙，而是国人的公敌，民族的败类。其实，他心里很清楚，眼前自己是囚犯，是宿敌们的冤家对头，是猖狂一时的潍水枭雄，当然，也很了解此时自己的处境。在平常的日子里，自己不也是常常提起胜者王败者寇吗？那个时候也跟他们一样，曾经砍过无数人的脑袋，可眼前……他嘿嘿一笑后，脸上再无表情，强打着精神，伪装出一副无所畏惧的样子，拖着沉重的脚镣，一瘸一拐，如同戏台上唱大戏的老生似的，合着戏曲的调子，用沙哑的嗓子唱起："二十年之后，又是一条好汉……"只听到嘴里发出的声音嗡嗡呀呀，好像含着一口沙子似的，起初还能听清一些戏曲的台词，后来也听不清到底唱了些什么。

执法队长实在看不下去了，走上前大声勒令他跪下，而杨云龙就是立而不跪，仍站在车头前破口大骂国民党丧尽天良、秋后算账、卸磨杀驴之类的狂语。

一个监押的士兵看不过眼，忽然跑上去，对着杨云龙的腮脸狠狠抽了几个耳光，疼得他龇牙咧嘴但还是乱咬乱撞，大声嚷嚷："上跪天，下跪地，老子跪过爹娘与祖宗，妈了个巴子，其他人我跪过谁？"

亡命牌高高地竖起来被麻绳牢牢地绑在他的脊背上，牌子正面好像还糊着一层薄薄的白纸，纸面上用毛笔写了"杨云龙"三个草书大字，两道朱砂红的叉号清晰地勾画在犯人名字上，远远望去十分醒目。

这时从后面上来两名执法人员，架起他的胳膊，粗鲁地押着他朝五号炮台走去。

第一章

故事发生在一九三八年秋天，王林肯从潍水平原上率部下奔赴沂蒙山区，被山东纵队首长黎玉编为八路军第九支队，随后王被任命为该支队司令员。

不久，某些省委领导受“左倾”思想影响，认为王是一个旧官吏出身的人，让他掌握武装力量不合适，借部队整编之名将九支队并入八支队，随之将其免职，调至山东纵队总部闲居，因王司令员未被分配具体工作遂辞行，回到峡山湖上游的潍水平原一带，在敌后继续做地方抗日救国工作。

潍水平原上的隆冬是雄性的，寒风像一个可怕的幽灵，呼啸着，怒吼着，游荡在田间地头，房前屋后，大街小巷，潍水两岸，崖头深处，树林空隙……霎时间，尘土飞扬，雪霜阵阵。

大地再也顶不住凛冽的寒风，脊背冻裂，伤痕累累。水边的老柳，早已没有往日的翠色，一棵棵乱扭着身子，斜躺或者横卧在潍水岸边，干干巴巴，从头至尾没有一丝鲜亮。

远处弯弯曲曲的潍水冰面上，时而传来冰裂的脆响，那声音十分恐怖，令人胆寒，使人战战发抖。

在峡山湖上游的潍水平原上，有条胡同叫“张氏胡同”。

那时胡同里有个不成文的规定，平日里都把“氏”用在女性身上，如张氏、李氏、王氏等，后来村里人觉得这样叫胡同不科学，既不能体现出男丁，又不能体现出一个家庭的夫姓，因此原上的人大多数称胡同为“张家胡同”。

从村后“善人桥”算起至村前路口，张家胡同全长三百多米，宽约两米，但是到了大柳树底向南至湾前路口，路面逐渐增宽至三米多。整条胡同里土石路面，青砖泥墙（榆树林子是土墙），房子高矮不等，错落有致，多数民房是石头青砖和土墙，但也有青砖灰瓦古色古香的那种高大院落。房子的高矮与砌砖层数多少，彰显着一个家庭富裕的程度，砖层数越多，说明家庭越富裕，反之，砖的层数越少，说明家庭越贫穷。

张家胡同始建于何年何月？

听老人讲，胡同里的张姓为云南张，是张挥的后裔，这胡同始建于明朝洪武年间，因张家先祖犯上，从内地发配至云南，后为了保存香火，兄弟六人中三位偷偷北迁，至河南安阳一带留下一位，另外二人为张刚、张业，兄弟俩又继续北迁，最后来到潍水平原上落脚，繁衍生息，逐渐建立起张家胡同。也有人说胡同始建于清朝时期，因为公元一八六二年八月十五日，捻军梁王率众第二次从高密经过村中小住，后去景芝安丘等地作战，曾国藩的部将刘铭传（外号刘二麻子）率清兵追杀至此，并在胡同里干过一仗，死者都掩埋在村西乱坟岗子上。也许这些话是真的，屋后榆树林子的残墙断壁上，至今还残留着战争隐隐约约的痕迹，胡同北端的“善人桥”也被战事所毁。

咸丰十一年（公元一八六一年），毛子兵从安丘景芝一带至高密、平度、烟台等地作战，也曾路过此村，传说也是从张家胡同走的，但第一次路过村中未有杀戮。

民国时期，四老爷是张家胡同里唯一走出去的人，也是最有出息的人。

那时候，他告别家人，拿着黑师傅给写好的介绍信，与前屯革命党去了西山里，背着家人偷偷参加了抗日九支队，后来又从鲁中军区根据地随大队长丁耀祖一起回到了地方，利用王司令员和丁队长的关系，悄悄打入地方军阀杨云龙内部，从而亲眼目睹了杨部的兴衰过程。

在胶东半岛上，杨云龙是一个富有传奇性的人物，也是一个有争议的人物，他当过土匪，杀过人，放过火，抢夺过地盘，掳掠过钱粮，可以说在胶东做了不少坏事，但自他当了地方军阀之后，又为地方除恶铲霸，办过教育，保护商旅……当然，也可能是为了自身利益。

在回来的路上，王林肯和丁队长边走边谈，向四老爷一行人详细介绍了杨云龙的一些具体情况。

王司令员是当地的老同盟会会员，跟胡同里“黑师傅”为同一时期人。九支队整编后，经陈毅介绍他加入了中国共产党，因王司令员是杨云龙的救命恩人，队长丁耀祖又是杨的表叔，组织上利用这两层特殊关系，派四老爷和他们一起回到地方做策反工作，具体任务由王林肯和丁队长牵头，杨的思想工作主要由王司令员去做，地方党组织工作具体由队长丁耀祖负责，四老爷主要负责内部联系及宣传工作。

据四老爷后来回忆：地委梁专员当时给他们的主要任务是稳住杨云龙内部，联系并建立地方党组织，待时机成熟再去做杨的思想工作，减轻杨部人马对根据地的压力；二是寻找时机瓦解、策反杨部人马，让他调转枪口，进行国共合作，统一抗击日寇；三是打通根据地通往胶东的要道，尽快从青岛地下党组织手中，为部队搞到一些外伤药品，送往 115 师与鲁中军区等沂蒙山抗日根据地。

实践证明，山东纵队领导的决策是正确的，虽说杨部的策反工作没能成功，但杨云龙把王林肯奉为座上宾，为沂蒙山抗日根据地通往胶东开辟了一条主要的交通要道，根据地的青年干部去胶东培训学习，首长们去胶东开会，地下党组织从青岛搞到的急需药品等都是通过这条交通线周转。

胡同里的私塾先生名叫张继彦，南营村人，当地名师。清末参加县试取得童生资格。一八八七年又参加府试，之后多次院试未中，最终取得生员（也称秀才）身份。

民国初期，南营村与南张洛合办的第一家村塾馆，就是老秀才张继彦一手创办的，学屋住址设在南营村张家胡同里，也就是现在的大水沟和“善人桥”南边，后由老秀才弟子郭祝廷，在南张洛村西大槐树底寺庙里创办了郭家私塾。不久后，郭辞去老师身份，摇身一变成为山东省高密县七区区长（后为二师师长），创办了南张洛第一所学堂，又名“南张洛学堂”，地点仍然设在村西大槐树底的寺庙里。

一天下午，私塾里的老先生家中有事须早早回去，临行前他再三嘱咐弟子杨云龙在学堂里好好习文练字。

老先生走后不久，村东头大街上突然传来几声枪响，接着就听到有人的跑步声。

杨云龙起身刚欲敞门，咣当一声，门被撞开，从外边跑进一人，不问青红皂白拽起他的手腕撒腿就往外跑。

杨云龙被来人拽出门外，定睛一看，原来是爹爹杨敬业，心里好生纳闷，本想停下来问问咋回事，无奈爹爹拽着自己不肯松手，也不答话，一个劲顺着门前小胡同往西奔跑。爷俩一口气跑出半里多地，来到村西一块秫秫地，也没考虑周围是啥情况，猫起腰一头钻进去，地里横七竖八的高粱棵子，被脚脖子绊得脆响，爷俩哪顾得这些，踩着秫秫秸秆，绊绊磕磕，一会儿来到地中间，一看母亲李氏早已在此等候。

叭叭叭，砰砰砰。

这时从村东南角又传来一阵密集的枪声，随后就听到鸡飞、狗叫、人嚷声。

东南方向是上沟村，村里为何传出枪响，杨敬业又为何把妻儿藏在秫秫地里呢？这还得从杨云龙表叔丁耀祖说起。丁耀祖是丁家沙窝人，跟杨云龙的母亲是姑家表姊妹，因其父在外地经商，把家迁至外地居住后，亲戚之间几乎不走动了，待丁公子长大成人学有所成之后，被九支队王司令推荐入党，后从县大队抽调下来去做地方党组织工作，并被王司令保举当上了清萍乡的乡长。

为了今后更好地开展组织工作，他又把老爷子和家人一起接回老家，住在清萍乡丁家大院内。

表面上看，他是乡长，暗地里可是党组织地方负责人，为了更好地掩护地下组织工作，平时一切社会活动，一般都在丁家大院召开。特殊时期，也会在潍水东岸王寿山家，但绝不会明目张胆地在乡公所里活动。

丁耀祖为人和善清廉，正直无私，这在民国时期，必然会遭到敌特和国民党地方顽匪的猜忌，一些地方势利小人也乘机兴风作浪，无端地嫉妒、诬陷和攻击。幸亏在此期间，取得了九支队王林肯司令员支持，后来又结识了一位莒南好友，匪首徐小乾的二叔徐大头，在徐大头的鼎力协助下，清萍乡地下党组织，才得以在当地站稳脚跟。

高密南乡有一名匪首叫吴振一，手下有百八十条枪，早已对清萍乡这块肥肉垂涎不已。

一天夜里他亲自率本部人马悄悄包围了乡公所，从乡上抓走公差三人，威逼利诱让他们捐钱交粮，三人以乡长不在为由，予以拒绝。吴振一大怒，命匪兵拳打脚踢，严刑拷打，最后还动用了烙刑。王宝贵见实在瞒不过吴匪，觉得不如先稳住他再说，然后回去报告乡长……想到这里，他斗胆实话实说，当面泄露了乡长丁耀祖在家养病的信息。

吴振一一听，觉得宝贵实在，说话也在理，看着也憨厚，不像前边那两人一根筋走到黑，因为吴匪平时最恨两种人：一种是铁鸭式的嘴硬，另一种是心术不正又不敢讲实话的人。为了给丁耀祖来一个下马威，他头脑一热，当夜把那两个嘴硬的人给活埋了，只留下王宝贵一个活口，让他回去给丁耀祖报信，让他把欠下的钱粮备齐，后天傍晚之前交上，若再凑不齐，隔天带着大队人马血洗丁家大院，杀个鸡犬不留。

随后率领众匪把今天抢来的猪、牛、羊以及粮钱衣物一同运回了老巢。

丁耀祖这几天得了风寒，正在家养病，忽听大门外传来一阵咣当咣当的踹门声，一会儿门被家人打开，接着放进一人，家人急急忙忙从外面闯进来。丁乡长躺在火炕上正要动怒，忽见乡上的公差王宝贵跟着走进来，扑通一声跪倒在地。

“丁乡长，大事不好了，你赶快逃难去吧！”

丁耀祖一听有点发蒙,他很了解王宝贵,一个老实巴交从不多言多语的庄户汉子,办事也比较稳重,可就是胆小怕事,就是掉下树叶子怕打破头那种人,眼前这是怎么了?他向家人使了一个眼色,等他们都退下去后说:“宝贵你先别哭,有啥事慢慢讲给我听。”

跪在地上的王宝贵这才止住泣声,哽咽着把事情的来龙去脉,从头至尾详细地讲了一遍。

丁耀祖一听,吓得脸色蜡黄,半天没喘过气来。

怔了一会儿,他才慢慢说道:“宝贵,快,快把家人都喊过来,咱们合计一下。”

“好!”

宝贵答应着正要拔腿往外走,忽听丁耀祖在背后又喊:“慢!你先回去找个嫡系人把吴振一那贼稳住,千万别让他们再胡来,然后把老爷子请来,我有要事与之相商。”

宝贵应着走了出去。

院子里一片漆黑。

远处的大街上,偶尔还传来一两声狗叫,打破了宁静的夜空。

客厅里丁耀祖来回踱着方步,思考如何应对这场灾难:去找徐大头让徐小乾发兵?不行!路远晚上又不好走,可眼前也没有人选啊!找谁去呢?到区上找武工队吧,也不行!这几天都忙着去西山里根据地送粮,再说自己收上来的公粮至今还藏在自家后院子里,在这个节骨眼上,可千万不能让吴匪抢走啊!找九支队王司令员吧,更不行!目前九支队和八支队的战士,正在山里跟厉文礼开拉锯战。

他越想越着急,越着急就越想,看来搬兵这条路已行不通了,他望着蜡烛上下跳动的火焰……要不组织联庄会员跟吴匪干一场,可黑灯瞎火找谁去报信呢?而且万一打不过,连累了无辜的百姓不说,刚刚才建立起来的党组织……不容易啊!这时他眼前浮现了一个可怕的场面:妇幼一个个相继倒在血泊中,剩下的人一个个被活埋……

“不不不，决不能把灾难转嫁到百姓头上！”

丁耀祖一边自言自语，一边来回踱步思索。

一阵风从窗外吹进来，丁耀祖赶忙用手遮住燃烧的蜡烛，走过去重新关好窗子，蜡烛上的火焰跟鬼火似的，在灯台上扭着身子，上下跳跃，拼命摇曳，偶尔还发出噼噼啪啪的声音。

正在这时，屋外忽然传来一阵咳嗽声。

他扭头一看，见老爷子从外面走了进来，宝贵紧跟在腚后，转身忙把房门轻轻闭上。

丁耀祖见老爷子来了，急忙起身迎上去，双手搀扶着老人坐下，然后把宝贵说的，重新对老人叙述了一遍。

老爷子听后沉默不语，思索许久之后，才对儿子道：“那吴匪是冲你这个乡长来的，无非还是捐钱捐粮，抓丁要人，你千万不可祸及百姓啊！”

丁耀祖听后，轻轻点了点头，随手递给老人一杯茶水，问道：“那咱们眼前可咋办呢？”

“走！”

“走？”丁耀祖用怀疑的口气问。

“对，走！”

老人点点头，见丁耀祖还未明白过来，接着又补充了一句：“三十六计，走为上计。”

“那咱家这么多人如何走得了？”

他心里似乎有些难言之隐，脸憋得通红，嘴刚欲张开，接着又闭上，用手指了指后边的院子。

“后院里还有刚刚收上来的军粮啊！”

“还有粮食？”

“嗯！”丁耀祖点了点头。

“嗯，也好办，这样吧……”说到这里，老爷子加重了语气，“你速速去找车找人，把院子里的人手全部召集起来，火速装粮，今晚就把粮食运走，一粒也不能给吴匪留下……”

丁耀祖急忙转身欲走。

“慢着！”老爷子又把他叫住，“今晚上的粮车你一定亲自护送至西山里，一来好避开吴匪，二来保护好路上的粮食。”

“那剩下的公粮呢？”

“装好袋子找隐蔽的地方就地掩埋！”

“那您和家人呢？”

“这个不需你操心，家里还有我呢！”他看了一眼儿子，又低声说答，“我自有办法！”

“可这……这么多人我不放心呀！”

“这你就不懂了，那吴匪以前背靠着国民党，是地地道道的反共顽匪，这次来清萍乡与上次不同，上次是抢劫，这次是催粮，你不是至今还欠着粮款吗？他是冲你来的，只要你把粮食运出去，到西山里暂避一阵子，待众匪撤走平静下来，就可回家。其他的人好说，可以到附近亲戚家或者朋友家暂时躲避一阵子，时间长不了，吴匪人马都是外地人，他们根本耗不起，我就不信他不怕咱们去搬救兵？依我之见，不需数日你便可回家。”

老爷子这一席话，丁耀祖觉得言之有理，当晚就把粮食运了出去，余下的粮食全部装布袋，掩埋在屋后树林子里，然后全家人投亲告友连夜逃难去了。

吴振一在内线引导下，于拂晓之时，率大队人马直奔丁耀祖家而来，不问青红皂白，上去忽一下把丁家宅院团团围住，四周撒下人马围而不攻。待天明时命人上前通报，当得知丁家无人回应，勃然大怒，策马上前，见丁家大门紧闭，无人进出。傲慢的吴振一根本没把丁家人放在眼里，直接策马奔至院墙下，想探听院子里的虚实，就在这时候，砰的一声枪响，接着院墙上腾起一团青烟。

吴振一骑在马上根本没防备，只觉得脑袋嗡一下，“啊呀”一声从马上一头栽下来。那枣红马一时受到惊吓，咆哮着，叫个不停，随后脱缰向远处跑去。

吴匪坠入马下顿时失去知觉，待苏醒过来时，只觉得脸上疼痛难忍，前胸衣衫与肉体粘在一起，跟血人似的，左眼失明，啥也看不见了。

众匪兵吓得不敢近前，吴振一躺在地上大吼一声："闪开！快闪开！"

他强忍着剧烈疼痛，一骨碌从地上爬起来，继续指挥众匪攻入院内，把放枪的王宝贵活活扎死在墙旮旯里，又把尸首从墙上扔下。

随后，吴匪把一座空荡荡的丁家院子，一把火烧了个精光，尔后，又下令四处搜捕丁氏族人，想赶尽杀绝，来个斩草除根。

丁家人皆走，为何王宝贵单独留下？那咱还得从丁耀祖走后说起。

丁耀祖押着粮车去了西山里抗日根据地，丁家人在丁老爷子的指挥下，分批转移至亲戚朋友家避难。临到最后，老爷子在王宝贵及家人的护送下，来到尚庄一户姓王的亲戚家躲避。谁曾想老爷子走得急，一时疏忽，把一个贵重的楠木箱子遗忘在家中，便命宝贵带着两个家人回去取。那王宝贵为人忠厚实在，一听老爷子的楠木箱子遗留家中自然就应许，带着两个家人飞奔回家，等把箱子捧在手上，宅院四周已被众匪围困，他只好让家人抱着箱子先走，自己给他们掩护。当他爬上围子墙吸引敌人注意力时，恰好撞见吴振一策马来到围子墙根下，想探听院子里的虚实。宝贵一看来者正是匪首吴振一，见到仇人格外眼红，又想起自己当初所受的皮肉之苦，管子里的血液直往脑门子上撞，头脑一热骤然变得膨胀起来，身体内其他血管子也跟着蹦跳……平时胆小怕事的宝贵，这时候变得像一头雄狮，家仇国恨齐来，怒火中烧，他偷偷地把看家护院的抬杆子枪移过来，对准吴振一的脑袋用力一扣扳机，只听砰一声枪响。

吴匪可真算命大，马脑袋和自己的护身衣挡住了散沙弹，再说围子墙也高，抬杆子枪射程有限，故只伤其左眼，后来吴振一率众匪攻打落马口时，左眼完全瞎了。

吴振一吃到苦头，一心想赶尽杀绝，曾多次派匪徒四处搜捕丁氏族人和他们的亲戚，只要发现跟丁家沾亲带故的，吴匪统统都不放过，以此来解心头之恨。早有好心人密报杨敬业，这才引出小杨云龙全家躲在秫秫地的隐情，刚才那阵枪声就是从上家沟传出的。

残阳西斜，余晖未尽。

田野里飘着轻纱似的暮霭，淡淡的，一缕一缕的，缠绕着田野、树林、村庄，以及潍水两岸。

这时候，远处传来咕哒咕哒的声响，原来，村里有人开始拉风箱做饭了。杨敬业这才仰起头，踮起脚尖，伸长脖子，朝四周望了望，又侧着耳朵向四周听了听，确定身边没有任何危险了，才带领一家老小惊战战地走回来。

院子里乱七八糟，破烂不堪，一片凄凉。

咱们前边提过，胡同里的私塾先生张继彦人送绰号"黑师傅"。民国初期，在胡同里创办村塾（胡同里的人称学屋），一个人教授《三字经》《百家姓》《千字文》《日用杂字》。中期他也教《论语》《大学》《中庸》《古文观止》和"五经"。

他不仅知识渊博，教学严谨，又会写一手好字，特别是毛笔小楷，方圆百里皆有名气。

最初，学屋设在张家胡同北端路东，与北大沟的善人桥相接，后失于战火，又挪到南张洛村前的王家祠堂（俑屋）。一九七四年因八一三一场洪水，墙倒屋塌，学堂只剩下屋基和墙碴子。

过去村里的孩子都是背死书，不像现在的孩子一会儿学数学，一会儿学地理，一会儿又学语文，那个时候都是国学，先生让孩子们把整篇课文背下来，然后再讲解课文内容与做人道理。

老秀才授课时特别严厉，弟子背不过书都是按等级惩戒，一篇课文背不下来罚跪，两篇课文背不下来就拧耳朵，三篇课文背不下来就打手板。有的孩童由于背诵不过书，中午吃不上饭是司空见惯的事情。

老秀才一生爱好烟叶，晴天的时候，他把东北上好的烟叶拿出来，放在盛着烟叶的笸箩里，待烟叶被强烈的阳光晒差不多了，就让弟子们把烟叶用手搓碎。

那时的孩子们都小，不懂事，搓烟叶时一个个被烟叶呛得龇牙咧嘴，眼角里都流着泪。

老秀才的烟袋也很有特色，长长烟袋杆子中间，用黑绳系着一个油黑发亮的烟包子，那烟包子上还绣着两朵红色小荷花，叶是绿色的，你不上眼看还真看不出，因为烟包子油渍太多，几乎把整个绿叶盖住，里面装满了用手搓好的上等烟叶。长长的烟袋杆子，一端镶嵌白中带绿的玉石烟嘴，另一端则连着一个用黄铜铸成的烟锅子，时间太久了，烟锅子被磨得铮亮放光。

先生不讲课时把玉石烟嘴悠闲地含在嘴里，用前门四颗黄牙紧紧咬住，嘴角边偶尔还有一丝微微抽动，待把抽完的黄铜烟锅在鞋底下轻轻叩响，磕掉烟锅中烧透的烟灰，片刻之后，又拿烟锅在烟包子里装上烟，用打火石擦燃秫秫秸穰，见穰子冒出火焰红头，在烟锅里点上火，猛吸一口，享受地从鼻孔里冒出缕缕白烟，嘴角这时就会发出兹啦兹啦的响声，随着黄铜烟袋锅子慢慢响起来，他才吧嗒吧嗒使劲抽。上下嘴唇，一张一合，很有节奏，也很有规律，伴随烟叶在烟锅里发出的燃烧声，这时候你就会发现他不光鼻孔里冒出缕缕白烟，嘴里也含着一团团白烟，随着嘴唇一张一合，满屋里都能闻到浓浓的烟香。

特别是下午，等抽完烟叶后，黄铜烟锅子还一个劲儿作响，他就用烟袋锅子轻轻敲打那些背不过书的学童。平日里那些背书不过关的调皮捣蛋鬼，贪玩的，懒惰的……头顶被敲起一两个大疙瘩是常有的事。因此学童中有些好事者，见他抽烟抽得脸色透黑，背后给起了一个“很好听”的名字——黑师傅。

前边咱说过，民国时期的黑师傅是当地名师，传说东到高密以西，西到安丘以东，南到诸城王家巴山，北到昌邑丈岭一带，都有他教过的弟子。在众多弟子中，最有名气的为梁自然（蒋介石在重庆时的二等秘书，后去了台湾）、郭祝廷（高密七区区长、二师师长，后任杨云龙部副军长）、曹克明（电视剧《红高粱》中余占鳌的人物原型）等人。

黑师傅本身就年老体衰，经吴振一这样一折腾，回家之后连惊带吓，久卧病榻，不久就一命呜呼！

自此之后，学堂再也无人问津，村里那些有钱人家的孩子，被父母送至外乡继续求学，而村里那些没钱人家的孩子则流浪街头，又过起从前那种打打杀杀的日子，杨云龙就属后一种。

自表叔丁耀祖去了西山里根据地，至今杳无音信，杨云龙家中时常断钱缺粮，父母哪有能力供孩子上学，于是小云龙就辍学了。

辍学后的杨云龙整天跟社会上杂七杂八的人鬼混，什么王天和呀，天海呀，张顺呀……近朱者赤，近墨者黑，渐渐地养了一身坏毛病。

就这样闲逛荡着，一晃五年过去了。

十七岁的杨云龙已是大小伙子了，这几年别的没学会，吃喝嫖赌却样样在行。有一次，他在本村王痞子家掷骰子，输红了眼把身上穿的小棉袄扒下来，抵押上继续豪赌，最后还是输掉了，没法子只好光着身子跑回家。

母亲见他整天不务正业，就凑了点钱让他干他爹的老本行，在村里开了一个火烧铺，没过多久，连火烧担子也输了进去，到最后还欠下一腚饥荒。

这天晚上他又赌输了，耷拉着吊丧脸从王痞子家走出来，虽说已是掌灯时分，可大街上不见行人的影子，只有远处忽明忽暗的灯光，隐隐约约地从农户的窗口透出来。

大街上风和沙尘扭成一团，把光秃秃的树干摇得嘎吱作响。可能怕风沙迷眼，也可能输了钱心里憋屈，杨云龙双手环抱肩膀，低着头，在死气沉沉的大街上疾走，一会儿他来到大街尽头，向左一拐，溜进一条胡同里眨眼不见了。

天渐渐昏暗，户户关门熄灯。

夜里从梁王台刮来的寒风已不再像刚才那么疯狂，也不像白天那么妖冶，只是不知疲倦地刮着，偶尔还把零星的雪花刮得在空中乱飞乱舞。

胡同里的风早已停息，清冷的月亮慢慢爬上云端，黑云如同天上的夜行人，穿梭于胡同的上空。月光最后还是从穿梭的云层中走出来，均匀地洒在大地上，胡同里的一切开始显现，地面上的鹅卵石和墙体的影子，一点一点地裸露出来。

大街上死气沉沉。

杨云龙心里有些慌乱，或者也有些恐惧，刚刚走出几步接着又停了下来，扭头看看身后，又警觉地环视一下四周，觉得身后没什么人跟踪，这才加快了脚步。

正走着，一只毛茸茸的大手突然在他肩膀上猛拍一下，杨云龙心里一颤，脑袋嗡一下立即停住脚步，头顶上的毛发顿时竖起来，小腿肚子也跟着打哆嗦，后脊沟顿时吓出一身冷汗。

他稍稍镇静一下，装作若无其事的样子，压低嗓门不动声色地问："谁？"

"我！"

听答话声音，是一个粗声粗气的壮汉。

杨云龙一听，觉得有些熟悉，似在哪里见过，或者在哪里听过，可一时又想不起来，于是慢慢转过身子，见壮汉离自己六七米远，一身夜行衣，双手抱肩背对着自己，他心里好生纳闷。

"你是？"

那黑影没有直接答话，只是用鼻子轻轻哼了一声，站在原地一动不动，片刻之后，才从牙缝里挤出一句："我是谁并不重要。"

杨云龙朝那黑影微微摇摇头："我不认识你！"

"你会认识的！"

"那你是谁？"

"我说过，我就是我！"壮汉故意停顿了一下，见杨云龙还是未反应过来，又补充了一句，"你睁开眼看看我到底是谁。"

那壮汉慢慢转过身来，生怕他看不清楚，主动向前迈了两步。

杨云龙用手背轻轻揉了揉眼睛，借着清幽的月光，把眼睛睁得大大的，仔细打量着眼前的这个男人，呵！只见他——

紫色脸庞像猪肝，
蒜头鼻子蛤蟆眼。
虎背熊腰身体壮，
面带笑容赛貂蝉。
劫道绑票是张顺，
人送外号狠心肝。

原来是本村大名鼎鼎的张顺张二爷，杨云龙赶忙上前弯腰施礼。

“哎哟，原来是二爷。”

“这下看清了？”

“看清了！看清了！”他一个劲儿点头，嘴里还不停嘟囔，“二爷的威名全村人哪个不知，谁家不晓？只不过小的刚才眼拙没认出来。二爷找小的啥事？”

“没啥事！”

“没啥事我走了。”他迈出几步去。

“慢！”二爷把手一挥，走到杨云龙跟前，仔细打量了他一番，然后抬起头警觉地朝四周巡视了一下，见没啥动静这才回过头来问道，“怎么脸色不大好看？”

杨云龙一听，心里有些不太高兴，心想你这是揭我的伤疤。于是长叹一口气，阴阳怪气地说：“唉！不瞒二爷您笑话，小的今天运气不佳，又赔上这个数。”说着他伸出三根手指头。

“三十块？”

“哎哟，我的好二爷，你在诅咒我，小的到哪里弄三十块大洋？”他怕二爷不相信，于是又强调，“不是三十，是三块。”

“我认为三十呢！”

“您别拿我开涮好不好？”

“不是开涮，嘿嘿，小意思！”

“啥？”张杨云龙有些吃惊，“您说啥小意思？”

二爷冲他点了点头。

杨云龙心里一怔，面露难色，苦笑着道：“按说三块钱不算什么，可分对谁来说，若是放在二爷您身上，不过是小事一桩，可要放在我身上，唉！不瞒您说，现如今我已是身无半文，到现在还未吃上一口热饭呢！”

“不就是缺点钱吗？”二爷轻松地说，“我手里还有十几块，你先拿去花。”说着从口袋里摸出十几块光洋塞进杨云龙手里。

“这……这怎么能行呢？”

“小钱，你手头紧先花着，等有了钱再还我不迟。”

“嘿嘿，二爷就是二爷，够义气！”

杨云龙此时有点受宠若惊，身体不由得忸怩起来，就连双手也不知放哪里好，忽然，他扑通一声跪在地上，冲着张顺连磕了三个响头。

“二爷，您的大恩大德小的一辈子不会忘记。”

二爷走上前，把他从地上拉起来：“净说傻话，不就是十几块钱嘛！”

杨云龙冲他一抱拳：“多谢二爷，小的真的感激不尽，以后若有用着我的地方，您尽管吩咐好了。”

“你看你说哪里话，乡里乡亲的，咱们可都是一家人啊！今后可不能胳膊肘老往外拐。”

“二爷您说哪里话，我能胳膊肘子往外拐吗？”

张顺对着他哈哈一笑：“哎！这就对了。”笑过之后，他又一本正经道，“从今天开始，咱们一家人不说两家话，你的钱就是我的钱，我的钱就是你的钱，今后你若是急着用钱，背后悄悄对俺老张说一声就中。”

他说着瞅了一下四周，见天色不早了：“好啦！我不多说了，时间也不早了，今天晚上我还有活要干，明天见面再唠吧！”说完急匆匆朝远处走去。

杨云龙把钱攥在手里，用手指轻轻捏着慢慢地数起来，数完还不大放心，又在手心里一个一个慢慢地数着……待数完后，捏出其中一枚，用手指轻轻地弹了一下，发出了迷人的声音，再放入手心，从头至尾用手指细细又捏了一遍，这才心满意足地装进自己的口袋，怕路上漏掉，还把口袋用力往腰上掖了掖，高兴地咧着大嘴哼起小曲顺着胡同往北走。

送郎送到北岭上，
俺送郎君花炮仗。
你走一里放一个，
你走二里放一双。
你走远了看不见，
妹妹俺听爆仗响。
……

第二天傍黑，张顺来到杨云龙家门口轻轻吆喝："云龙在家吗？"

正在屋内吃饭的杨云龙，忽听有人在外面喊自己的名字，于是就放下饭碗跑出来："哟，是二爷，有啥事快进屋说吧！"

"不进屋了，我还没吃饭呢！"

他停了一会儿，向四周瞅了一眼，才贴近杨云龙耳朵，小声咕哝了几句，然后就匆匆离去。

张顺张二爷是庙村有名的村霸，自小游手好闲、无恶不作，平时专门干劫道绑票的营生，村人心里都揣着一杆秤，就是敢怒不敢言。

俗话说：近朱者赤，近墨者黑。杨云龙跟着这样的人能学好吗？

杨敬业两口子看在眼里急在心里，苦口婆心地劝了一大筐，儿子就是听不进去，这才是鱼找鱼，虾找虾，王八找个鳖亲家。

杨云龙放下碗筷来到张二爷家一看，他的狐朋狗友王天和早在屋里等候多时，见杨云龙走进屋内，站起来笑道："哟，来了！"

杨云龙见他站起来跟自己搭话，便点点头，然后笑着问道："二爷今晚上找我有啥事？"

王天和瞟了他一眼，只笑不答。

张顺这时从外边走进来，见杨云龙站在炕前发愣，笑着道："是这么一回事，"说着他回头看王天和一眼，"你对他说了吗？"

王天和回头看了看杨云龙，又扭头看了看张顺，还是笑着摇了摇头，没答话。

"是这么回事，今天夜里，咱们三个去东庄子吃大户。"

"吃大户，"杨云龙一怔，有点蒙，"吃什么大户？"

"哎哟，你怎么揣着明白装糊涂?吃大户说白了就是去绑票。"王天和这时候有点不耐烦，于是就站起来对他实话实说，"看着你还像个明白人似的。"

"绑票？"

张顺点点头："对，就是绑票！"

"这……这可是犯王法啊！"

张顺见他黏黏糊糊还在犹犹豫豫，便把老脸黑下来："什么王法不王法，老子说的话就是法。现如今，睁开眼看看，那些当官的，有钱有势的，整天捐粮捐钱净糟蹋庄户人，而他们却一个个花天酒地吃喝嫖赌，你说犯法不犯法？"

经张顺这么一点拨，杨云龙更是犹豫不决了，二爷怒瞪着眼，突然把脸一耷拉，咬牙切齿地对杨云龙道："你快说，去还是不去？"

"去吧！一遍生二遍熟，三遍四遍不用问师傅。"王天和站在一旁帮扶着张顺添油加醋。杨云龙寻思了一会儿，轻轻点了点头，算是答应了。

"这还差不多，像条汉子。"王天和说着拍了一下他的肩膀。

"咱去哪里动手？"

"这你甭管了，到那里你只管在外边望风就行，剩下的活交给我与王天和去办。"待了片刻，二爷又嘱咐道，"不过到了那里你千万别出声，也别害怕。"

杨云龙看着他俩轻轻点了一下头，算是同意了。

三人趁天黑偷偷摸到夏家沟一大户人家，张顺悄悄来到高墙下，蹲在黑影里向周围巡视，见没什么动静，又趴在地上贴着墙根仔细听了一会儿，确认无任何危险了，这才把手一挥，在黑影里学了三声狗叫，告诉他俩平安无事。

蹲在暗处的王天和听到张顺的暗语，一把拽起趴在地上的杨云龙，让他跟在自己身后，悄悄地朝墙根摸去。

这是一座农村最为常见的财主宅院，青砖碧瓦，飞檐棱角翘起，房檐上镶嵌着小兽。正房坐北朝南，一排九间，立在院子中间，一共有两排，前排正房院子较大，建有东西厢房，两边都是灰色的砖墙。走出院落，一堵丈把高的院墙围在院子四周，虽然看上去称不上雄伟壮观，但也不失庄严气派。远远望去，给人一种古朴典雅的感觉。

夜已深，残月黯淡。

院子里静得出奇，远处的大街上偶尔传来一两只野猫的叫春声。

残月渐渐地暗下去，整座宅院变得黑魆魆的，好像披上了一层黑纱，周围的景物也开始变得模糊不清。

杨云龙蹲在墙角旮旯里望风，身材高大的张顺和王天和翻墙入内，一切都按白天的计划进行着。

杨云龙毕竟是个"雏"，心里老觉得不踏实，不免有些害怕，鬼祟祟地蜷缩着身子，躲在墙角里跟筛糠一般，眼巴巴地盼着二人早一点出来，哪怕干不成也行，他只想快点离开这个是非之地。

这时，从墙头上忽然传来一个熟悉的声音。

"接住！"

话音虽小，但也能分辨出是王天和的声音。他赶紧跑上去，伸手把装孩子的口袋稳稳地接住，随后张顺和王天和一个个从墙头上跳下来，相互递了一个眼神。

"快走！"张顺说着弯腰拾起地上的口袋，把孩子扛在肩上。杨云龙当头，王天和断后，张顺居中，三人疾走。

不多会儿工夫，三人来到村东一个菜园屋子（王天和家的），把孩子藏在地瓜窖中，盖上盖子，三人又嘀嘀咕咕筹划了半天才离去。

两天后，杨云龙分到赃款五十块光洋，至于孩子后来咋样了，是卖了还是人家拿钱赎的，一共弄了多少钱，他一概不知，当然，张顺和王天和也不能让他知道，他也不便多问。就这样，他们合伙又一连干了三起，渐渐地，杨云龙的胆子越来越大。

后来有一次，去前铺踩点路过落马口，经过一富商大门口时，恰好一个三岁的幼童从院中跑出来，大白天他就敢把孩子抱到一僻静处，封好嘴巴，强行装进口袋里用毛驴驮回，回头就捎信勒索富商三百块大洋。

以张顺为首的劫道、绑票、抢劫为生的匪帮，自以为干得天衣无缝，没外人知晓，岂不知多行不义必自毙，石灰墁墙也透风。要想人不知，除非己莫为，一张无形的大网，正悄悄地朝他们头上罩去。

这天夜里，张顺跟往常一样，到外边踩点刚回来，想跟王天和、杨云龙二人协商明晚绑票的事宜，突然，后院墙头上的瓦片哗啦一声掉落在地上。

机警的杨云龙一下把桌子上的蜡烛吹灭，屋子里漆黑一片，扑通扑通，接着又有人跳下墙的声音。

张顺警觉地站起来，把耳朵贴近后窗台仔细听了一会儿，小声道："不好，进来人了。快跟我走！"说着他踩着锅台蹿上梁头子，用力推开天窗上的脊瓦，仨人猫着腰一个个偷偷钻了出去。

"该死的张顺，你们三个已经被我们包围了，快滚出来！再不滚出来我们就开枪了！"

话音刚落，就有人朝屋内开了火，散沙弹打在铜板和柜子铁锁上，冒着火星，叮当作响。

仨人趴在屋脊上，吓得大气不敢喘一口，见机猫着腰爬到翘檐上，踩着屋檐跳下来撒腿就跑，身后传来轰轰一阵炸雷声。

三个人跌跌撞撞地一口气跑出村子，来到村后头东西马路上，这才停下脚步。

由于走得急，再加上害怕，仨人也不知摔了多少个跟头，刚想坐下来喘口气歇息一会儿，从大树背后突然跳出一人。

第二章

张顺三人一口气跑出了村子，来到村后马路上刚欲坐下稍歇息一小会儿,从大树背后突然传来一个浑厚粗犷的声音。

“站住！不准动！”

话音刚落,从大树背后跳出一位持枪壮汉,在淡淡的月光下,一支黑洞洞的枪口对准了仨人。

王天和贼精,小心眼子转得也快,一看前边有人拦截,后边又有人追赶,心想:这下可完了！隆冬时节,大地上光秃秃一片,连路边的沟渠、小桥、杨树……都赤裸在原野上。虽说身边的麦田还有一丝黄绿,但一眼望过去,还是藏不下一个人。麦田的左边黑乎乎的一片，看上去好像是一块没耕过的春地,大片大片的,让人觉得没有一点生命的气息,哪怕地里有一点隐蔽地方也好呀！可事与愿违,倘若是在夏季或者秋季那就好了,一头扎进路边的青纱帐或者玉米地里，追来的人肯定抓不住自己，可这是冬季，四周光光的,秃秃的,没有一处藏身之地。人若倒霉,喝口凉水也塞牙。

看来今天算是彻底完了。

杨云龙跟王天和不一样,你看他蹲在地面上,既没心思也没工夫去胡思乱想,只是悄悄侧过身去,眯着小眼偷偷瞅着壮汉,紧紧盯着枪和人的一举一动。待了好长时间,也没见大队人马追过来,壮汉只是一个人站着,手里端的枪是当地人土造的,黑洞洞的枪口朝下,紧紧对着蹲在地上的仨人。杨云龙心里不禁暗暗惊喜,看来天无绝人之路,他眼瞅着壮汉手里握着的长枪，轻轻地，一点一点地移动着身子，在确定逃跑的方向之后，又悄悄往左边轻轻挪动了一下蹲过的位置，弯起腰，刚欲站起来朝西边逃跑，忽听那位壮汉在背后大声呵斥："看什么？老实点！快回过头去！"

壮汉站在背后，用枪口指了指蹲在地上的张顺，然后瞪了一眼，接着又丢下一句："说的就是你，快转过身去！"

杨云龙见壮汉正在教训蹲在地上的张顺，注意力根本没放在自己身上，而一旁的王天和则是打了马子骡子惊，随口"嗯"了一声转过身子，而张顺则扭头剜了壮汉一眼，接着又低下头，嘴里好像还嘟囔着什么，很不情愿地把身子转了过去。

此时不跑，欲待何时？

杨云龙突然来了一个就地十八滚，骨碌碌，一下子滚出十几步远，接着又来了一个鲤鱼打挺，从地上忽地站起来，撒开脚丫子拼命往西跑去。

"站住！站住！妈的再跑老子就要开枪了！"

那壮汉端着枪站在身后急得直跺脚，朝杨云龙逃走的方向大声咋呼，可就是不敢开枪，因为他手里握的不是钢枪，而是当地人造的土枪，庄户人也叫土炮，这种枪的特点是压炮子，没有连发功能，大汉自然不敢开枪，要是把枪放了，眼前这两个人咋办？因此只好站在原地大声咋呼，虚张声势罢了。

杨云龙这一跑倒是提醒了王天和，趁那人手忙脚乱之际，他弯着腰忽地站起来，朝前弓起腿，撒开脚丫子往东拼命逃去。

"回来回来，再不回来老子真开枪了！"

王天和哪管这些，跟野兔子似的只是拼了命往东逃窜，气得那壮汉站在路中间破口大骂。

"妈拉个巴子，又跑了一个。"

壮汉站在张顺跟前，还是不敢撒手去追。

有人要问，都这样了，那大汉为啥还不开枪？

不敢！他还真不敢开枪！

前面咱已提过，他手里端着的是土炮而不是钢枪，这种土造的枪只能放一次，不是咱们平常见的钢枪或者冲锋枪，可以点射，也可以连射。再说一个人往西跑，一个人往东跑，他追谁去？更何况现在他自己的脚脖子还崴肿了，就是让他去追，能追得上吗？

张顺为啥不想快跑？他怎么不想跑！只是到了关键时刻，没有杨云龙和王天和头脑转得快，再说来人知道他是主犯，其他两个人是从犯，虽说是晚上，借着清冷的月光，还是能分辨出三个人的模样，因此那壮汉故意把张顺盯得稍紧一些。

张顺蹲在地上一看不妙，东一个西一个都跑了，只剩下自己，可眼下往哪里逃跑好呢？他心里嘀咕着：干脆往北逃跑吧！记得那边好像有一片坟墓，墓地里有很大一片树林子，可以用树木掩护，自己也好脱身，要不被抓回去还能有活路吗？

想到这里，他见那大汉的注意力都集中在咋呼杨云龙和王天和了，便一转身忽地站起来，扭头朝路北的坟墓方向跑去……真窝囊，好地方他不去，向墓地里跑能不送死吗？

那大汉此时正在气头上，心里正为杨云龙和王天和的逃跑气得要命，忽见眼前这个人也想跟着溜，干脆端起土炮从背后瞄准，一搂扳机，砰的一枪，那张顺才跑出七八步远，便扑通一下，一个跟头栽倒在地。

一生作恶多端的张顺就这样趴在地上，咧着嘴“哎哟”了几声，不一会儿鼻孔里就蹿出鲜血，随后哼哼几声，趴在地上用力乱蹬了几下就气断身亡了。

张顺仨人被围剿是谁告的密，为何半道上又杀出一个程咬金？

生活在潍水平原上的人都知道，潍水有九十九道弯，渠水有九十九个滩。要想了解这件事，咱还得从头说起。

原来胆大妄为的张顺三人，财迷心窍，在二月十二晚上，竟绑架了北营联庄会会长傅立堂的侄子，藏在张顺家的白菜窖子里，谁料这事被他邻居张二棍发现了，说起这张二棍和傅家还有亲戚关系，据说二棍的娘就是傅立堂的一个远房表姑。

有亲三分向，无亲向当庄，当天夜里张二棍趁黑偷偷来到北营，向傅立堂把事情发生的前前后后，一五一十向傅家人学了舌。

傅家人一听那还了得，三贼竟然敢在太岁爷爷头上动土，家族人都顿时火冒三丈。

傅立堂毕竟是个有心人，他让二棍坐下来慢慢喝口水，稍稍喘口气，把事情的来龙去脉详细地问了一遍，然后才不动声色地劝他快回去。临走时，再三嘱咐二棍，回去要紧紧盯住孩子和三贼的去向，关键时候要保护好孩子的性命，以防三人撕票。

二棍点点头，怕夜长梦多，于是匆匆离去。

望着二棍离去的背影，傅立堂这才稍稍松了一口气，转过身再三叮嘱手下每一个知情人，关键时刻要保持头脑冷静，千万不要把此事张扬出去，以免打草惊蛇。

第二天上午，傅家人凑齐赎金托人把钱交上，把孩子平平安安地抱回了家，然后暗地里秘密召集各村联庄队员，三更时分，待人马集合完备后，由内线二棍带路，趁夜深人静之时，大队人马拿上家伙，悄悄朝张顺三人的老巢围剿过去。

路上，在联庄会员队伍中有一位外号叫郭大胆的小伙子，这几天正闹肚子，一路上三停两歇地跑到路边沟里解手，便稀三次后，好歹挨到上沟村和庙村家后的东西路上，肚子又支持不住了，赶紧跑到沟底脱下裤子。

约莫一袋烟的工夫，从村里传出枪炮声。

郭大胆一听前边村里接上火了，赶紧擦了擦屁股提上裤子，抓起身边的土炮，弯起腰，顺着大旱沟沟底往前跑。无巧不成书，刚跑出几步，不小心右脚踩空扭伤了脚脖子，疼得一屁股坐在地上，龇牙咧嘴，双手扳起崴肿的脚面轻轻揉搓起来。

夜深人静，枪声渐稀。

郭大胆借着清幽的月光，眼巴巴地望着前边的村子，恰在这时候从村后忽然窜出三个人影，顺着大旱沟沟底朝他这边跑来。

郭大胆一看来人了，这会儿也顾不上脚脖子疼痛，从地上忽地站起来赶紧躲到大白杨树后。

一会儿三个黑影已来到跟前,他躲在白杨树后定睛一看,呵!来人正是今天晚上要抓的人,跑在前边的正是王天和,其后是杨云龙,张顺跑在最后,可能害怕傅家人追上来,仨人边跑边扭头朝背后看望。

于是上演了"华容道上捉曹操"这一幕。

杨云龙一路逃跑,来到潍水岸边,从小在河边长大知道河水不深,也顾不上脱掉鞋袜和挽起裤管就朝河水里跑去。

潍水在凉台平原上被称为"母亲河",虽然平原面积很小,可它位于峡山湖上游,南北狭长,东靠潍水,西临渠河,南踞大巴山作屏障,北牵峡山湖作接应,属于潍水与渠水的冲积平原。其实,在当地人眼里,渠河是潍水的一条支流,是潍水的一部分,它与浯河都在老河套村以北一起汇入潍水,结伴又一起流入峡山湖。

因为潍河在山东境内也算条大河,古时候被称为"潍水",起源于簸箕山,全长二百四十多公里,最后流入渤海湾。

潍水平原面积很大,包裹着凉台平原,也就是说凉台平原是潍水平原的一小部分,但它是东汉大司农郑玄郑康成的老家。两汉至隋唐时期的刘氏、孙氏、邓氏、崔氏、史氏,五代两宋的苏氏、鞠氏、侯氏、乔氏、綦氏……都是名动天下的望族。郑崇、郑玄、孙朗、苏禹珪、苏德祥、孙晟、鞠常、鞠仲谋、乔柔彦、侯蒙、侯寘、綦崇礼等一大批政治家和文学家都曾经出生或世居于潍水两岸。

凉台平原又是西汉的主要战场,历史上著名的"潍水之战"就发生在这里,故后有诗人赵凤虎曾写诗赞叹:

柳滩出柽柳,柞山产柞绸。
昌南发祥早,殷商始封侯。
棠邑国祚早,汉筑胶阳楼。

刘备居下密，发怒鞭督邮。
鄌邑临瓦城，孙膑骑大牛。
秦置都昌县，城因宋起头。
胶东设县治，凉台有根由。
饮马名平城，以南归密州。
明清莱州府，郑公在范畴。
潍水南北向，韩信坝水流。
一曲潍水谣，乡韵记乡愁。

农历二月份，虽然已是初春季节，但西伯利亚的寒潮时而吞噬着潍水平原，潍河里照样结着一层小冰碴儿，晶莹透明，刺骨寒冷，水冰凉冰凉的。

人在危时命要急，眼前的杨云龙只顾逃命，哪里还顾得那么多！他一下跑进水里，深一脚浅一脚地往河中心走去。

人穷志短活得也窝囊，正走着他身子突然一晃，扑通一声，左脚陷入沙坑，身体失去平衡，接着又摇晃了两下，差一点跌倒栽进河水里，幸亏脚底下沙坑不深才稳住身体，但是上身的棉衣都已湿透。

来到河对岸，身上生出一层鸡皮疙瘩，牙齿也开始打架，咬得咯咯作响，腿肚子跟着哆嗦起来。

面对眼前处境，他心里很明白，若不赶快找个地方暖和一下，或者吃上点食物，自己就会被活活冻死。可眼前一无亲二无故，又离村庄那么远，这该咋办呢？

想到这里，他只好穿着湿漉漉的衣服拼命往西北方向奔跑，一来让自己的身体散发出一点热量，暖和一下身子，二来想进村找一户人家换上棉衣，再美美地吃上一顿饱饭。

残月隐去，天已渐明。

大地上的一切都在旭日的沐浴中逐渐变得清晰起来，这时远处村庄里传来鸡鸣、狗叫、敞门，以及吭咳声，响成一片。

静寂的乡村，一下子变得热闹起来。

杨云龙望着前边的村子，使出平生气力，拖着伤痕累累的躯体，一步一挨地朝前边村里走去……

待他从睡梦中醒来时，已躺在热乎乎的暖炕上，湿湿的衣服不知啥时候已被人换下，看来已被好心人搭救了，他支撑着身体想起来答谢救命恩人，可惜由于身体太弱，怎么也坐不起来。

“东家，他醒过来了，还是个愣头青。”

“噢？”

从屋外传来一阵轻咳声，接着走进一人，紫色大脸，头戴一顶时兴的小毡帽，穿着长衫，虽说个头不是太高，但人很精神，看上去五十岁上下的年纪。

来者见杨云龙挣扎着要起来，赶紧走过去和蔼规劝道：“年轻人，先别急着动，你的身子尚未恢复过来，近些日子你就在这里好好养几天吧！”

杨云龙张了张嘴，欲言又止，结结巴巴地问道：“我……我这是？”

“是这么回事，”来人朝他笑了笑，打一个手势，接着解释道，“刚才你倒在我家门前，是我跟管家一起把你抬进来的。”他说着指了指身边的管家王怀让，那管家只是点头微笑，却不答话。来人走过来，帮自己盖了盖被子，又补充道，“问题不大，你是给冻厉害了，也累坏了，肚子里又缺少饭食，歇息几天自然就会好的。”

说完他和管家走了出去。杨云龙躺在炕上，望着老人远去的背影，连句好话也未来得及说……一阵酸楚涌入胸口，眼泪簌簌地滚了下来。

那人姓王，名叫王寿山，薛家老庄人士，是村里比较富裕的大户人家，平时来往于城里与乡下做布匹营生。受城里新文化思潮影响，成为村里比较开明的贤士，后被丁耀祖和前屯李振发展成地下党小组成员。

第三天，他见杨云龙的身体逐渐康复，可以下炕走动，故特意又过来看看，杨云龙急忙下炕上前使跪拜大礼。

“岂敢岂敢，你折煞老朽了！”

王寿山慌忙上前，去拉跪在地上的杨云龙，杨云龙嘴里一个劲儿喊着“恩人”，并连连磕头致谢。

王寿山再一次弯腰扶起在地上跪拜的杨云龙，二人分主次坐好，老人这才正眼仔细端详着他，待了好大一会儿，才问道：“年轻人姓甚叫啥？”

“俺姓杨。”杨云龙心跳得厉害，说话也有点急促，“叫杨云龙。”

老人微微一笑：“是哪个村的？”

“河西庙村的。”

“哦，原来是河西凉台平原上的人。”他微微沉思一下，又问道，“不知杨少侠认识不认识丁乡长？”

“哪个丁乡长？”这时候，杨云龙心里平静多了，心跳得也不像刚才那样厉害，说话也不再结结巴巴的。

“就是清萍乡丁耀祖丁乡长。”

“认识，认识。”

杨云龙一个劲儿点头：“那是俺表叔呢！”他怕老人听不明白，又进一步解释道，“俺娘跟他还是姑家表姊妹哩！”

“噢，原来你们还是亲戚！”老人微笑着点了点头，又自语道，“那丁乡长可是个好人，是个大好人哪！”

杨云龙听到这里，有些云里雾里。

“莫非恩人您认识他？”

王寿山只是对着他张了张嘴，然后又合上，没说认识，也没说不认识，只是微微一笑。

“听说前阵子，表叔家被土匪吴振一给放火烧了。”

“嗯！”老人长长叹了一口气，又微微点一下头，思考了一会儿，接着补充道，“我也听说了。”

“听说表叔家人都躲到乡下亲戚朋友家去了，也不知道他出公差，去西山里送粮回来了没有？”

“呃！”他脸上这时候浮起一块莫名的阴云，摇摇头又安慰道，“唉！他的事就不提了，不提了！”

说着他摇了摇头，然后又摆摆手，看样子不想再提起老丁家的事情，忽然，他好像想起了什么，于是转过身来，对着杨云龙反问道：“哦，你还没把昨天落难的事情告诉我呢。”

经王寿山这么一问，刚才平静的心一下子又紧张起来，心脏又突然跳得厉害了，他努力控制自己的情绪，不想让恩人看出破绽，于是故作镇静，可心脏还是突突地猛跳，结结巴巴，支支吾吾说了半天，也没敢把三人绑票的事情说出来，只是胡诌八扯乱说一通，就这样搪塞着，胡诌着，最后好歹应付过去了。

幸好王寿山没起疑心，也没往坏处想，更没有刨根问底追问下去。

“原来是这么一回事！”老人思索了一会儿，又慢慢地站起来，在屋里来回走动了几步，又想起什么，然后轻轻摇了摇头，转过身子望着杨云龙，思索了片刻又接着问道，“杨少侠那你今后有何打算？”

“小的……”

“哎，但说无妨。”

“我……我想投奔绿林或者行伍出身。”

“投奔绿林去做山大王？”他摇摇头，“占山为王，独霸一方，没什么大出息。”思索片刻，又接着补充道，“不过去当兵从戎我觉得倒是一条出路。”

“嗯。”杨云龙点点头。

“不知你愿不愿意？”

“嗯，听恩人的！敬听您的教诲！”杨云龙再一次点点头。

“你看现在是民国乱世，你先暂且投靠他人，等待时机成熟，只要手里有枪，有人，就能拉起竿子，就能救民于水深火热之中，就能实现自己的理想抱负……”

经恩人这么一点化，杨云龙这才恍然大悟，如同从迷雾里走出来，心里顿时亮堂许多。

第二天一大早，他匆匆忙忙告别了恩人，拿着王寿山给写好的介绍信，简装行走，去青岛投奔张宗昌去了。

王天和自上沟村和庙村家后逃走，一路上拼命往东逃跑，可能害怕郭大胆从后边追上来，边跑还边回头，朝自己身后多望了几眼，见郭大胆光咋呼却没有追赶，这才稍稍喘了口气。突然砰的一声，身后又响了一枪，他没想到张顺被一枪打死了，还以为身后有人追上来了呢，顿时撒开脚丫子又是一路狂奔。

待天亮后，来到卧虎村表舅家，隐瞒了因绑票而被追杀的真相，在亲戚家居住多日。其间，听内情人在背后议论，丈岭匪首杜耀庭正在拉竿子招兵买马，于是就匆匆告别表舅一家，暗地里投奔杜耀庭去了。

投杜之后，开始还被尊为上宾并委任一个小头目，后杜耀庭驻守双羊店时，二人又因琐事产生矛盾，随之二人分道扬镳。临走时，还拉走了杜耀庭的六十多号人马，去砺埠山青石岭上占山为王了。

杨云龙拿着王寿山给写好的书信，投到张宗昌麾下，后又转至济南被编入褚玉璞旅下，因聪慧机灵，又喜欢阿谀奉承拍马屁，再加上他喜欢军事，很快被提升为褚部连长。

另一种说法是，在跟南蛮子作战时，他曾冒死救过一位团长的命，战后团长为答谢救命之恩，就破格提拔他为连长。

不管是哪一种说法，杨云龙在褚玉璞旅下当过连长，这是千真万确的。

其实张宗昌也是山东人，据说年轻的时候，在东北修过中东铁路，也当过胡子，进关之后，在张怀芝手下当过师长。一九一七年在江西作战时全师覆灭。一九二二年，他空着双手投奔张作霖，被张委任为作战顾问。

第一次直奉作战中，吴佩孚拉拢高士傧，在吉林招收土匪两万多人，拟一举颠覆奉系老巢，张作霖大惊，因无兵可调，乃启用张宗昌，让他到哈尔滨招兵攻打高士傧。当时张宗昌仅有五百余人，于是就有人预言，张宗昌此去凶多吉少，但张率部到了前线时，发现高士傧招收的土匪头目，大多是过去修中东铁路时的山东老乡，一提到张宗昌来了，他们不但不愿意与张宗昌打仗，还纷纷持枪械倒戈。就这样，张以少胜多，打垮了高士傧，因而被张作霖委任为“绥宁镇守使”职务，以酬其功。

后来与老毛子作战又接连取胜，队伍迅速扩至一万多人。张宗昌就靠这支杂牌军，在第二次直奉战争中横冲直撞，捞取了很多油水，其势力范围膨胀起来了。

到了一九二五年五月间，张作霖派他率军南下至上海时，队伍扩充至九万多人。其后，以饷无着，渐减为七万余人。此时被张作霖委任督鲁，直至国民革命军北伐，后作战失利张宗昌败北。

杨云龙见张宗昌倒台，便率领八猴子、大金牙、长驴脸等兄弟，携枪械马匹偷偷溜走了。

他率领众兄弟，跨山坡，越岭地，踏平原，渡河水……一路上快马加鞭，风尘仆仆，恨不得一步就赶到告别已久的老家。

一天，他率领众人刚跨过岭坡，从前面村里突然传出枪声，随后大街上一阵嘈杂，接着传来男女老幼的哀号声。

“呵，客人送上门了！”

杨云龙勒住马缰绳，回头用行话问众兄弟：“怎么样，过去接待一下？”

众人一听，欲进村杀杀劫匪的威风，一个个咧着大嘴龇着黄牙齐声喝彩。

“中中中！”

“只要大哥发话，兄弟们定能给贼人点颜色看看。”八猴子骑在马上，回头看了一眼众兄弟，大声问，“哈哈，是不是弟兄们？”

“四哥说得极是！”大金牙在马上随声附和，转身冲杨云龙道，“大哥快发话吧！这几天俺心里正憋得慌，手闲得痒痒哩！”

“大哥快发话吧！”长驴脸在马上附和着说。

“好——”

一个“好”字杨云龙还未说完，弟兄们都亮出了家伙。

“众弟兄听令！”杨云龙骑在马上，左右看了看众弟兄，“走，过去闹他娘的锅底朝天。”

说完他掂了掂手中亮出的家伙，率领众人一路尘土飞扬，直奔岭前的村子而去。

却说那些正在村中打家劫舍的匪徒们，见村西忽然窜出一支全副武装的人马，一个个吓呆了，扔掉手中抢来的衣物、牲畜、粮米……调头逃窜。

再看看杨云龙的马队，举刀就砍，抬手就打，如过无人之境一般，特别是神枪手八猴子，一枪一个，两枪仨，枪枪不空手，弹弹击脑瓜。打眼睛，眼睛瞎。打耳朵，耳搬家。匪徒们哪见过这种阵势，最后几个人抱着脑袋好歹逃出了村子。

杨云龙率弟兄们玩得正开心，从一座很有气势的门楼上，突然跳下一个壮汉，把手一挥，大声喊道："住手，统统给我住手！"

说着来者对着头顶上空开了两枪。

壮汉吼声如雷，众人一听，纷纷把枪放下了。

杨云龙骑在马背上细细打量那位壮汉，只见他——

腰扎宽腰带，
匣枪露身外。
说话似洪钟，
胡须把嘴盖。
一脸横凶肉，
个头却不矮。
双手掐着腰，
怒视马队来。

杨云龙骑在马上定睛一看，"啊呀"一声大为惊讶，急忙大声喊道："那……不是王天和兄弟吗？"

话音刚落，还不等王天和反应过来，杨云龙早就跳下马背走了上去。

那壮汉站在中间，怒视眼前的仇敌，忽听对面人群里有人喊自己的名字，不觉一愣，心里正在纳闷，真是活见鬼，莫非对面有认识我的人？他正在犯嘀咕，忽然从对面马队里走出一人，呵！只见他——

大盖帽，戎装衣，
盒子炮，手里提。
六尺不过小矮个，
脸色黑瘦颧骨起。
说话虽小但有力，
眼睛恣得笑眯眯。

王天和站在路中间，一眼认出同村难友，号天梯的杨云龙。

“啊呀！杨云龙你让我找得好苦哟！”

双方众人一听，都丈二和尚摸不着头脑。只见二人跑上去紧紧抱在一起。

岭下后屯村村主任姓刘，外号叫刘大麻子，刘家在村里是大户人家。在大街上，刘大麻子听到村西枪声响起，赶忙跑回家让家人都躲在地窖里，待街上的枪声停止后，才偷偷摸摸跑过来，向他通风报信，并把大街上发生的一切，从头到尾，原原本本告诉了刘大麻子。

刘大麻子一听，哪敢怠慢？急急忙忙让全家人从地窖里爬出来，在熟人的引荐下，拜见了杨云龙与王天和，还不放心，又把两支人马请到家里，拿出好酒好菜热情伺候。酒过数巡，菜过百味，借着酒兴，杨云龙把在外闯荡这几年的经历，添油加醋地跟大伙炫耀了一番。

常言道：说者无心，听者有意。

杨云龙在酒席上那段口若悬河的演讲，把在座的人都打动了，人人都佩服他机警多谋，胆量过人，他的地位一下子抬高许多，在众人的吹捧下，他有些飘飘然了。

刘大麻子是谁？是全村人中的人精，他不光会察言观色，左右逢源，还善于洞察一切，是南北上下村里的精明人。

他听杨云龙一番炫耀之后，心里自然产生了一种听君一席话胜读十年书的感觉。今天在大街上，又见杨云龙武艺超群，机警聪慧，再加上相貌不凡，谈吐惊人，以及众人吹捧，心中暗喜，认为杨云龙是一个不可多得的人才，以后必成大器，看来……如此……我何不借此机会……

想到这里，他急忙上前一抱拳，冲杨云龙行大礼，杨云龙正借着酒劲高谈阔论，忽见刘大麻子过来行大礼，顿时有点蒙，难道自己说漏了嘴？没有呀！或许自己说得过了火？仔细想想也没有呀！

他正在犯嘀咕，忽听刘大麻子施礼道："杨将军雄才大略，胆识过人。老夫与之相见，真乃三生有幸，佩服之至，佩服之至啊！"

杨云龙虽说文化程度不高，可也上过私塾，念过书，有来不往非礼也，这点礼节还是懂得的。他见刘大麻子过来施礼赶忙从太师椅里站起来，冲他一抱拳："岂敢岂敢！"

刘大麻子见杨云龙举止端雅，又如此知书达理，心中不觉又多多暗喜几分。这时，刘大麻子向前又迈了两步，一抱拳。

"老夫有一事不明，还望杨将军能当面指教。"

杨云龙一听，心里暗自好笑，这老头怪有意思的，他想说啥？于是笑道："不要客气，有话请直言。"

"嗯……"他清了一下嗓子，试探问道，"老夫斗胆请问将军家眷何处？"

杨云龙一听，仰头哈哈一笑："这，这个……"

刘大麻子心里顿时明白了八九分，但他故作镇静姿态，还是用不解其意的眼光看着他，等着杨云龙回答。

"本人至今尚未娶妻，哪来的家眷？"

刘麻子一听，心里又暗暗高兴，忙道："老夫有一小女，至今尚未订婚，将军若不嫌弃，娶小女为妻如何？"

杨云龙一听，心里暗自高兴，因为他本来就是一个风流种子，一听好事送上门来，岂能双手掷出？

"您就是愿意，那刘小姐未必同意。"

"将军尽管放心，小女自幼听我言教。"说到这里，他笑了笑，又很自信地看了杨云龙一眼，解释道，"小女虽说不上举止文雅，名家闺秀，但也知书达理，品行端正，自小从不违我金口玉言。"

"那甚好，甚好！"杨云龙点点头，好像心里还放心不下，又接着问，"您能否让小姐步出闺房一瞻芳容？"

"这个……"刘大麻子思索片刻，又回头看看左右，杨云龙心里明白，随之把手一挥，让众人退下。

刘大麻子对着他点点头："可以可以。"随后转过身去，朝门外的家人喊道，"来人哪！"

"啥事二爷？"家人这时走进来问道。

"快快有请小姐，让她出来与杨将军相见。"

"是！"

家人答应着急忙退了出去，时候不大，刘小姐在家人的陪同下，羞答答地来到客厅，家人赶忙搬过一把椅子，请小姐坐下。

她顿时脸色绯红，胖嘟嘟、粉扑扑的腮骨朵跟搽了胭脂似的，羞中带红，红中含羞，只见她——

柳叶眉梢丹凤眼，
樱桃小嘴一点点。
说话玉齿唇未张，
两腮红晕花自香，
步履姗姗赛貂蝉，
麻姑祝寿下凡仙。

刘小姐脸色红晕，玉齿未开，在家人的搀扶下，从外边走进来，坐在椅子上，可能是见生人的缘故，看上去稍有点忸怩。

杨云龙仔细端详之后，忽地站起来，大喊一声："哎哟，怎么是你？"

第三章

刘小姐这时一怔，顿时蒙了，听声音甚熟，偷偷用眼角一瞟："啊呀！"她也从椅子上站起来，怎么在这里又遇见他？

两人相对许久，默默无语，而一旁的刘大麻子却看傻了眼。

树有根来水有源。

他俩的事情，说来话长，那还得从杨云龙落难说起。想当初，杨云龙拖着硬邦邦的衣裤，从潍水岸边走进薛家老庄昏倒在王家门前，后被王寿山及其家人及时搭救。慢慢苏醒过来时，已经躺在王家的火炕上了。待他弄明白事情的原委后，非常感激王寿山以及王家人。

在王家借住的那段日子里，杨云龙使出所有的心眼子，动用了从来没有动过的手段，发挥出了阿谀奉承、溜须拍马，以及投机钻营的本领，再加上装疯卖傻、蒙混过关的手段，忽悠过恩人王寿山的眼睛，把自己包装成一位被抢劫的受害者。又编了一套感人故事，骗取了王寿山一家人的信任，在王家站稳脚跟，得以暂住。

杨云龙躺在火炕上，王家人又给他换了一套棉衣棉裤，自己这才觉得身体暖和了许多，唯有肚子里没饭食，饿得咕噜咕噜叫唤。

主人不开口，自己也不便说，直至过了两个时辰，管家王怀让才过来通报他去吃饭。杨云龙翻身下炕，跟着管家来到灶房里一看，呵！饭桌上早已摆好了面条、竹筷、咸菜……还有一小碗香菜鸡蛋汤，碗的右边还放着一盘香喷喷的高密小炉包。

说起香喷喷的高密炉包，那可是高密民间特色小吃，被称当地一绝。除了扑灰年画、剪纸、泥塑，就数高密炉包了。炉包皮薄馅多，面皮暄软，挂浆讲究，火候独到，焦黄香脆。

高密炉包可谓历史悠久，它始于清朝年间，盛行于民国时期，走亲访友时也可以当成礼物送给朋友。特别是近几年，随着人民生活水平的提高，成为大众上等食品。如今的饭店、菜馆都把炉包作为面食的招牌，还根据人们的喜好，分成素馅和肉馅。两种合为一炉，味道上佳，当然也得到了外地人的青睐。

高密炉包用料十分讲究，以鲜猪肉、鲜韭菜、鲜白菜和上好的精面粉为主料，以海米、木耳及各种调料为辅料，精心加工而成。

早已饿坏了的杨云龙，看到桌上的美食馋得直咽口水，恨不得跑上去，双手搬起饭盆一下子倒入肚子中。

管家见他饿得猴急，心里觉得好可笑，用手指了指饭桌上的菜肴说："杨少侠请慢慢用饭吧！"

杨云龙急忙点头道谢，管家见当着自己的面，他有点不好意思吃，于是就笑着摇了摇头，转身离去。

望着王怀让远去的背影，杨云龙心想：这管家可真有意思，看来也是个精明人。早已饿得饥肠辘辘、眼珠子翠蓝的杨云龙，哪里还顾得上体面大雅，不管三七二十一，一腚坐下，端起菜桌上的面条就往嘴里划拉，那吃饭的响声传得老远老远。

正往嘴里扒碗里的面条，突然，他打了一个喷嚏，随后身体一阵痉挛，眼泪溢出，接着灶房里又传出吭吭咳咳的咳嗽声。

因吃得过急，一不小心把一丁点面条从鼻孔中喷出，害得他咳嗽了半天，眼泪都流出来了。

恰在这个节骨眼上，一阵女性特有的脂粉气从门外飘来，接着就听见嘻嘻的笑声。杨云龙猛抬头一看，不知啥时候门外站着一位女子，看上去年方二八，素装淡雅，步履姗姗，如同仙姑下凡一般来到跟前。

看来她早已在门外窥探多时了。

想到这里，杨云龙觉得有点不好意思，急忙低下头不敢再正看她一眼。

“这人也真是，吃饭咋跟抢似的，不会慢点。”

听其音百啭流莺，似溪水潺潺，如同大珠小珠，坠落玉盘。喊一声关心，入心酥骨；道一句关爱，入骨酥心。一句句语音里，藏着女人的半真半爱；一句句话语里，含着女人的妙龄青春。

“嘻嘻嘻。”她感觉很好奇，又好可笑，于是轻轻上前玉齿启唇，悄声问，“请问壮士，是哪里人士？”

杨云龙只顾臊羞，哪里有心听姑娘问话。

“哎！问你呢！”

他这才如梦初醒，急忙抬起头，仔细打量来者，只见她——

柳眉弯弯情脉脉，
杏眼朱唇赛嫔娥。
小嘴含珠似樱桃，
赛过宫中夏雨荷。

当杨云龙抬起头正眼再看她时，那女子反倒不好意思起来，抿着小嘴站在门外忸忸怩怩。

看她羞涩的样子，杨云龙心中暗自好笑，轻轻问道：“小姐刚才您说啥？”

“哦……俺没说啥。”

姑娘有些语无伦次，然后，冲他抿嘴一笑飘然而去，望着小女子姗姗远去的身影，显然，男人心里有些魂不守舍了。

一看到眼前的刘小姐……他摇摇头，心里的确有些迷惑不解。

莫非，那小女子……但一想，不对呀！那是薛家老庄，这是后屯，相隔二三十里地呀！怎么……

男人还是不敢下结论，心里虽然有几分把握，但又拿不准，于是摇摇头就这样矛盾着，思索着，迟疑着……经过一番思想斗争，最后还是相信自己的眼睛，暗暗下定了决心，断定自己没看走眼，没看错人，就是她。对！肯定是她！你看那对丹凤眼，瓜子脸，尖尖的下颌，苗条的身材……

今天怎么在这里又遇上她？

杨云龙正视着日夜思念的意中人，心里虽说有些慌乱，却暗暗自喜。

刘麻子阴云散去，茅塞顿开，喜得满脸放着红光，惊呼道："哦哟，原来你们两个早就认识呀！"

"俺们两个不但认识，她还是我的救命恩人呢！"杨云龙补充道，"不过刘小姐，我有一事不明。"

"请壮士直言。"

"刘小姐，你不是薛家老庄恩人王寿山的女儿吗？怎么跑到后屯村，一下子又变成刘小姐了呢？"

"少侠壮士。"刘大麻子在一旁急忙插话道，"你搞错了！搞错了！哈哈，薛家老庄是她姨妈家，她那是去走亲戚呢！"

刘小姐听爹爹把话说完后，笑着点了点头。

"你看把我也搞糊涂了，原来是这么一档子事。"

杨云龙这才从迷雾中走出来，众兄弟听了大哥的经历后，纷纷过来道喜祝贺。当天晚上，刘大麻子为两位新人的秦晋之好重新设宴，喜祝二人再次相逢。

丁耀祖自从护送公粮去了西山里之后，匪首吴振一血洗清萍乡，火烧丁家宅院，屠杀丁氏家族六七口人，然后撤至高密南乡。

丁闻讯痛苦欲绝，匆匆告别九支队回家安葬族人，又怕匪首率众再次奔来偷袭，一个人不敢在家久住。本想去莒南投靠徐大头，无奈路途遥远，家人路上行走不便，又怕发生其他灾难，再三考虑后放弃了。

左右为难之际，他忽然想起了落马口的郭之龙，平时他与郭私交甚好，又离地下党组织部长王寿山家较近，一来相互有个照顾，二来在郭的地盘可以按区委和地委党组织指示精神行事，也好利用郭之龙的势力作掩护，开展地下工作，总结与敌人斗争的经验教训，进一步做好我党的地下工作。再说地委也明确要求：目前在取得群众信任的基础上，要等待时机，必要时可以组织“潍河暴动”，成立潍河支队，一起编入山东抗战纵队。

想到这里，丁耀祖带领家人投奔了落马口的郭之龙。

落马口位于凉台平原北部，村里家家户户流传着一种手艺——用柳条编簸箕、筢子、笸箩之类的生活器具。

在峡山湖上游，特别是凉台平原一带，南北上下村至今还流传着一句歇后语：落马口下地屋子——搂货。说的就是用柳条编织簸箕、筢子、笸箩等手工艺品。

每年的秋后，村里那些上岁数的庄户汉子，会从场院找一块空闲地，挖深两米半，宽五米见方的大坑，上面搭上粗壮的木檩条，檩条与檩条的间隙约二十公分，檩条上面铺有芦苇、玉米秸秆，或高粱秸秆等软物，秸秆上夯筑二十公分黄土，在黄土层上用麦糠和泥墁好。地屋子另一端，为了进出方便，设有一人多高的通道，通道外边还留有一扇门。门是木头框架，上面一般都有用稻草或谷秸秆织成的草门，整扇草门看上去严丝合缝，用于保水保温，而出气孔设在地屋子四周后墙上方，紧贴着檩条和稻草，室内温度过高时，室内的人就拉开气孔中塞的东西透气，温度过低时，室内的人就把气孔再堵上，保持好室内温度和水分。地屋子冬暖夏凉，一年四季都可以使用。

庄户人忙完秋就下地屋子，汉子们弓着腰，一个个走进去，还未坐下，一个人端起水瓢，使劲猛吸一口凉水，像喷壶一样把含在嘴中的清水喷洒到白柳条上，这叫清水润条。随手把席刀往地上一拽，拿湿润过的白柳条从刀刃中间穿过，两脚踩住地上的席刀，右手把柳条一端用力一拽，那柳条被破成厚薄均匀的木片，这道工序叫扒柳条瓤子。其他人手脚并用，各人坐在席墩上，忙活自己手中的活计。湿润过的柳条，在汉子们的手中开始变得十分柔软，如同少妇擀过的面条，而坐在地上的庄户汉子伸出一双双大手，时而按扭，时而缠编，又如同绣花的村姑，各人都在编织着自己的物品。时辰不大，一个小巧玲珑的篼子在手中编成了，这就叫“落马口下地屋子——搂货”，接下去就是织边、封口、上把子……最后一道工序是熏白，找一间小屋，四周堵得严严实实，把做好的篼子、簸箕、笸箩等放入室内，在搪瓷大碗中点燃硫黄，把门口堵好，等三天三夜之后再取出，这就是人们生活中的篼子、笸箩、簸箕。当然，篼子又分一升的，二升的，三升的和半篼子，笸箩和簸箕则论大小。

郭之龙是落马口头号大财主，家中骡马成群，良田千亩，家中常年雇着的长短工就有数十人。

丁耀祖的到来，让郭之龙十分高兴。知道丁家遭遇了不幸，于是拿出大量的钱粮资助了丁耀祖全家。

世上没有不透风的墙。

丁耀祖在落马口郭之龙家居住的消息，还是被高密南乡的吴振一知晓，当天晚上偷偷率领众匪，渡过潍水，趁拂晓之际想偷袭郭家大院，搜捕丁耀祖及家人，报一枪之仇。

吴振一为何对丁耀祖这般仇恨，又为何想把丁家人赶尽杀绝?那还得从匪首吴振一自身说起。吴匪在高密南乡一带是惯匪，也是当地头号土匪。人常说:匪性难改，禀性难移。就是说土匪其性情暴躁，说做不一，打家劫舍，绑票撕票，干的都是一些伤天害理的勾当。其中，高密匪首吴振一就属于这种人，他老早就对清萍乡垂涎已久，到了丁耀祖主政时，他想长途偷袭，逼迫丁耀祖按时捐钱交粮，做长期纳贡之目的。谁料丁家人不但不买账，反而开枪把他的一只眼打瞎了，幸好躲避及时，要不差一点就要了他的狗命。后来又打听到，丁耀祖还是共产党的人，心想正好抓其去邀功领赏钱呢，因此更加怀恨在心，一心想除丁耀祖而后快。

这天拂晓，吴振一率领众匪趁村人还未睡醒之际，偷偷摸到围子墙下，想搞突然袭击，却被站岗值班的郭立斌发现了，对着正在爬墙的匪徒开了一枪。那匪徒“啊呀”一声，跌落在围子墙下。

郭立斌这一枪，把全村人都惊动了，村里男女老少齐上阵，一时间枪声大作，乱成一团。

匪徒们用的都是钢枪，可以连发，也可以点射，而村民用的是土炮，抬杆子枪等，都是一些过时的土武器，再加上匪徒们由吴振一统一指挥，而村民没有人统一指挥，郭之龙又是个文人，根本不会打仗，所以根本不是土匪的对手。

匪徒们仗着自己手中的武器好，人马多，很快就攻下了郭家围子墙，眼看快要攻入胡同进行巷战时，恰好丁耀祖带着民兵和联庄会员赶过来增援。

围子墙下，吴振一总算学乖了，他躲在匪徒们的背后指挥，可能是怕吃上一次的亏，用匣子枪在身后逼着匪徒们往上冲。

丁耀祖总归是当过武工队长和县大队大队长，你别看他平时文质彬彬的，一身书卷气，但是真打起仗来，如同猛虎下山。他从一个民兵手里接过钢枪瞅准，等待吴匪走进射程之内，可狡猾的吴振一，总躲在人群中，像知道什么似的，在匪徒们的屁股后只大声咋呼，就是不靠前。

匪徒见久攻不下，有的脱掉上衣，有的干脆光着膀子，如同拼命三郎，端着枪一波接一波叫喊着从远处冲上来，可到了近前又一个一个倒在地上。

躲在后边的吴匪见势不妙，就赶紧跑到一个小麦穰垛后，恰恰被丁耀祖发现，他眯着眼睛，稳住手中的钢枪，把家仇国恨，锁定在吴振一身上，而吴匪却不知道，刚一露头，丁耀祖使劲一搂扳机，只听两声枪响，那吴匪“啊呀”一声，一头栽倒在地上，血流不止。

匪徒们一下子失去了指挥，一个个跟无头苍蝇似的乱撞，最后被民兵和联庄队员打得从围子墙里撤了出来。待天晌时，用门板抬着吴匪的尸首仓皇而去。

杨云龙在后屯刘家连住三日后，率众人告别刘大麻子高调回乡，一路上鸣锣开道，鞭炮齐鸣，浩浩荡荡，热闹非凡。村里人都没见过这种阵势，一个个挤在大街上看热闹。

一百多号人马涌进村里，自然要吃饭、穿衣，发饷成一大难题，再去绑去抢，拾起自己的老本行，按自己现在的身份显然不行，因为自己现在是联庄会会长兼常备队队长，是个有身份有地位的人，那怎么办呢？杨云龙一时失去主意，整天愁眉不展。

一天上午，他正在与众匪头目策划筹款的事宜，忽然，一个身材魁梧的黑脸汉子，从门外匆匆走进来，对着杨云龙的耳朵说了几句，然后又急匆匆离去。

时候不大，从门外进来一位长者，杨云龙扭头一看，只见来人——

两鬓依稀，
文明棍提。
精神矍铄，
衣帽整齐。
金丝眼镜，
先生气质。

“啊哟！我当是谁来了，原来是表叔，请坐，快请坐！”

杨云龙一看表叔丁耀祖来了，赶忙从椅子上站起来，让手下人搬来一把太师椅，请他入上座，然后吩咐手下人上茶。

丁耀祖刚坐好，手下人急忙端来茶水，奉至丁耀祖和杨云龙跟前，又转身悄悄退了出去。

杨云龙这才正儿八经地问道：“表叔这些年过得可好？”

“唉！”他长叹一口气，又接着道，“别提了，一言难尽啊！”

杨云龙一句话，勾起丁耀祖心里的伤心事，脸上不免有些尴尬。丁耀祖把这几年的苦水、泪水统统倒了出来，说完眼角还挂着泪珠，杨云龙顺手抓起一块方巾递了过去，丁耀祖接过方巾轻轻拭了一下眼角。

杨云龙听后，又说了些安慰话，这才把眼前缺枪、缺人、缺粮、缺饷之类的难题告诉丁耀祖。

丁耀祖没有急着回答，只是淡淡地“嗯”了一声，然后低下头沉思了片刻，才抬起头：“你说的这些困难，开始起家的人都会遇到，说难也难，说不难也不难，只要你真想干一番大事业！难点在于……你今后如何把这支队伍保持住，立于不败之地，这才是你的命根子，也是你的本钱。”

“那表叔眼前有何妙计？”

丁耀祖微微一笑，又扭头看他一眼，掰着指头一五一十地数给他听，分析道：“你成立了联庄会，这个很好，但你要好好把握这个会的宗旨，你知道这个会的宗旨是什么吗？”

“保护地方不受侵害，确保辖区内的老百姓平平安安。”

“哎，这就对了，你要保护老百姓的财产和生命安全不受侵害。”

杨云龙点点头，让他继续说下去。

“你可以用保护地方老百姓的名义，合理摊派些钱粮，特别是那些大户人家，平时都吓得要命，让他们拿出点钱粮不成问题，关键你要保人家平安。至于钱粮多少，我觉得按地亩均摊为好。”说到这里，他咕咚喝了一口茶水。

“嗯，说得好。”

杨云龙又点点头，示意他继续说下去。

“至于缺枪缺人，这个……这个也不是问题。”他说到这里停顿一下，思索片刻后又接着说，“人嘛，我倒是认识几个，前阵子打吴振一，陆勇就出力不小，回去我可以把他介绍给你。至于枪，我觉得也不是问题，你可以兼并收编其他的队伍，减少敌对面，来壮大自己……到那时，枪支、人员和弹药的问题自然也就解决了，你也就不用发愁了。”

经丁耀祖这么一点拨，杨云龙如同从睡梦中醒来，真是听君一席话，胜读十年书。

杨云龙站起来，恭恭敬敬地朝丁耀祖深深鞠了一躬：“表叔说得极是，分析得太对啦！当下我先按你说的……”

丁耀祖听后微微一笑，又喝了一口茶水，鼓起圆圆的腮帮子，含在嘴里来回咀嚼着，待了片刻，咕咚一口又咽了下去，看样子还不放心，又接着道：“明天我与你一道去落马口找郭之龙，让他先捐出一部分粮饷，先解你燃眉之急，眼下他的儿子可是高密七区区长，驻双羊店的郭祝廷，以后他可以帮你解决一下枪械之类的急需物资。”

一席话把杨云龙感动得五体投地。

第二天上午，二人率八猴子、吴牛等几位，来到落马口和双羊店见到了郭之龙父子俩，说明来意。那郭祝廷也是讲江湖义气之人，一听杨云龙要拉竿子起事，竭力称赞并击掌响应，爷俩当场捐出光洋一千块，布二百余匹，外加粮食和枪械等多种军需物资。

杨云龙一看，感激不尽，在长辈们的撮合下，当天下午二人歃血为盟，对天发誓，永结金兰之好。

后来，杨云龙发迹，被沈主席和吴化文保举少将军长时，郭祝廷出任副军长兼二师师长，坐上了第二把交椅，那是后话，在此暂且不提。

杨云龙在丁耀祖等人帮助下，其队伍不断壮大。这期间，他为了复仇，采取卑鄙手段，枪杀了北营联庄会会长傅立堂，收编了其他联庄会成员。在军事上，他采取救命恩人九支队王林肯司令的建议，把二百多号人的队伍编成一个大队，三个中队，九个小队。他自己任大队长，一、二、三中队的队长，分别由王天和、八猴子、郭继先担任，下设的各小队也都有了恰当的安排。

自吴振一死后，诸城和高密一带又出了一名匪首，叫宋焕金，占据南半部，想跟杨云龙抗争。

宋焕金手下有二百多人，霸占良田近万亩，当地百姓每年为其代耕、代种、代收，不论年景如何，交租的粮食一粒都不能少，传说家中粮食堆积如山，却因管理不善，每年烂掉的谷物都用大板车往外拉。也有人说，宋家后院有一粮囤，因瓦破屋漏常年无人照料，粮囤那后来长出了一棵胳膊粗的榆树。

宋匪占据诸高南部无恶不作,听说每天晚上,他提着匣子枪挨门挨户睡两三个女人,这还不算谁家的后生娶媳妇,结婚头天晚上都得留给他。到了晚上,这一带的大姑娘小媳妇都吓得不敢出门,更不用说单独走路了。

杨云龙早就把他列为收拾对象，只不过前些日子因收编小股队伍未来得及动手罢了。

一天上午，又有两人来投靠杨云龙，说以前是平度刘云生手下的小队长,名叫陆勇,另一个是他的随从,名叫葛鹏。

杨云龙一听陆勇这个名字,好像在哪里听说过,至于在哪里听的,谁提起的,现在一时记不起来了。

卫队长这时匆匆走过来,把一封亲笔信递到杨云龙手中,尔后,又俯下身子嘀咕了几句,才走出去。

杨云龙打开书信一看,二人原来是表叔丁耀祖介绍过来的,不敢怠慢,但又放不下大队长的面子,绷着脸,转过身去对着门外大声喊道:“来人!”

“报告!”

“把他俩带进来吧!”

“是!”

卫兵走打一个敬礼忙转身走出去，不一会儿，从门外领进来两个陌生人,杨云龙回头一看,呵!前面这个——

浓眉大眼体巍巍,
腰圆膀阔声如雷。
双枪一蹭弹上膛,
双拳一握像铁锤。
走路嗖嗖如同飞,
脚踏地响战鼓擂。
年龄二十七八岁,
双枪陆勇显虎威。

此人名叫陆勇，不过他不是刘云生手下的小队长，而是八路军老六团的侦察科长，他出生于峡山湖上游龙且冢西侧的大圈村，因地方工作需要，现抽调至四区代理区中队当中队长，这次奉地委梁专员之命，由九支队王司令员和丁耀祖推荐，秘密打入杨云龙内部，发展对象，培养骨干，组织地下武装，瓦解杨部顽固分子，若时机成熟，可做转化杨云龙的思想工作。

他身后的小伙子名叫葛鹏，是陆勇的通讯员。

杨云龙仔细打量了一会儿，陆勇没有任何反应，于是扭头朝后面的葛鹏仔细端详起来，只见他——

十八九岁正年轻，
行踪敏捷赛武松。
说话办事机灵鬼，
人称诸葛是葛鹏。

杨云龙仔细看看这个，又细细端详那个，见二人威武英俊、与众不同，心里暗喜称奇，渐渐地流露出一丝喜爱，但阴险的脸上丝毫看不出喜爱的样子，唯有那对小眼珠转个不停，显得十分机警狡猾。

“你叫什么名字？”他盯着陆勇问道。

“陆勇。”

“你呢？”

“葛鹏。”

“你们两个为啥来投靠我？”

“听说队长是干大事的人。”葛鹏抢着回答。

杨云龙一听，这小子挺会说话，接着又绷紧脸用行话追问：“那你们的礼物呢？”

“在这里。”说着陆勇把两支匣子枪摸出来，啪一声放在跟前的桌子上。

杨云龙一看,心想:你小子怎么不懂行话呢?我问你带来多少人马,或者过来要给我立什么大功,怎么把枪献出来了?

于是他又不动声色地问道:“能否让我开开眼界,见识见识?”

“不敢在队长面前班门弄斧。”

“怎么,害怕啦?”

“那我只好献丑了。”陆勇说着双手抓起桌子上的匣子枪,轻轻往大腿上一蹭,只听咔嚓一声,子弹被掂入枪膛,就这短短几秒工夫,在场的人都看傻了眼,心想:这哪里是子弹上膛?分明是在艺术表演。一个个被惊得目瞪口呆。

只见陆勇双手提着匣子枪来到院子中间,一抬手一枪,那只正在槐树上叽叽喳喳的麻雀应声落地。

“呵,好枪法,好枪法啊!”

众人皆呼,赞不绝口。

自杨云龙拉竿子起事一来,宋焕金整天提心吊胆,没得到一天安稳日子,不是今天双方动了家伙,就是明天某地盘被抢走,害得他整夜整夜都睡不好。

这天上午,他正跟幕僚们商议如何对付杨云龙的“黑毡帽军”,忽然,一个侍卫急匆匆地从外边走进来,对着他的耳朵小声嘀咕了几句,接着把一封信递到宋焕金手里,然后匆匆离去。

宋焕金急忙撕开信封,从里面抽出信纸一看,信纸上用毛笔小楷写道:

宋焕金吾兄台鉴:

古历九月十二,正值老母六十二大寿,小弟特备水酒薄席于家中,望兄后天中午赴宴,准时无误!

愚弟杨云龙叩拜

九月初十于家中

宋焕金又认认真真地看了一遍，才顺手递给身边的胖子，鼻子哼了一声，然后又微微一笑。

“这是黄鼠狼给鸡拜年——没安什么好心。”

“嗯，我看也是。”

胖子看完书信后，随手又递给左边的瘦子，站起来倒一杯茶水分析道：“去，那可是凶多吉少啊。不去，则会惹怒杨云龙，到时他就会找借口进犯。到那时，自然也会让后人讥笑……这，这就是他先礼后兵的毒计啊！”

“王兄说的正是。”瘦子这时在一旁随声附和说道，“杨云龙身边确有高人指点，这可是唱的一出鸿门宴啊！”

“那我们应该怎么办？”宋焕金追问。

二人沉默无语，过了一会儿，瘦子忽地站起来：“嗯，有了。”

“快说说看！”宋焕金睁大眼睛望着他。

“我们不如来个将计就计。”

“你说的是？”胖子不解。

“我们这么着……”

瘦子望着对面的宋焕金，压低了嗓门，把自己的打算从头至尾对二人详细讲了一遍。

原来，这是陆勇向杨云龙献的绝户计——韩信坝水“鸿门宴”。

古历九月十二，是杨云龙母亲六十二岁生日，他想利用这个特殊的日子，诱宋焕金上门，趁机借故杀掉。宋若不来，说明他心中有鬼，不近人情，没有正眼瞧杨云龙，等于打了自己主人的脸面，然后借故出兵，名正言顺，一举歼灭。若来了，那就更好了，是他自投罗网，杨云龙早已安排好手下人，采取里应外合的手段，陆勇会见机行事，把他除掉，以免后患无穷。

离酒宴还有两天，杨云龙安排侄子四喜和大壮，从村里拉来十几头大肥猪。四喜力气大，用裂钩子一下勾住肥猪下颚，大壮上去双手攥着猪腿用力把猪扳倒。杨府的女人心细,早已把打死结的麻绳递过去,大壮熟练地用绳子把肥猪前后腿绑住,二人齐心协力,抬到杀猪床子上,那畜生用力蹬腿,嗷嗷乱叫。

大壮拿一根槐木杠子，对准伸到床子下的猪脑袋，朝耳朵后就是一闷棍,那畜生顿时停止了挣扎,喘着粗气,从嘴里发出微弱哀鸣,嘴角边开始冒出唾液白沫,全身痉挛,后腿还是一个劲儿乱蹬。

四喜在床子前双手握住前腿,向后用力摁住,大壮手快,右手拿一把尖刀,对准肥猪脖子下方用力一捅,直至猪心脏,左手轻轻摁几下猪鼻子,喘喘气,让它四肢乱蹬几下。家人把准备好的瓷盆推到床子前,那血浆如同瀑布,似红绸,从脖下喷出,血浆落到瓷盆里又溅起,家人赶紧把盆子端走,被溅到地上的血浆开始冒出少量热气,转眼间,又迅速凝固。

那畜生在床子上最后挣扎了一会儿,前腿渐渐僵直,后腿拼命伸展,慢慢失去微弱的哀鸣和喘气声,最后停止了呼吸,睡着了,永远熟睡了。

大壮用剥皮刀割去四肢,从肚皮开始,一刀刀剥掉带毛的猪皮,开膛破肚,挂到杆子上掏出内脏,用清水冲洗净后,再用大砍刀一劈两半,抬到屋里案板上,拿剔骨刀子,一条条,一块块,仔细剔除筋骨,切下后肘、前槽、腰弯、五花肉、脊骨肉……

九月十二,杨家大院人进人出,宾朋满座,吆喝声,猜拳声……丑态百出,但热闹非凡。唯独贵宾席上,冷冷清清,虽说山珍海味已准备齐全,却迟迟不见“贵客”宋焕金到场,众人无法入席,一个个只好坐在客厅里喧闹着消磨时间。

杨云龙是个暴脾气,低着头,倒背着双手,不耐烦地在小会客厅里来回踱着方步。

突然有人大声禀报:“宋队长到——”

杨云龙一听，冤家宋焕金来了，急忙率众人出来迎接，呵！只见来人——

高头大马胯下骑，
威风凛凛赛雄狮。
大嘴巴，扯两耳，
两道剑眉粗又直。
见人张嘴哈哈笑，
傲气十足把人欺。
人送绰号黑旋风，
无恶不作是宋氏。

杨云龙走上前，冲骑在马上的宋焕金一抱拳：“久仰久仰，宋队长大驾光临，寒舍蓬荜生辉，小弟我深感荣幸，本人特代老母以表谢意！”

“岂敢岂敢，本人因琐事缠身来迟，敬请杨队长和众位多多谅解！”宋焕金说着下马朝众人一抱拳，以表歉意。

丁耀祖等人赶忙回礼。

“宋队长屋里请！屋里请！”

宋焕金有些喧宾夺主，在众人的簇拥下步入大客厅。

门卫急忙上前行礼，按江湖规矩，宋应当众交出枪械，才能入席赐座，然而宋焕金视而无睹，根本不理这一套，竟大摇大摆地入了上座。

杨云龙一看，这个气就甭说了，但也只好先招呼众人按官职、辈分、年龄大小列席。

今天的饭菜特别丰盛，美酒佳肴，摆了满满一大桌，你看——

景德盘，淄博碗，
山珍海味样样全。
大海参，鱿鱼片，
四只大虾盛一盘。
松花鸭，野鸡肝，

潍河鲤鱼摆中间。
鸡丁子，鹅舌尖，
猴头燕窝老白干。

潍河鲤鱼这道菜，在潍水平原上十分有名。鲤鱼长须，有四个鼻孔眼，生长迅速，食料来源广泛，能在静水中自然繁殖，个体较大，肉多，刺少，味鲜美，食用价值高。目前，潍河鲤鱼还没有作为主养品种，仅在潍河水系内生殖繁衍。

相传，晋代王祥为了母亲卧冰求鲤，由此也就有了“王祥卧冰求鲤”的典故，这里既有孝道，也有医道，《神农本草经》更是将鲤鱼叫作“诸鱼之长”。

从药用角度说，鲤鱼性平、味甘，具有健脾养胃，利水消散，通乳安胎，止咳平喘等效果。可用于脾胃薄弱、食少虚弱、脾虚水肿等症。而鱼类又属于高蛋白的食物，便于消化。

为了去腥和泥土味，首先处理好鱼内脏和鱼鳞，稍微一过油，放入热水中清炖，打去浮沫，待熟后，开锅熬油，把油锅烧开后，把鱼捞出放入盘中，撒上干辣椒、葱丝、姜末和适量盐，最后把开锅油浇到鱼身上即可食用。

宋焕金见美酒佳肴摆了满满一大桌，就是不敢动筷子，杨云龙早已看出他的心思，急忙吩咐手下，从自己的酒坛中倒出两碗端至他跟前，然后自己才端起酒碗，大声敬酒道：“宋兄请！”

“各位请！”

说着他仰起脖子一饮而尽，然后又拿起酒碗倒过来，在众人面前晃了晃，滴酒未洒。

众人见状，皆惊呼称赞：“好酒量！好酒量！”

宋焕金看看杨云龙，又扭头看看诸位，正在犹豫不决，忽听杨云龙又道：“久闻宋兄海量，小弟愿再奉陪一碗！”

宋焕金见杨云龙连敬两碗，再看看诸位平安无事，心想杨云龙这样热情好客，也许是自己太多疑了，于是放开身段回敬杨云龙两碗。

众人见宋杨二人举碗畅饮，喝彩不断，整座大厅里，碰碗声，猜拳声，声声入耳。

院中那些随从护卫，见宋焕金在大厅里吃喝无事，一个个放下戒心，在院中的酒席上也跟着大吃大喝起来。时间不长，醉鬼们丑态百出，只见前院子里的人——

醉酒说笑，
桌下打闹。
东倒西歪，
拿头当瓢。
杯盘狼藉，
鬼哭狼嚎。

一时间，杨家大院内好不热闹。客厅内，众人酒足饭饱之后，勤务员把剩下的饭菜全部撤走，擦净桌面，开始上水果，你看——

这边香蕉苹果莱阳梨，
黄澄澄的橘子扒掉皮。
那边昌乐西瓜沙红瓤，
潍坊萝卜葡萄最吃香。

一会儿工夫，又摆上了一桌水果宴。

宋焕金在赴宴之前采取了瘦子的计策，做到：枪不离人，人不离枪，枪不离手，手不离枪，贴身跟紧杨云龙，要走手拉手。只要做到杨云龙在自己身边，别人就不好下手，自己的性命就平安无事。

天算不如人算，人算不如巧扮。

陆勇见宋焕金十分警觉，右手时刻握着枪，不好动手，害怕伤到其他人，于是装扮成一名勤务兵，从外边托着一盘水果走进来。杨云龙冲他挤一下眼，作为这次行动的暗号，陆勇会意。只见他不慌不忙，左手空着，右手托着一盘甜石榴，走到宋焕金面前，往桌面上轻轻一放，趁宋焕金一愣神的工夫，叭的一声，水果盘底下的小手枪响了，子弹直击宋焕金面门，他不知是咋回事，还没等他反应过来，便扑通一声倒在地上，当场毙命。

枪声惊动了院子里宋的随从和他的卫兵，纷纷要摸家伙，可惜晚了一步，陆勇和卫兵不费一枪一弹就给他们缴了械，宋焕金就这样稀里糊涂地当了枪下鬼。

正在大家高兴之际，从院子外边突然传来一阵枪炮声，众人大吃一惊，哭爹叫娘，抱头乱窜，院子里顿时乱作一团。

第四章

杨云龙勃然大怒，拽出盒子枪对着头顶就是两枪，嘈杂的人群一下子被镇住了，整个杨家大院安静下来。

他拎着盒子枪走向院子的高处，训斥道："你们看看自个儿，一个个都吓成什么样子了？宋焕金的人马还没到呢！"

说到这里，他把手里的盒子枪往腰里一插，瞪着眼，绷紧脸，一个劲儿地喘着粗气。

"一个个怎么叫宋焕金的人吓成这个样子，要是宋的人马真打过来了呢？"

杨云龙站在一盘小磨台上，正没完没了地发着火，王天和与八猴子等人押着三四十个俘虏，从村口大街凯旋。

宋焕金在赴宴之前，早对瘦子与胖子有所嘱咐，让二人各自率领自己的队伍预先埋伏在潍水岸边的灌木丛里，然后叫上十几个敢死队员，装成老百姓夹在人群当中，潜伏在墙外。待院中枪声一响，一是冲进大院抢先接应，二是给瘦子和胖子通风报信，让二人率潜伏人马火速增援，来个里外夹击，攻下杨家大院。可万万没有想到，他们算计来算计去，最后还是落入杨云龙和陆勇二人设下的陷阱。

杨云龙是谁？那是凉台少有的人精，属麦根子垛——浑身都是心眼子的人。就是在潍水平原上，上百年才出这么一个狠人，又加上文武双全的八路军侦察科长陆勇，仅凭两把快枪就可以打遍天下无敌手。

宋焕金心里的小九九，陆勇和杨云龙早已料到，故把驻守青石岭的王天和与驻守渠水西岸景芝一带八猴子的两支队伍，暗地里全部拉了过来，预先埋伏在河崖村西的松林里（宋的人马要想进攻杨家大院，这里是他们的必经之路）。待宋的人马一到，可以从沙丘背后向东或者向西迂回，从四面包剿宋的人马，使其首尾不能兼顾，从而一举歼灭。

为了确保万无一失，杨云龙还秘密把郭继先的一个中队调过来，作接应杨府与阵地之间的预备。杨府的警备主要有他的卫队和陆勇把守，因此说陆勇和杨云龙的计划做得滴水不漏，可以称得上万无一失。

既然做到了万无一失，刚才院墙外响起的枪声是咋回事？

前边已经说过，那是宋焕金的扮成老百姓的敢死队，他们夹在人群当中，忽听院子内响起枪声，火速过来增援，却被陆勇“包了饺子”，杨云龙因此才敢大胆走出来，站在院子内的一盘小磨台上大张旗鼓地训话。

宋焕金手下的瘦子与胖子，各人率领自己的人马按预先设计好的方案，悄悄埋伏在潍水岸边灌木丛里，久等不见宋焕金回来。

胖子有些沉不住气，小声问身边的瘦子：“你说队长今天是吉还是凶？”

“谁知道！”瘦子绷着脸回答。

“你看太阳都已偏西了，还不见队长的影子。”

“要沉住气，再等等看看吧！”

胖子不再细问，哭丧着脸，跟掉了二百块钱似的，看上去有点垂头丧气，一屁股坐在地上。

瘦子看了一眼坐在地上的胖子，嘴角一咧，悄悄转过身去，鄙视的表情里露出一丝狞笑。

又过了好长时间，胖子再也忍不住了，从地上忽地站起来，急头赖脸地呵斥道：“都到这个时候了，你说是不是发生了意外？”

“不可能！”

“为什么？”

“凭我的感觉！”

“我看是凶多吉少，要不咱派人过去打听一下？”

瘦子摇摇头，瞪他一眼，示意他不要再说丧气话，然后自语道：“若发生意外，院中必有枪声，否则不会发生什么意外的！”

“你是诸葛亮，还是徐茂公？好像会掐算似的！”

胖子瞅了他一眼：“诸……诸葛亮有时候还会发生意外呢。”

“嗯，也有可能！”

瘦子稍微思索一下，又扭头对胖子道：“不过像今天这样，内外都有咱们的人马，即使发生了意外，也会有人给我们通风报信的。”

瘦子一边说着，一边用手轻轻揉一下前额，稍微沉思一会儿，又自语道：“可也是，按说这时候也应该回来了。”

胖子是个急性子，早就忍不住了，又一次从地上站起来，想亲自去探听一下消息，却被一旁的瘦子一把拽住。

“不要去冒险，要稳住，再忍耐一会儿。”

胖子狠狠剜了他一眼，把头一扭，站在一边不再理会，而瘦子却不在乎，照样眯着眼睛用鄙视的眼光看了他一眼，嘴角里又透露出一丝诡异的狞笑。

弹丸之地的凉台平原上的秋天与别的地方有所不同，中午虽然已不像夏天那么炎热，但“秋老虎”还未散尽。头顶上，火辣辣的太阳还是淫威四射，大地上的一切还是被炙烤得心烦意乱。

原上瓦蓝的天空，苍鹰盘旋。

潍水岸边的池塘里，苇媚子不甘寂寞，时而从这棵苇梢跳到那棵苇梢，时而又从那棵苇梢跳到这棵苇梢上，站在苇尖上喳喳地叫着，不知被谁一惊，忽钻进芦苇丛里，躲藏在叶片缝隙间，瞪着小眼睛再也不敢露面。那些胆大的，仍远远地站在高高的苇秸上吱吱嘎嘎叫个不停。

一只大肚蝈蝈悄悄爬上胖子的后背，优哉游哉地扇动脊背上那对红褐色的鞍翅，发出唧唧吱吱的叫声。

正在这时候，从杨府那边隐隐约约传来几声枪响，接着又有几个黑影朝这边跑来。

胖子再也忍不住了，从腰间拔出匣子枪："弟兄们跟我走！"

瘦子劝他不住，没法子，也只好拎起枪跟了上去。一百多号人的队伍，浩浩荡荡刚挤过村南的黄土沙丘，突然，背后响起一阵枪响。

走在队伍前面的胖子和瘦子不知是咋回事，正犹豫不决，迟疑了一下，四周也跟着响起密集的枪炮声。

瘦子见势不妙，急忙爬上沙丘朝四周一看，心里大声喊道：俺的亲娘来！

四周黑压压的人群一齐朝这边涌过来。

"弟兄们快上啊！杀啊！抓着当官的队长有赏啊！"

一看这阵势不对劲，瘦子一边指挥人马拼命抵抗，一边偷偷带着十几个随从往西逃窜。

胖子一看瘦子不战而逃，气得咬牙切齿、暴跳如雷，赶忙指挥自己的人马向东突围，谁料想刚跑出十几步远，被迎面冲上来的八猴子一枪击中要害，命归西天！

瘦子率领十几个随从好歹冲出重围，一头钻进水沟路南的小松树林里，刚要坐下来喘口气，又被赶来增援的郭继先团团围住，一阵乱枪打死在树林中。

晚上，杨府上下张灯结彩，鞭炮齐鸣，庆功祝寿，双喜临门。院子里传出喝酒猜拳声，欢呼雀跃声，喝彩击掌声，一时间整座杨府热闹非凡。

转眼之间，一九三三年韩复榘督鲁后，各地匪事不断，他怕自己的粮饷和兵员受到影响，于是采取逐步剿灭的政策。在这种背景下，杨云龙采纳军事顾问王林肯和丁耀祖的建议，把常备军与地方联庄会分离开，地方联庄会闲时组织训练军事，忙时又可回家务农，既省钱又省粮，打仗务农两不误。

且说莒南有一匪首叫徐小乾，手下一千多号人马，凭借易守难攻的地理优势，韩派兵多次围剿未果，反而损兵折将不少，为此食之无味，夜不能眠，日夜为徐匪大伤脑筋。

陆勇得知这一消息后，立马报告给杨云龙，杨得知后，暗自揣量，如果自己将徐匪抓住或者除掉，既得人心又得实惠，还能为韩主席除去一块心病，为韩剿匪立下了汗马功劳。到了那个时候，自己要官有官，要人有人，枪械多，粮草也不缺，地盘也扩大数倍……嘿嘿，不用说称霸整个山东，就是逐鹿中原也有希望。

想到这里，他心里有些飘飘然了。

绝对不能错过这个千载难逢的好机会。

他此时主意已定，急忙派人请来了自己的高级军事顾问王林肯，以及表叔丁耀祖过来密谋。

前面咱已提过，九支队与八支队合并后，王林肯不再担任主要领导职务转任闲职，于是要求回到地方去做杨云龙的策反工作。

这时候，国民党山东省政府仍幻想王林肯能出任政府公职，便派要员裴明宇到班岗劝说，王林肯不为所动，严词拒绝。后来蒋介石了解了王林肯其人，便派他的同乡好友，国民党中央监察委员蔡自声亲到班岗，劝说王林肯到重庆中央政府任职。王林肯捋捋胡子仰天长叹道："现在坚持抗战的是共产党八路军，而国民党的一些不肖子孙，放着日寇不打却与八路军搞摩擦。眼看国土沦丧，人民遭殃，自己是个中国人，哪能不痛心呢？我若不抗战怎对得起先总理的在天之灵。我只想在山东抗日，不想去政府升官发财……"

说时声泪俱下，感动得蔡自声不忍再劝，无劳而归。

王林肯不屈不挠的抗战斗争精神，被打入杨云龙内部的电台台长四老爷及时向上级做了汇报，八路军山东军区首长给予了很高的评价，对王林肯进行慰问，并交代了当前的任务：一是要他继续留在潍水平原上，争取做好杨云龙和其他人的策反工作；二是想方设法为解放区搞些医药品和通信器材。

王林肯谨遵山东军区的指令，积极做好了这两项工作，因为在很早以前，杨云龙还尚未发迹时，他与曹家打官司，待官司上至济南时，却输给曹家，被韩主席判刑入狱，多亏王林肯出面营救，才保全了他的性命，故王林肯对杨云龙有救命之恩，后被杨云龙聘为高级军事顾问也就顺理成章了。

“皖南事变”后，老蒋把第二次反共高潮推向顶点。不久，山东省政府委任王林肯的同乡孙敬堂为诸城县县长。孙敬堂对王林肯仰慕已久，但反共高潮使他思想迷茫，诸城境内的各种反动势力令他怵惧，对抗战前途产生怀疑，对省府的器重踌躇不前，有意辞谢！这时他忽然想到了王林肯，便慨然接任，去班岗村向王林肯讨教。

当时王林肯表态：“你来也好，今后咱们就慢慢对付着办吧！”

此时的诸城境内，杨云龙正和李永平为争地盘多次发生冲突，涂炭百姓，民怨鼎沸。孙敬堂意欲过问，又恐各方要挟责难，便拟劝和电稿，借胶县姜黎川部电台发出，呈请五十一军出面调解。姜黎川从中作祟，将电报稿告知杨云龙。杨借题发挥，对诸城县府多次拒绝为他筹措给养大加报复，便以开会为名将孙敬堂骗去，先是破口大骂，继而毒打，然后关押，孙敬堂仍莫名其妙。几天之后再次提审，杨云龙劈头就问电报内容，孙敬堂如梦方醒，认清了姜黎川借刀杀人，制造口实，行联李（永平）反杨之目的，大呼冤枉。两天后又提审，孙敬堂感到末日来临，整好衣帽待作刀下鬼。当他走进至杨云龙公寓，谁知救星从天而降——王林肯听说后专程过来救孙敬堂。然虽有王林肯说情，杨云龙依然怒气未消，杀气腾腾。

王林肯当时劝道：“大敌当前，我们本应同仇敌忾，浴血奋斗，消灭日本侵略军，才是真正的民族英雄精神。若自相残杀，岂不是鹬蚌相争，渔人得利吗？敬堂劝和并无歹意，利国利民，与你无害，如果杀了他，岂不正中毒计？那时姜黎川等有了借口，便出师有名，联合起来兴师问罪，对你有何益处？望君思之！”

杨云龙理屈词穷，默默不语，下令开释。孙敬堂得以生还，但他不能再当县长了，只好弃职回家走教育救国之路去了。

后来杨积极反共，并不断与国民党五十一军和五十七军闹摩擦，不过在王林肯的劝说和影响下，杨云龙一生也多次与日寇交手。

一九三七年景芝古街被鬼子占领后，一九三八年又在景阳门东窑设活动场所，后来建起据点，老百姓叫“阿拉子窝”，修建着四座碉堡，上面架着机枪钢炮，一时成为杨云龙的眼中钉、肉中刺。

为了保护自己地盘的利益，杨云龙在王林肯的劝说和影响下，打算一锅端掉这些。

为摸清鬼子的布防，最后经仨人协商同意，由表叔丁耀祖假扮一位锔锅匠，第二天挑着担货走进古镇景芝街侦察敌情。

"锔——锅哩，锔——盆了。"

丁耀祖的嗓音极为淳朴、浑厚，还带有一点野性，穿透力也极强，仔细听，句尾"了"字里面最后的音符稍微拉长，并且使劲往下压，比前面的字音"哩"低八度，那声音里还稍带安丘腔调的味道。

"锔——锅哩，锔——盆了。"

声音由远而近，直至走到一家老屋后边半截胡同，扁担的吱嘎声才戛然而止。

丁耀祖把货担放在东西半截胡同里，靠着树林子前墙停下来，一来这个地方离鬼子的"阿拉子窝"很近，小鬼子的一举一动都在他的监视之下；二来这地方朝阳避风，稍作休整后，他再仰起脖子，朝前后胡同里大声吆喝。

"锔——锅哩，锔——盆了！"

正在酣睡的人们，被他那一次又一次淳朴、浑厚的声音唤醒。

南屋里大婶端着破面盆，第一个走出家门；北屋里的年轻媳妇坐不住了，一边嘟嘟囔囔埋怨着贪睡的丈夫，一边抱着碎瓷碗走出家门口；东邻的大娘也没有闲着，她右手提着破锅，左手拎着腌咸菜的罐子走过来。

"铜锔子八分，铁锔子五分。"

"贵了，现在哪有这么贵的？你再减减！"

"凉台集上，人家要才五分钱，你却要八分。"

"你还真敢要！"

大伙七嘴八舌地与锔锅匠讨价还价。

"都别吵了，铜锔子五分钱一个，铁锔子二分，你干不干？"

"五分就五分，丑话可说在前头，锔锅费时，费工，费力，费料，每个锔子一毛钱！”丁耀祖涨红了脸。

经过一番激烈的讨价还价，双方在确保质量的基础上，最终达成协议，在场的每一个人这才满脸欢笑。

说书唱戏，咱得有板有眼，装扮得有模有样。

因为那个时候的锔锅匠，都是用扁担挑着两个大木箱子，箱子底部用麻绳系在扁担两头的木楔上。木箱里全是锔锅、锔盆、锔碗的专用工具，每一个木箱子上下有五层小抽屉，抽屉里装着各种各样的钻头、小锤、钻杆、砧子、大锤、钳子……钳子又分老虎钳子、尖嘴钳子、大口钳子等。后箱子那几层抽屉全是铜锔子、铁锔子、大铆钉、小铆钉、大铁片、小铁片，以及其他各种锔锅锔碗的材料。

箱子外边还挂着一个小火炉，烧的是焦炭，专门用来烧制和锻造铜锔子或者铁锔子的。箱子外边还挂着大大小小的木钻，钻铤与拉板用牛皮绳相连，钻水缸罐子或者面盆时，左手攥着小铁碗，并轻轻压钻铤顶端，右手来回拉动扁板，牛皮绳就会缠到钻铤杆上，继续拉动扁板，木柱制成的钻铤来回转动，钻铤底下的钻头就会一路钻了下去，在水缸裂缝两侧钻好眼后，再附上铁锔子。锔子也很有讲究，大小、宽窄、长短不等，中间薄稍宽的铁锔子，是用来锔水缸的，两头有小钉的是锔面盆和罐子的，状如大订书针似的铜锔子，都是用来锔茶壶和茶碗的。钻头也有讲究，钻头钻的小孔，必须与锔子钉头大小一致，用小锤子轻轻一敲，那钉头正好对准钻头打的小孔。然后用食指抹上石灰做成的胶泥，晒干后坚硬无比，器具就修好了。

俗话“没有金刚钻就不能揽瓷器活”说的就是这个。

给瓷器钻孔打眼可是个技术活，钻头钻得过深，会损坏瓷器。钻头钻得过浅，锔子在瓷器上没有抓力，瓷器也锔得不牢固，易再次破碎。民间的锯锅匠高手，不仅钻孔打得漂亮，锔子的大小也一致，锔子与锔子之间的距离匀称。

小时候记得姥爷家景很好。一次跟母亲去住姥娘家，见姥爷喝水用的小茶盅就是日本瓷，印象最深是茶盅壁上刻有两条红色的金鱼，鱼的眼睛鼓鼓的，尾巴很长，也很飘，倒上茶水像活得一样，在茶盅壁上来回游动。那时我还小，不记得啥原因茶盅被碰碎了。姥爷对茶盅十分爱惜，也十分心痛，找人捎到高密城里，让锔锅匠用三枚小紫铜锔子，在茶盅壁上均匀锔成，三枚明晃晃的紫铜锔子镶嵌在金鱼嘴边，又像三尾蜿蜒游动的小鱼在戏水，十分耐看。每逢有外人来家做客，姥爷就端起茶盅一边叙旧，一边啧啧赞叹锔艺。

“锔锅锔盆锔大缸，就是不锔破牛筐……”

在人群中，丁耀祖有板有眼的还抖着笑料。

筐在潍水平原上分好多种样式，一个把的，三个把的，没有把的，长的，圆的……一般来说，一个把的叫筐，三个把的称架筐，圆形没有把的叫牛筐，长条形没有把的称篓子。牛筐是棉槐树条子编成的，但是筐上没有把，用四根粗绳从底部穿过，用时可提绳，可抬，可扛，还可以提很重的石头或土等。一般都是棉槐树条子或白杨树条子编成的牛筐，风马牛不相及，锔锅匠根本无法修补，从这里也看得出丁耀祖的幽默风趣。

干活之前，丁耀祖先逗一逗四周围观的人群，然后从箱子里拿出油布做成的围裙，抹平后围在臀部以上的位置。胳膊上也戴上了用蓝布做成的套袖，拿一个马扎子坐下，拉开箱子的小抽屉，从里面拿出锔锅的家什，接过炒菜的生铁锅夹在两腿之间，因为东邻大娘的生铁锅底部出了个漏眼，扔了吧！怪可惜的，还得花钱去凉台集上买，不扔吧，锅底有个小洞肯定不能用，只好找锔锅匠来补补了。只见锔锅匠接过生铁锅，在锅内把漏眼稍微扩大，再拿一个专用的铁片，用剪铁的大剪刀剪成圆形，贴在锅里丈量了一下，非常合适，便动手用铁钻打孔。那铁钻来回转动，铁屑随着钻头飞快溢出，时间不长，小孔钻透。同样的道理，在锅的外侧钻孔，剪成圆形铁片，压在生铁锅外侧，铆钉从小孔穿过后，接着传来叮叮当当的响声，当小锤子将铆钉分开压下，再用小锤子将铆钉与铁片敲平，将上下两片铁片铆紧，铆平，然后在生铁锅内外抹上一点石灰膏，生铁锅就算补好了。

冬天，是锔锅匠来的最多的时候，生活在那个时代里的孩子们，冬天没地方玩耍，整天不是围着看打白铁的就是围着看做爆米花的，因为那时候，除了货郎、铁匠之外，村里很少有走村串巷卖东西的，锔锅匠来了，锔锅的地方自然就围起了孩子们。

闲时丁耀祖一边望着远处“阿拉子窝”里进进出出的鬼子兵，一边在心里悄悄记下了人数。有时也逗逗孩子们，而那些调皮捣蛋的孩童总会一哄而散，站在远处的土墙上，冲着丁耀祖大喊——

叮叮当，
叮叮当，
猴子来下乡。
吃的什么饭？
喝的姑馇汤。
……

太阳将要落山了，丁耀祖刚要收拾地摊儿，从“阿拉子窝”里突然走出一个鬼子兵，朝他这边走了过来。

“锔锅的赶快走开，皇军马上就来了，这边要求夜禁！”

“好的，这就走，就走！”

他连忙点点头，一边收拾着地摊，一边悄声问身旁的一位老者：“大叔，鬼子的中国话咋说得这么好呢？”

老者低下头对他小声道：“这不是真正的鬼子，你别看他穿着鬼子的衣裳，其实是皇协军冒充的鬼子兵，白天进进出出，看上去人数挺多，实际鬼子也就五六个人，其他的都是皇协军假扮的。”

“噢，原来是这么回事！”

“哼，可能是怕杨云龙和厉文礼的人马过来骚扰，都是假扮的鬼子兵。”

“他们一共有多少人？”

“大约也就三十多个人。”

“快走，再磨磨蹭蹭的，皇军来了就把担子和人一起扣下。”

来人威胁着……丁耀祖一个劲儿点头，急忙收拾起担子，匆匆向远处走去。

“锔——锅哩，锔——盆了。”

景芝的大街上，那浑厚的嗓音还在凛冽的寒风中飘荡。

第三天夜里，杨部人马跟地下游击队配合，从东南两面对“阿拉子窝”炮楼及碉堡发起攻击，日伪军很快败下阵来，并伤亡惨重。激战中，一名活着的鬼子兵逃出景芝，向安丘和坊子的日寇求救。杨部占领景芝时间不长，又被驻安丘和坊子的日寇的三十多辆汽车，五六百援军打退。

日寇为了报仇雪恨，后来纠集了大部队包围了潍河两岸十多个村庄进行屠杀。

王林肯和丁耀祖来到杨云龙府邸，这是一间不大的会客厅，从外表看上去跟一般房子差不多，但室内十分讲究。表叔丁耀祖坐在杨云龙对面，王林肯坐在中间，前面放着一张八仙茶桌，桌面上放着烟、茶水以及水果。

客厅里烟味很浓，雾气缭绕。

一阵长时间的沉默过后，王林肯首先打破僵局。只见他慢慢腾腾地站起来，分析道：“徐匪人多势众，又是西南一带的巨匪，还有山峦险峰作屏障，难攻易守，可算是天时地利他全占据。”说到这里他稍微停顿了一下，端起茶桌上的小碗，喝一小口茶水，含在嘴里，用舌头来回搅动了几下，咕咚又咽下去，吧嗒了两下嘴唇，然后又接着道，“不过，徐匪为非作歹，民愤极大，我们可以利用他这一弱点，巧设计策，进行智取。”

“那倒是！”丁耀祖点点头，看来他很同意王林肯说的话，于是就侧过身去，扭头看了王林肯一眼。

“王顾问说得极是，虽说我们现在不是国军，但也算得上是政府的人马，咱们可以名正言顺地用计谋把他除掉，我考虑外人不会有异议，因为我们为民众除掉了一害。”

"那咱们如何智取或者计杀？这是问题的关键。"杨云龙半躺在太师椅里，猛吸一口烟，接着又从鼻子里冒出来，翘了一下屁股，半撅着腚躺在太师椅里抢着插话说，看上去有些不耐烦。

"这个……"丁耀祖有些迟疑。

"哎哟！"坐在中间的王林肯恍然大悟，他不等丁耀祖开口，急着抢话道，"咱们怎么把这层关系给忘了！"

"啥关系？"杨云龙追问。

"徐大头可是徐匪的亲叔叔呀！"

经王林肯一提示，杨云龙似乎明白了他想要说些什么，于是抬起头看了丁耀祖一眼，朝着表叔丁耀祖微微笑了笑，可就是不说话。

丁耀祖摇摇头，一脸无奈，看上去有些不得已，又哭丧着脸强装微笑，心里似乎知道二人葫芦里卖的什么药，于是对二人轻轻摆了摆手。

"我何尝不知道。"说着他朝杨云龙和王林肯两人看了一眼，双手向外一推，一脸愁容，幽默又不失调皮地说，"丑话咱可得说在前头，你们两个可别打我的主意！"

"哈哈。"王林肯仰起脖子只笑不答。

"哦！"杨云龙也笑着点了点头，"是的是的，我们不会。"这时候，他脸上露出一种看不见的阴险与狞笑。

"那样做人家会骂我忘恩负义，没了人情味！"丁耀祖又长叹了一口气，继续辩解道，"以后叫我怎么出去做人啊！"

"哟，表叔您这样说就不对了！"杨云龙瞪着眼望着丁耀祖，又接着问道，"您刚才不是说要为民除害吗，怎么转眼之间又下不去手了呢？"

"你们两个人误解我的意思啦！"丁耀祖一本正经地解释道，"我刚才说的跟现在说的不是一回事。"

他张开嘴巴看着二位，心里好像还有什么话要说似的，却被一旁沉默不语的王林肯打断了："哎呀，我说丁先生你就别推辞了，杨云龙可是你的外甥，是你的亲戚，而徐大头呢，只不过是你的一个朋友罢了，谁亲谁疏你比我清楚。”

他故意把“亲”字说得语气重一些，让人听上去觉得更加亲切，其实只不过是瓜蔓亲戚，稍有点沾亲带故罢了。

“王先生，徐大头可是我的好友，也是我的救命恩人啊！”

“好好好，就算你俩是好友，就算是你的救命恩人，可现在你是杨云龙的表叔呀，又是他的高级幕僚，是在为他做事，不是为徐家做事，你千万不能以小失大啊！”

丁耀祖欲要张嘴再多言几句，听王林肯一阵数落，面红耳赤，话快到嘴边了又咽了下去。

丁王二人就这样，当着杨云龙的面，一个唱红脸的，一个唱白脸的，你来我往争吵不休。

杨云龙见时机成熟，赶忙站起来走到丁耀祖身旁，细心安慰道：“表叔对朋友忠心耿耿，不是一般人能做得到的，在下心里十分佩服，我也知道你是一个有良心，讲正义，重感情的人，可是你不为咱们想一想，我们不这样做就永远无出头之日，你我活在当今这个世上，你不去偷，不去抢，不去夺，不去努力，就会任人摆布，甚至会被其他人吃掉。”

王林肯冲着他点头称赞。

一旁的丁耀祖却沉默起来，透过金丝眼镜的水晶镜片，眼里隐藏着羞愧。杨云龙见二人不再争执，不再言语，又接着道：“人常言，胜者为王败者寇。如果咱们不采取其他手段，早晚也会完蛋，到那时……”说到这里，他心里有些顾虑，抬头看了二位一眼，“我……我是想先投靠在韩主席麾下，背靠大树好乘凉，你俩看咋样？”

“韩是西北军的一介武夫，我觉得他撑不了多久。”

杨云龙见王林肯说得有些武断，于是不咸不淡地扔下一句：“但人家韩主席孬好代表国民政府呀！”

“从长远利益来看，我觉得倒不如……”

丁耀祖看了王林肯一眼，见王林肯紧锁眉头没有说话，于是伸出右手向西指了指。

“你说的是西山里那边？”

丁耀祖点点头。

“不行，不行！”杨云龙把头摇得跟拨浪鼓似的，“成不了气候，也不成气候，就那么几个人，几条破枪，能成多大的事？”

丁耀祖还想说下去，一扭头见王林肯紧锁着眉头对他轻轻摇了摇头，意思说策反工作没到火候，没必要跟他争执下去，示意丁耀祖不要再说了，话到嘴边，丁耀祖又咽了下去。

一阵长时间沉默，杨云龙见二人不再言语，心里觉得刚才的话说过了头，怕伤了二人的自尊和面子，于是就笑了笑对二人解释道：“就是想投靠西山里那边的人咱也不着急，不妨先等一等，待西山里那边的人站稳脚跟成气候了，咱再率部去投 115 师也不迟。”

又是一阵长时间的沉默。

这时候，王林肯首先站起来打破眼前的尴尬：“噢，扯远了，咱们还是先说说徐大头吧！”

丁耀祖看看杨云龙，又回头望望身边的王林肯，静静地想了一会儿，还是无言以对，最后只好把手往外一推：“听你俩的，现在你们说我该咋办？”

“这就对了，是亲三分向，无亲向当庄！”王林肯微微一笑，朝杨云龙递了一个眼色，杨云龙会意，于是点点头，意思是让他继续说下去。

王林肯这才把空拳放在嘴角上，试着轻轻咳嗽了一下，清理一下嗓子劝说道：“咱们只是想利用你和徐大头的关系去抓徐小乾，而不是让你去要徐大头的命，外人不会说啥的，你尽管放心好啦！”

丁耀祖点头不语，又低头沉思了一会儿，然后又抬起头望着二人：“你俩尽管说让我具体做啥吧。”

“哈哈。这才是我的好表叔。”笑声过后，仨人聚在一起，低着头如此如此，这般这般地密谋了好久才分别离去。

待第二天一早，丁耀祖按昨天仨人制定的方案行动去了。

莒南巨匪徐小乾，凭借易守难攻的地理位置，自重创韩复榘大队人马之后，气焰更加嚣张。

这天上午，他正要率队去各哨所视察，一个卫兵忽然从外边跑过来，冲徐匪一个立正。

“报告司令，有客人求见！”

“回话，本司令今天有公务在身，概不会客！”

“是！”

卫兵行礼还未退去，徐大头和丁耀祖就从外边走了进来。

“哎哟，贤侄今天有啥急事概不会见俺俩？”

徐小乾朝门外一看：“哈哈，原来是二叔和丁先生来啦，幸会幸会！”

“哪里，哪里！”

他急忙把二人迎进屋里，又是一阵寒暄过后，徐大头与丁耀祖分别入座。

“贤侄近来战事如何？”徐大头开口问。

“二叔，托您的洪福，我福大命大造化大，没人能奈我如何。”

“嗯，那就好！”徐大头停顿了一会儿，思索片刻又接着问，“听说前些日子韩匪进犯，双方伤亡很大，我们俩老是放心不下，为此今天特过来看看。”说着他指了一指身旁的丁耀祖。

“那是那是，俺俩就是放心不下，今天特过来拜访徐司令。”

说着丁耀祖用右手把眼镜往鼻梁上轻轻推了一下，站起来向徐小乾深鞠一躬，以表心意。

“请二位放心好啦，韩匪每次进犯，都以失败告终，我估计短时间内他不会再冒这个风险了。”说到这里，他得意地看了二位一眼，“再说他姓韩的有几颗脑袋？娘的，有胆量尽管来好啦！老子保证他来一个死一个，来两个死一双……最近我把所有的明暗碉堡、战墙、炮楼、壕渠……重新加固了，可以说是固若金汤，保证万无一失！”

“嗯！”徐大头点点头，阿谀奉承道，“那就等着韩匪都过来送死吧！”说完仨人哈哈大笑。

“徐司令运筹于帷幄，决胜于千里之外，真乃帅才风度，令老朽佩服之至，佩服之至啊！”丁耀祖一边说着，一边用指头暗地里戳了一下徐大头，接着道，“徐司令，今天俺俩在顺来客栈特备薄席一桌，为您保护一方平安，特作庆功祝贺，还请您光临赏脸。”

“哎，丁先生您说哪里话，我理应为你俩接风洗尘才对。”

“不不，徐司令保一方平安，功勋卓著，俺俩理应为您庆功祝贺！”

“庆啥功？我只不过保一方平安罢了，依我看，就免了吧！”

“您这样说就不对啦，保一方平安也是您的功劳呀！”

“哈哈！”

“哎哟喂，我看你俩就别争执了，听我说句公道话吧！”徐大头看他俩争得不可开交，于是急忙插进来说道，“贤侄作战有功于百姓，理应庆功祝贺！俺俩远道而来，接风洗尘也顺理成章。不过既然丁先生早已把酒席预订好了，我看还是主随客愿吧！”

徐小乾听二叔一言，也就不再言语，默许了。

“顺来客栈”是莒县城内最大的一家客栈。

一共分三层，有钱有身份的人，一般都到三楼吃好酒好菜。

一般的顾客，都到二楼吃普通的酒菜，而穷苦的百姓，一般都在一楼吃较差的酒菜。

时至中午，徐小乾换上便衣带着两个卫兵来到客栈，登上三楼推开头号客厅，见二叔和丁耀祖早已在此等候多时，进门寒暄几句，入席就座，一顿海吃畅饮，待酒足饭饱之后，丁耀祖见徐大头起身小便去了，私下对徐小乾道：“司令，近些日子你可认识了一人？”

“噢，你说谁？”他睁大眼睛，瞪着丁耀祖嘿嘿一笑，“整个莒县城我谁人不知哪个不晓？”

丁耀祖见他开始上钩，笑着摇摇头：“有一人你恐怕不一定知晓。”

“谁？”

“怡春院的刘十娘。”说着，他看了徐小乾一眼，故意停顿一下，神秘地补充道，“昨天她刚刚过来的。”

“丁先生你别诓我了！”他微微一笑，把头轻轻摇了摇，看上去有点不屑一顾，心里也有些得意，点头笑着说，“大前天我还去过呢！嘿嘿，你哄得了我吗？”

“人家刘十娘是昨天刚来的好不好，而你是大前天去的，中间隔着一整天，你这哪里晓得的？”

徐小乾见丁耀祖说得严肃认真，不像是哄骗自己，于是瞪大眼珠子问道：“你是咋知道的？”

“你看看，司令还不相信我的话，怀疑我存心诓你不成？”丁耀祖狡黠一笑，又附在他耳朵旁细声道，“那刘十娘丰满白嫩，冰肌玉体，特别是那……哦哟，司令若去，包你满意！”

徐小乾一听女人就来了精神，特别是经丁耀祖一挑逗，心里顿时痒痒的，借着酒劲，急忙拉起坐在椅子上的丁耀祖：“走，咱俩逛逛去。”

“去是中，只是你叔……”

丁耀祖没把话说到底，只是用眼睛看着他，表现出有点为难。

“怕啥，谁敢担保他没干过那种事？再说他又不在跟前，咱俩借故把他蒙过去算了。”

他说着冲着站在门外的两个卫兵吩咐道：“你们两个在这里等着我，待徐二爷回来，就说俺俩有点事，出去一趟，一会儿就回来。”

说完拉起坐在椅子上的丁耀祖匆忙下了楼，二人出了客栈，顺着大街往东南方向走去。

“怡春院”在顺来客栈东南方向，离客栈约半里来地，不用一袋烟的工夫就到了。

徐小乾跟着丁耀祖从小门走进去，左拐右拐，来到一个僻静的院落，院子里像刚刚刷过油漆，房间门扇紧闭。这时，忽然从里面传来一个娇滴滴的声音:“二位爷来啦?”接着又喊了一声,“请到楼上稍坐!”

徐小乾停下脚步,那娇滴滴的声音挠得他心痒痒。

丁耀祖忙把房门一指,意思是让他先上去,自己随后就来。徐匪心里美滋滋地走上台阶,一把推开门走进去,突然,从门后跳出两位壮汉,陆勇从背后把他拦腰抱住,使劲一绊子,把他摔在地上,还未等他反应过来,又被葛鹏冲上去,对准太阳穴就是两拳,接着下了家伙。徐小乾趴在地上顿时昏了过去,二人用麻绳把他五花大绑,堵上嘴巴,装入早已准备好的麻袋中,用车偷偷拉走了。

其实明眼人都知道,这是杨云龙和丁耀祖针对徐小乾设下的陷阱,前后不到一袋烟的工夫,骄横一时的巨匪就这样被陆勇等人活捉了去。当天夜里被杨云龙押至济南,当面交给韩复榘。韩大喜,特授杨云龙为少校副官。自此之后,杨云龙跟随韩复榘左右,帮韩攻打国民党二十一师驻胶东刘珍年部,又屡立战功,后被提升为“山东特别侦探第二大队大队长”,正式成为韩的得力鹰犬。

一九三六年,又因战功卓越,升至“山东第二路剿匪司令”,手下共有兵力五千余人,驻防石岛,辖鲁南、鲁东一带……至此,杨云龙正式成为胶东半岛上头号巨匪。

刘小姐自从与杨云龙分别后,整日茶饭不进,思念心上人,可事与愿违,总不见杨云龙的身影,为此她比以前消瘦了许多。

这天早晨,她还是跟往常一样,又早早起来坐在镜前,呆呆地看着自己,一天天消瘦,又一天天痴痴地傻想。

“小姐请梳洗打扮吧!”

丫鬟玉兰端着水走进来,见端坐在镜前痴痴的她,戏笑道:“小姐你就甭想了,他一定会来的!”

“死丫头,你说谁呢?”

“他哟,就是你心里那个张生呀!”

玉兰嬉笑着，又清理清理自己的嗓子，接着唱起茂腔戏词——

正月里来呀是春节，
当兵的郎君把家撇。
一场风来呀一场雪，
不知郎君呀冷和热。

二月里来呀百草发，
当兵的郎君不挂家。
高堂撇下呀八十母，
绣房撇下俺一枝花。
……

“你这个死丫头，待会儿我让你掌嘴，看你还嘴贫不嘴贫。”

刘小姐瞅她一眼，半真半假，正噘着嘴责怪跟前疯疯癫癫的玉兰，忽然，从远处传来锣鼓家什的吹打声。

“小姐，你听锣鼓家什吹打声，好像离咱这里越来越近了。”

“唉！”刘小姐叹一口气，“那是后街有人在娶亲。”

“小姐，你叹啥气呀？”

“那是人家娶亲，又不是咱家，你高兴啥？”说着她背过身子去。

“嗯。”玉兰点点头，有些扫兴。突然，她又大声嚷起来，“不对呀！小姐你听——那锣鼓家什好像朝咱这边过来了呢！”

“疯丫头，那是咱家隔壁王家在娶亲。”说着她又转过头来。

“小姐，真的，好像朝咱这边来了呀！”

“玉兰，你又在戏弄我，你戏弄我多少次了！”

“真的呀小姐，不信你听——”

吹吹打打的锣鼓家什，这时候绕过大柳树底和前湾崖，顺着大街真的朝这边走来了。

“啊哟,玉兰,快……你快出去看看是真还是假!”

“是!”

“回来。”刘小姐有些激动,说话也语无伦次了,“先不要告诉老爷和太太。”

“遵命!”玉兰调皮地冲她做了一个鬼脸,学着舞台上丫鬟领命的动作,飞身跑出家门,到大街上探听虚实去了。

玉兰一走,刘小姐在房间里坐也不是,站也不是,一时慌得不知所措,自己也不知道做啥好。

工夫不大,玉兰风风火火地从外边跑进来,大声嚷嚷:“小姐来啦!来啦!这次真的来了呀!”

“真……真的来啦?”

“真的来啦!谁骗你是小狗,这次真的来啦!你听——锣鼓家什都快到咱家门口了。”

这时候,吹吹打打的锣鼓家什与迎亲的队伍已接近刘家门口了。

“快……快去告诉老爷,让家人快出去迎接。”

“哎——”玉兰答应着朝后院子里跑去。

杨云龙自当上“山东第二路剿匪司令”后,可算是名利双收,这才想起成家之事,于是借回家探亲之机想把自己的婚事办了。家里人一听,心想也是,这么大岁数也该成家了,就这样,也没来得及告诉女方,匆匆忙忙,吹吹打打地就过来迎亲了。

刘小姐听到喜事降临,急忙翻箱倒柜,把早已准备好的嫁衣,一件件找出来披在身上,站在镜前试了又试,穿了又穿,看了又看,还嫌不合心意,赶忙把玉兰叫到跟前,二人站在镜子跟前仔细端详了好长时间,这才坐下来梳洗打扮,直至二人心满意足之后,由玉兰和一名女子相伴,走出刘府,上了一乘红呢大轿。

“起轿——”

随着司仪的喊声，轿子晃晃悠悠地被抬了起来，上下颤动。

杨云龙辞别了岳父岳母，骑一匹枣红马上了路。

马前是遮日的彩旗方队，彩旗方队前面是吹吹打打的乐队，乐队前边有两队人马，正舞着狮子和跑着旱船，杂耍前边是鞭炮齐鸣的烟花队，一路上响个不停。

一乘红呢轿子由前后四位壮汉抬着，两旁由荷枪实弹的卫兵和马队护送。新娘坐在轿子里来来回回上下颠簸晃动，可能她怕轿子颠得厉害，双手还紧抱着轿杆。跟在迎亲队伍后面的是一些看热闹的人群，浩浩荡荡，排成长长一队，相互追逐着，拥挤着，又尾随其后。

一路上鞭炮齐鸣，震耳欲聋。

一个卫兵忽然跑到新郎马前一个敬礼：“报告司令，迎亲的鞭炮都已放净。”

杨云龙小眼珠一转，灵机一动，冲着卫兵大声喊道：“嘿嘿，不会给我朝天放枪？”

“是！”

卫兵转身朝迎亲队伍跑去，接着空中传来哒哒哒的机枪声。

杨云龙被韩收编为“山东第二路剿匪司令”之后，其军需粮饷全由韩主席统一发放，原先的“黑毡帽军”摇身一变，成为国民党合法的地方武装。后来韩倒台，杨云龙又到了诸城、高密、安丘、五莲一带，在河崖建起被服厂，尚庄设有兵工厂……

迎亲的队伍浩浩荡荡地开进村里，看热闹的人呼啦围了上去，把红呢大轿围了个水泄不通，幸亏有卫兵护着，两个伴娘才得空钻进去，把刘小姐慢慢扶出轿外。一条大红绸缎一头牵着新郎，一头连着新娘，刘小姐就这样被杨云龙用一根红绸子牵进了杨府，司仪叫喊着——

一拜天地，

二拜高堂。

夫妻对拜，
进入洞房。

新郎把新娘背入洞房后还未退出，闹洞房的人群呼啦一下又挤了进去……待闹洞房的人全部离去，已是深夜。

新郎官步入洞房，轻轻揭去新娘头上的罩红一看，呵！只见她——

两道弯弯柳叶眉，
一对含羞多情目。
娴静似娇花照水，
罗敷降生愧三分。

杨云龙一瞧，刘小姐比平时俊俏了三分，早已按捺不住春水荡漾，急促的喘气声，心跳突然加快，他伸出双手猛地搂过去……但这时房门突然开了，从外边闯进一个卫兵。

“报告！”

“给我滚出去。”

“司令，这……这是急电。”

卫兵显然有点惊恐，不知所措，而躺在床上的杨云龙却不理会这些，他头没抬眼没睁，照常眯着小眼睛不耐心烦地下了逐客令。

“还不快给我滚出去。”

卫兵站在门口，还是一动不动。杨云龙见卫兵还是直梆梆地站在那里，火气更大了：“妈的老子让你滚出去！快滚出去！”

卫兵一看杨云龙上了火，不敢再多言半句，急忙一边退出，一边嘴里咕哝道：“这可是韩主席来的急电。”

杨云龙半躺在床上，一听，急忙问道：“慢着！谁来的急电？”

“是韩主席派人刚刚送过来的，人家还站在门口等司令回话呢！”卫兵不敢抬头正眼看他，低着头小声回答。

“快，快传我的命令，让他稍等一会儿。”

“是！”卫兵很不情愿地答应着，走上前双手把信递了过去，然后弓着腰小心退出，临走时还不忘重新把房门带上了。

杨云龙接过韩的手书，哪敢怠慢，赶紧把信拆开从头细阅。片刻之后，只见他脸色苍白，嘴角微微抽动，接着哆嗦起来。

第五章

杨云龙一听是韩复榘来的急电，哪敢怠慢？从炕上一骨碌爬起来，赶忙伸手接过书信，拆开信件，从里面抽出一张白色字条，用手轻轻展开抹平，在灯下仔细阅读。只见上面用毛笔小楷写道：

杨司令：

倾接总统电谕，日寇猖狂至极，侵我中华，残害百姓，占我山东，进犯中原……实乃滔天之大罪也！

即日内，令我率大军前往鲁西铲除贼寇。望你即日起，立即动身回队，率贵部劲旅赴土桥御敌，如贻误军机，则军法论处！

韩复榘

民国二十六年七月二十五日

原来，日本帝国主义的铁蹄已踏遍我东北三省，少帅张学良奉蒋介石的旨意率部出关，把队伍拉至陕西与西北军杨虎城，联手围剿我工农红军。

由于中共主张“停止内战，一致抗日”，很受东北军和西北军全体官兵的拥护，蒋介石被迫接受“停止内战，联共抗日”的要求。

在这种背景下，驻守济南的山东大军阀韩复榘，奉老蒋之命匆匆率部前去迎敌，故火速传书，令刚任命不久，此时正在家中举办婚礼的杨云龙为少将军长，率其全体将士赶赴鲁西抗日前线，在北陵土桥一带正面抗击日军。他看完书信后，气得脸色苍白，嘴角抽搐，手脚也跟着微微颤抖，目瞪口呆地坐在太师椅里半天没说话。

杨云龙心里很明白，此次出征凶多吉少，你想老蒋那么多军队都没干过小鬼子，他这支五六千人的杂牌军又能奈何？但是又怕老蒋和韩复榘怪罪下来，不敢不去。

想到这里，他从椅子里忽地站起来，冲门外大声喊道："来人！"

"到！"

"传我的口令，通知全体人马立即启程回队。"

"是！"

杨云龙恋恋不舍地告别刘小姐，告别燕尔新婚之夜，告别自己的亲朋好友，匆匆归队复命。

杨云龙跟随韩复榘率部浩浩荡荡地开赴鲁西北抗日前线，在北陵土桥一带抗击日寇。

战事刚开始，还打过两场不大不小的胜仗，特别是在三营长陆勇等地下党人的感化下，那些有良知和正义感的士兵，对敌作战时都表现得十分勇敢，而韩复榘没几个回合就败下阵来，急忙率部下向南狼狈逃窜。

其实韩复榘心里也很明白，日寇人多势众，武器装备又精良，这是老蒋拿他当炮灰，跟日本人赌命，于是三十六计走为上计。韩一走，杨云龙和陆勇等人心灰意冷，率部放弃土桥一线，跟随韩部人马往南撤退，使日寇长驱直入，山东局势急转直下。

撤退中，杨云龙见韩部卡车拉着一箱箱枪支弹药，有点眼馋，心里也觉得痒痒。这时，他回头看了看韩部人马狼狈逃窜的场面，心里感慨万千，匪性难改的他，做出了一个大胆的举动——抢军火！

"老四！"

八猴子骑在马上，冲着用四个轮子后撤的汽车发着牢骚，忽听杨云龙喊他，立即拍马跑过来："大哥有啥吩咐？"

“咱们干他一家伙你看咋样？”

“干他一家伙？”

“嗯！”

八猴子有点莫名其妙：“大哥的意思是？”

“抢军车！”杨云龙瞪着眼珠子，瞅着远处一辆辆拉着军火的卡车呼呼地从身边而过，眼红的他咬着牙根，从牙缝里一个字一个字慢慢吐着，“夺军火！”

他怕八猴子等人还听不明白，又重复了一遍。

“啊哟！”八猴子一听，心里暗暗吃惊，真不敢相信自己的耳朵，于是又抬头看了看杨云龙铁青的脸，试探性地问道，“军座，那……那合适吗？”

“咋不合适？”

“若……若韩主席怪罪下来咋办？”

“管他娘的，兵败如山倒，先狠狠地干一家伙再说。”

“我听大哥的！”

杨云龙朝远处望了望，又回头向四周看了弟兄们一眼，冲身边的众人大声喊道：“不怕死的跟我来！”说着拍马率众人朝前边拉军火的卡车追去。

八猴子这时也来劲了，一看眼红的杨云龙亲自披挂上阵，随后一拍马也追了上去……就这样，杨云龙不费吹灰之力，把韩复榘的十几辆卡车连同大批军火偷偷劫走，押至自己的防区内占为己有，然后率部匆匆弃韩而去，移防至诸城、高密、安丘潍水平原一带。

韩复榘因不抗击日寇私自出逃，把济南拱手送给日本人，后来在南京被老蒋枪决，杨率众人劫军火一事自然也无人过问，最后不了了之。

杨云龙率部移防地方后，在高级军事顾问王林肯的建议下，以十几车军火和五六千人马当后盾，沿胶济铁路干线两侧布防，竭力向四周扩展地盘。他的手一下子伸至安丘一带，借机烧杀抢劫了五十一军军长周毓英的老家，还掠走大批的耕牛和其他家产。自此以后，杨云龙和周家算是结下了冤仇梁子，也为他以后的死埋下了伏笔。

杨云龙将自己的队伍扩编为两个旅(四个团),另有一个特务团,一个独立团,一个先遣队,一个骑兵营,总兵力达一万多人。

师部下设参谋处、秘书处、副官处、军需处、军械处、军法处、军医处、政治处等八大处,其中“八大处”之一的军需处长就是高密人,说起来他和杨云龙还有瓜蔓子亲戚。早些年,杨还未成气候之前被人追打,为了活命,他躲藏至田家,女主人见杨云龙其貌不扬,个子矮小,虽说话办事有点心狠毒辣,但为人精明干练,且胆量过人,非等闲之辈,以后必成气候,于是就让儿子和杨结为异姓兄弟,杨又顺理成章拜田母为娘亲,就是利用这层关系,杨在田家住了一个多月,后来杨云龙发迹,在当地成了气候,田家也跟着沾了光,儿子被杨重用,委任军需处处长。

杨部的军需处又分了好多个军需点,如被服厂、军服厂、油粮供用等,其中秦家河崖的被服厂最大,专门加工床上用品和军服。北戈庄村的军需处,严格来说应称军需点,是军需处下设的一个点,地点就设在民国时期的北戈庄学校内,村里人都习惯称其为“八大处”,也有人称军服加工厂,一共有九间正房,外加东西偏房。为了炫耀资本,虚张声势,杨部人马对外仍宣称“八大处”,其真相为第八个军用物资供用军需点。

景芝镇不仅靠酿造高粱酒闻名于世,还是齐鲁三大古镇之一。

早在明朝时期,景芝就有“十里杏花雨,一路酒旗风”之说,历史上就是商贾云集富甲一方的重镇,又因其地处山东半岛中部,气候温润,一年四季分明。这里人杰地灵,历史悠久,环境优美,交通便利,还是诸城、高密、安丘三县的交界处,故自古以来,景芝就有“四县通衢”的美誉。后来,有人酒后写诗赋赞叹曰:

浯水潜酒龙,渠丘卧酒虎。
人称酒皇城,九门配酒督。
一派酒旗风,千巷杏花雨。

冯氏开基业，元隆字号举。
高粱芝麻香，精华撷五谷。
名吃饼三页，面糕着人喜。
一品春开窖，夺标闻遐迩。
美酒醉嵇康，佳酿壮文武。
九州共国香，八方商贾集。
吾来一饮三百杯，酒醉呵成景芝赋。

为了报景芝“阿拉子窝”之仇，农历冬至月初七，日寇纠集安丘与潍县两地的日伪军五六百人，驾三十多辆汽车，深夜从安丘景芝出发，趁黑悄悄靠近北戈庄村、庙村、侯家岭村、王家庄和葛家彭旺村一带，其中洗劫北戈庄村的日伪军就有一百多人。

北戈庄位于凉台平原中部，其原名为北郭庄村，据说明朝朱元璋打下江山后，怕山东人不听号令（造反），就命令手下大将胡大海率兵五十万，对原山东人进行了一场惨绝人寰的屠杀。

胡大海站在潍水岸边的巴山顶上，看到哪里冒烟做饭，就指挥手下人直奔做饭的地方进行屠杀，直至杀完才住手。屠杀造成了死尸遍地，天气太热，于是爆发了一场大瘟疫。在这场人祸中，本地出现了一种红头苍蝇，不仅叮食死者，也叮咬活下来的人，如果谁被这种苍蝇叮咬，则必死无疑。北戈庄郭大可兄弟俩，平日里以编筐和编篓为生，全家人见苍蝇叮人叮咬得厉害，便白天拿着草筐等器具罩在头上，趴在村东齐腰深的河水中。到了晚上，再战战兢兢走上岸偷偷回家做饭，待第二天上午，再头罩草筐趴在齐腰深的河水中……那些吃人的红头苍蝇落在草筐上，急得要命却叮咬不着水中的人，郭大可及全家人因此才得以生存下来，直至后来繁衍了北戈庄村郭姓大户族人。

郭姓家族人与外迁人有什么区别呢？如果你走进北戈庄村任意找一位原居郭姓族人（后来也有郭姓人从外地迁来的），他们脱下鞋袜你就会发现，每个人的小脚趾头的指甲盖都是一体的，若是有两半的，那肯定是从外边迁移过来的，后来村里人为书写方便，把“郭”变为“戈”字了。

冬至月初七下午，杨部得知日伪军欲偷袭“八大处”，立即派人火速赶到北戈庄村，把军需点厂内的设备、布匹、服装等军需物资，连夜拆卸、打包，进行转移。

忙至上半夜时，厂内所有工作都已基本完成，剩下的是一些零七碎八的事情，正等待驻守厂区的十几个士兵搬运，就在这时，从村北大街上突然传来三八大盖枪响，接着胡同里传来鸡鸣犬吠声，此起彼伏，不一会儿嘈杂的脚步声传至“鬼市街”，接着“胡楼门”响起了密集的枪炮声，从村南至村北，从庄西又到庄东，全村人都听到了犬吠声、鸡鸣声、枪炮声。

北大街徐家胡同那边传来一个女人的哭声，刹那间，人声鼎沸，全村人焦躁不安。

杨部十几个士兵哪里是日本人的对手？一个个见势不妙，快速向村南撤退。一个人刚刚走出村子，鬼子兵借着月光发现有人向村南逃跑，对着人影打了一排子枪，一个士兵在逃跑中被乱枪打死，后被扔进学校的水井里。当日伪军攻入学校“八大处”时，军服厂已是人去室空，地面上一片狼藉。鬼子扑了空，咽不下这口窝囊气，气急败坏地向村南开了一阵枪，又怀疑杨部的士兵把厂内的物资设备一件件拆卸，来不及转移，都已分散藏匿至老百姓家中，于是又挨家挨户大搜查，整个村子被鬼子兵搞得鸡犬不宁，老百姓窝在家里惊恐万分，都不敢吱声。

鬼子兵每到一家，就先把家里所有人一个个喊出来排成一行，都伸出手来，除了老幼残疾之外，挨个儿逐一摸手、看肩，如果发现手上、肩上没有常年劳动的老茧，就被列入嫌疑对象抓起来杀掉。其中本村村民逄全太就住在学校附近，当日伪军搜到他家时，见他穿着跟杨部士兵差不多颜色的灰棉裤时便起了疑心，抓起来把他押进学校里，审讯无果，将其连刺七刀，血流如注，最后气断身亡。日寇为掩盖罪行，又将其尸首投入学校的水井中。日伪军撤走之后，家人连找七八天都不见身影，最后从学校的水井里打捞上来。一同打捞上来的还有两个外村村民和一个杨部士兵，四人都是被日伪军残忍杀害后再丢进水井里的。

鬼子兵在村内的暴行，一直持续到第二天上午，全村总共有八人遇害，二人伤残。临走之前，鬼子又把老百姓的牛羊、鸡鸭、驴骡等一起抢走，老百姓家中凡是值钱的东西都被日伪军洗劫一空。

正当杨云龙以韩复榘十几车军火和一万多人作后盾，沿胶济铁路干线两侧布防时，其势力魔爪也竭力向四周扩展地盘。

在这种背景下，安丘与潍县一带为国民党山东第八区专员兼保安司令厉文礼的防区，而此时心欲膨胀的杨云龙，暗地里早已把安丘也纳入了自己的势力范围。争来争去，最终杨部抢到了厉文礼的地盘上，随之，厉杨之间的矛盾急剧加大。起初还是小打小闹，发生的都是一些小规模冲突，随着冲突升级，一场大的战事到了一触即发的地步。

一九三九年秋，终于在甘泉岭一带，双方爆发了大规模的激战。

战事刚开始，双方谨小慎微，各自投入少量的人员，随着战事扩大，双方兵力逐渐增多，一时间，岭上岭下，枪炮声响成一片。

厉文礼毕竟是国民党的保安司令，背后又有苏鲁战区司令官于学忠支持，可以说军事实力极为雄厚。他见战事僵持，久攻不下，赶忙又从寿光调来一个野炮营，对着杨云龙南北只有八百多米的防线一阵猛轰。

一颗颗炮弹跟长着眼睛似的，飞向杨的阵地，阵地上顿时硝烟弥漫，杨云龙和手下只能眼巴巴地看着一座座碉堡与修好的工事被炮弹掀翻……

仗打到这个份上，杨部损失惨重，阵地上的伤号一时背不下来，只好丢在岭坡的阵地上疼得嗷嗷叫唤。

阵地再也守不住了，众人纷纷溃逃。

长长的马路上，尘土飞扬，一地被丢弃的枪支、弹药、衣物、包裹……还有横七竖八的尸体。

厉部乘胜追击至景芝以东，大小付岗、王家庄、前后屯、葛家彭旺一带。杨云龙急红了眼，再也不能一撤再撤了，因为对方只要渡过渠水，杨的老家再也无险可守，凉台平原上所有村子，都会暴露在厉文礼的枪口之下。于是他下了死守命令，谁要是再后撤一步，就地正法，格杀勿论。他们在渠水岸边重新布防。

前边咱说过，渠水实际是潍水的一个河汊子，过去老百姓没有区分得那么细，因为无论渠水还是浯河都在老河套以北一起并入潍水，因此平日里当地人也把渠水称为“潍水”。

杨云龙在渠水岸边设防的思路是正确的，因为无论渠水还是潍水，自古以来就是一道天险，也是古今兵家争夺的战略要地。

早在秦末汉初时期，齐王田广被韩信追至潍水西岸，田广求助项羽，霸王派楚将龙且率二十万大军在潍水东岸御敌。韩信久攻不克，不免有些心烦意乱。一天夜里，踏着月光无意中来至潍水西岸的黄公山下，土山看上去不是太高，黑魆魆的，定睛一看，见山上有一座寺庙。出于好奇，他来到寺庙跟前，隐隐约约还是看清了牌匾上的“黄公祠”三个大字。门没上锁，吱嘎一声，他率人推开门走了进去，见灯台黑黝黝的，急忙令人点上蜡烛，屋内逐渐清亮起来了。眼前的黄公坐在高高的砖台上正朝着众人微笑，韩信率众将下跪，不敢再抬头多看黄公一眼。黄公是谁？那是张良的老师，是兵家鼻祖。黄公、盖公、朱熹被当地人称之“三贤”，至今朱子村还流传着“黄公山上三座庙，三贤不请神来到”的传说故事。

韩信率众将领跪在地上，烛台上的蜡烛流泪，顺着蜡台一直流到蜡台下，慢慢被青砖挡住。韩信突然茅塞顿开，夜间派人用上万条布囊装满了沙子，堵住潍水上游的水流，然后率领少部分人渡河攻击龙且的军队。

开战不久，韩信就假装失败，领兵撤退。龙且本来就看不起韩信，这时也没有怀疑，于是率军追击。待龙且追过潍水，韩信命令上游的士兵撤去了布囊，潍水瞬间滚滚而下，龙且的大部分军队不能渡河。

韩信立即回击，渡过潍水的龙且和他的军队被韩信一举歼灭，没渡过潍水的楚军士卒群龙无首，韩信的军队穷追猛打，楚军全被俘虏，三齐从此归汉。

这就是凉台平原上著名的“潍水之战”。

杨云龙也想利用潍水天险拒敌，他调兵遣将，重新布防自己的人马，令一团守右路至大小付岗、逄家岭、景芝一线；二团守左路至王交、葛家彭旺一带；冯吉祥和郭继先两个团固守中路，辖王家庄、前后屯、侯家岭一线，只求稳住阵营，不求擅自攻打，以防厉部攻破防线，威胁老巢。

王林肯安排完布防和作战任务，又转过身看了一眼桌前的杨云龙，想听听他的高见。

“很好！”杨这时点点头，然后又扭头对众人道，“就按王总长的意思去办。”说完又骂了一句，“谁要是守不住再后撤，我就枪毙了他。”众人一听，都低下头不敢吱声。

散会后，他又把郭祝廷和参谋长薛建秋等人单独留下，嘀咕了好长时间，拜托王林肯掌握全局，然后采取了军师和丁耀祖的建议，率双枪将陆勇和葛鹏等人，携重金连夜动身去高密搬救兵去了。

在潍水平原上，厉文礼率本部大队人马，一路上过五关斩六将，势如破竹，长驱直入，追歼杨部人马。

他伫立在高高的崖头上，手拄军刀，纵目远眺，只见潍水滩上的荻苇燃得正旺，滚滚的浓烟掩盖不住隆隆的枪炮声。

战斗还在激烈地进行。

他颇为得意，微笑着，时而点点头，时而用手指着远方，小声跟随从们嘀咕着什么，因为他的部下很快就要攻破杨部防线，过不了多久，就会直入敌人的心腹地带，到那时，离杨的老巢也就不远了。

正当他趾高气扬地站在高处想入非非的时候，突然，前面枪声大作，自己的人马开始乱糟糟地后撤。

他急忙从部下手里接过望远镜向远处一看，原来自己的先头部队跟杨的中路军交上了火，双方刺刀见红，刀刀见肉，互相厮杀起来。

看来这是杨云龙的最后一张王牌，倘若把这些人拿下，其他人不攻自破。

想到这里,他脸上又露出了得意的笑容,急忙把战刀一挥,指挥大队人马火速增援前头部队。

正在这时候,增援队伍左侧一阵骚动,接着响起枪炮声,冯吉祥的人马从左侧杀出来。

厉文礼正站在崖头高处迟疑观望,忽听又是一阵枪炮响,郭祝廷的人马从增援部队的右边杀过来,两支人马互成夹击之势,厉部人马顿时大乱,哭喊声、嘶鸣声、枪炮声纠集在一起,厉部人马纷纷后撤,这一撤不要紧,兵败如山倒,马匹、车辆、人员又相互拥挤在一起,死伤无数。

厉部人马见势不妙,赶紧后撤五里,用山炮、迫击炮猛轰左右两侧,这才稳住阵势,压住阵脚,又形成了双方对峙的局面。

在此期间,八猴子与王天和等人为了抢筑工事,强迫村民抬出柜子箱、门板、手箱子等民用财产,装上沙土或者盖上被子浇上水和泥做成土坦克,与厉部人马厮杀。白天因厉部人马多武器好占优势,可到了晚上,特别是夜深人静的时候,王林肯、郭祝廷、王天和等人协商,利用地形优势,组织敢死队冲入对方阵地,把白天失去的地盘再夺回来,待第二天双方重新再战。就这样,厉杨双方所属人马,来回割锯式厮杀四五天,双方互有伤亡。

待第六天中午,厉文礼想重新组织队伍反攻,在反攻之前,他精心研究了杨部阵地布防,以及兵力部署情况,吸取上次进攻的教训,总结多次进攻的经验,与部下制定出一套实用的渡水和陆地作战方案,采取声东击西的战术,拿杨云龙左路军为突破点,用大口径火炮猛击杨的左路军与中路军。一时间,左路军频频告急,代替指挥的郭祝廷急得没办法,刚欲动手调遣预备队增援,恰好被视察防务归来的王林肯发现,急忙上前拦住。

“郭副师长切勿鲁莽!”

“王总长,左路军快支撑不住了!”

“再等等!”

“再等,老厉的人马就冲过来了。”

王林肯摇摇头:“这是厉文礼的声东击西之术啊!”

“那也不能眼巴巴地看着一团受损吧！”

王林肯再次摇摇头，接着打了一个手势，意思是让他静静等待时机。

“嗯——”郭祝廷看上去有点蒙，似懂非懂，似乎又有点垂头丧气，他时而抖抖手里提着的盒子枪，喘着粗气，抬头看看眼前的王林肯，时而又低头默不作声。

王林肯连看不看，对祝廷的表现也毫不在意，只是全神贯注地盯着远方，不急不躁，仔细辨别敌人的枪炮声远近，以及疏密程度。

祝廷再也沉不住气了："王总长，能否调一小部分预备队增援？"

“不到万不得已，预备队千万不要动！”

“那左路军呢？”

“等会儿看看再说。”

二人正争执不下，老厉的炮火突然停了下来，接着传来："弟兄们快冲啊！"

“杀啊！”

“抓住杨云龙赏大洋五千！”

老厉的人马跳下河崖头，朝着渠水东岸这边猛冲猛打。

八猴子与吴牛再也顶不住了，又急忙向祝廷求援。

“王总长，你看现在可以出兵了吗？”祝廷问道。

“嗯。”王林肯点点头。

“来人！”

“到！”

一个卫兵跑过来。

“快去通知预备队，火速增援一团！”

“是！”卫兵一转身，朝后边的预备队跑去。

夕阳下，不知是河水染红了西边的天空，还是血红的天空染红了河水，给潍水平原抹上了一层血红的印记。

杨云龙率陆勇和葛鹏一行人来到高密，通过熟人打听到原先队长伊黑，早已被岗村宁次派往鲁西南战场，如今驻守高密的为青木队长。在内线指点下，他先拜见了汉奸队长赵青山，并献上一份厚礼，说明自己的来意，赵队长一听杨云龙欲要投诚皇军，心中大喜，满口答应，然后把他引至青木官邸。

这是一座日式洋房和中式花园相结合的庭院，稀密相间的铁栏绕着墙边的花廊，正门朝东，紧闭着大铁门，旁边有一人多高的小门，可供来人随进随出，十分方便。院墙由水泥和红砖砌成，一条青砖铺成的小道，把院子中间隔开，分成了前院与后院。前院是一幢日式洋房，共有十多个房间，全是由红砖与水泥砌成，台阶分三级，非常气派。北院是卧室、书房，也是卫兵和后勤事务人员居住的地方。

洋房四周，是一个玲珑的中式花园，内有亭台、楼阁，假山流水，花木繁茂，绿荫成片……尽是名贵花木，给人一种清静淡雅的感觉。

赵青山让杨云龙在门外稍候，自己点头哈腰地走进去。过了好大一会儿，他才满面笑容的从屋里走出来。

“杨司令请进，青木队长正在客厅里等您。”

杨云龙一听青木队长在等他，顿时受宠若惊，赶忙举手施礼：“多谢赵队长，今生今世，在下永不忘您的大恩大德。”

“举手之劳，举手之劳，杨司令请跟我来吧”。说着他一挥手，请杨云龙跟他入室。

杨云龙哪敢怠慢，赶紧跟在赵青山腚后上了台阶，随其走了进去。

赵青山恭恭敬敬地来到半躺半坐的胖子跟前，把虾米腰一弯，头一点，小声道：“队长，这位就是我常给你提起的杨云龙杨司令。”赵青山说着回头对杨云龙使了一个眼色。

杨云龙是谁？是潍水平原上的人精，他一看赵青山的眼色，心里顿时就明白八九分，这是让我向此人问好，小鬼子，狗杂种，看以后爷爷怎么收拾你。土匪个性的他心里服过谁？不过今天不行。

俗话说：人在屋檐下，不得不低头。

他心里想归想，但是脸上却不能表现出来，于是轻步上前，朝半躺半坐在沙发中的青木深深鞠了一躬。

“青木队长，您好！”

“喔！”他咧嘴微微一笑：“杨司令请随便坐。”

青木眯着小眼睛，坐在中间的沙发中，把屁股微微往上一翘，冲他微微点一下头，算是还礼了。

“杨司令请坐吧！”赵青山坐在一旁，轻轻戳了一下杨云龙，他这才如梦初醒，慢慢地抬起头，用眼角睄了青木一眼，嘿！只见他——

五十多岁个矮小，
蝈蝈肚子肥肉膘。
秃头顶，没根毛，

老远望去似灯泡。
三角眼，左右瞟，
蒜头鼻子往上翘。
罗圈腿，弓着腰，
蛤蟆嘴上一撮毛。
人送绰号黑瞎子，
青木队长倭寇妖。

日寇青木联队长，其实是个地地道道的中国通。

早年他留学沈阳学习中国历史和地理，精通中国语言文字，“九一八”事变后，他应征入伍，被编入关东军驻守沈阳，后随日军进攻华北时被司令官冈村宁次看上，特提升为联队长。为确保胶济铁路沿线的安全，冈村宁次特派他一个联队驻守沿线铁路。

杨云龙就是在这种情况下，经过汉奸队长赵青山引荐，拜见了青木队长。经过数日交谈，主仆二人谈得非常投机，虽说各自心怀鬼胎，但厉小鬼逼得实在厉害，为解燃眉之急，他不得不低头来投靠日本人，想以此作为靠山，达到称霸一方的目的。于是他专捡青木爱听的说，而青木队长却看中他为大日本皇军的耿耿忠心，当然也看中了他的能力，二人沆瀣一气，臭味相投，暗地里达成了“青杨协定”。

至于说话的内容，当然是建设“大东亚共荣圈”“王道乐土”“武运长久”之类的话题。再接下去就是出兵出武器，让日寇援助他攻打厉小鬼等内容了。

第三天，二人又谈了整整一个上午，最后终于敲定了后来轰动一时的“青杨协定”。

其内容大体分为两条：

第一条，日本人可以出动飞机、大炮、汽车等军需物资，并派兵协助杨部打败厉部人马，但战后杨部人马必须效忠大日本皇军。

第二条，杨部人马投诚皇军后必须整编，以确保大日本皇军与杨部人马的协同作战能力。

杨云龙一听，原来日本人是黄鼠狼给鸡拜年——没安好心，欲想把自己的队伍整编吃掉，这如同在他伤口上撕下一块大肉，或者在他伤口上撒下盐粒子一样，跟要自己的命似的，能不急吗？他不能看着自己辛辛苦苦拉起的队伍，被小鬼子这里仨那里俩，分割得零零碎碎，到头来自己成了一个光杆司令……想到这里，胸口突然像掖上了一块大石头，堵在胸口上不去下不来，一时喘不过气，心里闷得慌。

但杨云龙自己又不好说，脸面上更不能表现出来，只能忍气吞声，打掉牙往肚子里咽。

他小眼珠轱辘一转，嗯，有啦！自己不如先答应下来，来个缓兵之计，待打败厉文礼之后，再回过头来对付小鬼子。到那时，刀把儿攥在自己手里，想咋干就咋干，他们能奈我如何？想到这里，他眯起小眼嘿嘿一笑。

签完字，杨云龙站起来笑脸相迎，点头答应。

青木见杨云龙签了名字，心里十分高兴，随手摸出手绢揉了揉人丹胡，然后又冲他微微一笑。

“杨司令真乃大将风度，是个痛快之人。”青木说着站起来，走到酒柜旁，伸手抓起一瓶洋酒倒满两杯，慢悠悠地端至杨云龙跟前，“杨司令，来！为我们今后的合作干杯！”

“来，干杯！”杨云龙尾随青木腚后，把脖子往后一仰，咕咚一声，酒尽杯空。

“哈哈哈！”

二人又是一阵狂笑。

第二天下午，青木出动三架轰炸机，配合杨云龙跟厉文礼作战，同时还赠送汽车五辆，长短枪若干支，轻重机枪十五挺，迫击炮、野炮十几门，外加弹药及其他军需物资。

杨云龙的左路军撤至河东岸，以崖头和土坝作为掩体拼命抵抗，可还是顶不住老厉的炮火攻击，一会儿工夫就被冲过来的厉部人马围住，眼看就要被“包饺子”了，幸亏预备队及时赶到，血战多时才打退厉部人马，哪知人家厉部人多，武器又好，还不等左路军喘口气，便组织人马接着反攻过来，左路军岌岌可危，即将被歼灭。

老厉站在战车上，从望远镜中看到自己的战绩，沾沾自喜起来。突然，头顶上传来隆隆的马达声，他抬头一看，原来日本人的飞机过来了，那飞机飞得很低，几乎贴近树梢，上边的膏药旗清晰可见。

他急忙跳下战车，一头钻进车中，接着碌碡似的炸弹从天空中一颗接一颗落入自己的队伍里……阵地上顿时传来轰轰的爆炸声。

巨大的爆炸声，像山崩，似地裂。

一会儿工夫，老厉的人马被炸得人仰马翻，血肉横飞。

这还不算完，那小飞机在天上，打着滚儿，来回翻转着，吼叫着，连续不断地朝地上俯冲扫射……一阵折腾，老厉的人马顿时损失大半。

地面上，陆勇率领自己的部下及时赶到，也投入了围歼战中。

夕阳斜挂在西天上，离地平面约有一竿子高，通红通红的晚霞，笼罩着潍水两岸，把水面映得血红，让人分不清哪里是水，哪里是血。

战场上，像滚了锅似的，枪声、炮声、轰炸声……搅和在一起，翻腾在硝烟之中。

战斗进行得异常激烈。

杨云龙挽着袖口，手里提着盒子炮，胸前的两个扣子不知啥时候被撕掉了，露出强健的肌肉和又黑又密的胸毛，他站在河滩的一块大石头上。

“冲！都给我往前冲！谁抓住厉小鬼，赏大洋三千……”

话还未说完，一颗炮弹在他身边不远的地方爆炸，被冲过来的陆勇护在身子底下，泥土像雨点似的纷纷落下来，他愣了一会儿，从地上爬起来。

“怎么搞的？陆营长快给炮兵发信号，向正前方开炮，要快！”

“是！”陆勇转身离去。

随后迫击炮弹接二连三地飞向厉小鬼的阵地，一颗颗连续爆炸，一个个人又在爆炸中倒下。

天空中又响起了隆隆的马达声，那些贴着红色膏药的日本飞机，一架跟着一架从高密方向飞过来，翅膀轻轻一侧就扔下一颗炸弹，机头略微一低接着就俯冲过来，机关枪对着地面发出哒哒哒的响声，一粒粒子弹疯狂地扫射在阵地上，地面上顿时腾起一阵阵尘土。

又一片炸弹从飞机上掀下来，一门小钢炮和它的炮手，还没来得及躲闪就被抛上空中。

“炸得好，炸得好啊！弟兄们给我狠狠地打，抓住厉小鬼，老子赏三千大洋！”

杨云龙站在厉文礼丢掉的汽车上，看到厉部人马被炸得人仰马翻，一个个抱着头四处逃窜。

“让厉小鬼也尝尝老子的厉害！”一个壮汉端着机枪冲在队伍最前边一阵乱射，厉文礼的人马跟麦捆似的倒在地上。

一个骑兵骑着快马突然向他扑来，被他一梭子弹横扫过去，那快马一头栽倒在地上，接着又翻了一个大跟头，把马背上的骑兵摔出老远……又一梭子扫过去，那人挣扎了几下趴在地上不动了。

杨云龙站在被丢弃的战车上，从望远镜里一看，呵！此人正是陆勇陆营长，顿时心中大悦。

天色渐渐暗了下去，增援的飞机也已离去。

厉文礼躲在汽车里，时而探出头朝后观望，远处零星的炮火还在闪着火光，时而静下心来听听，那刮风似的机枪吼叫声，以及山崩地裂的爆炸声，此起彼伏。他脸色苍白，但又不死心，还想做最后的挣扎，可他哪里知道，杨部在外驻守的大队人马，如今已渡过渠水朝这边包剿过来。

“报告司令！”

“嗯——”厉文礼一愣神。

“我军防线已被突破，杨匪正朝这边冲来！”一个士兵这时跑过来向他报告。

“快组织火力，给我顶住！”

“是！”

那个士兵还未转身离去，又从前边跑过来一位下级军官。

“报告司令，敌人来势凶猛，咱们已经顶不住了。”

“顶不住也得给我顶！”

话音刚落，一发炮弹吼叫着在他近处爆炸，泥土和弹皮四处乱飞。老厉急忙躲在汽车里，见大势已去，深深叹了一口气，苍白的脸上又露出紧张的神色，闭目静思了一会儿，只好有气无力地下令：“撤退！”

“撤退？”那军官有点不相信自己的耳朵。

“快，快给我撤退！”他大声呵斥，几乎是暴跳如雷。

“是！”那军官一个立正转身朝远处跑去，时间不长，一辆辆卡车载着厉部的残兵败将顺着大路往西逃去。

一路上，车鸣马叫，人喊尘扬。

一派“马珑珑，车碌碌，古道茫茫沙扑扑”的残败景象。

一时间，偌大的战场上，静得出奇。

静静的潍水两岸的战场上，到处都堆着士兵和马匹的尸体，三辆报废的卡车上，大火还在燃烧，把暮色苍茫的潍水河面映得火红一片。

这就是当地人传说的“老杨打老厉，越打越来气”。

厉杨二人打打停停，停停打打，一共打了四十多天，史上称为“潍渠战役”，后来，也有人称之为“潍渠之战”。

且说厉部人马行至景芝以西，忽听背后枪炮又响，疑陆勇率追兵又至，吓得气都不敢喘一口，慌忙往西，一路上驶车如飞，率众溃逃。

当行至甘泉岭脚下，老厉这才敢摇下车玻璃，从车窗探出大半个身子扭头回望，见杨部人马没有再追来，这才稍稍喘口气。恰在这时候，前面又突然响起两声枪响，他借着汽车灯光一看，从岭上忽冲出一队人马拦住了厉文礼的去路。

第六章

厉文礼顿时吓得汗毛直竖，虚汗外浸，心想：前有堵截后有追兵，这下自己可算彻底完了……他仰起头，对着闪烁着星星的夜空叹了一口气，鼻孔里发出两声微弱的哼哼，自语道："人人怨我，我不怨天，苍天灭我，岂能违言？"接着，他从腰里拔出手枪对准了自己的太阳穴。

"司令切勿动手。"

从岭上突然冲下一匹烈马，一会儿工夫来到车跟前，他借着车头的灯光一看，原来是自己的老部下吕先成率人接应来了，这才暗暗地倒吸了一口凉气，急忙摘下金丝边眼镜，用手指轻轻揉揉自己的眼睛，仰天叹息："吾自起事以来，从未有过败绩。今日与杨匪短兵相见，败得如此惨烈，我上对不起苍天，下对不起兄弟父老，可悲啊……"

说到这里，他从裤兜里摸出一块手帕低头拭了一下眼泪，然后又把手帕折叠起来轻轻擦拭了一下眼角，突然，他把脖子一仰，怒睁着眼睛，额头上的青筋也跟着突突地暴跳，大骂起来。众人见状赶忙上前规劝。

在吕先成等人的护送下，厉文礼收拾了一下残兵败将，重新又返回潍县县城蜗居起来。

杨云龙在日本人的援助下，打败了冤家对头，清扫现场，战绩辉煌，自己虽损兵折将近八百多人，但缴获汽车十几辆，长短枪两千多支，马六十多匹，轻重机枪二十多挺，各种口径的火炮十多门，外加子弹、炮弹、电台和其他大量军需物资。

当天夜里，杨部大摆宴席，庆祝“潍水战役”取得胜利，并发电至高密向青木队长报告战果。

第二天一大早，侍卫送来青木队长的急电，刚刚起床的杨云龙不知何事，急忙接过来打开一看，只见上面写道：

杨司令阁下：

惊喜贵部于昨天傍晚，已击败来敌，故去电特表祝贺！此外，请阁下携老母一同光临寒舍，本人欲瞻巾帼容颜，特设庆功午宴。

希杨司令赏脸！

大日本帝国路警队　青木

昭和十四年十月十八日

杨云龙把电文从头至尾细细阅了一遍，自知事情重大，赶忙派人把军事顾问王林肯、祝廷、王天和等人请至会客厅共商对策。

客厅里，杨云龙倒背着手在地上走来走去，看上去有些心烦意乱，本来昨天的胜仗，让他心里十分高兴，谁承想青木跟催命鬼似的，今天一大早就发来电文，督促他落实前边已达成的“青杨协定”，这还不算，还妄想把老娘作人质扣押起来，逼自己就范。

他仰起头深深地吸了一口气，之后不再多言语，转过身走向太师椅，端起身边条桌上的水烟袋，借了身边只吸不语的王林肯手里的火煤，点燃了烟锅里的烟丝，那烟丝是上等的亚布力烟，还是去年托熟人，从东北王张作霖手下人那里购过来的。

其他人没有好的计策，也不敢多言语，只好坐在沙发里吸烟。

一会儿，客厅里烟雾缭绕，弥漫着浓浓的烟味，咕噜咕噜的吸烟声，在大厅里回响，让人心烦意乱。

“怎么都哑巴了？”

杨云龙用眼角斜视着四周，见无人出来回应，又接着低下头咕噜咕噜吸起了闷烟。

众人还是只吸不语，杨云龙心里有些上火，但又不好发作，只是不停地用眼角在客厅里来回扫视，屋里十分静寂。

“平时那些话呢？”他用鼻子哼了一声，“怎么一个个跟霜打了茄子似的？”

大厅里又是一阵长时间的沉默。

“司令此次去，我……我看是凶多吉少。”

众人抬头一看，原来是老奸巨猾的郭祝廷首先开腔了。

杨云龙抬起头看了他一眼，又接着低头沉思了一会儿，然后才微微点了一下头，示意让他继续说下去。

“我看不能草草行事，得想个万全之策才行。”

“那是！那是！”八猴子坐在一旁点着头附和说。

“嗯！”杨云龙这时从太师椅里站起来，手里托着水烟袋，冲众人道，“郭副师长说得也是，净说些大实话，不过那青木狠毒，小鬼子心眼又多，咱们不好忽悠啊！今天找大家来商议商议，既是我的初心，也是我的本意，哈哈，大家都不要顾虑，只要说的是正事，说啥都行。”

他一放口号，王天和来劲了：“司令，依我看，咱就别去了，看他有啥法子？不就是拼条命吗，我第一个上。”

“王团长真会开玩笑，不去能行吗？”八猴子埋怨道。

“咋不行？看小鬼子能奈我如何！”

“你傻？”一旁的王吉祥反驳道，“日本人能就此善罢甘休吗？”

“那是，他们会找司令来算总账的，到时会引火烧身。”

最后两句八猴子加重了语气，王天和一听，也开始较劲，瞪着大眼跟吃人似的，冲着他辩驳道：“难道我们就这样怕小鬼子不成？你怕，我可是不怕的，哼！老子当年杀过人，放过火，咱怕过谁？”

杨云龙见二人争吵不休，又看王天和要下斜趟子（方言：胡来），去提过去那些陈芝麻烂谷子和一些不光彩的事情，那可是揭杨云龙的老底，像是揭他的伤疤！

啪一声，他把桌子一拍，大声训斥道："今天找你们来是协商议事的，不是叫你们争吵胡闹的。"

王天和气得把头一扭，心里有些不服气，哼！刚才还说说啥都行，我才多说了两句就不愿意了，自知杨云龙的脾气暴躁，不敢大声说话，只好小声咕哝。

其他人再也不敢乱嚷嚷，各人坐在沙发里怄气，不敢再多言半句，一个劲儿吸烟。

又过了好长时间，杨云龙见众人又沉默不语，心里有些歉意，这时他微微一笑，站起来端着手里的水烟袋来回走了两圈，好像是在考虑什么，不过没有吱声，接着又回到太师椅里坐下，眼光投向对面的高级军事顾问王林肯，意思是说王总长你快出来拿个主意吧，不要坐在那里卖关子了！

王林肯会意，想了一会儿，然后又微微笑了笑，转身把烟壶放在桌面上，又转过身慢慢腾腾一字一句道："去则危，不去则容易引起日本人的怀疑，今后或许还会有用着他们的时候。"

王林肯说话不多，但字字句句语气很重，细细琢磨，他好像又在故意卖关子，心里想要说些什么，而又不好意思表达。

杨云龙稍作沉思，接着抬起头来，以商量的口吻说道："要不我还是去好了。"

说到这里，他看了王林肯一眼，意思是说：看小鬼子奈我如何？

杨云龙嘴上说归说，可他心里还是惧怕小鬼子的。大家一听，也知道他是在说气话。

王林肯摇摇头，朝杨云龙笑了笑，见四周鸦雀无声，一个个都瞪着眼睛看着自己，想继续听下去，好让他把话说完。

"诸位！"这时他从沙发里站起来，微微往前挪动了两步，深思熟虑后才说道，"大家所言极是，此乃青木之诡计也，其主要心思还是想整编我部队伍,让我们加入小鬼子的皇协军第二军团……”说到这里,他扬了扬手中的电文,“从字面上看,日本人显然知道杨司令是个大孝子,想拿老人家做文章,来达到他们的目的,借此吞掉我们。可见宴请是假,吃掉我部是真,以人家老母当人质,其用心狠毒也。”

说着他朝丁耀祖看了一眼,意思是说:表叔你还是快拿主意吧!说着又回到自己的座位上,把球踢给对方。

丁耀祖心里自然明白,王总长这是让自己拿主意,借此机会好走出去,向地委老梁汇报当前的工作,以及杨云龙目前的思想斗争,时机成熟的话,也好把青岛地下党组织购过来的药品,借此机会悄悄运回西山里 115 师根据地。

“嗯!”丁耀祖站起来,稍稍琢磨一下,慎言道,“依老朽之见,咱们得想个万全之策。”他说着环视了一下众人,反问道,“但不知在座的各位有何良策?”

众人一听,废话!有良策我们何须问你?就是因为没有良策才让你拿主意呢。

人们私底下窃窃私语,相互议论埋怨着。

“你快说吧表叔!”杨云龙坐在太师椅里,眼巴巴地望着他,知道他心里早就想好了,就是不说,故意卖关子。

“是呀是呀!都到这时候了还吞吞吐吐的。”

“哎呀!你真把我急死了。”

“快说吧!还卖啥关子?你看都快把大伙急疯了!”

……

丁耀祖看他们一个个猴急的样子,如同热锅上的蚂蚁,心里暗暗高兴,心想我要的就是这种效果,因此他故意表现得不慌不忙,不骄不躁。

王林肯“噢”了一声,心里明白这是老丁耍的手腕,是在吊他们的胃口,于是对杨云龙使一个眼神,告诉他心急吃不了热豆腐,果然不出王总长所料,丁耀祖这时开腔了。

“依老朽之见，我们何不来个将计就计！”

众人一听，一个个又伸长了脖子，洗耳恭听。丁耀祖打了个手势，让众人别大声喧哗，以防走漏消息，又向众人使一个眼神故作神秘：“咱们来个调包计！”

“如果我没猜错的话，丁先生想……”王林肯看了他一眼，丁耀祖知道瞒不住王林肯，于是笑了笑，朝他微微点了点头，算是承认了。

王林肯沉思片刻，又点点头，啪一声，他突然把手掌猛的一击，大声喊道：“嗯，很好，是条妙计。”

丁耀祖见杨云龙还蒙在鼓里，只笑不答。

“啊哟！”杨云龙这时茅塞顿开，冲丁耀祖笑了笑，急忙朝他摆摆手，“表叔你快别说了，俺明白你的意思啦！”看上去他十分得意。

“司令您明白什么了？”

众人互换了一下眼神，不知道杨云龙话里的意思，一个个都晃着脑袋，伸长脖子，全神贯注地盯着他，想听听话里的意思。

杨云龙只点头却不出声。

又是一阵长时间的沉默，客厅里烟雾弥漫，有人咳嗽起来，八猴子赶紧打开门窗透气。

“司令，快说说你的意思吧，大伙都等不及了！”王林肯替大伙问。

“是这么一回事！”杨云龙抬头看了大伙一眼，又低头沉思了一会儿，看样子还没有十分把握，经深思熟虑之后，才仰起头。

“表叔的调包计是……”说到这里，杨云龙扭头看了一眼丁耀祖，丁只笑不答，他这才跟大伙解释道，“其实就是偷梁换柱！”

大伙一惊。

“司令不妨说说看？”有人问。

他思考了一下：“嗯，可以！”

杨云龙点了点头，又继续解释道：“大伙都知道，我爹去世早，家中只有七十多岁的老母亲，刚才表叔看了青木发来的电文，反复推敲，相信我不可能把自己的亲娘送到日本人那里抵押,为此他想到了调包计。”

“啊哟!”

“是呀是呀!”

“我怎么没想到!”

祝廷指着吴牛他们讥笑道:“你小子是什么脑袋,能跟司令相比吗?”

“哈哈,那可是,司令是诸葛亮再世,能掐会算,谁也瞒不过他。”

听大伙这么一说,杨云龙心里又有点飘飘然了。

“司令你是咋知道丁先生想要说调包计的?”

杨云龙看了吴牛一眼,嘲笑道:“你真是榆木疙瘩,丁先生不是早说了吗?”

“哦!”吴牛半知半解地点点头。

“再说刚才王总长只笑不语,实质上他已经告诉我们了,只不过你们没有留意听,没有认真思考罢了。刚才表叔说我们何不来个将计就计,已经被王先生拾到心里,我也是从二人的脸面和刚才那几句话中琢磨出来的。”

“说得好!”王林肯笑着点点头,“哈哈,看来知我者,云龙也。”

“嗯!”丁耀祖这时也站起来,“好是好,可关键要从外地请个岁数相当,模样又相似的老妇人,拜为干娘,此计方能成功。”

“是的。”王总长沉思片刻,又补充道,“为了安全起见,在回来的路上,我觉得有必要让陆营长率人马接应一下才行!”

丁耀祖点点头:“嗯,为了司令的安全,我看有必要接应一下。不过去时随从不要太多,人多小鬼子会生疑,再说在人家地盘上也不起作用。”

“你俩尽可放心,如果小鬼子摆的不是鸿门宴,我会平平安安地回来,若小鬼子摆的真是鸿门宴,我可以见机行事,瞅机会调包,用老妇人当人质,偷偷溜走。倘若实在不行的话,我还打算使用偷梁换柱……”

“呵,杨云龙说的正合我意。”丁耀祖又嘱咐道,“以防万一,你可以带着宋副官,他的个头、年龄、模样与你几乎相当。”

“但是人马不需太多。”王林肯这时插话,再三强调,“人马多了会弄巧成拙，反而会露了馅，小鬼子生疑的话就坏事了。”

“先生说得极是！”杨云龙点点头，转过身来，冲门外喊道，“来人哪！”

“到！”

“传宋副官！”

“是！”

卫兵转身敬了一个礼，接着走出去了。一会儿，正在执勤的宋副官走进来，杨云龙对着他的耳朵如此如此，这般这般，小声咕哝了好一阵子，宋副官这才点头退出，按杨云龙的吩咐具体操办去了。

第二天上午，宋副官从外边领进来一位老太太，只见她——

年纪七旬两鬓稀，
健步走路腰板直。
说话铿锵声有力，
衣着穿得很整齐。

众人一看老者，相貌举止虽说不上跟李氏完全相同，但外人生眼看上去很难分清哪个是真的，哪个是假的。

老妇人被丁耀祖领到李氏房中，两位老人一见如故，李氏满心欢喜，在丁耀祖撮合下，二位老人当场结拜为干姊妹，来者开始还有点胆怯，渐渐习惯了，也就不再那么紧张了。

几天之后，杨云龙见老妇人心情舒畅，跟前几天来时明显不同，于是当场跪下：“干娘在上，受小儿一拜。”

说着他跪地请安，接着上前磕了三个响头。老妇人一看，大吃一惊，瞪大眼睛，呆呆地看着众人不知如何是好。

丁耀祖见状，急忙走上去：“老人家不必惊慌，前两天您不是跟老夫人结拜了干姊妹吗？按理说，您就是杨司令的干娘呀！这是合情合理的事情。再说，前些日子来了一位算命先生，给杨司令卜了一卦，说他是水命，跟李氏的火命相抵触，也就是说娘俩的命根本不相融，因此特拜您为干娘，还请您多多包涵。”说到这里，丁耀祖看了一眼跪在地上杨云龙，又抬头看看那位神色慌张的老太太，接着又劝道，“我们找您来，就是想借您的佛面金命押着他的水命，保佑他一生平安，你看如何？”说着丁耀祖递给老太太一张红纸，“你看押子单都已写好了！”

那老人双手接过押子单，她根本就不识字，左看右看，犹豫了好长时间还是看不明白，最后只好又交给丁耀祖读给她听。

老妇人被众人忽悠着认了杨云龙为干儿，杨也心甘情愿地认买来的老妇人为干娘，娘俩就这样如同周瑜打黄盖——一个愿打，一个愿挨。

青木队长自帮杨云龙打败老厉之后，特发电文表示祝贺，可杨云龙迟迟未回，不免心中有些疑虑，后悔当初没把他作为人质扣下，让他的手下回去代替作战，待战事一结束，其部众自然归附，收编可以顺利进行。

夜已深，官邸里还亮着柔和的灯光，青木倒背着双手，忧心忡忡地在客厅里来回踱着方步。

忽然，他停下脚步，拍一下前额头，转过身子冲门外望了好大一会儿，然后跟拨浪鼓似的，晃了晃光秃秃的脑袋，倒背着双手又在客厅里走来走去，就这样忽走忽停，停停走走，最后走到门口站下来，冲门外大声喊道：“来人！”

“到！”从外边接着走进一个鬼子兵，冲他一个敬礼，“队长有何吩咐？”

“给杨司令再发一封电报，就说明天下午让他务必赶到这里。”

“嗨！”

那卫兵刚要转身走，只见青木把手一挥：“慢！来时务必让他把老太太一起带过来！”

“嗨！”

鬼子兵一走，他眯着小眼嘿嘿一笑，脸上露出一副狰狞的面孔，令人毛骨悚然，不寒而栗。

杨云龙接到青木电文后，急急忙忙携带重礼在宋副官的陪同下，带上才拜过的干娘及卫兵，乘专车匆匆来到青木官邸。

刚走进院子里，对面的房间里忽然传来柔美动听的古琴声。

他没敢动手推门进去，怕打扰青木队长的雅兴，只是站在院子里毕恭毕敬地洗耳恭听。

那悠扬的琴声从洋房的窗口飘出来，时而像小桥流水，潺潺流动；时而似春风化雨，切切难休；时而又像惊涛骇浪，高昂拍打着浪花；时而又似月光，竹楼清幽……一波三折，荡气回肠。

杨云龙正听得入神，琴声突然停了下来，又过了好大一会儿，青木才慢腾腾地从屋内走出来，一看杨云龙站在门外恭候。

“怎么杨司令今天也有雅兴？”

“哪里哪里，卑职谈不上什么雅兴，只不过觉得好听而已。”

“噢！”青木稍思片刻，又扭头朝四周看了看，问道，“老太太呢？”

“在后边车上！”

杨云龙轻轻点点头，然后把手一摆，随从会意，急忙把杨云龙的干娘从车里请出来。

“噢哟！”

青木见状惊叹一声，急忙走上前向老妇人问好。那老人不懂鬼子说的是啥话，只好笑着向青木微微点了点头。

青木笑了笑，知道老妇人不懂日本话，一时说溜嘴急忙又改中文问道：“老夫人今年寿辰如何？”

老夫人轻轻摆摆手，朝青木笑了笑，装作听不懂的样子。

杨云龙见状急忙笑着上前对老妇人解释道：“娘，青木队长问您今年多大年纪了？”

老妇人不知道杨云龙欲把她当人质抵押，还认为干儿子拉她来逛县城是孝敬她呢！心里十分高兴，忽然又听到青木问她年龄，也不细思考虑，就笑着回答：“七十余一。”她怕青木听不明白，又往前走了两步，对着青木用指头比画着大声说道，“今年七十一岁啦！属鸡的！”

“哟！”青木一听，接着竖起大拇指，假装热情地上前拉着老太太的双手，连声点头称赞，“高寿高寿！”

握住老妇人手之后，青木把脖子朝后一仰，一阵狂笑，那笑声如同潍水岸边的野兽吼叫，令人心惊胆寒，充满了杀机。

笑声突然戛然而止，他把手一拍，招呼过来两名身穿和服的日本侍女，把老妇人轻轻搀扶下去，并嘱咐她们好好伺候，然后转过身子，冲杨云龙一摆手做了个邀请的姿势。

“杨司令请客厅里坐。”

杨云龙急忙点点头，跟着青木走进客厅，见青木坐好后，急忙向宋副官轻轻摆摆手，接着使了一个眼神，宋副官会意，赶忙让随从把礼物抬上来。

“队长，这是卑职的一点心意，请笑纳！”

“吆西吆西。”他把手一挥，“统统打开！”

随从急忙上前，小心翼翼地把箱子打开，青木走过去，伸长脖子一看，咦！只见——

金条光灿灿，
元宝亮闪闪。
锦衣与丝绸，
成箱藏古玩。
……

“嗯——”青木满意地点点头，“吆西！吆西！”

“听说你来自郑玄的故乡，想必你对郑康成也有所了解吧？”

“那是！那是！”

杨云龙心想：看来小鬼子不只觊觎疆土，还盯上了老家的历史文化呢！嗯，这些王八羔子不怀好意，看来窥探咱们很久了，连老家的郑司农他们都知道……以后我可得防着点。

青木见他有点心不在焉，于是扭头对他“嗯”了一声，杨云龙知道自己走神了，一个劲儿点头：“那是！那是！”

“杨司令，我说的是郑玄郑康成。”

青木这一问，杨云龙一愣神，接着后脊背吓出一身冷汗。

他灵机一动，随机应变：“队长问的是郑康成郑大人，他可是我们老家的神童。据说郑司农自小聪慧，与卢植同拜马融为师，学习古文经学，又尝游学于幽、并、兖、豫诸州。后因打架蹲过牢狱，又不知发生什么事，在家写书……”

青木一惊，接着摇摇头，用鄙视的眼光瞅了他一眼。

“不不不，杨司令你说的不对！不对！”青木接着纠正道，“郑大人是因党锢事件而被禁，专心著述。后又博通今文经学，遍注群经，乃为汉代集经学之大成者，世称‘郑学’。他善饮酒，可饮一斛。官渡之战时，在袁绍的逼迫下随军而行，到元城病危，至六月病逝。”

看来小鬼子比我还明白，老早就对我们的历史文化有所研究……他站在一旁，被青木这个中国通惊得目瞪口呆。

看他呆若木鸡的样子，青木心里扬扬得意。为了掩盖自己语言上的失误，杨云龙这时急忙拿起一幅古画铺在桌面上，请青木队长欣赏：

远处，层峦叠嶂，山水相间，雾气缭绕，丛林生烟……

画的主体部分：斜晖脉脉，房舍俨然，湖中景悦，水平如镜，潍水岸边，禾苗青青。

近处：老干虬枝，古朴遒劲，鲜花争妍，富有神韵。

青木似乎对金银不大感兴趣，只是站在古画前大加赞赏：“好画，好画啊！”

杨云龙见青木对古画产生了浓厚的兴趣，于是就走上前：“队长真是好眼力。”杨云龙说着竖起大拇指，“不瞒队长您说，此画乃宫廷中上等贡品。”

听他这么一说，青木急忙转过身子，紧盯着他，看上去想听听他下面的诠释，杨云龙会意，点头微微一笑。

“此画乃诸城逄戈庄我一个表舅收藏的，它原先的主人是清朝刘墉刘大人，在京城做高官时，因功得到乾隆爷的赏识，特赐蒲团一个，字画三卷，这是其中一卷，名曰:《春江图》。”

青木听后，点头称赞，对中国博大精深的文化，如痴如醉，看来他还不放心，又转过去细细观摩了一番。

“好画!的确是一幅稀世珍品，中国疆域辽阔，资源丰富，又受上下五千年历史文化的熏陶，令世界各国为之所注目……”说着说着，青木突然回过头来，盯着杨云龙问道，“据说刘大人老家，还有一个‘哑巴湾’，那是咋回事？”

“这个我知道。”杨云龙微微一笑，急忙点头介绍道，“听我老奶奶说过此事，刘石庵小时候读书非常用功，但是他有一个怪癖，不管春夏秋冬，总喜欢去幽静的蛤蟆湾边读。”

“那后来呢？”

杨云龙见青木饶有兴趣，又接着说道:“一年夏天，私塾的老先生让刘石庵背书，而他背得颠三倒四，因此受到老先生的斥责。晚上，他借着月光又来到蛤蟆湾边诵读，谁知前天刚刚下过一场大雨，湾里的蛤蟆一下子多了起来，咕呱咕呱叫个不停。大白天挨老先生一顿训斥的刘石庵，心里正烦得要命，一听到这些咕呱的叫声，顿时来了气，对着湾里的蛤蟆大声喊道，别吵了，别吵了。说完气得头也不回走了……说来也怪，经他这么一喊，还真管用哩，一句话就把蛤蟆湾给封死了，从此以后，蛤蟆湾一下子变成了哑巴湾。直至现在，听不到半声蛤蟆叫。”

“好好，杨司令讲的故事好精彩哟！”青木拍着手掌，赞叹道，“我们中日两国就是在这个基础上，建立‘王道乐土’和‘大东亚共荣圈’……”

去你娘的吧，说得多好听，你们日本人烧杀掳掠，无恶不作，抢占我的地盘不说，还要把我的老娘弄过来当人质，说什么要建立“大东亚共荣圈”“王道乐土”……纯粹满嘴放臭屁，要不是看在帮老子打厉小鬼的分上，老子扭下你们的脑袋当球踢。

心里想归想,但嘴上却不敢说,还一个劲儿跟哈巴狗似的点头。

青木见他唯唯诺诺的熊样,嘿嘿一笑,接着又哼了一声,脸上露出一丝鄙夷的讥笑。

秋风飒飒,夕阳即将落下。

那一道道含情脉脉的余晖, 如同情人眷恋的影子, 老是舍不得匆匆离去,把西天上的浮云映得一片通红。

潍水岸边,那些摇曳的芦花被风一吹,轻飘飘飞向空中,飞向田野,飞向一座座村庄……在柔软的潍水平原上空漫舞。

杨云龙见天色已晚,欲起身告辞,还未站起来挺直腰板就听青木道:“杨司令,天已不早了,路途遥远,以免路上发生不测……”说着,他用眼角瞥一下坐在沙发里的杨云龙, 然后狡黠地笑了笑,“我……我看杨司令这样吧,今晚本人特备薄席, 一来为您接风洗尘; 二来为今后的整编合作顺利进行……还望杨司令赏脸呀! ”

杨云龙不好意思推辞,也未正面回应整编之事。青木看在眼里,不动声色,冲内室连续击掌三声。

应声从内室里走出一位日本姑娘,瓜子形的脸蛋略微低垂,两腮红晕透着几分娇羞,加上得体的和服与鲜艳明丽的装饰,紧紧地束起她那婀娜多姿的腰肢。秀发乌黑油亮,挽起一个高高的鬃髻……看上去,大约二十多岁的年纪。

杨云龙睁大眼睛,痴痴看了半天,没想到世上竟有如此貌美的姑娘,莫不是天上掉下来的仙女? 还是嫦娥来到人间? 要不那就是观音降世……若是身边有这么一位美女相伴,今生自己就是见了阎王,也心甘情愿,也就知足了。

青木见杨云龙魂魄已飞九霄,于是摇摇头,嘿嘿一笑:“杨司令,我们大日本帝国的女孩,皮肤细腻,性情也温柔,更善解人意……很有典型的东方女性美。”说到这里，他看了一眼身边忸怩的女孩，微微笑了笑，又冲她点点头，“芳子小姐给杨司令准备晚宴，今天晚上他要在这里过夜，你要好好伺候他……”

青木说完，给芳子小姐递了一个眼神，起身告辞。

杨云龙受宠若惊地赶忙起身，送青木出门。

宁肯花下死，做鬼也风流。

杨云龙想到这里，心中暗喜，情不自禁地哼起浪声小曲——

三月里，三月三，
桃花杏花开满园，
大风刮了蜜蜂去，
闪下花枝受饥寒。

四月里，四月八，
娘娘庙里把香插。
人家烧香求儿女，
小女烧香盼郎家。
……

就在这时，里间的房门突然开了，芳子从里面姗姗走出来，拘忸地来到杨云龙跟前跪下，冲他嫣然一笑。

“请杨司令入席！”

此时的杨云龙，已不是统率千军万马的剿匪司令，在女人面前，尤其是在芳子面前，他已是语无伦次的好色之徒。

“好好，入席入席！”

他嘴上回答着，眼睛却瞅着芳子的酥胸……一双大手，不由自主地伸了过去。

“司令真坏！”芳子推开那毛茸茸的大手，“司令先别心急嘛，待我梳洗一下。”说着，她站起来冲他温柔地一咧嘴，步入洗澡间。

过了好大一会儿，才从里面走出来。这时的芳子，已不是刚才那个羞羞答答青翠欲滴的芳子了，而是云鬓蓬松，青丝披肩，身穿一件洁白毛巾浴衣，腰带系得很松，几乎松到她的胯下。前胸半遮半掩，不仅雪白的脖颈和丰满的胸脯裸露，就连凸起的乳峰也挺出大半。浴衣下，露出白嫩的大腿，脚上还趿着一双绣着梅花的拖鞋。

芳子朝他挤一下媚眼，转身走进卧室，仰在床上再使妖媚之术，把杨云龙撩拨得神魂颠倒，一时乱了方寸。

杨云龙再也无心吃饭，欲起身离去，但转身一想：难道小鬼子肯就此善罢甘休？青木葫芦里到底卖的什么药？芳子是不是奸细？

想到这里，他站也不是，走也不是，正犹豫不决。

芳子早就看出了他的心思，冲他又抛了一个媚眼，莞尔一笑。

“杨司令，你们中国有句古话：有花堪折直须折，莫待无花空折枝。夜来一笑寒灯下，犹忆乘人之危时。”她煽情地瞥了一眼，又接着道，“我明白你的意思，怕我窃取了你们的机密，或者把你杀了。那你就想错了，实话实说，我是奉青木队长的旨意，来劝说你真心实意地跟我们合作，把你的队伍拉过来整编……”

杨云龙一听“整编”二字，心里就有些不高兴，但芳子那股骚到骨子里的狐媚劲，早已把他三千六百亿个毛孔撩拨得兴奋起来，哪管这么多了，他猛扑上去，把她紧紧压在身下。

这真是：小楼一夜听春雨，深巷明朝卖杏花。

第二天大早，杨云龙急忙穿衣下床，被身边的芳子一把拽住。

“杨司令，昨天夜里答应我的事该怎么了结？我如何向青木队长交代？

“芳子小姐，本人公务在身，不能多多奉陪，请代我向青木队长问好，改日再会。”

杨云龙避而不谈整编之事，只强调公务在身，说着拔腿欲走。

“杨司令,你还走得了吗?”芳子把脸一沉,没了昨日的狐媚与娇柔,变得异常凶狠:“昨晚答应我的事情该怎么了结?”

“昨夜?”杨云龙嘿嘿一笑,“昨天夜里,我们两个人不是睡得好好的吗?昨天夜里,我答应你啥事了?”

芳子见他装疯卖傻,厚着脸皮死不认账,于是冷笑道:“杨司令实在是记性太差,难道你连自己说的话都不记得了?”

杨云龙站在地上,不作回答,眨着眼皮,好像回味着什么。

“整编!”她咬着牙,一字一字地说。

“噢!”杨云龙又嘿嘿一笑,“我当是啥事,原来你说的是整编之事,好说好说,回去我跟弟兄们协商一下,把队伍拉过来就是了。”说着他欲迈步朝外走。

“杨司令,你走得了吗?”

芳子轻蔑地看着他,杨云龙这才发现,门外早已布设上鬼子的岗哨了,自己的人马只许往里进不许往外走了。

“芳子小姐,你……你们这样做,我如何把队伍拉过来?”

“你和你老娘留下,让你的副官和手下人回去,这是通行证!”说完她把通行证摔在桌子上,转身扬长而去。

芳子一走,他顿时傻了眼,这不是要软禁自己吗?这个臭日本娘们,还有青木这个混蛋,拿女人来算计老子,算什么东西!

他心里暗暗骂着芳子和青木,可脸上装作若无其事的样子,还是满不在乎地浏览着墙壁上的山水画,眼珠忽然一转,忙让鬼子的哨兵把宋副官传来,二人咕咕哝哝密谋了好大一会儿。

须臾,宋副官率两名卫兵匆匆走出来,三人刚走到花园门口,忽听背后传来一声吆喝:“站住!什么的干活?”

这时候,有两个卫兵端着枪走过来盘问,宋副官回头一看,原来是那两个监视自己的流动岗哨,赶忙上前行一个军礼,接着摸出通行证递过去。矮个子卫兵接过去仔细看了看,好像还不放心,又赶紧走到杨云龙卧室窗下,伸长脖子往里看了一会儿，见杨云龙和他母亲都在，这才放心地走回来，把通行证往宋副官手里一掷，用生硬的中国话喊道："放行，开路开路的！"

大个子鬼子哨兵急忙闪到一边，仨人总算出了大门。

芳子小姐把杨云龙的情况如实向青木作了回报，谁料反招来一顿责备，青木埋怨她不应该把通行证留下来，倘若让他拿着通行证逃走了咋办？

芳子毕竟年轻，经青木一提示，恍然大悟，知道问题的严重性，急忙率卫兵直奔杨云龙卧室而去。

待她率卫兵来到花园门口，恰好遇到矮个子哨兵，一问杨云龙和他老娘还在，心里的石头终于落地，稍稍喘了一口气，全身轻松许多。在矮个子哨兵带领下，来到杨云龙卧室门外，芳子推开门走进去仔细一看，又大吃一惊！她顿时气得脸色铁青，发疯似的狂喊："追，快给我追！"

原来，杨云龙把宋副官叫到卧室内，二人互换了服装，又巧妙打扮，使用调包计蒙过两位哨兵的眼睛逃了出去，而那两位日本鬼子的哨兵，却把躺在床上的宋副官当成了杨司令。

杨云龙乔装打扮骗过日本哨兵之后，吓得没敢坐院中停下的汽车，生怕引起青木和芳子的注意，徒步逃出县城，撒开脚丫子拼命向西逃窜。

仨人趺趺撞撞来到红石岭脚下，岭坡上长满了荆棘杂草，还有一些不知名字的野花，被风一吹，发出一阵阵清香，可仨人顾不上欣赏美景，只是低着头一个劲儿逃命。

一路上偶尔惊起在灌木丛栖息的鸟雀，站在枝条上唧唧鸣叫着，又呼一下成群结队飞向空中，直至变成小小的黑点，眨眼间又落到岭坡那边的草地上。

三个人哪敢停歇，一路向西拼命奔跑。

突然，身后传来枪声，接着又传来汽车声和马蹄声。

"不好，鬼子从后边追来了。"杨云龙喘着粗气，"快，快往林子里跑！"

三人弯着腰，在蓬蒿和棉槐条子的掩护下，顺着岭坡往上跑。

敌人的骑兵越来越近，隔着蒿草就能听见鬼子兵的叫喊声，那声音似狼,若虎,如豹……跟潍水平原上那些不知名的野兽似的,吼叫着往山岭上爬来。

"报告队长,他们朝西南树林里跑去了。"一个皇协军这时向秋山指挥官报告。

"快追!"

仨人低下头,弓着腰,呼哧呼哧地跑进林子里,刚想坐下来喘口气,杨云龙机警地朝四周一看:"哎哟!"

只见前边黑压压的人头一片,仨人吓得顿时瘫在岭地上。

第七章

杨云龙机警，急忙把手朝身后一摆，接着做了一个特殊手势，小声嘱咐道：“别吭声，前边有情况，注意隐蔽。”

话音刚落，林子前面的空地上，灌木丛来回晃动了几下，接着有几只鸟雀惊叫着从树棵子里飞起来，枝条开始上下抖动，枯黄的树叶从抖动的树枝上纷纷落下。

“司令，有……有人。”一个卫兵指着对面空地上的灌木丛，小声结结巴巴地说。

“嗯！”杨云龙点点头，“注意隐蔽！”

“司令，你看那边也有人。”

“在哪里？”

“你看——”

杨云龙扭头朝右边一看，灌木丛里黑压压的一片人头，一排黑洞洞的枪口正对准了自己。

原来陆勇率一营人马，按王林肯和丁耀祖的吩咐，秘密来到红石岭，早已埋伏下来，以防万一，也好顺便接应一下杨云龙。

陆勇自从“韩信坝水鸿门宴”枪杀了宋焕金之后，很受杨云龙器重，把他破格提升为连长，于是陆勇抓住这个有利时机，在王林肯和丁耀祖的支持下，秘密开展我党地下工作，发展进步人士，培养出了一大批骨干，比如逢志雄、薛福春、宋玉成、梁桂喜等人。

因为这支队伍大部分都是穷苦农民出身，这些人中有的是被家庭生活所逼，有的是自愿参加，也有的是被杨云龙部下抓丁抓过来的，还有的是杨云龙剿匪俘虏过来的，其中也有一少部分是兵痞或者是国民党队伍收编过来的，如路景韶和周四瘸子等部下，但大多数是穷苦百姓，这些人恨透了日本帝国主义，以及旧中国的封建制度。

陆勇抓住这些特点，以血淋淋的事实，对他们进行说服教育，在他与葛鹏等人的感化下，杨部中有许多人开始朝好的方面发展，就连队伍在外地驻守期间，陆勇也要求纪律严明，作战勇敢，很受当地老百姓的欢迎与爱戴。

“潍渠战役”前夕，陆勇又被杨云龙提拔为独立营营长，该营部分官兵，除跟随杨云龙顺利完成向日寇求援和骗取军火外，也积极投入“潍渠战役”的实战中，特别是最后的攻坚阶段，陆勇率领本部人马，身先士卒，冲锋陷阵，如过无人之境，表现得十分突出。

更让人佩服的是，在战事进行的四十多天时间里，该营从未出现一个开小差的逃兵，可见我党的地下工作已深入人心，在整场战役中也起到至关重要的作用，但是该营也伤亡惨重，损兵折将二百余人。

另外，在“潍渠战役”中，他还救过杨云龙的性命，这些琐事杨心里记得清清楚楚。

陆勇率领本部人马早已埋伏在红石岭三合林中，等候多时也不见杨云龙一行人的影子，不免有些担心，他刚想站起来观察一下，突然，从岭下大路上传来三八大盖的枪响，随后就听见了马蹄声。

“不好，有情况！”

他说着赶忙躲进茂密的蒿草丛里，朝后摆摆手让大家注意隐蔽。

从灌木丛中传来一阵脚步声，陆勇扭头一看，原来葛鹏弯着腰拎着枪从岭前土坡上跑了过来。

陆勇把手一挥，接着从腰间拽出匣子枪，躲藏在一块大石头后面，从石头的缝隙间观察岭坡前面的动静。

时间不长，葛鹏气喘吁吁地来到陆勇跟前，俯下身子向他汇报。

“报告营长，鬼子兵顺着大路朝这边来了。”他稍稍喘了一口气，又接着补充道，“看样子好像在追什么人，刚才的那几声枪响就是从鬼子那边传出的。”

“有多少人马？”

“太远了看不清楚。”他扭头看了陆勇一眼，“估计三四十人吧！”

“通知各部注意隐蔽。”

“是！”葛鹏点点头，应着弯腰朝左边跑去，眨眼间消失在林子的尽头。

陆勇注视着岭前的灌木丛和大路上的鬼子兵，担心敌人从蒿草丛里突然钻出来，或者从灌木丛里突然跳出来，打自己个措手不及。

“报告营长！”陆勇一回头，不知啥时候，葛鹏又来到身边，他用手指着岭前的灌木丛，低声道，“前边又发现了新的情况。”

“是什么人？”

“不知道。”葛鹏冲着他摇摇头，稍微思索了一下，“太远了看不清楚，好像是三个人朝这边跑来。”

“注意警戒！”陆勇打一个手势，示意他趴下，“嘘——别吭声，有人过来了。”

葛鹏一听到有人来了，立即趴在蒿草丛里。

陆勇把目光投到岭前的土坡上，灌木丛又晃动起来，一眨眼，那灌木丛很快又恢复了原来的平静，什么声音也听不到了。就在这时候，前面又忽然响起了一阵脚步声。

“有人朝这边跑来了，准备战斗！”

陆勇低声下令，一会儿灌木丛和蒿草棵子，又开始晃动起来。

“注意隐蔽，有人想搞偷袭！”

工夫不长，三个人拼命朝这边跑过来。

“看清啦！”葛鹏有些兴奋，“跑在前边那个人正是杨司令。”

陆勇严厉地瞪了他一眼，低声道：“先别喊！”

他顺着葛鹏指的方向望去，见仨人来到岭前一片开阔地，紧随其后的就是日本人叽里呱啦的叫喊声。

“太……太君，他们往岭上跑了。”一个皇协军跑过来向小队长秋山报告。

“八格牙路！”秋山说着把战刀向前一挥，左手提着王八盒子，瞪着布满血丝的眼睛，放射出凶狠的贼光，大声喊道，“全力追击，抓活的！”

骑兵、步兵一齐朝三合林这边冲来。

三合林是红石岭上一个由松树、柏树、杨树、槐树等组成的杂树林子。其中，又因杨树、槐树和松树最多，当地人称其为“三合林”，林子虽说不是很大，但四周全是灌木丛，里面还夹着蒿草、棉槐、荆棘和茅草之类的植物，唯独岭坡前边是一片满是乱石的开阔地带。

杨云龙仨人来到岭前乱石开阔地带，已经累得筋疲力尽，本想坐下稍稍喘口气，无奈身后又传来呜里哇啦的鬼子兵，仨人哪敢歇息？逃到三合林跟前，一头扎进林子里，抬头一看，一排黑洞洞的枪口正对准自己，吓得“哎哟”一声坐在地上，幸亏排长逄志雄他们跑过来，把仨人一个个背进三合林深处的草地上，随后子弹飞进三合林，打得松树杆子噼里啪啦乱响。

“陆营长，快……快把小鬼子截住！”杨云龙连惊带吓，又加上一路奔跑，累得上气不接下气，说话也绊绊磕磕起来。

“是！”陆勇刚要转身下命令，忽听杨云龙在他背后又喊：“慢！”

“司令有何吩咐？”

杨云龙稍微镇静了一会儿，脸色也有所好转，他望着陆勇，心里好像有什么话要说，话到舌头尖上却又一时想不起来，待了好大一会儿，才冲着陆勇问道：“陆营长，你手下还有多少人？”

“报告司令！”陆勇如实向他汇报，“我部表面上是一个营的兵力，实际上只有一个连，因‘潍渠之战’刚结束，还未来得及补充兵员。”

“嗯，”杨云龙稍稍思索了一下，又接着道，“那你就把队伍缩编成一个连，找一位连长临时指挥，你亲自率几个弟兄护送我回去。”

“报告司令，一连长和三连长早已阵亡，二连长还在老家养伤，能否让排长逄志雄担此重任？”

杨云龙想了一下："可以，把他叫过来！"

时候不大，一位矮个子军人来到他跟前："报告司令，排长逄志雄奉命来到！"

杨云龙睁大眼睛一看："呵，原来是你！"

逄志雄接着来了一个标准的军礼。

"刚才背我的是你？"

逄志雄微微点点头。

"嗯，好小子！"

说着他走过去，上下打量着逄排长，然后用手轻轻拍了一下他的肩膀，见跟铁塔似的纹丝不动，于是满意地点点头。

岭坡上的鬼子与皇协军，这时候一个个跳下马，挥舞着刀枪跟野兽似的，叽里呱啦怪叫着朝这边扑过来。

"逄排长，从现在起你就是我的连长，接替陆营长指挥这支队伍，把冲上来的小鬼子给我狠狠地打！"

最后一句，他恨得几乎咬着牙根。

"请司令放心，今天我正要给小鬼子一点颜色看看。"

逄志雄咬着牙根握紧拳头，在众人面前下了保证。

"好样的，是条汉子！"

他回过头去，看了身后的陆勇一眼，又接着跟身边的逄志雄道："回头我会派兵过来接应你们。"话还没说完，岭前的枪声已乱成了一团。

"弟兄们跟我来！"

逄志雄来不及道别就率领人马冲了上去。担任警戒任务的葛鹏这时也跑过来向他报告："报告司令，右边的鬼子正朝这边扑来。"

杨云龙扭头一看，那些疯狂的鬼子兵跟一群野兽似的，喊叫着，气势汹汹，朝三合林扑来。

枪声大作，响成一片。

他见势不妙，知道逄志雄的人马跟鬼子接上火了，于是匆忙率领陆勇、葛鹏等十几人往岭西逃去。

逄志雄北戈庄村人，人送绰号逄二虎，早年因家庭贫困出来当兵混口饭吃。起初，他投靠宋焕金手下，被宋委任一个小头目，由于平时看不惯宋焕金所作所为，中途辞职回家种地，后来因家庭贫困实在过不下了，又出来投奔了路景韶，继而又被杨云龙收编。

“潍渠之战”前夕，陆勇被提升为独立营营长，逄二虎又恰好被编入独立营。

逄志雄平时为人仗义，秉性耿直，会对看不惯的人和事爽快直说，是个地地道道的血性汉子。陆勇慧眼识珠，把他列入重点发展培养对象，很快被提拔为少尉排长。

在“潍渠战役”中，他有勇有谋，善于夜袭，曾率本部人马趁天黑摸入厉小鬼背后，猛戳老厉的后屁股……夜里，老厉不知道来了多少人马，吓得落荒而逃，待天明之后，才发现是小股部队所为，气得厉小鬼哭笑不得。

今天接此重任，他心里很明白，眼前的敌人是全副武装的鬼子兵，单兵作战能力强，武器又精良，不是那些软弱无能的地方武装，或者一般的土匪，因此他不敢掉以轻心，更不敢粗心大意。

他趴在岩石背后，让弟兄们要沉住气，听他统一号令，指挥左侧的人埋伏好，右侧的弟兄们先开火，以此吸引敌人的注意力，然后再采用左侧包剿之术，此计即使一口吃不掉小鬼子，也能给敌人来一个突然袭击，造成很大的伤亡。

八十米，七十米，六十米……

待小鬼子进入岭前的开阔地带，慢慢进入伏击圈内，他大喊一声：“弟兄们开火。”

话音还未落下，他端起枪对着鬼子和皇协军就是三枪。

冲在前边的那个鬼子兵胸中一枪，只见他双手扔掉枪往胸口一捂，一个跟头栽倒地上，开始还手脚挣扎着想站起来，可惜腿脚无力，趴在地上用力蹬了两下，一会儿工夫就躺在地上不动了。

大伙一看，逄二虎开了枪，纷纷端起手里的家伙，向鬼子疯狂射击。

霎时间，机枪、步枪、匣子枪、手榴弹……一起向鬼子开了火。

不知是不是日本陆军没把眼前这个杂牌队伍放在眼里，反正跑在前边的小鬼子被逄二虎一排子枪，一下子撂倒了好几个，后边的鬼子还真不怕死，一个劲儿往前冲。

逄二虎躲在岩石背后，不骄不躁，沉着应战，一顿乱枪把岭前的鬼子兵和皇协军打得团团乱转。

杨云龙在陆勇、葛鹏等人的护送下，顺着岭坡一路往西拼命奔跑……约莫走出半里来地，忽听从山岭上传来鬼子马队的吆喝声，随后枪声大作。杨云龙知道这是逄二虎跟敌人交手了，心里不免担心起来，担心逄二虎一时顶不住，鬼子的马队就会突破防线从山岭上追过来。

他小眼睛一眨，心里一琢磨，用手指着前边一个卫兵道："你！"

那个卫兵一愣神，心想：司令叫我干什么？

"快回去向逄连长报告，只要他把鬼子截住，回去我提拔他为营长。"

"是！"

卫兵来不及敬礼，拔腿又往回跑去。

杨云龙在众人的护卫下继续向西逃命。

刚过了红石岭，忽听山岭那边的大路上传来汽车的马达声，不一会儿，又从山岭上传来轰轰的炮声，那爆炸声震耳欲聋，大地乱颤，看来小鬼子久攻不下，调来了山炮部队……虽说自己跑出二三里地了，要是逄二虎顶不住，拦不下小鬼子，敌人就会突破防线……再说，鬼子有快马，还有汽车……想到这里，他又担心起来，接着把手一伸，指着前边另一个卫兵："你过来！"

那卫兵不知咋回事，一脸蒙，愣头愣脑地从前面跑过来。

"你快回去对逄营长报告，就说我说的，今天只要他把鬼子拦住，回去以后，我提拔他当团长。"

"是！"卫兵扭头往回跑去。

他见卫兵跑远了，这才稍稍喘口气，脸上露出阴险狡黠的狞笑，继续率众人向西奔跑。

逢二虎正在指挥人马作战，突然，一个卫兵气喘吁吁地从背后跑过来。

“报告长官，传杨司令命令，只要你把眼前的小鬼子截住，回去以后他提拔你为营……”后边那个“长”字还未说出来，就被冲过来的鬼子一枪击中。

“小鬼子，爷爷跟你们拼啦！”逄二虎端起身边的轻机枪，瞄准冲上来的鬼子兵就是一梭子，鬼子兵朝后一仰，一个跟头栽倒在地上不动了。

另一个鬼子刚要瞄准射击，被逄二虎的子弹击中头部，趴在地上挣扎了几下，脑浆迸裂，血流满地。

“弟兄们，给我狠狠打！”说着又是一梭子扫向敌群，鬼子兵被打得趴在蒿草丛里不敢冒头，呜里哇啦直叫唤。

鬼子和皇协军的人数毕竟太少，三十多个鬼子兵对付一个连的人马，不占优势。

时间不长，冲上来的二三十个鬼子和皇协军，只剩下七八人，一个个都逃到岭下去了。

潍水平原上的初秋，虽说不再像夏天那么炎热，但中午的阳光还是火辣辣的灼灼逼人。红石岭上，三合林里的逄二虎及众人，因走得急，粮水带得并不多，又打了一上午硬仗，众人此时的肚子饿得咕噜咕噜直叫唤。

逄志雄见二十多具鬼子尸体，横七竖八地躺在岭前的开阔地带，撕开衣裳，露出胸膛，哈哈大笑。

妈的，也让小鬼子尝尝爷爷的厉害，让你们知道老子也不是好欺负的，惹恼了爷爷们，没有好果子吃。他心里正暗暗骂着小鬼子，忽然，一个卫兵跑过来。

“报告营长，岭下发现了大队鬼子兵。”

“在哪里？”

“你看——”

他顺着卫兵手指的方向望去，身上顿时出了一身冷汗：“敌人的增援部队来了，快撤！”

话音刚落，岭下马路上传来汽车隆隆的马达声。

“报告营长，岭的左边也发现了鬼子。”

“报告，右边也有。”

“我们已经被包围了。”

逄二虎向四周扫了一眼：“弟兄们不要怕，他们是爹娘生的，咱也不是泥捏的，大家看……”他用手一指岭坡前鬼子的尸体，大声说道，“这二十多个小鬼子，不也是死在咱们眼前了吗？没啥可怕的，只要大家把握时机，听我指挥，保证小鬼子来多少死多少……他们日本人根本不是咱爷们的对手。”这时他往岭下望了一眼，又接着道，“咱们眼下该做的是把鬼子扔下的枪支弹药集中起来，等着这群王八羔子上来。”

“营长你就下命令吧！”

“是呀，只要你一声令下，我们保证让小鬼子有来无回。”

“对对，只要你说句话，我们就冲下去，砍他个人仰马翻。”

“实在不行，咱们来他个鱼死网破。”

“营长快下命令吧！”

“快下命令吧！”

……

逄二虎见大伙求战心切，心里感慨万千，就这么一帮子土匪，一个个曾经杀过人，放过火，绑过票……无恶不作，可今天不知怎么了，为了对付小鬼子，为了对付入侵的强盗，为了对付眼前共同的敌人，他们个个摩拳擦掌，欲要跟小鬼子拼个你死我活……看来这是一场正义的较量，是正义的，就应该给日寇这群王八蛋一点颜色看看。

突然，不远处响起一阵阵爆炸声。

“弟兄们，快……快趴下隐蔽！”

一颗颗炮弹呼啸着擦头皮而过，阵地上顿时腾起一团团硝烟，草被点燃了，树被烧焦了，浓烟、烈火，烘烤着整片阵地，不一会儿，阵地上就传来一阵阵咳嗽声，里面还夹着哎哟的叫喊声。

一发炮弹飞过来，机枪手连同他的机枪被抛向空中。

青木队长见秋山久攻不下，就从城里调来两门山炮和多门迫击炮，对着三合林一顿猛轰。

在炮弹的猛烈轰炸下，逄二虎的人马湮没在一片火海之中，他本人也受伤昏了过去，下身被炮弹掀起的泥土掩埋了。当他苏醒过来时，炮击已经停了，阵地上一片寂静。

他从泥土里钻出来，抖一抖身上的尘土，睁大眼睛向岭下望去，透过浓浓的硝烟见小鬼子正往山岭上爬来。

"弟兄们快起来，鬼子上来了！"

他这一喊，那些活下来的人纷纷从石堆里，泥土里，草丛里，灌木丛中钻出来，各人抖掉身上的泥土和灰尘，用衣袖轻轻擦拭着手中的武器，准备跟小鬼子拼个死活。

一个卫兵弯着腰拎着枪从后面跑过来。

"报……报告营长。"

不知是受到惊吓还是跑得太急太累，喘着粗气，对着逄二虎大声喊道："传杨司令命令，只要你现在拦住眼前的小鬼子，回去以后，司令提升你为团长。"

"提升个球，老子的脑袋只值个团长？快过来准备打鬼子。"

他正在发火，又有一个士兵从东线上跑过来。

"报告长官，有人开小差。"

"谁？"

"宋玉成、王晓贵和郑海福三个人。"

"把他们押上来！"

时间不长，三人被押上来，逄二虎一看，火气一下子冒上来了，大声呵斥道："平时我待你们三个不薄，没想到你们三个竟是怕死鬼，跑呀！怎么不跑啦？熊包一个，孬种一堆，怕死鬼……"骂够了，也出恶气了，最后扭头扔下一句，"你们三个怕死鬼走吧，但把枪和子弹给我留下！"

众人一听，目瞪口呆，都认为仨人非被枪毙不可，没想到逄二虎竟说出这么一句，于是众人纷纷责备跪在地上的三个人。

谁料跪在地上的仨人，不言不语，也不站起来，只是跪在地上任凭众人责骂。

“报告团……团长。”一个士兵这时跑过来报告说，“小鬼子从岭前冲上来了。”

“准备战斗！”

话音刚落，又有两个士兵跑过来报告。

“鬼子从东线包围了我们。”

“不好，快组织队伍，我们向西撤退！”他一边下命令，一边指挥人马匆匆向西撤退。

“不好了，岭西有赵青山的皇协军。”

“我们被彻底包围了！”

“奶奶的，老子还不想走了，今天爷爷豁出去了。”说着他的牛脾气上来了，扒掉上衣扔在地上，露出强健的肌肉，大声喊道，“谁走谁就走，我保证不阻拦，但必须把枪和子弹给我留下，冲出去的人，别忘了给家里人捎个口信，就说我死了，逢年过节朝西多烧点纸钱，到时我就去领了。”

说到这里，他喉咙里又发出连续的哽咽声。

“团长，我们不走了，留下来跟着你和小鬼子拼了。”宋玉成含着眼泪从地上站起来。

“团长我也不走了！”

“我也不走了！”

其他两个人也从地上站起来对逄二虎说。

“好！只要大家想留下来打鬼子，我表示欢迎，想走的，把枪给我留下，我也不挽留。”说着他端起地上的机枪，大声喊道，“想留下来的弟兄们准备战斗！”

敌人弯着腰爬上岭来，走在前边的是伪军赵青山的皇协军，狡猾的鬼子跟在后面,跟蚂蚁似的朝三合林这边爬来。

逄二虎见鬼子进入射程之内,大吼一声:“弟兄们,给我狠狠地打。”

逄二虎真如同猛虎下山一般,双手端着机枪跳出弹坑:“弟兄们杀啊!”喊着叫着朝敌群冲去。

那枪口来回晃动着,喷吐出橘黄色的火焰,在他铁塔似的胸前和酱紫色的脸上,耀眼闪烁。

工夫不长,光秃秃的岭坡上到处都是血肉模糊的尸体,里面夹杂着不知是人体还是其他动物被烧焦的味道。

鬼子发疯了,一个个像被激怒的野兽,张牙舞爪,叫喊着,咆哮着,向逄二虎的阵地扑来。

一梭子扫过去,又有几个敌人倒下去了。

机枪突然咔的一声,不吼叫了。

伏在草丛里的伪军和伏在岭坡上的鬼子,龇着牙,咧着嘴,叽里呱啦着向他扑来。

阵地上,搂抱的,翻滚的,厮打的,抓头发的,咬耳朵的,啃指头的……敌我双方,又相互撕扯在一起,扭打在一起。

一时间,红石岭三合林内外,上演了一幕惊魂动魄的抗敌御寇之战。

宋玉成腿中数弹,站都站不起来,强忍着剧痛滚在地上,四处寻找手榴弹和带子弹的枪支,爬着向敌人射击……最后被冲上来的鬼子,用刺刀活活捅死在岭坡上。

逄二虎死得更惨,被一个皇协军刺中腹部。

他们有的咬紧手榴弹引信,猛地一拉,轰的一声跟敌人同归于尽;有的身中数弹奄奄一息,后被冲上来的鬼子用刺刀戳死;有的失去了腿或者手,不能动弹,躺在地上嗷嗷直叫;有的让炮弹炸掉四肢,躺在地上长一声,短一声,呻吟着流尽身体内最后一滴血。

杨云龙在陆勇和葛鹏一行人的护送下,一口气跑到了城子家后,忽然被眼前一条大水沟挡住了去路。

正在他左右为难之际，忽见潍水岸边一位老翁摇船过来，那船木质结构，单橹，就是船后摇橹来回晃动的那一种，一行人借机急匆匆跳上船，杨云龙一问才得知老者跟徐家庄姥姥家还有瓜蔓亲戚，后经老者介绍，杨云龙才知道这水沟叫“张良沟”。

老人嘿嘿一笑，解释道：“说起这张良沟，俺这里还流传着一个小故事呢！”

老者说着，一边摇着橹，一边又对杨云龙一行人讲起张良沟的传说故事。

说我诌，
道我诌，
城子家后张良沟，
大年夜里发河水，
冲得满洼秫秫头。
捞个大的打一斗，
捞个小的打八斗。
……

“唱完这段小曲儿，我给你讲个故事，讲故事咱得有头有尾，有名有姓，那我就从汉朝的张良说起吧！

“相传，汉朝的时候，城子庄后有一条大沟，也就是咱眼前的这条大水沟。水沟有多大呢？用现在的说法，约有四十多米宽，三四米深，沟底却很平坦。传说，咱家后这条大沟还跟汉朝的张良多少有点关系，你们听说过‘张良灞水，韩信淹’吗？其实，说的就是俺庄后这条大水沟的故事。

“张良名叫张子房，西汉开国元勋，与萧何、韩信齐称‘汉初三杰’，是汉高祖刘邦的第一谋士。楚汉战争期间，‘长计谋平天下’都为刘邦所采纳，提出不立六国后代，联合英布、彭越，重用韩信等策略，又主张追击项羽，歼灭楚军，协助刘邦建立了西汉王朝。

“俺不会说《史记》啥的，也许俺讲的这些历史故事你们听不懂，不过不要紧，你们记住这条张良沟就行了。俺只想说咱村后这条大水沟与张良相关的故事。相传，西汉初年，那时候兵荒马乱，‘落马口’你们知道吗？就是河西岸现在的南张洛，听说过‘潍水之战’吗？那个故事就发生在咱这里。韩信听了张良的计谋，在潍河上游筑坝，对啦，那时候咱家西的这条河叫淮河，现在叫潍河了，按咱这里的习惯，俺还是称淮河吧！

“汉高祖三年，韩信奉汉王刘邦之命带兵破赵以后，挥戈东进，乘齐王田广不备，攻破齐都临淄。田广仓皇逃至潍河东岸的高密城(汉称:城阴城，后迁至高密随改称高密城)，降楚，派使臣向项羽求救。正在荥阳围困刘邦的项羽，急命大将龙且带兵二十万赴高密救齐，龙且的军队在潍河边与韩信军队相遇，两军列阵于潍水。韩信去朱子村东黄公祠曾拜访过张良的老师黄盖公，跪拜时，从蜡烛流泪受阻得到启发，在淮河上游筑起上坝，也就是今天大古县村东边，然后又筑起中坝，在今天的古县以北，最后筑起下坝，也就是今天的后凉台村东，若遇上干旱时节，你就会看到石头遗址，人也可以从石坝上走过去，而咱村后的张良沟就在下坝以南，二人怕河水不够，就派人从五岔口挖沟修暗渠，用村后的大沟把商羊河和百尺河的水引过来。那时候楚霸王的大将龙且住在城阴城，也就是现在的田庄以东的古城。据说龙且是鸡眼，到了晚上看不清，虽然他是项羽手下的第一猛将，与季布、钟离昧、英布、虞子期为楚军五大将，官拜西楚国大司马。其武艺娴熟，胆量过人，却性情骄横高傲，其势锐不可当。韩信深知龙且英勇，力抵必败，只能智擒。交战前，韩信派兵士在淮河上游密行工事——筑坝屯水，并于下游河床中心立一根高杆，杆顶明灯高照，杆上大书‘灯下斩龙且’五个大字。一切准备就绪后，派伏兵于潍水西岸隐蔽，工兵守坝，并命守坝士兵，望见杆倒灯灭，立即掘坝放水。

“入夜双方交战正酣，韩信率部且战且退，诱敌深入。龙且不识其计，穷追不舍，追至河床深处，忽见高杆明灯下‘灯下斩龙且’五个大字，不禁七窍生烟，火冒三丈，将灯杆一刀砍断。守坝士兵见杆倒灯灭，遂掘坝放水，霎时，橙黄色的浪头像野马奔腾，呼啸而来。龙且猝不及防，率残部跃马奔至西岸，遂遭遇伏兵。龙且在重围中背水作战，尽管他武艺超群，亦难匹敌，终因寡不敌众，被擒斩首。在现在的南张洛村后和尚家庄家前，有一座古冢，当地人称其'龙且冢'，传说是龙且的埋葬地。'潍水之战'结束后，张良沟再也不起作用了。干旱时，附近的村民就在沟底种点麦子谷子啥的，要是遇上涝的年景，沟底都是一片涝洼地，用脚一踩水滋滋的，不用说种麦子和谷子，就是种不怕涝的秫秫，也是十种九不收。为此，凡是到过城子村的人，都会听到一首顺口溜，俺这里的人都会唱，我给你唱唱——

涝洼地，
真荒凉，
十至九年挎饭筐，
有朝一日不挎了，
除非鸡狗上天堂。
……

"有一年夏天，张良急着收拾项羽的残部，正好路过咱这里，于是想到俺村后的大沟看看，当他来到大沟时，见涝洼地里的秫秫被水涝得蜡黄不长，野外又遇上一群群挎着饭筐外出讨饭的人，心里很不是滋味。进村打听后，才知道这里年年闹灾荒，是自己引水淹楚军造成的，于是他用右手捋了一下胡须，自言自语道：涝洼地，不长粮，一年之后必长粮。说完他拿出一些钱财资助了要饭人就走了，当时大家都不知道张良说此话的意思，过后才琢磨：汉朝刚刚建立，国内局势还不稳定，全国上下收成一点也不好，他就用'涝洼地，不长粮'来暗示，'一年之后必(逼)长粮(张良)'，士兵没有粮食吃，怎么能够打仗呢？不出他所料，昌邑王起兵造反，一时逼得张良东奔西躲。说来也怪，一年之后，国内局势平定，村后的涝洼地甭管种什么庄稼，收成都很好，昔日的涝洼地一下子变成长粮（张良）沟啦！咱这里的人念张良的大恩大德，后来就把‘长粮沟’改成‘张良沟’啦！直到今天，张良沟的庄稼生长茂盛，年年都能大丰收呢。”

老人讲完，杨云龙一行人听得入迷，把刚才的战事抛到九霄云外。

葛鹏听后还嫌不过瘾，又接着问道：“老人家，以前听人常说，这一带有座蛤蟆山，到底在哪里？”问完可能又觉得不合适，在司令面前多言多嘴，又抱歉道，“其实我也不知道在哪里，更不用说张良沟了。”

“哦，你说蛤蟆山，一会儿就会看到。”老人很有兴致，回头看了他一眼，接着侃侃而谈，这时他一手摇着橹，一手指着远处，吆喝道，“你们快看下游，水中凸起的那堆石头就是‘蛤蟆山’。”

众人纷纷扭头望去……

其实凡是生活在潍水平原上的人都知道，蛤蟆山来自潍水岸边的一个神话故事，位于潍河的下游，过去为高密八景之一。

“据说古时候，蛤蟆山刀锋剑劈，悬崖峭壁，山势很陡，自从蛤蟆精被降服之后，山石滚落，轰然倒塌，蛤蟆山慢慢变得又矮又小，再也没有以前那种山势了。去过蛤蟆山的人都知道，山上有一块大石板，朝西斜插在山半腰，相传那是蛤蟆精的化身。在石板旁边还立着一块一人多高的大石杵，传说那是张良的降妖宝杵。

“早在汉朝还未建立之前，潍水下游一带，不知从哪一朝哪一代，来了一只大蛤蟆精，听上辈人讲，有草筐那么大。自从这个大蛤蟆修炼成精来到潍水之后，人事不做一点，不是欺男霸女，就是兴风作浪，还发洪水淹没了大片庄稼，害得这里的人不得安宁，都没法子活下去了，不少人为此下关东谋生去了。且说这一年，张良帮着刘邦打下了天下，被封为留侯，赐降妖宝杵一柄，让他巡视全国各地，帮着刘邦治理国家社稷。一天早晨，张子房来到这里，当地的百姓拦辕连连叫苦，把蛤蟆精在这里的所作所为一五一十地对张良说了。张子房听百姓这么一说，顿时怒气冲天，决定为百姓除害，于是他带着大队人马来到后凉台村北河滩上，站在高处朝潍水一看，蛤蟆山露出水面一树多高，山峰耸立，怪石嶙峋，妖气腾腾，环绕着四周。张子房看事不妙，赶紧让大队人马后撤一里地，拉开阵势打算跟蛤蟆精决一死战。

“那蛤蟆精听说有人来降服它，在山上摆开阵势和张良对立起来。时至晌午，一阵黑旋风刮过之后，河面上顿时乌烟瘴气，一团接着一团，黑压压的瘴气，贴着水面渐渐向张良的大队人马逼来……刹那间，河面上又狂风大作，波浪滔天。只见那蛤蟆精张开血盆大口，喷出无数水珠，那水珠如同无数把飞刀，夹在疾风暴雨之中，直刺张良的大队人马。再看河对岸，张良的大队人马早已夹在飞沙走石中，分不清哪里是水，哪里是山，哪里是树林和良田。张子房看事不好，急忙举起手中的降妖宝杵，口中念念有词：

蛤蟆精，蛤蟆精，
欺男霸女罪不轻。
今天举起降妖杵，
除掉妖魔普太平。
……

“说完那宝杵直升云霄，化成一道道寒光直刺蛤蟆精的背部，紧接着就听轰的一声沉雷霹雳，蛤蟆山顿时石倒山塌。再看河岸上的大队人马，吓得一个个目瞪口呆，等他们明白过来后，乌云瘴气早已散去，河面上已经风平浪静了，而小山上的血水却跟小河沟似的，顺着山顶淌下来，染红了山石，染红了河水，也染红了西天上一片片云霞，漫山遍野，净是死蛤蟆尸体，草筐大的蛤蟆精趴在山顶上，被降妖宝杵从脊梁杆子插进去，牢牢地钉死在山顶上，待张良再想去拔降妖宝杵时，却怎么也拔不出来了。从此以后，人们把这座山叫作蛤蟆山。说来也怪，自从张良除掉蛤蟆精之后，蛤蟆山上再也看不到一只蛤蟆了。”

遥望潍水，四周水平如镜，突然，一只鱼鹰从空中俯冲垂直入水。霎时间，河面上荡起层层涟漪，那波纹像丝绸似的一圈圈向周围散去……

故事讲完了，三合林阻击战也结束了，战后经调查：杨部共消灭日伪军七十多人，陆勇领导的地下党人，以及逄二虎等抗日骨干，也有一百多人壮烈牺牲，但有力打击了日本侵略者的嚣张气焰，以及皇军不可战胜的神话，从而鼓舞了当地军民一致坚持抗战到底的热情和斗志。

后来，杨云龙受到山东省主席沈鸿烈嘉奖。

时至一九四〇年，正值全国掀起轰轰烈烈抗击日寇的第三个年头，在华北各大战场上，八路军一个晚上就出动了一百一十五个团，共约四十多万兵力，全面出击，攻打正太、同蒲、津浦、北宁、平绥、胶济和德石等五千多公里的重要交通线和沿线的日军。在三个半月内，共进行了一千八百多次战斗，打死、打伤和俘虏的日伪军共四万六千多人，消灭日伪据点两千九百九十三个，破坏铁路九百四十多里，公路三千多里。破坏桥梁、隧道、车站二百六十多处，打击了敌人分割封锁根据地的阴谋，牵制了敌人大量兵力，取得了抗战以来最大的胜利。

与此同时，在西南、东南和中原各大正面战场上，也频频传来国民党抗击日寇的辉煌战果。

在这种形势下，刚刚上任不久的山东省主席沈鸿烈，表面上不得不响应时代的潮流——抗日救国。

他一方面致电山东各地方部队同日寇作战，一方面又四处张贴标语告示，宣传“国难当头，匹夫有责”。

恰好这个节骨眼上，杨云龙携带重金来到济南，秘密拜见了沈鸿烈，二人在二楼一间小客厅里会见的。

这是一幢三层的私人别墅，楼的底层是卫兵和一般家人居住，二楼是会客厅和书房等，第三层是卧室。楼的四周是红绿相间的花坛、水池、凉亭，以及水泥硬化路面。

此刻，二楼的小会客厅里，沈主席斜靠在沙发上，倾听杨云龙“血溅红石岭”（当地人也称“三合林战役”），那惊魂动魄的一幕。

“杨司令说的句句属实？”他用怀疑的口气问道。

“主席，我说的一切都是千真万确。”

杨云龙坐在沙发上诚恳地说道：“大敌当头，匹夫有责，举国上下，人心振奋，我哪能拥兵自重，对政府三心二意？卑职手中还有数千人马，随时随地都可听主席您的调遣。”

说到这里，他有些动情，沈见他一片赤胆忠心，于是良言相劝道：“杨司令真乃党国忠臣，以血还血，英勇杀寇，三合林之战绩，我会立刻派人去调查，若事实果真如司令所言，我会上报蒋总统，予以嘉奖。”

“多谢主席栽培，卑职今生今世永不敢忘。”说着他从沙发里站起来，跪在地板上朝沈鸿烈行跪拜大礼。

沈一看急了，心想这是咋啦，这人怎么施如此大礼？虽说我是省主席，但行如此大礼，我可是承受不起呀！转而又一想，噢，可能表示忠诚于我，于是就起身上前搀扶他。

“杨司令快快请起！”

不料杨云龙跪在地板上还是不动弹。可能他心里有话不好开口。想到这里，沈鸿烈又和蔼可亲地劝道：“杨云龙，你心里有啥话就直说吧！”

“主席，我不敢开口。”

“怕啥，有我呢！”

“那……那可我真要说了。”

都快四十的人了，此时他在沈主席面前嘟嘟囔囔的，跟个孩子似的。

“说吧说吧，啰唆啥？本主席会为你做主的。”

“多谢主席，恕我直言！”杨云龙跪在地板上，对沈鸿烈哭诉起来，“卑职自幼丧父，痛失父爱，今天与您相见，待我如同亲父亲，故久跪您膝下不起，愿做您膝下儿子，不知您意下如何？”

一听此言，沈不知所措，恰好这时夫人从门口经过，细细端详了一会儿，走进来冲沈鸿烈笑道：“我看这个干儿子挺讨人喜欢的！”

沈夫人话音刚落，沈鸿烈还未表态，杨云龙转身磕头大声喊道：“父母大人在上，受小儿一拜！”

就这样,跟开了个玩笑似的,杨云龙拾了一个干爹。

自此之后,杨云龙被沈主席委任为“山东保安第二师师长。”有了正规番号和实权后,他把自己的队伍一下子扩充到一万多人,下设师直特务团、独立团、先遣队、骑兵营,以及四个混编旅……驻防诸城、高密、安丘和五莲麓叩官庄一带。

杨云龙自从有了山东省主席沈鸿烈这个靠山,腰板一下子硬了起来,说话也更响了,他把“三合林之战”报至干爹沈鸿烈,在这种裙带下,沈鸿烈自然高兴,一来杨云龙为他自己争了光,也给自己脸上贴了金;二来,在山东这个地面上,实行国共合作,自己率部下也扛起了全民抗日的大旗。这战况上报至南京政府,没几天工夫,南京政府派人授予杨云龙师长“青天白日勋章”一枚,以作嘉奖。眨眼间,杨云龙又成了“抗日救国”的大英雄。

深秋的县城,这天热闹非凡,长长的大街被人清扫得干干净净,街道中间上空一巨大的横幅,上面写着“热烈欢迎党国栋梁莅临视察”,横幅悬挂在街道两旁的杨树之间,十分醒目。

县城的西门外,站着整齐的铜鼓洋号乐队,说什么“迎接大驾光临”,城门口左侧的砖墙上,还悬挂着十几支上万头的鞭炮。

城内大街两侧是长长的欢迎行列,杨云龙、王林肯、郭祝廷、王天和、丁耀祖等人,党、政、军、警、特、宪等要员,以及工、商、农、妇、学校、教会……各界头面人物,几乎倾巢出动。

今天在这里到底要迎接谁?

山东省主席兼国民党青岛海军司令,杨云龙的干爹——沈鸿烈!

城门外,由于昨天西伯利亚的寒流入侵,天气像初冬一样非常清冷。城内大街两侧光秃秃的树干上,那长长的横幅和整座县城仿佛也在寒风中抖动不停。

突然,从西门外传来一阵汽车喇叭声。

众人心潮涌动,把目光一齐投向西方,只见一部乌黑铮亮的小轿车,从远处缓缓驶过来，接着鞭炮齐鸣，锣鼓喧天。

小汽车驶近人群丝毫没有停下来的意思，继续缓缓地往前行驶……直至开到杨司令跟前，汽车才吱嘎一声，稳稳地停在街道比较高的地方。

一名军警急忙走上前去，轻轻把车门打开。

须臾，从车上走下一人，众人一看，大为吃惊。

第八章

从车上下来的是一位年轻标致的女子,只见她稳稳地站在车门前,双手下垂,脚步未挪。看来她并不急于上前跟迎接的每一个人握手搭话,而是居高临下地站在那里,用她摄人魂魄的眼神,含着无限柔情蜜意的秋波,把前来迎接的每一个人从头至尾扫视一遍。目光令人神魂颠倒,连一向对女人颇有研究的杨云龙司令,也禁不住啧啧赞叹,暗暗称奇。

这真是:山外青山楼外楼,天外有天人上人。

至于王天和与八猴子之流,特别是八猴子,更看得出奇,傻傻的,呆呆的,目不转睛地盯着欲搂不得欲走不舍的女子。

你看,一身草绿色的哔叽呢美式军装,脚蹬一双擦得能照出人影来的小皮靴,靴筒虽说不太高,但松紧适度,好似能工巧匠专门为她制作的。船型的军帽,斜罩在乌黑油亮的披肩秀发上,显得既神气又不妖冶。那对水灵灵的大眼睛,还有上下有节奏地闪动的睫毛,如同秋水传情,晨露似的晶莹,像明星闪烁,同宝石一般绚丽。那睫毛浓密,细而修长,衬托出弯弯眉梢,如青山翠滴,还有玲珑剔透的鼻子,如同人工打磨的一般,简直是大自然造化的结晶,端庄秀美,恰到好处。

她个头适中,丰乳肥臀,又加上军装得体,英姿飒爽,娇而不艳。女人看上去只有二十三四岁,这正是——

令男士为之倾倒，
让女士为之苦恼。
使昭君为之出塞，
叫貂蝉为之羞貌。

众人看罢，痴痴呆呆，忘乎所以。

忽然，她燕语呢喃："诸位先生，各位女士，沈主席今天有紧急公务，就不方便过来打扰各位了。"

众人面面相觑，有些莫名其妙，私下议论纷纷。

"不过，临行前，他委托我向各位致意。"这时候，四周又恢复了刚才的寂静，她扫了众人一眼，又接着道，"对各位的盛情欢迎表示衷心感谢！"四周顿时响起热烈的掌声，她友好地向众人点点头，接着又道，"我叫李玉萍，是沈主席的机要秘书。此行目的是与杨司令携手保家卫国，剿灭共匪，共同抗击日寇，今后还有劳各位，请多多指教！"说罢，她向众人莞尔一笑，走上去与杨云龙、王林肯、丁耀祖、郭祝廷等人一一握手问候。

末了，她从随身携带的文件夹里抽出一封信，双手递给杨司令。

杨云龙急忙拆开信封，从里面小心抽出折叠的信纸，谨慎打开，生怕落下一词一字，仔细阅读。

杨云龙吾儿：

久日未见，心中十分挂念，本打算去贵地视察造访，无奈战事缠身，难以前行，请多多谅解！

思念之余，惊恐你麾下人手不够，故特委派李玉萍，以特派员之身份，前去贵地协助，望你二人精诚团结，剿灭共匪，共同抗击日寇，为党国建功立业！

为父恭候佳音！

山东省主席　沈鸿烈

民国二十九年九月九日

杨云龙看完书信一咧嘴，鼻孔里发出哼的一声，微微冷笑一下，心想：这哪里是协助我剿灭共匪共同抗日？分明是来监督我的，可能是老头子怕我势力太大，不受约束，给他惹出祸端……表面上又不好表现出不满，于是他把信纸收起来轻轻叠好掖在上衣兜里，然后又换上另一副面孔，冲李玉萍一抱拳施礼道："李小姐，不，是李特派员，欢迎大驾光临，我们万分荣幸！"

"是啊是啊，我等万分荣幸！"

"万分荣幸！"

众人随声附和，鹦鹉学舌一般纷纷向李玉萍施礼。

"诸位！"杨云龙把手一挥，示意让大家静一静，然后强调，"本人代表全体民众，向李特派员的到来表示欢迎，也对省主席对咱们的支持和信任特表感谢！"

刚才还微微冷笑，现在又假惺惺说好听的，你当我是傻瓜，没看出来……李玉萍心想着，冲杨云龙与众人又莞尔一笑，随后应酬道："岂敢，岂敢，今后的工作还有劳各位，请大伙多多指点，本人代表沈主席深表感谢！"

"哪里哪里，李小姐今后若有用得着我们的时候，随便吩咐一声就行！"

众人回头一看，说话的原来是四团长八猴子。

本来按官职、地位和身份，都轮不上他说话，可是八猴子这人平时就这个脾性，觉得自己高别人一等，在重大场合总爱出个风头。今天上午，他一见到李玉萍就春心荡漾，爱心萌动，心里一着急，又忘乎所以，嘴也不把门了，身不由己地主动上前抢着搭话。

李玉萍瞟了他一眼，只是嫣然一笑，并没有正面回应他的话。

众人你一句我一句，簇拥着李玉萍向司令部大门走去，然后她又去拜访了杨云龙的母亲李氏。

李氏也是潍水平原上的人，传说她年轻时候也不是个善茬，二十四岁那年被吹吹打打地用大花轿抬进了杨家。

后来老人们经常唠叨，李氏其实还有一个大儿子，光绪六年秋天，大儿子刚过两个生日时，她领着儿子去西场里拔花生，那年秋季恰好原上大旱，土层板结得厉害，花生藏在土里根本拔不动，她就用手薅花生秧子，结果花生秧薅断了，花生果却藏在土里不肯出来，没法子，李氏就用大脚尖用力踹土。谁知才过完两个生日的儿子，开着裤裆露着小鸡，正蹲在她脚尖对面，女人当时没在意，抬起腿用力一脚，恰好踢在儿子的小鸡鸡上，孩子一个后滚翻躺在地上痛苦地挣扎着，工夫不长，年幼的儿子就这样葬送了性命。

哦，这是光绪六年秋天的事了。

李氏是杨家胡同里唯一的大脚女人。

幼年时期，她也裹过几次脚指头，但每一次都没成功，因为她的性格比较泼辣，不愿被约束。母亲曾几次拿白布条把她双脚裹紧，她疼得嗷嗷大哭，随后又被她撕掉。

奶奶心疼孙女："这个丫头命硬，天生受不了这个罪！"最后父母干脆撒手不管了，她的脚也就变得越来越大，越来越长，成为胡同里唯一的大脚婆娘。那时候，新媳妇刚刚过家门，大脚婆娘在胡同里一时传得风响。用现在的话说，大脚婆娘成为当时的一个热门话题，当然从这方面也可以看出，年轻时候的李氏性格刚烈，不屈服于别人，也有正义感，敢于和看不惯的事情叫板，这就是李氏的性格。

听说结婚那天，她为了不让别人看见她的大脚，故意穿着旗袍骗过了自己的男人杨敬业，杨敬业憨厚、本分、实在，从不跟外人计较什么，待生米做成熟饭后，别人当着他的面数落他娶了一个大脚女人，他把脸一仰："娶大脚女人有啥不好的？走路快，能干活，不像小脚女人，干地里的活都没有力气。"

别人听他这么一说，也不好再议论什么。

李氏最大的嗜好就是吸烟。

闲时，她盘着腿坐在炕上，右手端着一根长长的烟袋，那烟嘴是用绿色玉石做成，因为玉石柔软，含在嘴里不易硌牙，而烟袋锅子是纯黄铜铸的，有小酒盅那么大。烟袋杆子也有一尺多长，但是没有烟袋包子。炕上放着柳条编织的烟管箩，里面装着早已搓碎的东北亚布力上等烟叶、火石、火镰，还有一根长长的秫秸秆。秸秆的外皮早已被剥掉，只剩下洁白的秫秸瓤子，那秫秸瓤子一端用火镰和火石打火星点燃，正冒着缕缕青烟，那火头忽明忽暗，在烟灰缸上一闪一闪的。点烟时，只要用嘴轻轻一吹，那秫秸火头红红的，对准黄铜烟锅里面的烟叶，大口一吸，那搓碎的烟叶自然燃烧起来。南泥烧制的烟灰缸也很精致，用烟袋锅子轻轻一敲，咚咚直响。

李氏从来不笑，整天板着脸，非常严肃。

自从她嫁给胡同里的杨敬业，就做烙火烧的小买卖，她说话挺慢，并且带有一种特殊的磁性，很有震撼力，也很有说服力，全家人都听她的。

别看杨敬业口头上说媳妇脚大能干活，可是在邻居眼里，李氏并没有像他说的那样，忙时顶多去西场里拔拔草，摘摘菜，而坡里的庄稼活她一样都不会干，夏秋忙上来了，她就花钱雇人干活，但是李氏手里从不缺钱花。平时手头紧的时候，到了夜里就听见杨家胡同路口传来两声枪响，李氏听到暗号赶紧下炕，一身便装走出胡同，接着远处传来踏踏的马蹄声，一会儿那快马的蹄声由近而远，直至消失在胡同尽头。

半月二十日之后，李氏带回大批的钱物，还有很多好吃、好喝的。为这事背后有人议论，大脚的李氏年轻时不受家庭约束，早期跑出来跟着响马接活干……到底是真是假谁也说不清，不过听那些上了岁数的老人说，李氏年轻时会打钢枪。

以前景芝一带有个土匪头子叫李小黑，人送外号李黑子，民国初期偷袭过庙村，后来又听说这帮土匪是天黑之前就偷偷躲在村西秫秸堆里，那天夜里正好是队员高发云值班，天刚刚黑，他发现有几个黑影从远处慢慢向这边移动，突然，眼前又有几个黑影从秫秸堆里钻出来，贴着村西的几行杨树，鬼鬼祟祟地向这边摸过来。高发云警惕性很高，躲在大柳树背后冲着黑影大声喊道:“我是联庄队员高发云，请问你们是哪个村的？”

“高发云，我打的就是你！”说着前边土匪朝他开了枪。

子弹贴着他的头皮嗖嗖乱飞，高发云吓得头皮发炸，急忙端起土炮朝黑影开一枪，然后撒腿往村里跑去。

“土匪来啦！土匪来啦！”

随后杨家胡同、张家胡同、高家胡同里，土炮声、排字枪声、钢枪声、盒子枪声响成了一片。

杨敬业一家老小趴在炕前里，散弹透过窗户棂子打到炕前柜子箱和门上，叮当乱响。李氏一看火了，从地上忽爬起来，从西屋笆子上摸出一支钢枪，弯着腰，贴着墙根冲出去，躲到西场磨盘背后，端起钢枪朝躲在柳树后的黑影叭叭两枪，那黑影“啊呀”一声，一头栽倒在地上，紧接着在西湾崖也听到“啊呀”一声，又一个匪徒栽倒了。土匪头子李小黑见势不妙，急忙下令撤退。正在这个节骨眼上，南张洛人也从北胡同攻进来接应，土匪们被突然袭来的排子枪一下子打乱了阵脚，又加上天黑，对地形不熟悉，一个个不敢恋战，沿着三角湾路口北旁，边打边退……最后扔下三具尸体逃出村子，朝着渠河西那边逃窜。

通过杨家胡同这一仗，李氏名声大震，因为她用的是汉阳造钢枪，打的是子弹，其他人用的是土炮。在三具匪徒尸体中，其中有两具被子弹穿胸和头部中弹而死，一具死在湾东崖磨坊的旮旯里，是被村上人用土炮土枪打死的，可见李氏的枪法又准又狠。自此之后，杨家胡同里再也没人敢歧视大脚女人了，直至今天，胡同里的人还会唱《大脚婆娘》的童谣：

大脚女，嫁姓杨，
骑着马，扛着枪，
一枪打个山老鸹。
你提着，我屠剥，
煮在锅里味喷香。
你吃肉，我喝汤，
留着骨头给老杨。
老杨老杨不乐意，

拧着鼻子哭三日。

……

这都是很早以前的事了。

陆勇这些日子心里闷闷不乐，自逄二虎率全体将士同日寇在三合林激战全军阵亡后，他的心情一直不好，虽说杨云龙已重新给他补充了人马，但每想起三合林战死的弟兄，心里就难过。

今天一大早，他又接到杨云龙的手令，让他早饭后到师部集合，一同去迎接山东省主席沈鸿烈。

按说去迎接省主席用不着一个小小的营长，他只不过去帮杨司令装装门面，摆摆阵势，让人看看而已。

他无精打采地迎接完特派员李玉萍后就匆匆回到了营部，独自一个人躺在床上，思考着下一步的打算。

正在这时，门咣当一声，人称“小诸葛”的葛鹏从外面闯进来，对着他的耳朵小声嘀咕了几句，陆勇急忙翻身下床，跟着葛鹏来到东关大街张铁匠门前，警觉地向四周望了一下，见四周冷冷清清，无人盯梢，就点点头让葛鹏上前叫门。

葛鹏走上去用手轻轻敲了三下木门。

铁匠铺的老张是一名地下交通员，夫妻二人以铁匠铺作掩护，暗地里做党的地下联系工作，每次听取上级的指示精神，或者敌人内部的情报，都是单线联系，从这里传进传出的。

此时老张正在屋内收拾铁家什，忽听大门外有人敲门，就知道陆勇和葛鹏过来了，急忙走上去轻轻把门敞开。

“连问都不问，老张你就把门打来了，难道你不怕特务们钻空子？”陆勇走进院内笑着问。

“陆营长你就把心放进肚子里吧！”他用手指轻轻戳了一下陆勇的小肚子，半开玩地笑道，“我一听就知道你们两个来了！再说这么多天了，我琢磨你俩也该来了。”

说完仨人互相瞅了一眼，接着哈哈大笑。

“嘘，小声点！”说着老张朝屋内瞟了一眼。

“怎么，上边来人了？”

“嗯！”老张对陆勇轻轻点点头，“梁专员和魏区长都来了，正在堂屋内等着你们俩呢！”张铁匠一边说着，一边把陆勇和葛鹏引到房门前。

“快进去吧，我还要去大门外放哨呢！”

陆勇点点头，转身迈上青砖铺的台阶，朝后边堂屋走去。

这是一座很平常的农家院落，三间瓦房，坐北朝南，平时的铁匠家什都堆在南屋里，有活的时候在西屋敞棚里干活。

堂屋分东西两间，中间是当门，也做灶房用，当门留有后门，连着房后菜园，园子四周的围墙约有一人多高，全是用黄土夯筑而成。时值冬季，院子里没有杂菜，只有几棵不稀罕的烂白菜，冻得跟石头蛋子似的，硬邦邦地蹲在白菜地上，没有一丝生机。

陆勇和葛鹏走近堂屋内一看，自己的老上级梁专员和魏区长早已在屋内等候多时。

多年不见，眼泪真有点噙不住，陆勇急忙转过身去，用手绢轻轻擦拭着眼角。

“怎么哭鼻子了？”梁专员望着他俩笑了笑，嘱咐道，“现在可不是闹情绪的时候，真没出息，我这不是好好的吗！”老梁说着双手往外一摊，又严肃地说道，“陆勇同志，请坐下来汇报情况吧！”

陆勇这才转过身，大家一看，乐得差点笑出声。

原来他手里攥着擦眼泪的哪是什么手绢，是不知啥时候换下的一只棉线袜子。大家朝他一乐，陆勇还莫名其妙，看看这个，又回头望望那个，见一个个笑得前仰后合。

“营长,看看你手里拿的是什么?”葛鹏手捂着肚子笑着提示。陆勇低头一看手中的棉线袜子,心里顿时明白了一切,也跟着笑起来。

“老首长,您怎么有空过来?”陆勇说着走到方桌旁顺手拉过一个凳子坐下,接着问道,“是有新的任务吗?”

葛鹏这时候端着两碗热水走过来,分别递到老梁与老魏手中。

“嗯!”老梁点点头,他指着身边的魏区长低声说道,“近些日子,你们两个有啥事,可以在这里与魏区长单线联系。”说到这里他有些顾虑,又再三嘱咐,“最近王林肯身体不好,可能脱离杨云龙一段时间去青岛养病,这里只剩下你们两个……”

“不,还有老丁他们!”一旁的葛鹏这时抢着说,老梁摇摇头,又笑着解释道,“最近丁耀祖和王寿山二人在青岛跟地下党组织接触,准备搞些外伤药品,打算从你们这里运回西山里……”

“嗯!”陆勇点点头,“那……那你们今天是专门……”陆勇话没说完,张了张嘴,好像还有什么话要说,又咽了下去。

“不!”老梁似乎明白陆勇的意思,于是摆摆手解释道,“休息一会儿,我们要马上离开这里。”

“梁专员要去胶东参加一个重要会议。”魏玉富区长在一旁插话说。

“嗯!”老梁点一下头,端起碗喝了一口水又补充道,“今天刚好路过这里,顺便过来看看你们两个人,也好了解杨云龙最近的一些具体情况。”

“那路上出了事咋办?”

“甭担心!”这时他用手指了指身边的魏区长,“老魏他们早已安排好了。”

“哈哈,你们两个就放心好啦,老梁路上的安全工作,全都由我具体负责。”老魏笑着爽快地回答。笑声过后,老梁忽然又想起了什么,稍微考虑一下,冲陆勇和葛鹏说道,“你们两个如同孙悟空钻进牛魔王的肚子里,在敌人眼皮子底下工作,危险性很大,可如今王林肯和丁耀祖两个又不在身边,你们两个人跟敌人单打独斗,可千万要小心啊!别忘了,杨云龙可是土匪出身,逼急了会吃人的,至于转变他的思想工作,要见机行事,能做就巧妙地去做，不能策反过来，就率部起义，实在拉不过来一个营，拉过一个连的人马也很好……”

陆勇点点头。末了，老梁又细心嘱咐道：“做事之前，一定要考虑周到，可千万别出什么差错，好啦！我也不多说了，快谈谈你们这边的情况吧！”

“好！”陆勇点点头，“现在我就把这边的情况简单介绍一下，潍渠之战就不多介绍了，老丁和老王都已介绍过了，其实就是敌人内部那种狗咬狗的战争。至于红石岭三合林一仗，我这边逄志雄等一百多号弟兄阵亡，可鬼子汉奸也战死了七八十人，杨云龙跟沈鸿烈拿此大做文章，老蒋嘉奖杨云龙‘青天白日勋章’一枚，在这里我就不重复了。最近几天，杨云龙的思想没有发生大的变化，还是那些陈词老调，无非是国共合作，抗日日寇……不过今天上午，从省里来了一位女特派员，叫李玉萍，说是沈鸿烈的机要秘书，看上去很有来头，是沈鸿烈派来的……”

“她来的目的是什么？”

“说是来协助杨部抗击日寇，但其真实目的现在还不太清楚，不过看上去很反动，时时刻刻把剿共挂在嘴上。”

老魏点点头：“这就是国民党反动派的本质。”

“你反映的这个情况很重要。”老梁若有所思，接着又具体分析道，“这是沈鸿烈的一计，他们也在做杨云龙的思想工作，怕杨部倒向我们这边或者鬼子那边。”

“目前看杨是倒向沈鸿烈那边的。”

老梁再次点点头，对陆勇解释说：“杨部倒向国民党那边也可以，都是一口锅里摸勺子的自家人，是兄弟两个分家闹矛盾，以后可以慢慢地解决，若倒向日寇那边，性质就变了。”

“据我所知，杨云龙跟沈鸿烈关系暧昧，不同一般，李玉萍这次来有可能是沈的意图，也就是说沈鸿烈在杨部内安上了一颗定时炸弹，控制了杨云龙实际就控制了半个胶东。”

老梁看了一眼魏区长，轻轻点了一下头：“老魏分析得有道理，我觉得李玉萍到来，说到底其本质就是在反共。”说到这里，他抬头又看了一眼陆勇，“刚才你说杨云龙有啥反常？”

“目前来看似乎没什么表现，不过这个人的本质很反共，没把西山里115师根据地放在眼里，我觉得很难策反，以后有可能还会发展成与人民为敌的刽子手……”

“你们这样认为就不对了。”魏区长笑着说，“不能盲目武断地给一个人下结论，现在是非常时期，凡是能团结的有生力量，我们都要尽可能去团结。杨云龙是墙头草，是土匪，这一点不假，其实他现在更像一棵小草，如今挤在日寇和国民政府夹缝中，为了生存，这都是情有可原的事情，但目前看还没有强烈的反共迹象，我们就应该去团结他，争取他，只要把杨部人马拉过来，你们两个的功劳可不小啊！”

“这件事我觉得不能过急，要用温火慢慢去煮，去炖。”停了一会儿，老梁稍稍思考了一下，又细心嘱咐道，“从现在起，你们两个人必须隐蔽好，要摸清李玉萍来的目的是什么，一有情况，及时和老魏单线联系，不到万不得已，不能过早打草惊蛇，以免被蛇咬伤……”这时他站起身来笑道，“好啦，时间不早了，我们还得赶路，祝你们两个人工作顺利！”说着他用手轻轻拍一下葛鹏的肩膀，“小机灵鬼，好好保护陆营长啊！”

“请首长放心，我保证完成任务！”葛鹏说着对老梁和老魏来了一个标准的军礼。

“哈哈，那我就放心啦！”

梁专员和魏区长同陆勇、葛鹏二人握手告别。

特派员李玉萍自从来到二师之后，整天闲不住，不是今天视察防务就是明天下连队去调研摸情况，掌握第一手资料后接着向沈鸿烈汇报。作为干儿子的杨云龙看在眼里气在心里，对特派员这一做法非常反感，但又碍于干爹沈鸿烈的面子，不好发作，只能打掉牙往肚子里咽。

沈鸿烈心里也有自己的“小九九”，眼下杨云龙的势力极力膨胀，地盘也跟着逐渐扩大，他怕有朝一日影响自己的势力范围，又加上杨云龙年轻好胜，脾气暴躁如同烈火，的确让他放心不下。于是派出得力助手李玉萍，以省委特派员的身份插入杨云龙内部，名义上是协同杨云龙抗击日寇，暗地里却执行老蒋剿灭共匪的路线，当然也有监视杨部人马一举一动的目的，真可谓一箭双雕。

陆勇与老梁他们分手后急急忙忙地回到营地，以免引起敌特们的怀疑。刚刚落脚不多时，卫兵匆匆送来杨云龙的调令，命他率该营全部人马移防东线马旺村一带。

马旺村是一个不大不小的乡村，在县城西南柴沟镇一带，是连接日伪军据点的交通要道。村子的四周丘陵起伏，有的地段不乏险峻之势，为此，自汉高祖刘邦至今，该村成为兵家必争之地。

马旺村一带还有一不成文的风俗习惯，平时恨某一个人，或者某一件事，表面上不说，可背地里扎成纸人，魑魅魍魉之类的东西，把纸人鬼怪偷偷烧掉，嘴里不停地咕哝着，诅咒着……盼着小鬼子们快快死去，要不快快滚蛋。

那时候有的人可能不了解，特别是一些青年人，认为这是“发盘缠”，其实发盘缠是指亡者送走之后，在大街上或者十字路口等宽敞地界，人们给亡者焚烧纸马、丫鬟、车夫、厨具等，实际是家人给亡者举行的一种送魂回山西老家的仪式，说明人就是死了，他的灵魂还是眷恋着老家……

在古代其仪式为：人死后的第二天黄昏（现在变成当天送走亡者后就举行），子女拖着“哭丧棍”，亲朋抬着纸扎的一辆车、一匹马、一个童子（顺手）、一个丫鬟（秋香），携带着大量纸钱，一路哭着来到村东的土地庙前，长子（或长孙）拿一根高粱秸，顶端夹一张纸钱，手握另一端绕土地庙拖着走，谓之“拖魂灵”。等觉得高粱秸沉重时，便是拖着“魂”了，把高粱秸（即“魂”）放在一把椅子上，椅子前面有一张供桌，上面摆着祭品——这是请“魂”来用餐，吃饱喝足后便可上路。稍等一会儿，估摸着“魂”用完餐了，就把它请上纸扎的车内，驾好马，那童子便是车夫。家人训诫童子：“吃饭别离车中间，宿店别等黑了天”，然后把车、马、童子烧掉，并焚烧大量的纸钱——这是送给“魂”的盘缠。火光中，长子站在凳子上顿脚哭喊：“爹爹（或娘），放光大路向西南，千慎万慎苦处花钱！”连喊三遍，谓之“指路”——是指亡者的灵魂升天之后，不要恋恋不舍环绕在自家门口，应立即离开这里，回山西洪峒县大槐树底的老家。

可见发盘缠和诅咒烧纸人并不是一回事，马旺村一带的人痛恨小鬼子和伪军，眼巴巴地看着一座座炮楼工事在村子四周修筑起来，老百姓都恨得咬牙切齿，可不敢怒也不敢言，实在逼得没办法了，就晚上诅咒或者咒骂，给日伪军烧纸人，快快送走这些魑魅魍魉。

因此说，这是当地老百姓诅咒日伪军的一种方式，也是一种发泄。

陆勇率本部人马移防至东线，离马旺村二十多里地，与皇协军的据点遥遥相望。当初，杨云龙调独立营驻防此地，是有他一番用意的，因为日本人和皇协军的防线，向西在他的防区内一侵再侵，逼得他从马旺村一带，移防至鲁家甸子一带，使他非常恼火，本想痛痛快快干他一家伙，又怕引火烧身失去更多的地盘，于是就派骁勇善战的陆勇率独立营驻防此地。

自李玉萍到来之后，八猴子有事无事地往李玉萍住处跑，不是打聊磨嘴，就是缠着特派员要这要那，而李玉萍由于身份特殊，也不跟他计较什么，表面上还强装笑脸相迎，为我所用，暗地里对他这种癞蛤蟆想吃天鹅肉的心理非常厌恶。

你看今天晚上，他又多喝了几杯，哼着小曲浪调，醉醺醺地朝李玉萍的住处来了。

突然，扑通一声，一个黑影从师部机密室的后窗跳出，悄然落地，紧跟着又来一个旱地拔葱，蹿上院子的后花墙，噌噌往远处跑去。

眼前发生的这一幕，恰好被躲在黑影里的八猴子看得清清楚楚，顿时酒醒三分，弯着腰顺着花墙的墙根，朝黑影逃走的方向追去。

当他悄悄地追至李玉萍房前时，黑影忽然不见了。他机警地蹲到暗处，向四处巡视着，过了一会儿，突然，那黑影又从东屋山的小胡同里钻出来，警觉地朝四周看了一下，见四处无人，一直溜到李玉萍门前，轻轻地推开门钻了进去。

八猴子顺着墙根，轻轻挪动着小碎步，悄悄来到她窗下，挺起身子，踮起脚跟，伸长精瘦的脖子往屋里劲瞅，可屋内黑灯瞎火的啥也看不见。须臾，从里间的卧室里，传出一阵娇滴滴的声音。

窗下，他正听得入神，一不小心，后脚一蹬，哗啦一声，把小花墙上一盆兰花碰落在地上，接着屋内传出一个女人的声音："谁呀？"

他灵机一动，嘴里喷着酒气，装作喝醉酒的样子，跌跌撞撞走上前去，敲门大呼："李……李小姐，快……快开门，是我呀！"说完趴在人家的房门上打起呼噜来。

"请等一下，我就来！"

过了好大一会儿，她才拉开灯，吱嘎一声，慢慢腾腾地把门敞开。

酒醉的八猴子趴在门上，李玉萍一敞门，他一个趔趄摔倒在地上，待他从地上爬起来，借着温柔的灯光一看，只见她穿着一件粉红色的睡袍，可能时间急促，腰带还未系好，睡袍腰间显得格外宽松。青丝蓬松披肩，睡衣领口半掩，雪白的乳峰裸露大半，赤着双脚，趿着一双红绒拖鞋。不知是睡袍太短，还是故意把睡袍往上提起，睡袍下露出一大截白嫩嫩的大腿。她双手抱肩，斜倚在门框上，鼻孔微微哼了一声，朝着色眯眯的八猴子冷笑："原来是四团长啊！"

八猴子瞪着色眯眯的眼睛，朝着李玉萍嘿嘿一笑，喷着酒气上前打趣道："天这么晚了，特派员咋还没睡？"

"咋啦？"

"嘿嘿。"

八猴子笑着向前凑了凑："也没啥事？就是晚上闷得慌。"

"噢，是不是今晚四团长没吃饭，想到这里蹭豆腐吃？"

"嘿嘿。"他摸一下脑袋，皮笑肉不笑地辩解道，"这么理解也行。"

“滚！别忘了我是特派员，不是你的奶妈，不要脸的东西，还不快滚！”

八猴子见李玉萍下了逐客令，碰了一鼻子灰，心想：妈的，啥特派员不特派员，在老子面前你就是个女人！想归想，但是脸上不能表现出来，还是点头哈腰地想上前向她解释：“嘿嘿，李……李小姐，是这么一回事，刚才……”

八猴子一看李玉萍发怒的样子，心里一着急，到嘴上的肥肉吃不到不说，反而惹一身骚，这时候连说话也变得吞吞吐吐，前言不搭后语了。

“刚才怎么啦？你不撒泡尿照照，看看自己是个啥东西，快滚！再不快滚，我就喊人啦！”

“好好，李小姐别喊，别喊，我滚，我这就滚。”八猴子一边说着，一边灰溜溜地退了出来。

“妈的，你看不上老子，老子还瞧不上你呢！有朝一日，非让你知道老子的厉害不可。”他低声嘟囔着，很不情愿地溜走了。

复兴街的官邸里还亮着灯光，杨云龙背着双手，在地板上走来走去，显得有些心烦意乱。

那暗淡的光线映照在整夜未眠，浮肿起来的脸上。

本来就因为东线马旺村一带被日本人和皇协军逐步蚕食而气愤，没想到前天北线又火速来电，说什么杜耀庭的皇协军与冯吉祥的一个连也发生了冲突，迫使冯部南撤二里多地，眼巴巴地看着自己的地盘被日本人鲸吞，为此昨天晚上一夜未眠。

今晚上，嘶哑的钟声敲响了……

十一点……十二点……

前院里的公鸡，一声接一声地啼叫。

他走到窗前，透过明亮的玻璃朝外望去，只见东方天空中微微有些发白，但院子里的一切还是乌黑一片，什么也看不清楚。

他长长叹了一口气，看样子想伸一个懒腰，却没有把手举起来，只好摇摇头，背着双手又回到太师椅里，端起桌子上的水烟袋咕噜咕噜地吸着。

一阵脚步声从远处匆匆传过来，那人站在门外朝屋内喊了一声："报告！"

"进来！"

话音刚落，从门外进来一个卫兵，冲坐在太师椅里的杨云龙一个立正。

"报告司令，陆营长急电！"说到这里，他的部下按说这时候应称杨云龙为师长，因为沈鸿烈早已把"山东保安第二师"的番号给了他，这可是一个整编师的番号，是一个实权派，但他认为师长不如司令叫起来响亮，因此他手下至今仍称其为司令。

卫兵这时走进来，欲把电文递到他手上，可杨云龙头不抬眼不睁，斜坐在太师椅里咕噜咕噜地吸烟。

"司令，陆营长急电！"卫兵低声说。

"念！"

"是！"

卫兵急忙打开电文，大声念道：

杨司令长官：

据我内线可靠情报，明天上午七点，有小股日军在秋山指挥下，从马旺村后去西关据点送军火，我部是否截击，请火速指示！

急盼！

独立营　陆勇

即日

杨云龙一听，忽地从椅子里站起来，反剪着双手，在屋子里来回踱了几圈，然后把头往后一仰，从嘴角挤出一丝狞笑。

"老子今天就给你们点厉害瞧瞧！"

他慢慢地转过身来，瞪着血红的眼睛看着值日官的卫兵。

“发电！”

卫兵赶紧打开文件夹子，拿笔记录。

独立营陆勇：

来电收悉，内情详知，请你部火速准备，截击歼灭所有敌人，不得有误！

山东保安二师师长　杨云龙

当日亲批

陆勇收到杨云龙来电后，立刻召集排以上的军官在营部开会，具体部署作战方案。

深秋，潍河的水面上飘着一层白茫茫的晨雾，或浓或淡，一层一层的，把潍水岸边的村庄、树林、岭坡、壕沟、田野……全部裹在浓雾里，如同进入温柔的梦乡。

七点多钟，晨雾渐渐地退去，大地上的一切开始变得清晰起来……这时，从村东的马路上传来隆隆的马达声。

一排三辆大卡车，载着全副武装的鬼子兵，押着一车车枪支弹药，跟老牛喘着粗气似的，哞哞地叫着爬上岭坡，朝马旺村这边驶来。

陆勇率独立营一个连，预先埋伏在岭坡的草丛中，眼瞅着鬼子的汽车慢慢驶入伏击圈，陆勇一扬手，对准车头上的两个鬼子就是两枪。

“弟兄们，狠狠地打！”

后边的人一听营长下命令了，顿时手榴弹、机枪、步枪全用上了，路东、路西的两路人马一齐夹击。

霎时间，岭坡上轰轰轰，砰砰砰，响成一片。

大路上，岭坡上，草丛中，土石乱飞，硝烟弥漫。

趴在车顶上的机抢手和身边的鬼子兵，还不知咋回事就被陆勇两枪击毙，那些坐在车上的鬼子兵被突然袭来的枪声、爆炸声打蒙了，一个个趴在车厢里不敢抬头，待他们反应过来后也就跟着上了西天。

秋山坐在中间卡车里，一看车队突然遭到袭击，立马判断不是一般的地方武装，有丰富实战经验的秋山，顺手拽出王八盒子，拉开车门迅速跳下车，以车门子作掩护，立即组织兵力进行反击。

鬼子兵顶不住强大火力，趴在地上不敢抬头。

秋山一看，急红了眼，一阵点射，空枪挂机后，立即又拔出战刀往远处一挥，大声喊道："八格牙路，不许后退，后退死啦死啦的。"

话音刚落，一颗手榴弹在他身边爆炸，飞来的弹片把他击中，吓得他一骨碌钻进车底继续负隅顽抗……

那些躲在车后的鬼子，一看指挥官秋山滚到了车底下，以为死了，又加上岭前岭后全是对方冲上来的人马，于是仓皇应战，有的鬼子兵来不及开枪就被冲过来的人砍死，有的无心恋战弃枪投降，有的见势不妙逃跑时被机枪扫中，还有的在四处逃窜或者躲避时被冲上来的人一阵乱枪打死。

十多个鬼子兵，一眨眼的工夫，只剩下车底下的三四个了。

秋山见大势已去，钻出车底欲要拼命，被迎面冲过来的陆勇一枪击中面门，咣当一声，手中的战刀掉在地上，空枪挂机的王八盒子随着身子晃悠了两下，他一头栽倒，大腿乱蹬了两下，气绝身亡。

其他的几个鬼子兵或伤或俘，整场战斗只用了二十多分钟，共消灭鬼子与伪军十一人，击毙指挥官秋山一人，缴获卡车两辆，击毁一辆，轻重机枪、长短枪和弹药两车，俘虏鬼子兵四人。

清扫完战场后，陆勇去昌城见杨云龙，通往县城的大路上，突然又传来隆隆的汽车马达声。

第九章

一辆辆满载鬼子兵和皇协军的汽车，从高密县城方向驶来，车轮扬起的尘土长长的像黄龙尾巴，一团跟着一团拖在汽车尾后。

待车队驶至岭上停下来，青木这才急匆匆地走下车，望着路边被烧焦的汽车残骸和一具具横七竖八的尸体，发疯似的咆哮："八格牙路，死了死了的！"

尽管他发疯狂叫，可却不知道是什么人干的，一时陷入困境。汉奸队长赵青山跑过来，冲青木一点头，皮笑肉不笑地解释道："太君，据我调查，这都是杨云龙所为。"

不提杨云龙则罢，一提杨云龙，青木头皮就发炸，一股无名之火忽地上来了，瞪着一双血红的眼睛，如同恶狼似的一步步朝赵青山逼来。

当初在"潍渠之战"中，杨云龙是经赵青山推荐向青木求援，骗取了日本人大批的枪支弹药和汽车，今天又见杨云龙屡次跟他作对，青木能不生气吗？

"你的良心，大大的坏啦！"

说着挥起战刀，一步步逼近畏畏缩缩的赵青山，那汉奸队长摆着双手，脸色吓得跟白纸一样。

"太君饶命，太君饶命啊！"

最后一个"饶命"还没喊出来，就被青木咔嚓一下，砍倒在血泊之中。

青木双手拄着带血的战刀，用力挺直了身体，有心跟杨云龙决一死战，无奈前线告急，冈村宁次命他抽出大半兵力投入鲁西战场，只好忍气吞声，咬着牙根，一声不吭地率队匆匆离去。

陆勇率自己的部下，在马旺村后打了一个漂亮的胜仗，杨云龙十分高兴，让李玉萍拟电告知干爹沈鸿烈，邀功请赏，又准备召开万人大会，嘉奖独立营全体将士。

不久，杨云龙被老蒋破格提升为少将军长，众人皆大欢喜。

万人大会上，座无虚席，高高的前台上悬挂着一条长长的横幅，上书：表彰“英雄独立营”庆功大会，会台的左右两侧各有竖幅一条——左侧为：抗日救国；右侧为：匹夫有责。

会台的正中间摆着一张八仙桌，桌后中央坐着身材矮黑黝瘦的杨云龙，左侧是副军长兼二师师长郭祝廷，右边是特派员李玉萍。

大会由郭祝廷主持，杨云龙站起来训话，其内容无非是：独立营全体将士，因作战有功，官升一级，兵赏饷银。独立营营长陆勇被破格授予少校团长，同时奖给他两把德国造二十响大肚盒子炮。

崭新的德国造二十响大肚盒子炮，这枪可了不得，那是武器中上等的精品，也是众人梦寐以求的好家什，这种枪的特点是结合了全自动和半自动的优点，既可以像三八大盖那样点射，只要打开机锤，又可以像机关枪那样连续扫射，空枪挂机时填弹也快。它不同一般十发子弹的盒子枪，填弹慢，枪管长，打击的目标也不准，二十响的大肚盒子具有远、狠、准、稳等优点，因此说，两把大肚盒子炮就像两挺小机枪。

台下人一看，掌声擂动如潮，喝彩不断。

唯独前排就座的八猴子，看在眼里气在心里，自然也没跟着鼓掌祝贺。想当年，自己跟着军座杨云龙，左冲右突，也如无人之境。好了，咱不说以前，就说“潍渠之战”中，仅凭一把快枪率部一马当先冲入厉小鬼的兵群，危难时，左右开弓，轮番甩枪，救出了被困的杨司令，可也没有获得过像今天这样隆重的嘉奖。

陆勇小子不就是打死了十几个小鬼子吗，有啥了不起的？又是升官又是嘉奖，气火了老子明天也去撂倒几个，让你们也看看咱手里的家伙也不是吃素的……更让人恼怒的是特派员李玉萍，这块肥肉老是浮现在眼前就是沾不上嘴唇。

你瞧，她睁着一双水灵灵的大眼睛，望着走上台领奖的陆勇，跟刚刚喝过蜜似的，鼻子眼里都充满着甜甜的笑意。她那不是笑，在自己眼里那是暗送秋波……自己从未得到过像陆勇这种待遇，他越想越生气，越生气心里又越想。

八猴子醋意大发，情敌遇情敌，撕破脸抓破皮，他再也咽不下这口窝囊气，从凳子上忽地站起来，健步走上台子，冲杨云龙行了一个军礼。

“军座！”

杨云龙一愣神，抬头一看，原来是自己的拜把兄弟，人送外号“神枪手”的王金荣上来了，心里纳闷，今天是嘉奖陆勇，又不是给你发奖，你上台来干吗？

“军座，陆团长战功卓著，本人佩服至极，但不晓得陆团长枪法如何？若不嫌弃，可与本人比试一下，届时枪归胜者如何？”八猴子说着走到台前，冲台下观众席一抱拳，台下的狐朋狗友们和他的部下大声起哄，嘴里都喊着：“四团长神武！”

“四团长必胜！”

“哈哈，四团长好样的！”

……

台下其他人一看，来了乐子，也跟着击掌欢呼。这真是看殡的不怕殡大，一时间，台上台下像炸了锅似的，欢呼声，击掌声，呼哨声，一浪胜过一浪。

杨云龙坐在主席台中间，眨巴眨巴小眼，眼珠子滴溜一转，心中有谱了。他看看眼前的陆勇，又回过头去看看八猴子，嘴唇微微张了两下却没有吱声，他心里明白，八猴子这是不服气，在有意挑战陆勇，看看谁的枪法好。当然，这小子看来也眼红了，也看中桌子上的两支盒子炮了……想到这里，嘿嘿一笑，故意拖延时间等陆勇站出来应战。

陆勇一听，八猴子满口火药味，心里一惊，但很快冷静下来，装出一副若无其事的样子。他心里明白,八猴子这是不服气,心里不平衡,上来打擂台挑战自己,当然也可能是冲桌子上的大肚盒子炮来的。

台子上,其他人只笑不语,只有特派员李玉萍看不过眼,冲八猴子怒斥道:“休得无礼,陆团长抗战有功,乃党国栋梁,理应嘉奖,你竟上台干扰挑衅,其意如何?”

八猴子轻蔑地看了一眼陆勇,又转过头来,用鄙夷的眼光瞅了一眼李玉萍,鼻子哼了一声,把头一扭,不再搭理她。

杨云龙瞥了一眼李玉萍:“特派员莫急,莫急嘛,听听陆团长意见如何。”

“军座今天是嘉奖陆团长,不是看四团长打擂台比武的。”

“嘿嘿,助助兴又何妨?”

李玉萍一看,杨云龙这是替八猴子等一伙人说话,气得把头一扭,再也不答话了。

看着女人赌气的样子,杨云龙心里暗暗高兴,于是眯起了笑眼,望着站在台上的陆勇,意思是陆团长,你看如何?

一旁的八猴子等不及了,挑衅道:“特派员小姐!”

他把“小姐”二字咬得狠狠的,突出女人的脂粉气,大概也喻含着女人头发长见识短的意思。

“本人没啥意思,只不过想试一试陆团长有何本事来领取这两把大肚盒子。”说到这里,他把话头突然一转,“怎么,心痛啦?特派员不需要替陆营长说好话,更不需要心痛。”

说着把头一歪,有点盛气凌人的样子,意思是说,特派员小姐,你心里不是向着他吗?陆勇就是一摊鼻涕,就是扶不起来的阿斗,你看,现在他认㞞了吧!你还向着他干吗?八猴子挑衅性地把鼻子往上翚了两下,撇了撇嘴,用鄙视的眼光看着台上的陆勇,鼻子里又轻轻哼了一声。

其实八猴子说的“心痛啦”是故意说给李玉萍听的,而局外人却不知道是啥意思,就连站在一旁的陆勇也是蒙的,不知道是何意。

李玉萍则气得脸色绯红，头一扭，脸朝一边，不愿再搭理八猴子，当然也不好意思再与他争辩什么。

杨云龙坐在中间席上，眯起笑眼，一会儿看看拜把兄弟八猴子，一会儿看看自始至终没言语的陆勇，再回头瞧一眼李玉萍，见二人唇枪舌剑，斗嘴斗得有些僵持不下，又接过话题赶紧过来打圆场。

“我……我看这样吧，陆团长是有功之臣，你愿意比试就比比，不愿意比我们也不强求，这枪嘛……”说到这里，他突然停顿了一下，思索片刻，又接着说，“这枪还是你的！”

杨云龙一番圆场话，其用意再明白不过了，你想比武就比比看看，不想比就拉倒，我也不强求，不过，说明你胆怯、胆小，不是我认可的堂堂正正的汉子，而是一个畏畏缩缩的胆小鬼。

台下观众席上，那些平时爱看热闹的官兵却不管这些，一个个巴不得二人比试比试，让自己开开眼界，于是在台下振臂高呼。

“陆团长比一下！”

“哈哈，陆团长来一个！”

与此同时，八猴子那边的人也跟着起哄。

“陆团长胆小鬼！”

“来一个，比试比试！”

“怎么，害怕啦？”

“都快看啊，胆小鬼！”

……

台下观众席上的欢呼声，讥笑声，鼓掌声，嘲弄声……此起彼伏，一浪胜过一浪。

陆勇低头不语，静默了一会儿，突然，他用力一攥拳，指头上的骨节被攥得嘎巴响。

“军座！”

“噢？”杨云龙回过头，看着身旁的郭祝廷有话要说，于是朝他点点头。

“军座，我看陆团长近几天身体欠佳，理应散会，让他多休息几天，改日再比武也不迟。”

“对对，郭副军长言之有理，陆团长近日作战辛苦，理应多休息几日，请军座三思裁决。”特派员李玉萍见陆勇一直不语，于是就随声附和着郭祝廷，力劝杨云龙。

事实上陆勇根本没病，这是李玉萍暗中为陆勇开脱。杨云龙是谁？那是少有的人精，李玉萍的那一套岂能蒙过他的眼睛？他此时正在兴奋头上，哪里能听进去，于是笑着向二人摆摆手：“你们放心好啦！”

他看一眼李玉萍，又嘱咐道，“我看得出陆团长是铁打的血性汉子，老四根本不是他的对手！”说到这里，他轻轻摇了摇头。

陆勇回头看看杨云龙，见他正眯着笑眼看着自己，又听到郭祝廷和李玉萍说的一番话，他认为二人也正在嘲笑自己，不敢跟八猴子比武。

他一怒，上前冲杨云龙、祝廷和李玉萍一抱拳，说道：“多谢三位长官，本人今天无病，愿意跟四团长当场比试枪法。”

“这就对啦！这才是我的好部下，铁骨铮铮的汉子。”

杨云龙等的就是他这句话，一高兴，从椅子里忽地站起来。

“诸位弟兄们，今天老四跟陆团长比试枪法，人人都是裁判，都给我好好看着点，也跟着好好学着点，要不然上了战场，你们就是胆小鬼，就会吓得尿裤子，还会吓得拉不开枪栓，不知道朝哪里放枪……”

杨云龙在主席台上一开口，台下众人议论纷纷，猜测着谁胜谁输，唯独李玉萍不言不语，心里暗暗替陆勇担心。

这真是：千里有缘来相会，无缘对面不相逢。

不知咋的，李玉萍一见到陆勇，打心眼里就喜欢上这个小伙子了，也许是“一见钟情”的缘故吧！此时，她心里翻江倒海，正乱得很，盼望着陆勇在比赛中获胜，又怕他输了，在这么多人的面前丢人现眼……俺的小冤家，我是为你好，谁料想，狗咬吕洞宾，你不识好歹，刚愎自用，一意孤行，不听劝告，比输了，我看你咋收场！

她心里又暗暗骂起八猴子，这个没良心的东西，你有意见，有看法，你朝我来，为啥去找人家陆团长的茬儿？卑鄙、无耻、下流的小人，总有一天，我也会让你难堪的，等着吧！兔崽子，龟孙子，以后会有你难看的。

她一抬头，正好撞见杨云龙眯着笑眼向陆勇点头，军座啊军座！你也真是！怎么跟台下的人一样？看殡的不怕殡大，也跟着那些人起哄，陆勇可是你的功臣啊！倘若二人伤了和气，对你我，对党国，都是百害无一利……她正提心吊胆地想着，忽然听到杨云龙大声宣布："枪法比赛现在开始！"

台下掌声如潮。

杨云龙走上前去，看了一眼身边的陆勇，又掉过头去，看了看一旁的八猴子，心里正在犯嘀咕，比什么，怎么比呢？他一时心里也没谱。这时候，他一低头，发现八仙桌上有四盘苹果，随即脱口而出："枪击苹果。"

台下人一听，什么，枪击苹果？哈哈，新鲜，这倒是真新鲜，自己长这么大还是头一次听说枪击苹果，于是台下有的摇头，有的议论，还有的打心眼里就不相信，嘿嘿，没听说，至今还没听说过呢。

杨云龙见台下议论纷纷，不相信自己说的话，一摆手，把台下的一名警卫叫到跟前，对着他的耳朵小声嘀咕了一番，那警卫点了几下头，走到八仙桌旁，一伸手抓起盘子里的苹果，站在原地待命，听从杨云龙的口令。

陆勇和八猴子各后退三十步，以警卫人员画的地线为界，准备枪击抛向空中的苹果。只见八猴子——

人瘦脚步轻，
走路一阵风。
脸似黄表纸，
贼头鼠目精。
腰挎盒子炮，
翻墙走大道。
甩手打飞燕，

举枪射老雕。
夜击萤火虫，
白天打水漂。
人称神枪手，
作恶被除掉。

只见八猴子后退了三十步，从腰间拽出盒子枪，右手轻轻一掂，枪机咔嚓一声，机头被打开了，子弹推入枪膛，可谓弩弓搭箭，随时弹发。

杨云龙看一眼八猴子，对方微微点点头，意思说早已准备好了。接着杨大声喊道："预备，开始！"

卫兵把攥在手里的苹果抛向空中，只听叭一声枪响，抛到空中的苹果被子弹击得粉碎，碎果肉纷纷落地。

台下人一看，这还了得，接着八猴子的人来劲了，振臂高呼。

这个人吆喝："啊呀，四团长好枪法！好枪法！"

那个人大喊："四团长神了，这一枪绝啦！不愧为神枪手！"

接着广场上人声鼎沸，呐喊声此起彼伏，在一片欢呼中，陆勇登场了。只见他——

正气英雄汉，
虎背肩膀宽。
一身好武艺，
抡劈滚打全。
左手打飞禽，
右手击灯花。
骑马打电线，
乘船打鱼虾。
枪枪不空手，

弹弹咬肉花。

人称双枪将，

谁能抵过他？

陆勇不慌不忙，退出三十步之后，也从腰里拽出盒子枪，右手持枪往大腿上一蹭，咔嚓一声，机头被打开，子弹被掂入枪膛，杨云龙大呼一声："预备，开始扔苹果！"

叭叭两声枪响，再看抛入空中的两个苹果，皆被子弹击中，粉身碎骨，碎片纷纷落地。

会看的看门道，不会看的看热闹。陆勇为啥开两枪？这件事咱还得从抛苹果的那个警卫说起。

他抛出的第一个苹果被八猴子一枪击中，碎果肉纷纷落地，台下的人齐声喝彩。这场面，这枪法，卫兵被八猴子这手绝活镇住了，傻傻愣愣的，站在那里半天没反应过来。

正在这个节骨眼上，恰好又听到杨云龙大喊开始扔苹果，卫兵这才如梦惊醒，慌乱之下，大脑一片空白，把手伸进盘子里连考虑都没考虑，顺手抓起两个较小的苹果抛到空中。

陆勇一看，怎么扔出两个苹果，这不是故意刁难自己吗？噢，明白了，他这是有意看我的枪法。

八猴子却不管这些，他站在台子上幸灾乐祸着，心想：嘿嘿，小子，我看你今天咋办？

台下观众却与他想的有所不同，这咋回事呢，怎么一下子扔出两个苹果呢，这不是故意刁难人吗？于是议论纷纷。

最苦恼的还是那位警卫员卫兵，我……我这是怎么啦？这不是难为人家陆团长吗？你看我这事做的……唉！我这真是混……他站在边上一个劲儿自责。

快看！好一个陆儿郎英雄汉，他大步往前一跨，右腿一弓，左腿一蹬，甩右手，看空中，叭叭两声枪响，两个苹果皆被陆勇击碎。

整个会场这下可热闹了，无论台上还是台下，无论男的还是女的，无论老的还是少的，无论高的还是矮的，无论胖的还是瘦的……先是哑言无声，目瞪口呆，然后是大吃一惊，啧啧赞叹，就连台上的杨云龙也带头拍案叫绝。

"好枪法！好枪法啊！"

掌声欢呼声，又是此起彼伏，一片连成一片。

最高兴的大概是李玉萍了。最初，她先怒视那个扔苹果的卫兵，埋怨他故意刁难陆团长，接下去就是提心吊胆，暗暗为他捏把汗，如今却是眉开眼笑，在主席台上忽地站起来，带头为陆勇呐喊助威。

"陆团长了不起！"

"哈哈，陆团长真的了不起！"

"那是，陆团长乃中流砥柱，党国栋梁，盖世英雄！"

……

经台上台下这么一折腾，站在一旁的八猴子脸上可挂不住了。他走也不是，站也不是，坐下又站起来，六神无主，一下子没了主张。是呀！人家陆勇一下子击中了两个苹果，自己却只击中了一个，还是个大苹果……

想到这里，他倒吸了一口凉气。看来今天若不想个绝活，难以服众，自己的老脸也败光了。唉！这……这叫我打什么好呢？他思来想去，正急得搓手跺脚的时候，一抬头忽见墙根下有一棵大叶杨，一只麻雀正在树上叽叽喳喳地叫个不停，妈的！今天你也敢嘲笑我，那我就拿你当活靶子吧！

只见他匆匆朝前走了几步，右手腕子一甩，叭就是一枪，那鸟雀唧了一声，一头栽下来，扑棱棱掉在地上。

早有好事者，跑过去从地上把麻雀捡回来，双手送到主席台上，杨云龙等人围上去一看，心里暗暗吃惊。

啥事？原来那子弹从麻雀的左肋穿入右肋钻出，其枪法狠、准、稳，令众人点头佩服。

八猴子见众人点头称奇叫好，于是鼻子又哼了两声，扭过头去，用嘴轻轻吹了吹冒着青烟的枪管，然后才转过身子瞅了一眼陆勇，半是挑衅，半是在说，怎么样，服不服？不服咱再比试比试，哼！下一步就看你的了。

陆勇看了他一眼，嘴角微微一笑，从八猴子鄙夷的目光中，也读出了他的凶残。陆勇提着枪，四处搜索可以射击的目标，忽然见一群外出觅食的野鸽子，恰好从远处飞了过来。

枪技娴熟的陆勇，右手腕轻轻朝上一扬，对着空中叭一枪，飞在前边的头鸽的翅膀微微一颤，咕咕惨叫着从空中慢慢落下来，扑棱棱，在地上拍打着翅膀兜着圈子旋转。

八猴子十分得意，嘿，你那算啥本事？小子，我打死的可是麻雀，并且是一枪毙命，你却打死了一只野鸽子，要知道野鸽子比麻雀大好几倍，并且不是一枪爆头毙命，你看还在地上咕咕地叫唤……还在我面前称什么神枪手呢，只不过是徒有虚名罢了！

他正想着，早有好事者跑过去，把跌落在地上的野鸽子捡回来送到主席台上，请三位长官检验评判。

杨云龙率台上的二位走近一看，乍看没啥稀奇的，鸽子半卧在台上，左边翅膀拼命挣扎而右边翅膀却一动不动，仨人觉得好生奇怪，于是就蹲下身子，用手指轻轻拨动了一下鸽子，鸽子在地上兜圈子。杨云龙伸手轻轻把它抓起来，展开带血的翅膀一瞧。

众人大吃一惊，暗暗吸了一口凉气。

原来，陆勇射出的子弹击断了野鸽子的右翅膀，而弹孔四周的翅皮却完好无损，故野鸽子落地时，唯独左翅膀扑棱而右翅膀一动不动，可见其枪法更胜八猴子一筹。

大家的眼睛是雪亮的，人人心里都有一杆秤。

这时候台下众人又议论纷纷——

“陆团长的枪法真是了不起！”

“嗯，依我看，他才是全军第一神枪手呢！”

“我看陆勇也未必胜过四团长！”一个矮个子士兵冲着刚才上面那三位道，“人家四团长这次击中的是麻雀，而陆团长击中的是野鸽子，三位好好想一想，哪个大，哪个小？”

“你小子懂个屁，陆团长打的是飞鸟，而四团长击中的是树上不动的麻雀，你说哪个难打？”一个大个子士兵反驳道，“再说，从弹孔上看，人家陆团长的皮毛未损，只伤了翅膀的骨头，并且做到骨断而皮肉相连，你说哪个厉害？”

“那……那……”矮个子支支吾吾半天，也没说出啥理由来，最后还是仰起头，憋得脖子上的青筋蹦蹦直跳，死咬着牙，继续辩驳道，“这些俺都知道，可是四团长击中的麻雀，是左肋进右肋出呀！”

“我劝你们两个别在这里吵了，孬好大家心中都有数，不是你们两个人在这里争吵说了算的，再说，还有军座特派员和郭副军长呢。”一个老兵这时用安丘腔调劝说二人，大个子士兵听后把头一扭，矮个子士兵把眼一瞪，二人不再搭理对方了。

老安丘见二人互不搭理，于是笑了笑，自语道：“嗯，在座的哪个不知，谁人不晓，陆团长可是咱全军赫赫有名的双枪将，不信，好戏还在后头呢，你们就等着瞧吧！”

众人正在称赞陆勇时，八猴子又匆匆来到前台，冲杨云龙行了一个军礼。

“报告军座，我要与陆团长比试一下马上功夫。”

杨云龙一听，微微一笑，心里又明白了八九分，那是你跟陆勇比输了，又想从马背上找回面子，嘿嘿，我看你也未必是他的对手，不过，碍于拜把子的兄弟情谊又不好直说，于是冲一旁的卫兵一摆手。

“去牵我的马过来，让四团长与陆团长比试马上功夫。”

“是！”

卫兵转身离去，工夫不长，卫兵牵来一匹枣红马，只见此马——

浑身上下火炭般，
杂毛无根亮闪闪。

从头至尾约一丈，
从头至顶八尺三。
渡水登山紫雾开，
咆哮嘶鸣荡尘埃。
世人皆称赤兔马，
火龙飞下九州来。

杨云龙率众人来到南边的校场上，八猴子也不通报，飞身上马绕场三圈，那马一看不是自己的主人，嘶鸣咆哮了一番，用蹄子刨着地面，然后奔跑起来。八猴子稳稳地坐在马背上，双脚用力一蹬，右手一甩叭叭叭连开三枪，枪枪命中靶心，弹弹穿孔而过。

众人一阵喝彩呐喊。

陆勇见状，也不甘示弱，待八猴子一下马鞍，他也飞身上马，绕场飞奔三圈之后，松开马缰绳，拽出腰间两把盒子枪，左右开弓，叭叭叭，砰砰砰，一阵点射，也是枪枪命中靶心，弹弹穿孔而过。

在场的人个个看得目瞪口呆，谁也不敢相信自己的眼睛，谁也不会相信自己的眼睛，但眼前发生的一切就是活生生的现实。

李玉萍被陆勇的枪法看傻了眼，众人感叹之余，纷纷赞美着，呐喊着……其场面之热烈，可想而知。

八猴子三个回合都败下阵来，心里不平衡，窝了一肚子火，又见众人一边倒向陆勇，心里更为生气，可怨谁呢？只能怨自己，太鲁莽，太性急……本想着今天露一手，出出风头，让李玉萍对自己刮目相看，叫陆勇在大伙面前出出丑，杀杀他的威风，让他丢尽脸面，自己再趁火打劫，也好拿到大肚盒子炮。谁知弄巧成拙，自己反而在众人面前丢尽了脸面，让兄弟们在腚后也跟着唉声叹气……

他不愿想下去，也不愿在众人面前再出什么洋相，于是低下头钻出人群，匆匆忙忙走出校场，过了“善人桥”，顺着胡同朝自己的团部走去。

善人桥高三米，长约五米，有一米半宽，砖木结构，桥洞为弓形，用大青砖糯米粥汤掺着石灰砌筑，十分坚固。起初，桥栏是木质结构，后毁于战火，故村里人就用青砖砌建，桥面还是沿用以前，以方形青砖铺成，桥两端各有两个用青砖雕刻的小狮子……可惜，捻军与清军在胡同里作战时，桥栏与砖狮子一起被毁，最后只剩下桥面和桥洞。

民国后期，又因多次战事，年久失修，桥洞被车压垮，直至一九六八年重修变为石桥。

以前南营与落马口之间根本没有桥，只有一条大水沟直通三家子湾，湾内一年四季都有水。旱时，两村人来往踩着水沟里的大石头一跳而过。涝时，两村人你来我往都得脱鞋挽起裤脚才能涉水趟过大水沟。

后来为啥又修了桥？那还得从善人桥说起。善人桥位于南营的村后，过去是落马口与南营相通的必经之路，桥面约有一米半宽，桥南端直通张家胡同，桥北端是乡土路，直通落马口。

相传，早在清朝康熙年间，南营村四周都被康熙爷册封为刘棨家的赐地，那时候，这里方圆百里都为刘家做事，后来刘棨家生了一个大孙子，也就是我们常说的刘罗锅刘大人，提起刘墉，村里的人都得感谢他，村后的善人桥就是他给修建的。

一年秋天，他坐马车轿子去青州参加府试，考完往回走，正好路过南营村，当时刘墉才十七八岁，还是一个才长大的孩子，虽然那时他年轻气盛，但终因路途遥远，一路颠簸走到南营村西时已是人困马乏，于是下车进村想讨口水喝。刚走到村西一户人家，也就是如今王耀庭老老爷祖上那一辈上。那时候，王家很穷，村西只有三间草胚屋，院子里没有墙，全是用木棍圈成的栅栏，栅栏里搭着一个简易的草棚子，草棚右边有一口水井，井沿子用青砖砌成，水井左边有一个木头架子，用麻绳胡乱缠着木棍，看上去由于时间太长或者系得太松，木棍稀疏，不那么结实。架子上面挂着一个葫芦水瓢，地上还放着一个盛满水的木质水桶，看来清水才从井里提上来没多久……刘墉让车夫把车停在栅栏外边，自己一个人走进去，正好碰到王耀庭祖上的老老嬷。那时老人家约有六十多岁，老太太踮着小脚刚从草屋里走出来，刘墉急忙走上前向老人家讨水喝，老太太仔细打量了他一下说："年小的你等一会儿，我马上给你烧水喝。"

刘墉急着赶路，急忙回答："老人家，我还急着赶路，就喝木桶里的井水吧！"

话音还未落下，他就伸手急着去拿葫芦水瓢，从木桶里舀上满满一瓢井水咕咚咕咚地拼命喝。

老太太一看，急忙转身从簸箕里抓起一把谷糠，一下撒在水瓢里，刘墉心里非常恼火，但自己实在太口渴了，只好一边吹开谷糠一边慢慢地喝，边喝边想：这个老太太真坏，怎么这样恶毒？等我喝完水好好质问她。

工夫不长，刘墉喝足了水，抬起头瞪着她质问道："你这老人太狠毒，我跟你无冤无仇，你怎么这样害我？"

老太太看看他，一声不吭。

刘墉见她不言语，知道她亏心，接着用恶毒的话质问："我好声待你，尊敬你，看你年龄这样大，没想到你的心这样恶毒。"

老太太跟没听到一样，也没正眼看他，只是无奈地摇了摇头，还是一声不吭，躲到一边开始忙手中的活计。

刘墉见她还是一声不吭，推测这个妇人平日里肯定不是什么好人，对待一个陌生人都这样，何况熟人？接着又用更加恶毒的话咒骂道："你这人怎么这样坏？怎么这样没良心？不是看你年龄这么大，我真想上去给你两耳刮子，毒妇！狠心的毒妇！"

刘墉发了一肚子火，刚要转身走，老太太这才慢言细语地说话了："年轻人，你先不要急着走，听我把话说完。"她停顿了一下，看了一眼怒火中烧的刘墉，和蔼地解释道，"我在你喝的水中撒下谷糠是不对，可是你没好好想一想，我为什么在水里撒下谷糠？"

刘墉一愣，心想：是呀！她为啥在水中撒下谷糠呢？他有些纳闷。

老太太见他不吱声，于是语重心长地解释道："我看你走路走得这般渴，急着喝凉水,会被凉水呛坏肺的……”停了一会儿,她才抬起头望一下远处,见地里的庄稼跟烧焦了似的,继续解释,“再说这是凉水,你这样急着喝井水,也会给自己身子喝出毛病的,所以我才在你喝的水里撒下一把谷糠,其实就想让你慢慢喝。”

刘墉听到这里,才恍然大悟,原来自己把老太太的一片好心当成恶意,真是太不应该了。想到这里,他突然面红耳赤起来了,急忙走上前,朝老妇人一鞠躬,诚恳道歉。

“看错人啦!我以为你是一个毒妇,真没想到您这样善心,可我……我……你的好心没有得到我好报,真是惭愧,惭愧啊!”

刘墉自觉羞愧,欲要转身离开。

“年轻人你慢点走,村后沟里有水,你过不去的。”

“老人家,走村后我可以省下一多半路呀!”

“村后路是近一多半路,但那是旱季,现如今沟里有水,你是过不去的。”说到这里,老太太叹了一口气,又自语道,“俺这里啥都好,就是村后这条路出入不方便。”

说者无心,听者有意,刘墉把老太太随便说的话装在了心里,第二年春天,刘家就出资在南营村后大水沟上修建了一座砖石木桥。

自此以后,刘墉给南营村修桥的故事,一传十,十传百,在当地传开了,后来村里人为了感恩,把村后的砖石木桥取名为“善人桥”。

八猴子在比武场上三连败后,灰溜溜地过了“善人桥”,朝团部走去……忽然,从左边胡同里走出一位老汉,扑通一声跪在他面前,手举状纸,泣不成声。

他急忙走上前,双手接过状纸一看,吃了一惊!

第十章

只见白纸上用小楷写道：

告郭增金王忠贤，绑票强奸杀人犯。
草民本住锡山里，古镇柳疃米粮店。
家有贤妻和老母，唯独京儿续香烟。
我儿长至二十二，娶来夏氏二十三。
生下孙儿才三岁，刚停乳汁露头面。
前日傍晚两淫贼，路遇夏氏起歹念。
恶贼叵测心不良，顿起淫色心发狂。
迎面拦住母女俩，油嘴滑舌下流腔。
污秽不堪难入耳，猥亵手脚一齐上。
强行推至一空房，尔后又挟换地方。
敲诈勒索三千洋，到期不交命难当。
京儿怒火去评理，光天化日强民良。
拳打脚踢倒在地，时间不长把命丧。
平白无故乱杀人，罪大恶极明昭彰。
喊冤沿街无处诉，冒死行乞找军长。
您要为民来做主，伸张正义洗冤枉。

看过此状，他惊出一身冷汗："哎哟我的亲娘！"

八猴子吸了一口凉气，幸亏此状落入自己手上，倘若让军座和特派员一行人看到，这两个该死的惹祸精性命搭上还不算，沾泥带水还会追究到老子头上，挨一顿臭骂是小事，害得自己也跟着完蛋，这……这如何是好？

想到这里，他眼珠一转，计上心来，跟换了一副面孔似的，上前和颜悦色道："老人家，您受委屈了，快快站起来说话。"

说着伸出双手把跪在地上的老者搀扶起来，顺手又从腰间裤兜里摸出几块大洋塞进老者的手心，老人顿时感动得痛哭流涕，老泪纵横。

听完老人的哭诉后，八猴子安慰道："老人家，您先暂且回家，三五天之后，待我调查清楚了，必然惩办二贼，为您全家伸张正义，洗刷冤仇如何？"

老人又一次感激地点点头，接过洋钱，但还是泪流不止，须臾，他才往后撤一步，突然又跪下，一个劲儿朝八猴子磕头致谢！

"杨军长……青天大老爷，您……您要为小民做主啊！您的大恩大德，小民永远记下了，来世也不会忘记啊！"

"老人家，您……您别这样，快快请起，请相信我说的话，一定会为您做主……"他再一次弯下腰，把老人从地上搀扶起来。

那老者一个劲儿只顾磕头，在八猴子的花言巧语下，果真把他当作扬名四海的杨云龙军长了。

八猴子望着老者蹒跚的背影，脸上这才露出一丝得意的笑容，稍思片刻，把状纸折叠好掖进自己的口袋里，急匆匆朝团部走去。

校场比武结束后，杨云龙来到客厅，坐在太师椅里架起烟枪，吧嗒吧嗒地吸着烟，因为这些日子里，他已不再吸水烟，有钱有势有地位了，开始吸食鸦片，时间久了又吸上瘾，故每天空闲时都会吸食几泡烟土，烟瘾过足之后，悠然地躺在太师椅里，又开始琢磨今天的比武场面。

房门吱一声被推开，接着从外边走进一人。

杨云龙躺在太师椅里，睁眼一看，是表叔丁耀祖来了，接着从太师椅里坐起来，上前笑着请丁耀祖坐在沙发上。

前边咱说过，丁耀祖和王寿山这些日子在青岛，跟我地下党接触，搞到了几吨外伤药品，从青岛胶州进入杨云龙防区，打算送至西山里根据地，为吸引敌人的注意力，报关时没敢说药品，只说运给济南沈主席的军用物资。以防万一，丁耀祖让王寿山带人护送车辆先行一步，自己来军部跟杨云龙汇报，借机打通关道。

在丁耀祖的打理下，王寿山护送药品畅通无阻，行至锡山子快到诸莒边界时，因山路汽车不好走，有的地方也上不去，汽车只好停下来，改换了五套骡马车辆，稍稍伪装了一下，拿着丁耀祖给办的通行证，拉着药品继续前行。待来到柳疃镇时，从大街上忽然窜出一位衣衫褴褛的老者，扑通一声跪在大街中间，挡住马车的去路，没办法，车辆只好停下来。

王寿山坐在头辆马车上吓了一跳，出于本能迅速摸了一下腰间的短枪，以为是过来抢劫药品的，警觉地向四周望了望，见没其他人员，这才稍稍喘了一口气，心里悬着的石头轻轻落了下来，低头一看，只见地面上跪着一位衣衫褴褛的老者，还一个劲儿给他磕着头，心里纳闷：这是谁呢？莫非他认得我？还是心中有什么难事？

“恩人，快救救我家老小吧！”

说完那人跪在地上泣不成声。

王寿山心里更加纳闷了，这是谁呢？莫非……他认识自己？不可能，这里既没有朋友熟人，也没有亲戚呀！那他为何喊我“恩人”呢？想到这里，他摇摇头，管他呢，先问问再说吧！

“老人家先莫哭泣，请站起来说话。”

老人连连磕头，跪地哭泣，就是不肯站起来，没法子，他只好走下车辆，伸手去扶地上哭泣的老人，那老者微微抬起头，王寿山一看：“怎么是你？”

老者名叫王怀让，原先是王寿山的管家，自从杨云龙遇难被王寿山救起，经他指点去青岛投奔张宗昌部之后，不久王管家就辞别东家王寿山，去了诸莒边界的老家柳疃镇。古镇柳疃属于沂蒙山区，又是交通要道，虽然自然条件比较艰苦，但四面八方的商客不少，又加上这些年干旱少雨，收成极为不好。瞅准了商机，王管家凭着自己的聪明才智和社会活动能力，从外地购进低价粮米，运至柳疃镇上高价卖出，批发卖给粮米大贩子，一反一正，获二至三倍利，生意越做越大，越做越火，没几年就发了家，成了当地赫赫有名的米粮店大老板了。

王怀让自从在柳疃镇发家后，可谓人财两旺，独苗京儿，一眨眼也长至十八九岁了，小伙子长得眉清目秀，一表人才。古镇上，凡是有点名望的大家闺秀都差媒人过来提亲，媒人多的踏破门槛那是夸张，反正过来提亲的人是不少，选来选去，最后相中了镇东夏财主的小女儿夏小娥，两家经过协商把孩子的婚事给办了。

婚后小两口恩恩爱爱，也十分孝顺，王家的生意越做越大，越做越火，四邻都说王家娶了个好媳子，是沾了夏小娥的光。夏家人都说，夏财主找了个好姑爷。两家人每次听到这些话，都高兴得合不拢嘴，整天笑嘻嘻的。待第二年春天，夏小娥又给王家生了一个胖小子。

王怀让两口子，抱孙子胜过攒金子，视小孙子为掌中明珠，也可以说，含在嘴里怕化了，捧在手里怕烫着那种。在全家人的照料下，小孙子长到了三岁，已经会走路、说话了。

这天傍晚，夏小娥领着儿子小宝在大街上玩耍，恰好被喝得醉醺醺的“郭大耳朵”郭增金和“蒜头鼻子”王忠贤撞见，二人虽为四团八猴子手下的连长，但两人臭味相投，都是喜欢财色的那种人。

郭大耳朵和蒜头鼻子见了夏氏，被她的姿色所迷，顿时起了淫念，走上去动手动脚，污言秽语，夏小娥一时慌了神，不知如何是好，她想喊人救命，可名门闺秀的她不好张口，也没那么大的勇气，更何况她怀中还抱着一个娃娃，那是她的宝贝疙瘩，是她的命根子，娘身上掉下来的心头肉，害怕二贼给糟蹋了，所以任凭两个人动手动脚，也不敢吱声。二贼一看夏小娥不敢吱声，更加肆无忌惮，猖狂起来。

夏氏被逼无奈，被二贼挟至一空房内……痛苦中的她，原指望满足二人的兽欲后能放过自己，可惜她想错了，二贼还嫌不过瘾，又把她挟持到连部一所偏僻的仓库内,打算长期霸占。

早有好心人偷偷对王家通风报信，王怀让托熟人向二贼求情，二贼一听,原来是富商的儿媳妇,顿时眉开眼笑,二人终于抓住这棵摇钱树了,随后向王家敲诈三千块大洋,否则不放人。王家只好东凑西凑,好歹把钱凑够数交给二贼,谁知二贼嫌弃超出期限,再加两千,一共五千,否则难以放人。京儿一听火了,怒气冲冲地找二贼评理,结果被二贼乱棍打死,王家人一时痛苦欲绝,如同伤口上撒盐。

夏氏被关在仓库内被二贼折磨得人不是人,鬼不是鬼,过着囚徒似的生活,忽听丈夫又被二贼乱棍打死,愤怒至极,撞墙殉夫而去,撇下了一个三岁多的娃娃,因王家拒不交钱,二贼大怒,小宝又被二贼活活掐死,这还不算,又把孩子的尸体挂在杨树上,郭大耳朵和蒜头鼻子还当众炫耀他俩的杰作。

“哈哈,大家都过来看哟!”

“嘿嘿,树上结孩子了。”

……

王家从此人财两空,在过去“衙门口朝南开,有理无钱莫进来”的年代,去哪里喊冤?去哪里告状?为了出这口恶气,他只好沿街乞讨,在流浪中等待时机,一定为儿子儿媳还有孙子小宝申冤。

君子报仇十年不晚,今天恰好遇到了王寿山,老远就看到老东家坐在马车上,于是冒死扑上去求王寿山为他报仇申冤。

听管家王怀让这么一说,王寿山气得咬牙切齿,因公务在身,不好出面替他鸣冤叫屈,只好叫人取来纸张和笔墨,一气呵成,愤怒写成开头诉状,让他把诉状藏在身上,暗地里偷偷去找杨云龙申冤,并且详细地交代了一番,然后才匆匆上路,护送着药品去了西山里。

管家王怀让拿着恩人王寿山写成的诉状，来到城里四处打听军座杨云龙,可他哪里还认得杨云龙呢?于是四处碰壁,走上去问问人家,来人摇摇头,不是人家不认识就是不知道。后来经过反思,只要是穿着军官服的人肯定是官,他就上前去打听。说起来,管家王怀让还真是杨云龙的救命恩人,早在杨云龙落难时,是他与东家王寿山从大门外把他抬进屋里的……现在想想,可惜当时与杨云龙只有一面之交,那个时候的杨云龙还是个愣头青,年龄小,身体相貌变化也较大,于是错把穿着军官服的四团长八猴子,当成军座杨云龙也就不足为奇了,后来就出现了开头戏剧性的一幕。

杨云龙一见丁耀祖从门外走进来,心里十分高兴,一骨碌从太师椅里坐起来,一阵寒暄之后,二人切入正题。

偌大的客厅里还是烟雾缭绕,丁耀祖受不住,半捂着嘴吭吭咳咳个不停,只好起身把窗子轻轻打开一条缝隙,让屋内的空气对流一下,减少烟味,也好透透气,这才觉得舒服一些。

"军座,你的烟瘾比以前更大啦,你得少吸两口,这样对身体没有啥好处。"

"唉!"他摇摇头苦笑一下,接着又对丁耀祖轻轻摆摆手,皱了一下眉头解释道,"表叔你有所不知,每天不吸两口,根本睡不着,心里有很多事想要做……"

"嗯!"丁耀祖点点头,"你说得也是。"稍停一下,他接着又说,"现如今,咱们手里有一万多人马,地盘也扩大了不少,可以称得上人齐马壮,可我也是经常睡不好,总担心四周有人盯着咱,虎视眈眈地注视着咱们的一举一动,倘若咱们稍微疏忽大意,敌人就琢磨着想搞点事情,甚至会一点一点地把咱们一口口吃掉,我们千万不要掉以轻心啊!"

杨云龙点点头:"表叔你总算说到我心里去了,为啥我睡不好?就是为这些杂事,闲时多少吸几泡心里好受些,也好迷糊一会儿。小鬼子想从东边和南边挤死咱们,厉小鬼和于学忠想从西边掐死咱们,共产党那边也不是省油的灯,西山里……西山里他们的根据地,也在不断膨胀、扩大。老实说,咱们这帮子人马就像生存在石头缝里的草一样,哪边来风咱就向哪边倒,因为咱们也要生存,也要壮大,咱就得不择手段地去哭,去闹,去骗,去哄,去抢……”

“是呀是呀，总得找个靠山才行！”

丁耀祖说着抬眼看了杨云龙一眼，无奈地摆摆手：“小鬼子靠不住，国民政府又不信任咱，要……要不，咱和西山里联合咋样？”

丁耀祖还没把话讲完，杨云龙就摆摆手：“西山里那么几个人，那么几条枪，人少势小，不会成大事的。”

“可王总长早就预言，今后能干大事的恐怕只有西山里那边的人，现在想想，我觉得他的话很有道理。”

“哎，表叔你也看走眼了，那些人不会成什么大事，只是一群乌合之众，当前还是日本人和国民政府的势力最大。”

“可现在不能代表将来呀！仔细想想，我也觉得王林肯说得很有道理，将来一定是西山里那边的人一统天下。”

“咱不能光看着将来，现在只要有奶喝，有饭吃，咱们就得喊他亲爹，叫她亲娘。”他见丁耀祖还要争辩什么，不耐烦地对他摆摆手，“好了好了，不要再争辩了！以前我说过，待西山里那边的人有出头之日了，咱再投靠他们不迟，现在快说说你自己的事吧！”

“你不提我还忘了，今天我就是为这些事来的。在青岛治病期间，听说咱地盘上又出现了一些敲诈、劫道、绑票和撕票的乱现象。”

“不是咱们的人干的吧？”杨云龙睁大眼睛问道，“是不是外人想嫁祸咱们的人？”

丁耀祖轻轻叹了一口气，接着又摇摇头，回答道：“据我所知，就是咱们的人，这些人阳奉阴违，背着你在外边偷干的。”

“这些龟孙子，竟学当年的老子！”

“这样的人在咱们队伍里就是蛀虫，就是给司令您脸上抹黑的……”说着他瞥了一眼杨云龙，然后自语道，“嗯，这可是一粒老鼠屎坏掉一锅汤啊！”

“惹毛了老子，拉出去一枪崩了他！”

“军座请先息怒！”见杨云龙气得脸通红，接着他又安慰道，“不过，咱们有的人，确实自以为是，只低头拉车，不抬头看路，目光短浅还不说，在队伍上还没有组织纪律，我认为缺乏整体教育，因此我建议设立学堂，一来培养咱们自己的军事人才，强化地盘意识，保一方平安；二来也好让军队指挥人才，可采取轮流培训的办法，从正面引导，逐步提高他们的爱民觉悟，整顿军纪，发展辖区内的地方经济，保护辖区商旅，广采言论……这样才能称霸山东，逐鹿中原。”

听表叔这么一说，他点点头，又思索了一下接着问："表叔你说的好是好，就是实施起来太麻烦，我也知道咱队伍上缺少人才，特别是缺少像徐茂公、诸葛亮、吴用那样的既有远见卓识，又懂得用兵的人，可目前，咱们如何去实施呢？"

"军座，不瞒你说，我觉得这些事不难，没人才也不要紧，我建议，首先设立低中高三级学堂，咱可以自己办教育，慢慢培养。难就难在如何处理队伍中那些害群之马，这也是我今天向你建议的第二条，整顿军纪，淘汰队伍里的庸才和蠢材，加强我部整体实战能力，把那些为非作歹、胡作非为的官兵处理掉，以此换取老百姓对咱们的好感，然后张贴告示，消除老百姓对咱们的种种误解，挽回民心，方可久盛不衰。"

杨云龙慢慢抬起头，瞪着眼，盯着丁耀祖问："还有第三条吗？"

"第三条其实我早已经说过了，就是保护辖区内地方经济，开放言论，保护商旅，公平买卖，童叟无欺，保一隅平安……只有这样，才能实现大业，逐鹿中原。"

一席话把杨云龙说得心里热乎乎的，他从太师椅子里忽地站起来，反背着双手来回走了几步，忽地又抬起头，望着窗外自语道："表叔，说句心里话，这几天我老是睡不安宁，心里也惦记着军纪整风这件事，心里老是下不了决心，是到了非整顿不可的时候了，老他妈的杀人、放火、抢劫，那怎么行？"他越说越激动，"最近我想借一两个人的人头杀杀这股邪气，一来整顿一下军纪，二来发展辖区内的经济，然后按你的意思去办教育，待条件成熟时，我还想办被服厂、兵工厂、粮油站……作为军需物资补给，老向别人伸手去要哪里行！”

“啊哟！”丁耀祖这时竖起大拇指，“嘿嘿，咱俩现在真想到一起了，军座你胸藏十万兵啊！”

“哪里哪里！”

“听君一席话，胜读十年书啊！”

他笑了笑：“我是受到表叔您的启发，才有所感慨，与您老相比，我还差得远喽！”

二人坐在沙发里相谈甚欢，这时副军长郭祝廷从外边风风火火地闯进来。

“军座！”一扭头，见表叔丁耀祖也在场，“噢，表叔正好也在，您俩快看看，刚才有人来递诉状。”说着他把一张揉搓得很厉害的灯草纸抹平，铺在桌子上。

“告谁的？”杨云龙站在一旁，瞅着桌面上的灯草纸，低声问道。

“师参谋长薛建秋。”

“咋回事？”

“昨天晚上，他私入民宅，糟蹋了人家的大闺女。”

杨云龙一听，瞪大了眼睛，看了一下祝廷，又转过去望了望表叔丁耀祖，摇了摇头，似乎不大相信，于是接过状纸仔细阅读起来。只见白纸黑字，上面写着——

状告薛建秋，强奸罪一桩。
酗酒入民宅，昨夜汹汹来。
手段真卑劣，打残李四海。
强行奸民女，尔后撕胸怀。
民女受羞辱，桃花还未开。
当夜三更时，上吊把命拽。
草民求军长，惩办薛无赖。
为民伸正义，以解胸中快。

看罢！杨云龙气得牙咬得咯咯作响，头也没抬，随手递给了一旁沉默不语的丁耀祖。

“真是个混账东西。”他把桌子一拍，“真是岂有此理！”

“军座，还有这个！”

祝廷说着又把一张便条递了过去，杨云龙接过来一看，见便条上行书草乱，但经仔细琢磨，还是能看清写的什么。

一朵红花头上戴，
群雄逐鹿坐前台。
笨手笨脚无主张，
诸君掀起盖头来。

原来是一首打油诗，他前后琢磨半天也不解其意，刚要递给丁耀祖，祝廷上前接过来，对他解释道：“军座你看，这是一首藏头诗。”

经祝廷一提示，杨云龙恍然醒悟，原来便条上的“诸”字，恰好与“猪”谐音，把每一行第一个字连起来读就是“一群笨猪”。

杨云龙顿时火冒三丈，暴跳如雷，怒声斥责道：“妈的，来人，把薛建秋给我绑来！”

“军座勿鲁莽！”丁耀祖赶紧过来阻止，“军座你这样会打草惊蛇，再说，还没弄清事实真相，就凭一张纸条，那怎么行呢？”

“表叔多虑了吧，难道郭副军长还能骗我不成？”

“那也得调查清楚再动手。”

杨云龙不再言语，扭头看一眼祝廷，祝廷会意，急忙上前对丁耀祖解释：“关于薛参谋长奸污民女一案，是昨天夜里发生的事，咱们过去一调查就能水落石出，再说证人也比较多。今天上午，我派人去核实过，确有此事，情况属实，郑旅长和王营长可以作证。至于藏头诗，是他拿本子记事时，不小心从本子里掉出来的，让手下人捡到交给了我，你看……”说着祝廷把便条递给了丁耀祖，“这还是他的字迹呢！”

丁耀祖接过便条，戴上金丝眼镜仔细端详了好大一会儿，才仰起脸对着二人说道：“嗯，确实是他的笔迹。”

“这就对了！”杨云龙怒火未消，“他自以为多喝了几年墨水（薛政法大学毕业），自高自大，目中无人，从不把我们放在眼里，实在可恨，早就该杀。”

“嗯，那就先从他动手吧！”

杨云龙一看表叔也表了态，冲门外值日官喊道：“卫队长！”

“到！”

“传我的命令，今下午三时，营以上的军官到军部召开紧急军事会议。”

“是！”

卫队长退出，三人又如此如此，这般这般，密谋了好久才匆匆离去。

下午三时，军部作战会议厅里，营以上的军官都已到齐，并按官衔大小的次序一一坐好，等待军座训示。

“诸位！”

杨云龙坐在前台，把白手套摘下来放在桌面上，然后用威严的目光，对每个人及四周都扫视了一遍。

众人不知咋回事，一个个挺胸正坐，洗耳恭听，不敢走神。

会议由军座杨云龙主持，副军长郭祝廷主讲，特派员李玉萍和丁耀祖等补充。

陆勇坐在团级军官的位子上，见会场上杀气腾腾，心里预感到今天将会有大事发生，再加上刚才一进门，身上的武器都被交出，编好号码后送到卫兵手上，众人丝毫不敢怠慢，而特派员李玉萍却不管这些，坐在前台上照常在人群中来回扫视着，目光碰到陆勇时，心怦怦直跳，还是藏不住年轻女人的娇羞，这种娇羞一般人是看不出来的，也体会不到，只有她自己和陆勇本人才能体会到。不过，一师旅长八猴子（此时，王金荣已升为一师旅长）多少也能感觉出来。你看，他愤怒的目光里，总含着那种鄙夷和轻蔑，又加上嫉妒和不屑一顾的表情，不服气地把嘴角一撇。

八猴子正心烦意乱着，忽然，前台上的军座杨云龙站起来发话了。

“诸位，今天急着把大家召集起来，是要召开一次极其重要的军事会议，至于会议内容，就有劳郭副军长跟大家讲一讲。”

说完，又把脸拉下来，霎时，会场上的气氛又骤然紧张起来了。

副军长郭祝廷还未站起来，故意在下面吭咳几声，清理清理嗓子，然后慢慢站起来，用极其严厉的目光，把整个会场的角落重扫一遍，这目光似刀、若剑，直戳薛建秋的胸口。

师参谋长薛建秋，平时很瞧不起副军长兼二师师长郭祝廷。郭私塾先生出身，又加上大肚臃肿，根本上不去阵，平常作战都是薛一手指挥，郭只是拍拍板，签签字，摆摆样子而已，他根本不把郭放在眼里。至于这仗怎么打，如何打，一般都是薛出主意，郭做决定，久而久之，薛根本瞧不起他，背后曾跟人议论说郭像个草包，并把他比作一头肥猪，而薛建秋是大学毕业，年轻又有文化，还懂作战理论和战法，有意想取而代之。

常言道：天狂必有雨，人狂必有祸。

后来有人私下议论，这是郭祝廷公报私仇，因薛时常祸从口出，想取代郭师长，可能这也是薛建秋招来杀身之祸的主要原因。

师参谋长薛建秋，一抬头恰好遇到祝廷锐利的目光，做贼心虚的他慌忙低下头，额头和后背上顿时吓出一身冷汗，腿肚子也跟着哆嗦起来。

“诸位！”他冲台下一抱拳，谦虚地说道，“鄙人是粗人，只知道种地，与在座的各位相比，我不会打仗，也不懂战法，更不懂作战理论。”他故意停顿了一会儿，看了一眼薛建秋接着说道，“但是庄户人都知道，如果谷子地里长出莠子（本地人称青秆），大伙说咋办？”

“拔了去！”众人齐呼。

“对！”他点点头，“是得拔了去，但是棒槌（玉米）地里长出乌霉，大伙说咋办？”

众人又喊：“掰了去！”

"嗯！"他又点点头，"是得从棒槌秸秆上掰了去。"

他话锋一转，用平时少有的极其严厉的语言，大声呵斥道："那么咱们队伍里出了内奸，大伙说咋办？"

"揪出去枪毙他！"众人又喊。

"嗯，说得好！"

他点了一下头，大声吼道："现在咱队伍里就出了一个内奸。"

众人一听，你看看我，我看看你，面面相觑，一个个吓得脸色蜡黄，都担心自己惹上事端。

忽听祝廷声若洪钟，当众宣布："这个叛徒内奸就是薛建秋，给我绑起来！"

门外已安排好的卫兵，在祝廷还未完全喊出"薛建秋"三个字时，就冲上去就把他五花大绑了。

薛建秋见势不妙，扑通一声跪在地上，跟捣蒜似的磕头求饶。

"军座饶命！司令饶命啊！"

杨云龙坐在台前，头不抬，眼不睁。

众人一看，一时摸不透底细，谁也不敢站出来向军座求情。

祝廷这时拿出证据和证人，历数完薛建秋的种种罪行后，郑重宣布："把薛建秋拉出去就地正法，以儆效尤！"

薛建秋一听，心里咯噔一下，知道郭祝廷这是公报私仇，但是自己没有办法，刀柄攥在人家手上，最要命的是自个喝醉酒，惹上了人命官司……现在，自个就像刀板上等待被切割的鱼肉，唉，罢罢罢！

此时的薛建秋，早已没了昔日的威风，双手被反绑着跪在地上，一听"就地正法"，如同秋后霜打的茄子，一下子瘫在地上。

杨云龙坐在椅子上，向卫兵轻轻地摆了摆手，薛建秋被连拖带拉地拽了出去。最后，他还在拼命挣扎，有气无力地喊道：

"军座饶命！"

"司令饶命啊！"

……

工夫不长，门外传来“砰”的一声枪响，薛建秋脑浆迸裂，命归西天。

在场的人一个个都吓得呆若木鸡，半天没缓过神来，特别是八猴子等人，见参谋长都被枪决了，身子吓得如同筛糠一样，哆哆嗦嗦一直不停，为啥？就是为他上衣口袋里还揣着那位老人的诉状，虽说老人不是告他，可那是他手下人干的呀！说他管教不严，带兵无方，军纪不整，哪一条都会要他的命。再说状纸在他怀里揣有数天，案子至今悬着还没有处理，若让气头上的军座知晓，能有自己的好果子吃吗？

他越想越害怕，小腿肚子自然打哆嗦，身体也如同筛糠一般，这样形容一点也不为过，担心此时会被人发现，或者被知情人举报出来。

俗话说，无巧不成书，怕什么来什么，就在八猴子吓得哆嗦成一个蛋的时候，卫队长急急忙忙从外边走进来，对着一言不发的杨云龙低声嘀咕了几句，杨点点头，然后起身跟着走了出去。

来到大门口外定睛一看，只见地上跪着一位老者，衣衫褴褛，蓬头垢面，由于跪地时间过长，双膝破皮，地上还沾有血迹，额头早已磕破，鲜血从额头的表皮中渗了出来。

“老人家？”

老者跪在地上没有直接回应，跟一尊木偶似的，还是一直低着头跪在地上。

“老人家？”

这时他走上去，有心伸手想把老人扶起来，可老人还是跪在地上一动不动，不肯站起来。

“老人家有啥冤情？请站起来慢慢对我说。”

卫队长实在看不下去了，对着他大声吆喝：“老头，我们军座来了！”

杨云龙瞪了卫队长一眼，轻轻摆摆手，示意他不要过来插话。

谁料那老者还是跪在地上，头不抬眼不睁，过了好长时间，才断断续续地发出低声哭泣。

“我……我找军座，不找你，我是来找杨云龙的。”

“我就是杨云龙。”

老者一听“杨云龙”三个字，才慢慢地抬起头，从蓬乱垂下的头发缝隙间，仔细端详了半天，才从牙缝里挤出一句：“东家他醒过来了，还是个愣头青！”

杨云龙一听，这句话怎么这么熟悉？好像在哪里听过，或者什么人在哪里说过……噢噢，想起来了，莫非是他？

杨云龙蹲下身子，慢慢扶起地上跪着的老人，仔细端详起来。

“啊呀！你……你不是管家……”

老者点点头，苦笑了一下，断断续续地问：“你……你还认识我吗？”

“认出……认出来了，你是王寿山的大管家，王……”

“王——怀——让”老者怕他听不明白，于是一字一字地回答。

“对对，说起来，你还是我的救命恩人呢！”

杨云龙十分惊喜，谁料那老者却伤心地呜呜地哭起来……

前边咱说过，老人名叫王怀让，是王寿山的大管家，也是杨云龙的救命恩人，这一点也不假。

想当初杨云龙与王天和在庙村家后，一个向东，一个朝西，二人逃走后，张顺却没来得及逃走，最后被郭大胆一枪打死了。

杨云龙向西逃走后，过了潍水来到薛家老庄被王寿山和管家王怀让救起……

王怀让断断续续地把自己的遭遇对杨云龙叙述了一遍。

杨云龙一听，牙齿咬得咯咯直响，恨不得立刻把二贼抓过来，亲手把他们摁在水缸里淹死，又一听王寿山写成的诉状还在王金荣手上，更是气得暴跳如雷。

“这两个狗杂种实在该杀！”

他一转身冲卫队长大声喊道：“你去把王金荣叫来！”

“是！”

卫队长刚要转身，他又接着喊道："让他跑步过来见我。"

"是！"

卫队长转身离去。须臾，王金荣火急火燎地来了，一抬头，见告状的王怀让坐在一旁，心里顿时明白了八九分。

杨云龙像一头发怒的雄狮大声质问："王金荣，你知罪吗？"

"军座息怒，卑职完全明白。"

八猴子站在茶桌前，毕恭毕敬，听着杨云龙大声训话，可能师参谋长薛建秋刚被枪毙，八猴子吓得语无伦次，说话有些颤抖。

"你明白什么？"

"纵容部下，管教不严！"

"哼，算你聪明，你纵容部下，违法乱纪，逼死民女，人命关天，人命关天啊！你知不知道？"

"知道，知道。"八猴子一个劲儿点头，"卑职前几天已接到这位老人的诉状，只是公务繁忙，还未来得及处理，请军座谅解！"

说着他从衣兜里摸出诉状，轻轻打开，恭恭敬敬地放在桌面上，然后退到一边屈膝弯腰，垂手而立，管家王怀让只顾悲痛，也记不清是哪一天了，眼前对他来说只要报了此仇，解了此恨，比啥都好，什么前天昨天的，对他来说都是无关紧要的。

杨云龙心里也有自己的打算，八猴子毕竟是拜把的兄弟，又是自己的左膀右臂，不看佛面看情面，心里对八猴子也网开一面，若是换上其他人，脑袋早就搬家了。

"把那两个畜生给我绑来！"

"是！"八猴子转身欲走，忽听杨云龙在背后又道："要快！"

王金荣一看，大哥给他搭梯下台，赶忙点头答应，其实他心里老早就盼着军座说这句话，巴不得早一点离开这个是非之地，因此待杨云龙允许他离开时，他急忙点头后退，转身走出客厅，摘下帽子，用手绢轻轻擦拭额头上的汗珠。

“妈的，这两个狗杂种惹了祸，让老子背黑锅，看我怎么收拾你们。”

他一边骂着，一边招呼卫兵：“给我上车，去柳疃镇。”

卫兵一个个跳上车，直奔柳疃镇而去。

却说郭大耳朵和蒜头鼻子，虽说没得到五千块大洋，但已到手了三千块，二人添作五，每人分得一千五百块，乐得整天合不拢嘴。

这真是：连长连长，半个皇上。算盘一响，黄金万两。

二贼正扬扬得意，准备猎取下一个目标时，房门咣当一声被人突然踢开了，他俩正要发怒，从门外窜进一队卫兵，不管三七二十一，上去把他俩五花大绑，捆了个结结实实，押至八猴子跟前。

王金荣窝了一肚子火，正好没处发泄，一看见二贼被押过来，怒火中烧，上去就是一顿耳刮子，打得二贼眼冒金花，口鼻蹿血。

二贼看事不好，想跪地求饶，无奈被困押着，根本跪不下，八猴子哪管这些，把手一摆，让卫兵押上车送至军部。

杨云龙挑灯夜战，当晚审讯完后，扒掉二贼的衣服，烟熏火燎，刀削斧剁，皮开肉绽，扫帚戳后又撒上盐……一顿拾掇，血肉模糊，伤痕累累。痛得二贼嗷嗷直叫，待搓完盐后，鼻孔中只剩微弱的气息，哼哼几声，昏厥过去。杨云龙还不解恨，让刽子手开膛破肚，挖出心肝，以此来报答管家王怀让对他的救命之恩。

自从杨云龙枪决了薛建秋，刀劈了郭大耳朵和蒜头鼻子后，军风确实比以前好了许多，违反军纪的人少了，来辖区内经商的人自然也多了起来，集贸市场逐渐由萧条变得活跃，地方经济开始复苏。

与此同时，杨云龙在景芝、河崖、北戈庄、尚庄、落马口等地分别建起被服厂、粮油转换站、兵工厂、孝新学堂、北营学堂和榆林子中学，大部分毕业生都分配到自己队伍上，授予军衔，充当中下层军官。通过王林肯、丁耀祖、王寿山、陆勇等人的介绍或培养，有一大批青年地下工作者暗地里也悄悄加入了我地下党组织，为以后的起义和攻城战役奠定了基础。

特派员李玉萍自从见到陆勇后内心就老是平静不下来，因为爱情这种东西,不仅能使聪明的人变得更聪明,愚蠢的人变得更愚蠢,有时它也能使聪明的人变得愚蠢。李玉萍就属最后面这种人,本来很聪明的她,自从爱上陆勇之后,整天坐在屋里傻傻的,谁也不晓得她心里整天想些什么,只有她知道,自己正想着那魁梧的身躯,健美的肌肉,宽宽的背膀,粗壮有力的胳膊,威武英俊的面庞,还有那倔强的个性和那对深不可测的眼睛。

望窗外,弦月隐去,残星暗淡。

春寒陡峭,有谁知?红颜花好,朔风一吹和秋老。

她正呆呆地望着,身后突然传来砰砰的敲门声。

第十一章

“谁？”

“我！”

“你是……”

“特派员，我是陆勇！”

李玉萍一听陆团长来了，心里非常激动，隔着门窗的木板和玻璃大声吆喝：“陆团长请稍候！”

她一边说着一边赶紧打扮，工夫不长，房门吱嘎一声被打开了。

“陆团长请进来吧！”

陆勇刚刚迈出前腿，一股女人独有的芳香从室内扑鼻而来。

只见长长的秀发从她头上垂下来，湿湿的，蓬松披肩。看样子像刚刚洗过澡，秀发还湿漉漉的，未来得及化妆，一件粉红色的睡袍披在身上，腰带勒得紧紧的，系在她的小蛮腰上，勾勒出女性的形体美。睡袍不大不小，恰好裹住凸起的胸部和臀部，好像裁缝师傅专门为她量身定做，正合她的体型与身材。可能由于时间仓促，睡袍子前对襟错对着，让人看上去好像还未来得及把扣子扣好，胸部半遮半露，肌肤雪白，浑身透着女性的成熟美。今天晚上，不知道她是专门为迎接陆勇还是平时的习惯，芳香芳露，似兰若桂，那香气一阵阵扑鼻而来，醉得人心里痒痒的，酥酥的。

再瞧那对水晶般的眸子，含羞似露，暗送秋波，欲言又止，姿态婀娜，可以说妩媚至极。

男人慌忙避开她的目光，可是前脚早已迈进门槛，欲进不愿，欲退不能，正尴尬之际，陆勇的心怦怦跳得厉害，急促地喘着粗气，促使他无话找话似的问道："特派员欲睡？"

李玉萍笑着摇了摇头："陆团长请进来吧！"

陆勇这时候反而有些不好意思，急忙道："卑职不该打扰，要不明天我再过来吧！"说着一扭头，欲转身拔腿向外迈步。

"陆团长且慢！"

陆勇不好意思地停下脚步，右手摸着后脑勺，腼腆地低下头，不好意思问道："咋？"

"请陆团长屋内坐，我有要事与你协商。"

"天不早了，我怕耽误特派员休息！"

"哼哼，不是吧！"

她看着陆勇十分拘谨的样子，心里觉得好笑，于是上前用语言挑逗："陆团长是不是嫌我这庙小，搁不下你这位赫赫有名的团长大人？"

"不不不！"陆勇慌忙摆摆手，辩解道，"哪里哪里，特派员您别误会我的意思了，说心里话，我是怕影响你……"

"怕啥？"她瞅了陆勇一眼，手里玩弄着发圈，噘着小嘴埋怨道，"我又不是老虎，好像能把你吃了似的。"

这时，她把长长的秀发往后轻轻一甩，看上去心里好像很不情愿似的，撅着屁股一扭一扭地独自朝屋里走去。

李玉萍自从被沈主席调到杨云龙麾下，隔三岔五就以视察防务工作为名，往独立团那边跑，不是今天协调防务就是明天找陆团长座谈，再就是让陆勇后天向她工作汇报，其实陆勇对她行为举动，以及眼神含着的意思早有所察觉，只不过不好意思公开说透罢了，特别是那天与八猴子比武之后，她的古怪行为和举止尤为突出。

前几天独立团换防调至城区，她故意找过他几次，而陆勇总是含蓄一笑，借故避开她的纠缠，生怕外人抓住把柄，背地里说些闲话，因此二人至今没有单独接触过。

谁曾想，今天上午特派员又单独来独立团视察工作，恰好陆勇外出有事未归，临走时她再三叮嘱副官葛鹏，让他悄悄捎话给陆团长，晚上务必到她那儿一趟，说有重要公务需要协商。

傍晚陆勇回来了，葛鹏把特派员交给他的任务，一五一十地对陆勇说了一遍。

陆勇一听，左右为难。

葛鹏见状，走上去低声劝道："陆团长，梁专员可早有明确指示，利用一切机会去瓦解敌人的斗志，让我们战斗在敌人心脏里，团结一切可以团结的力量，大力培养我党的地下骨干，为将来攻城做好战斗准备。"说到这里，他偷偷看了陆勇一眼，又郑重其事地嘱咐道，"陆团长，今天晚上，我看就是一个很好的机会。"说着他朝陆勇一努嘴，嘿嘿一笑，调皮地走开了。

葛鹏走后，陆勇思前想后，还是决定瞅晚上的工夫，硬着头皮来到李玉萍住处。

八猴子自从吃了李玉萍闭门羹后，心里老觉得窝窝囊囊的，咽不下这口恶气，若不是陆勇这小子从中捣乱，也许李玉萍早就是自己的人了，甚至已生米做成熟饭，就因为半路杀出一个程咬金，让陆勇这小子从中插进来，李玉萍才逐渐疏远了自己，想想这小子实在可恨，诛灭九族也不解恨。更令人气愤的是比武那天，假若你手下留情，或者给自己留一个面子，李玉萍也不至于远离自己，可那小子硬是吃了秤砣铁了心，三个回合下来每次都赢，就是不给自己情面，自己的老脸也丢光了。

这些日子，李玉萍老往独立团那里跑，看来……一定是陆勇那小子勾引了她，要不李玉萍怎么会移情别恋呢？想到这里，他纵身一跃，顺着墙根下的黑影朝独立团驻地跑去。

秋夜，潍水平原上秋风阵阵，凉风早已把酷暑逼尽。县城四周庄稼地里的大豆、玉米、高粱、谷子……从头至脚都散发着秋天成熟的气息。

陆勇顺着大街来到李玉萍住处，只见她门窗紧闭，幔帘也拉得严严实实的，虽说屋内还亮着灯光，但是光线暗淡，并不刺眼。

他站在门外，顾虑重重，心里十分为难。

进去吧，因李玉萍的身份，以后可能是自己的敌人，从最近的表现来看，其反动本质不亚于军座杨云龙。不说别的，你看她整天来无影，去无踪，行踪十分诡秘，且危险狡诈，可预见她是敌人内部一个极其危险并且有心计的女人，也是一个很难对付的人物。从她平日里的言行和举止上看，似乎更像军统那边的人，自己时常怀疑，可就是抓不到她的把柄……再说男女有别，也须防瓜田李下之嫌。

不进去吧，那肯定会得罪李玉萍，她会以特派员的身份，处处打压自己，难为自己，今后还有可能在工作上设置障碍，甚至会阻挠策反杨云龙的思想工作，当然，也会妨碍独立团起义计划的实施……若真是那样的话，以后队伍上的工作更难以顺利开展了……

他站在门外想来思去，一时犹豫不决，经再三考虑后，最终还是硬着头皮上前敲响了李玉萍的房门。

李玉萍见陆勇站在门外进退两难，假装赌气扭着屁股独自走进屋内，猛回头，见陆勇还是站在门外犹犹豫豫，于是抿嘴嫣然一笑。

“陆团长在想啥呢？”

陆勇嘴角露出一丝微笑，慌忙回答：“李小姐，卑职没想什么。”

“真的没想吗？”

“真的没想！”

她看上去还是有点不相信，苦笑着冲男人摇了摇头。

“哼，不可能，你骗不了我，你的眼睛早已告诉我了，说说吧，有啥心事？说出来……我还可以帮你解决解决！”

“特派员小姐，上有天下有地，我可以对天发誓，我心里真的没想什么呀。”说着他把手往外一推，一脸无奈，装作十分可怜的样子。

“真的？”

“真的！”

“嘿嘿，得了吧陆团长，你的眼睛骗不了我。”

她见陆勇不再辩驳，反而瞪着大眼看着自己，心里更来劲了，讥笑道：“其实我知道你心里是咋想的，但没关系，想不到有勇有谋的双枪将陆团长在战场上冲锋陷阵，出生入死，毫不畏惧，今天却败给了一个弱女子，嘻嘻，连进屋说句话都不敢吗？”

“不不，特派员误会我的意思了，根本不……”

她一针见血，点中了男人的要害，陆勇见自己露出破绽，慌忙摆手欲想掩盖，反而越描越黑，显得更加心神不定了。

“常言道，身正不怕影子歪，你堂堂一团之长，七尺男儿，难道连进屋这点勇气都没有吗？”

经她这一顿数落，陆勇有点不知所措，脸刷的红了。

“好吧，那我进屋稍坐一会儿。”

陆勇说着走进屋内，坐在李玉萍对面的沙发上问道：“恕我直言，从第一眼看见你，我觉得你有点像……”

“像谁？”

陆勇自知说漏了嘴，灵机一动，赶忙改嘴，低声笑道：“嘿嘿，像一位贵妇人。”

李玉萍一咧嘴，低下头抿嘴一笑，心想这陆团长还挺会说话。她走到桌前倒了一杯热水端至陆勇跟前，轻轻地放在茶桌子上，然后又用手往陆勇跟前一推，随口吟道：

花开并不百花丛，
独立疏篱趣未穷。
宁可枝头抱香死，
何曾吹落北风中。

陆勇一听，心想她这是唱的哪出戏？于是稍思片刻，往前微微挪动了一下身子，笑着反问道：“李小姐何时学会吟诗作词了？”

“怎么，陆团长也有这个雅兴？”

“哪里哪里，卑职一介武夫，哪能有如此大雅。”陆勇抬头看了她一眼，见李玉萍痴迷地望着自己，坐在沙发里倒有些不好意思，便接着道，“不过李小姐的诗吟得有点伤感，让人听了不免伤感落泪。”

说到这里，陆勇伸手端起桌子上的茶水轻轻喝了一小口，滋润了一下嗓子后也随口吟道：

荷尽已无擎雨盖，
菊残犹有傲霜枝。
一年好景君须记，
正是橙黄橘绿时。

她摇了摇头挺起身子，把袍袖往后轻轻一甩，从腰中掉出一块方帕，轻轻飘落在地板上，可她全无知晓。

“陆团长，你我乃凡夫俗子，岂能与苏东坡相比呢？再说……”

李玉萍正滔滔不绝地说着自己的观点与看法，而一旁的陆勇却再也听不下去了，一伸手把方帕从地板上捡起，轻轻展开一看，暗吃一惊！自己的东西怎么落入她手里了？

古人云：树大自由根源来，流水自由起源处。

一九四〇年秋天，正是日寇最为猖獗的时期，正在滨海军区老六团任八路军侦察科长的陆勇，奉命赶赴敌占区，团结一切有生力量组建地方抗日武装，打算为长期抗战做准备。那个时候地委行署刚刚成立，纵队党组织决定：对敌后建立的抗日游击队，县大队和区中队的负责人进行短期培训学习。会上经地委专员老梁建议，把老六团侦察科长陆勇和通讯员葛鹏留下，作为本次轮训学习班的军事教员，待轮训学习班结束后，经九支队的王林肯司令员和县大队大队长丁耀祖、魏玉富他们协商，让陆勇与葛鹏二人秘密打入日渐壮大的杨云龙内部，进行动员宣传，发展抗日民族武装，若时机成熟，可以策反杨云龙，形成新的民族统一阵线。

陆勇就是在这种形式下，急急火火地赶到地委报到，老梁在办公室热情接待了他，并开门见山地向他解释道："陆勇同志，地委考虑你的特长和自身条件，决定派你与葛鹏同志，化妆秘密打入杨云龙内部……"

老梁的话还未说完，门外忽然传来一个女人的声音。

"报告！"

"嗯，请进来吧！"

话音刚落，从外边进来一位身材匀称、容貌秀美的姑娘。

只见她剪一头乌黑的短发，齐齐的发梢垂到耳边，紧贴在鸭蛋形的脸蛋上，两条细长的眉毛微微上翘，衬托着大大的丹凤眼在睫毛下水灵灵的，显得格外有神，同时又流露出淳朴、善良、热情、敏锐的气质和青春的活力。上身灰布褂与浅蓝色的裤子之间扎着一条宽宽的腰带，皮带上别着一把小短枪，又叫人觉得形态潇洒，看上去也就二十多岁。

"原来是小李，快过来，我给你介绍一下。"老梁说着赶忙朝来者招招手，把姑娘叫至跟前，用手指了指身边的陆勇，"这位就是滨海老六团大名鼎鼎的侦察科长陆勇同志，现如今正在去地方做策反和整编工作。"说完他把身子一扭，又指了指眼前那位姑娘，对陆勇介绍道，"这位就是聪明精干的游击队长李玉婧同志，现如今正在敌占区组织民兵，协助武工队，在敌后开展游击战活动。"

老梁还没介绍完，李玉婧点头笑了笑："早就听说陆科长的威名了，两把快枪令敌人闻风丧胆……"

姑娘一边说着，一边上前大大方方地伸出右手，与陆勇握手问好。

光阴似箭，日月如梭。

不知不觉，一个多月的轮训骨干培训班即将结束，二人在平时的工作与学习中，逐渐对对方产生了好感，最后到了难分难舍的地步，随之升为爱情,但是为了地方工作需要,二人又不得不放弃了自己的终身大事,也没向组织提出任何要求,就这样——

轻轻的我走了,正如我轻轻的来;
我轻轻的招手,作别西天的云彩。
那河畔的金柳,是夕阳中的新娘;
波光里的艳影,在我的心头荡漾。
软泥上的青荇,油油的在水底招摇;
在康河的柔波里,我甘心做一条水草!
……

二人就这样匆匆地来,又匆匆地去,一对恋人即将分手,然后又走向不同的战斗岗位。

夜深人静,明月星稀。

潍水岸边,两人漫步至柳林尽头,一阵风从梁王台那边吹过来,携着潍水汊子里哗哗的流水声以及芦苇、水草和河水里那种特有的鱼腥味,一阵阵从水面上扑过来。

潍水边,堤岸下,陆勇与李玉婧坐在岸边的红岩石上,二人相互祝福,互送信物。陆勇把一只心爱的水笔送给恋人李玉婧，而她把一块刚刚绣好的带卖花女图案的方帕送给了陆勇……

陆勇仔细打量着眼前的李玉萍,心里正嘀咕,这块方帕怎么会落入她的手中,难道这是巧合吗?不可能,天下哪有这般的巧事,可自己的方帕至今还压在箱子底下,从来未动过,也未丢失过啊!

一转身又一想:莫非……李玉萍是李玉婧的化身?更不可能,打死我我也不相信。那……那就只有一种可能,啊呀!想起来了,莫非,李玉萍和李玉婧是同胞姐妹？嗯，有这种可能。你看二人的脸庞、鼻子、眼睛、嘴巴……还有那个头与身材，几乎是一模一样，就连二人的名字也仅有一字之差。

想到这里，他又仔细端详起那块方帕，大小、颜色、形状都跟李玉婧送给自己的一模一样，上面也是用粉红色的绒线绣的两句诗：

春寒料峭，女郎窈窕，一声叫破春城晓。
江南春早，江南花好，红颜一例和春老。

他哪里知道李玉婧自从爱上陆勇后，暗地里偷偷绣了两块方帕，因上学时就喜欢刘大白的《卖花女》。

春寒料峭，女郎窈窕，一声叫破春城晓。
花儿真好，价儿真巧，春光贱卖凭人要！
东家嫌少，西家嫌小，楼头娇骂嫌迟了！
春风潦草，花心懊恼，明朝又叹飘零早！

江南春早，江南花好，卖花声里春眠觉。
杏花红了，梨花白了，街头巷底声声叫。
浓妆也要，淡妆也要，金钱买得春多少。
买花人笑，卖花人恼，红颜一例和春老！

从中选取“春寒料峭，女郎窈窕，一声叫破春城晓。江南春早，江南花好，红颜一例和春老”两句诗，用针线绣在方帕上。其中，一块送给了心上人陆勇，另一块则留在自己手中，以备天作好合。可方帕为何又落入李玉萍手中呢？这件事还得从李玉婧身世说起。

李玉婧出生于青州一个官宦家庭，其妹正是李玉萍。起初，陆勇第一次看见她时，还真认为是李玉婧，但从举止言谈看，二人似乎又不太像，故没敢开口直接询问，至于前边提到“我觉得你有点像……”陆勇话锋一转，没说真话，也正是这个原因。

李玉婧比李玉萍长两岁，生眼看上去就像一对孪生姐妹，一般人很难分清哪位是姐姐，哪位是妹妹。但是姊妹两个人的性格却不相同，姐姐李玉婧喜欢静，妹妹李玉萍却喜欢动。

早在济南上学时，姐妹二人因上街参加反对内战，一致抗日的游行活动时，众人与警察发生冲突，混战中李玉萍不幸被捕，而李玉婧却侥幸逃脱。其父获悉后，立刻携重金奔赴济南上下打点，最后警方同意保释，但李玉萍必须转至南京受训半年。

半年之后，她被派到沈鸿烈手下做文秘工作，因平时工作出色，又被沈主席以特派员的身份，派至羽翼日渐丰满的杨部处做监视工作至今。

姐姐李玉婧自济南逃脱后，对国民党政府早已失去希望和信心，随之投入大革命洪流中，经过六七年的摔打锤炼，成为敌占区一名游击队队长。自与陆勇分手后，她率部转战山区密林地带，曾多次打击土匪、还乡团、日伪军和国民党地方武装，也护送过山东纵队的主要领导，来往于胶东和西山里抗日根据地。为此敌人恨之入骨，曾许愿以两千块大洋的高价，购买“共匪女匪首李玉婧”的项上人头。

某年八月十八日，李玉婧因参加诸莒县石埠子会议，在回龙宿村的路上，被叛徒出卖，在龙宿村前“万丈马虎沟”的沟底，还乡团孙百万将其捉拿，同年九月初二，押至五十七军于学忠部大胡子团长手中。谁料，大胡子见李玉婧年轻貌美，遂起歹心，威逼利诱强迫她做姨太太，李玉婧至死不从，大胡子这才恼羞成怒，酒壮色胆，趁夜深人静之时推开门强行非礼，李玉婧愤怒至极，手攥绣帕撞墙而亡。

李玉萍身为沈鸿烈的秘书，当她得知姐姐被捕后，火速赶往五十七军去营救，可惜为时已晚，见到的只是姐姐的尸首，还有她手中这块绣着《卖花女》的方帕。

陆勇凝视着手中的方帕，痴痴发呆，而一旁的李玉萍却没注意，此时她正拿着一个苹果,低头用小刀熟练地打着果皮。

“陆团长,真没想到你还是个老夫子,都啥年代了,还恪守男女有别,授受不亲的陈腐教条。”

她把打完皮的苹果,用拇指与食指捏住递给正在痴想的陆勇。

“陆团长你又在想啥?”

“嗯……嗯没想什么。”

他支支吾吾的,李玉萍瞟了他一眼:“哼,你骗得过我的眼睛吗,你手里拿的啥?”

“这是你刚才掉落的。”说着他把方帕递了过去。

李玉萍接过方帕,盯着沉默了一会儿,然后又抬起头深深地叹了一口气:“这是我姐姐留下的东西。”

“你还有个姐姐?”

“嗯!”她点点头,“我是有个姐姐。”

“她叫啥名字?”

“这……好啦!我们不谈这件事了。”她把话题一转,冲陆勇莞尔一笑,“我们还是谈点高兴的事吧!”

她一边说着一边探着身子,把手中的苹果推至陆勇鼻子底下,额头上的秀发长长地拂着陆勇的额头、眼睛、鼻子、嘴巴……一阵急促的喘气声,伴随着呼出的气息,一阵阵扑到陆勇脸上,特别是胸前突突的乳峰,从睡袍的领口下……

陆勇努力朝后半仰着,渐渐地,后背靠在沙发上,而李玉萍的身体还在向前倾斜,最后见躲不开,只好伸手接住她手中的苹果。

“李小姐,我觉得这块方帕绣得挺好的。”他看了李玉萍一眼,又试探性地问,“特别是上面绣着‘红颜一例和春老’诗句,真耐人寻味。”

李玉萍见他有意把话题岔开,有些扫兴,便挺直起了身子,背着沙发里的陆勇走向窗口,一把拉开了窗户上的幔帘,一眼望去,整条大街上的残灯还在不知疲倦地亮着。

“我姐姐一共绣了两块这样的手绢。”她抱着胳膊，朝着窗外自语道，“据说其中一块送给她的心上人了，另一块则留在自己手中……”

“既然她留在自己的手中，那你又是如何得到的呢？”

“陆团长，你好像对这件事挺关心？”这时候她转身望着沙发里的陆勇，用怀疑的口气反问。

“嗯……是这样，特派员小姐，你又误会我的意思了，我只不过觉得这块手帕挺富有传奇色彩，里面的故事足可以写成一部小说了，书名吗？嗯，我也已经想好了，就叫《潍水啸声》如何？”

“既然陆团长觉得有趣，那我就把更精彩的片段说给你听吧！”说着她回头又瞟了一眼坐在沙发里的陆勇，沉思片刻又接着道，“不瞒你说，我姐姐是共产党的人。”

“共党那边的人？”

李玉萍点点头，见他十分震惊，于是就摆摆手，让他不要打断自己，然后非常平静地回答：“对，是共产党的人！”她继续解释道，“听说，她还是一名很出色的女游击队队长哩。”

“那她是怎么被抓的呢？”

“据说去石埠子开完会，在回龙宿村的路上被孙百万那头猪买通内线，把姐姐抓住了，然后送至五十七军于学忠部，一个大胡子团长手中……”

“李小姐请慢点，刚才你说哪个村？”

“龙宿村。”

“就是唐代尉迟敬德写的‘闸河崖边饮战马，龙宿村前看古槐’那个龙宿村吗？”

李玉萍点点头：“正是，传说东汉开国皇帝刘秀曾路过该村，在村内借宿一晚，因而才改名龙宿村。据说龙宿村的地形极为特殊，整座村子东高西低，高低参差，错落有致。西北两面渠水环绕，东有摩天岭相依托，而岭下就是古姑幕城的‘万丈马虎沟’，姐姐就是在村前马虎沟的沟底被捕的。”

“那后来呢？”

“后来大胡子就逼她做姨太太，她宁死不从，无奈之下，撞墙而去……”说到这里，她又深深地叹了一口气，“也怨我，都怨我去得太迟，只看见这块方帕和姐姐的尸首。噢！想起来了，上衣口袋里还有一支水笔。”

说着她急忙走向桌前，一伸手拉开抽屉，从里面摸出一支水笔递到陆勇手上，陆勇接过水笔一看，正是自己当年送给李玉婧的那支，心里的狂风卷起的巨浪一个接着一个朝岸边涌过来……一朵朵雪亮的浪花，溅起来又摔在礁石上，然后再抛向空中……多好的同志啊！为了革命，为了党的事业，献出了年轻的生命。

出于在敌后工作的习惯，他沉默无语，竭力控制着自己的情绪，生怕让李玉萍看出破绽。

一次次阵痛，一阵阵酸楚，如同刀子割心一般。不能倒下去，对，绝不能倒下去，现在不是自责，不是痛苦，不是惋惜的时候，应重新振作起来……想到这里，他稳定了一下自己的情绪，冲着李玉萍道：“那……那你姐姐叫啥名字？”

“李——玉——婧！”

李玉萍担心他听不清楚，于是一个字一个字地回答，语气中含着一丝丝忧伤和哽咽。他点点头，害怕自己失态，让特派员看出来，但是聪明的李玉萍还是从他说话的语气和神态举止中觉察到了什么。

“陆团长，你怎么啦？”

“没什么，没什么。”

从男人的眼神中，她发现陆勇心里似乎欲掩盖着什么……李玉萍睁大眼睛惊异地看着他，用怀疑的口气问道：“那……那你一惊一乍的干啥？”

“我觉得你姐姐死得太可惜了。”说着又指了指桌子上的苹果，“可能……可能刚才吃了一口苹果，肚子喘岔一口凉气，痛得有点厉害。”

“那我扶你到床上歇息歇息，再喝点开水，一会儿就会好的。”

“不用啦！”他用手捂着肚子轻轻摇摇头，装出十分歉意的样子，低声答谢道，“谢谢特派员，没想到今晚惹你不快了，请多多原谅！天不早了，我先回去,改天咱再聊。”

陆勇从沙发里站起来,双手捂着肚子,再也不愿说一句道别的话,蹒跚着朝门外走去。

“哎——”她挥着手,好像还有什么话要说似的,而陆勇却装作啥也没听见,踉踉跄跄地朝大街上走去。

李玉萍慌忙追出门外,双手扶着门框探出大半个身子,眼巴巴地望着陆勇远去的背影,心里一团乱麻……

正在这个时候,咣当一声,从卧室里突然传来一声响动。

李玉萍吓了一跳,急忙回头一看,只见他从屋里走了出来。

第十二章

月牙儿忽明忽暗，时而在云朵里穿行，时而躲在云层中偷偷四处张望。

大地上，再也不像刚才那么黑暗，路边的树木、街道、钟楼、教堂，甚至连胡同里的景象都开始变得清晰起来。

院墙外，流动岗哨来回走动着。

从大街上传来一两声狗叫，只见八猴子一个鹞子翻身，从残垣断壁上跳下来，突然，身后传来一声："干什么的？"

"自己人！"

"口令？"

"山山山。"

哨兵把手一摆："快过去吧！"

八猴子见独立团戒备森严，不敢贸然行进，心里又不得不佩服陆勇治军有方。看来大门是过不去了，只能翻墙而入。一侧身，他来一个旱地拔葱，施展轻功飞身上墙，顺着墙头噌噌又一溜小跑，躲过了一道道岗哨和流动的士兵，贴着屋檐轻轻飞身跳下，来到陆勇卧室窗下一听，见屋内没啥动静，接着又来了一个倒挂金钩，双脚倒钩着屋檐上方的椽柱，用舌尖轻轻舔破窗棂上的白纸，想探听一下屋内的虚实，可黑灯瞎火的，屋内啥也看不清，有心想闯进去看看，又怕惊动了流动岗哨士兵。再说陆勇不是一般人，整天神出鬼没，虚虚实实，真真假假，平时连自己也很难搞清楚。若是今天晚上他设下了陷阱的话，自己肯定遭殃，不如暂且退下，等待时机。

想到这里，他很不情愿地匆匆离开了，往北急匆匆地走出一段路后，忽然，从大街对面胡同口传来一阵踉踉跄跄的脚步声。八猴子灵机一动，跳进墙根暗处，一阵小跑来到胡同头的碾屋边上，躲藏在磨盘后面的黑影里，从碾底上方空隙窥探。只见来者一路跌跌撞撞的，近了，越来越近了，人的大体轮廓还是有些影影绰绰，随着人影越来越近，体型，个头，胖瘦逐渐由模糊变得清晰起来，渐渐地看清了，看清了！来者正是自己要找的人——独立团团长陆勇。

夜色虽说有些暗淡，但透过月牙儿那朦朦胧胧的光线，大体还是能看清陆勇的全貌，只不过看起来与平时略有不同，步子深一脚浅一脚的。

这小子大概喝多了。

转念一想：不对呀！陆勇这小子平时不喝酒，就是喝两口也贼刁贼刁的，今晚上是小北风，八猴子蹲在磨盘后吸了两下鼻子，也没闻到酒味呀！嗯，不对！他摇了摇头，也许这小子有啥心事。

仔细听——还伴有隐隐约约的哭泣和哽咽声，管他呢，有他没我，有我没他，一枪干死他算了。

从腰里嗖地拽出盒子枪，悄悄打开保险机头，拉开枪栓把子弹轻轻推入枪膛，用眼角偷偷瞅了一下，瞄准了陆勇的头部。刚欲搂动扳机，心里又一想：不行呀！枪一响就会惊动四周，自己跑掉跑不掉不说，还会打草惊蛇，要是让哨兵或者宪兵队的人听见了，那还了得？

他眉头一皱，计上心来，不如从背后当头给他一闷棍，一下子结果性命算了。

他悄悄蹲起身来，弓着腰，在地面上来回摸索着，右手恰好摁着一根推碾用的木棒，顺手抓了起来，待陆勇从碾盘左边经过，他悄悄从后面跟上去，见时机一到，从胡同里忽的一下拔地而起，抡起手中的木棍，对准陆勇的后脑勺砸了下来。

陆勇在胡同里踉踉跄跄地走着，正因李玉婧的牺牲而悲痛欲绝。刚才在李玉萍面前，他极力控制着自己的情感，努力掩盖自己内心的悲伤，心想千万别让李玉萍看出破绽，待他出了门走到大街上时，心里的防线才一下子崩溃了，八猴子这才有机可乘。

陆勇是谁？是行伍出身，是眼观六路耳听八方的双枪将，能文能武，不是一般人能对付了的，要不咋能称得上第一神枪手呢？

再说，习过武的人都知道，身边越是有危险，人的警惕性就越高，心里越是痛苦悲伤的时候，越要保持高度的警惕性，因此陆勇悲痛欲绝，但并不等于没有警惕性。你看，他正踉踉跄跄地走在胡同里，耳后和第六感官告诉他，身后好像有人跟踪，于是故意放慢脚步，在胡同里把步子变得更加凌乱，静静地，暗暗地等待“风雨欲来风满楼”那一时刻。

一丝凉意从他背后袭来，陆勇心里微微一颤，接着就听见嗖的一阵风声冲自己的脑瓜子而来，三千六百亿个毛孔一下子紧张起来，急中生智，一个闪身忽跃至墙根下，紧接着就听到背后咔嚓一声，棍子上端砸在地上一断两截，震得对方“哎哟”一声，八猴子虎口发麻，扔掉了手中的半截木棍子。

陆勇扭头一看，见一个蒙面黑衣人暗算自己，勃然大怒，身子猛转，来了一个扫蹚腿，如同秋风扫落叶一般，谁知对方也毫不含糊，一个旱地拔葱，一跃而起，让陆勇扑了空。

八猴子双脚刚刚落地，陆勇纵身一跃，势如蛟龙出水，急如闪电雷劈，冲八猴子头部劈去，那家伙见势不妙，一个鹞子后翻身，又躲过一劫……

八猴子出身流寇，是老潍县有名的惯匪，据说小时候跟着一个武术师傅，练过枪棒腿脚和马上功夫，虽说没那么精通，但也拾得起放得下。之后，凭半身功夫街头卖艺，嫌不过瘾，后闯荡江湖，干起打家劫舍、偷盗、绑票的营生……直至狗肉将军张宗昌督鲁后，才被招募当兵，编在杨云龙手下，又因为此人的枪法准、狠、稳，后被杨云龙发现，视为人才，提升为排长，拜了把子成为结拜兄弟，才正式成为杨云龙的左膀右臂。

这时候他见陆勇来了一个金枪扫蹚，一转身顺势来一个乌龙摆尾，如同秋风打落叶，趁机拔出腰间的匕首猛刺陆勇腹部。

陆勇看事不妙，慌忙来了个狮子摆头，让过这凶狠的一刺，顺势来一个猛虎跳涧，双脚腾空而起。八猴子见扑了空，身子顺势一扭，回手又来一个毒舌吐蕊，对着陆勇胸口就是一刀，这真是——

翻墙越脊飞毛腿，
求婚不成你怨谁？
背后行凶把人刺，
卑鄙小人爱算计。

二人你来我往，打斗在一起。陆勇眼疾手快来了一个青龙过江，以泰山之势猛劈八猴子……两个冤家对手就这样，你一拳我一脚，你一刺我一闪，你一劈我一躲，二人互不相让，杀得难舍难分。后有人写诗赞叹——

两虎争雄显神威，
赤脚空拳战歹贼。
虽流一时伤心泪，
血性男儿踢刀飞。
抡劈滚打样样会，
魑魅魍魉魂魄归。
二人酣战月影下，
贼猴欲逃英雄追。

双方酣战了半个多钟头，仍然分不出你高我低，做贼心虚的八猴子，毕竟是凶手，心里胆怯无心恋战，见势不妙想拔腿逃走，无奈陆勇越战越勇，追着他不肯松手。时间一长，八猴子怕被陆勇识破真相，趁机来了一个大鹏展翅，匕首直刺陆勇的头部，陆勇就地来了一个十八滚，骨碌碌，一下子滚出好远，接着来一个鲤鱼打挺，从地上站了起来，转身朝八猴子扑来。

八猴子无心恋战，一闪，躲到墙根下，一瞅机会来了，拿着匕首虚晃一刀，趁机一个旱地拔葱，蹿上墙头噔噔噔往南跑去。

八猴子这一跑，陆勇无心再去追赶，只觉得内心负担过重，痛苦不堪，又加上刚才一场恶斗，饥肠辘辘，体力已消耗殆尽。

人常说：人是铁，饭是钢，一顿不吃饿得慌。刚才跟八猴子一场恶斗，陆勇还像一头雄狮，待八猴子逃走，自己也蔫了，心里更加伤心难过。

他用手摁了摁干瘪的肚皮，把松弛下来的腰带往上提了提，然后狠狠地向里勒了两扣，这才感觉到肚子早已饿得直叫唤，他拖着僵硬的双腿，一步步朝团部走去。

秋夜深沉，凉风阵阵。

陆勇一推门，屋内的灯光突然亮了起来，一愣神，只见靠墙的木椅上坐着两个人，仔细一看，原来是魏区长与葛鹏，二人不知啥时候早已来到自己的房间。二人见陆勇走进来，立即停止了嘀咕，抬起头，站起来望着心情沮丧的陆勇好久，二人也没开口搭话。

"陆团长，你也听说了？"

陆勇点点头："魏区长，玉婧她……"他哽咽着，摇了摇头，说不下去了，老魏赶紧走过去，顺手搬了一把椅子请他坐下来，葛鹏赶忙倒了一杯热水递给陆勇。

"陆团长您先喝口水。"

陆勇摆摆手，接着又摇了摇头，葛鹏随后又把热水放到身后的桌子上。

"魏区长，玉婧她……她牺牲了。"

一脸忧伤的老魏，这时轻轻点点头，眼里含着泪花，深深地叹了一口气。

"唉！我也是昨天才知道的。"他一边安抚着陆勇，一边劝道，"你甭说了。"

陆勇点点头没有答话。

"今天晚上我就是为这事来的！"

听到这里，机灵的葛鹏对着老魏张了张嘴，没吱声，又指了指门外，魏区长会意，朝他点了点头。

葛鹏转身急忙走出去，去门外值班放哨了。

室内只剩下老魏和陆勇两个人，思索片刻，老魏对陆勇解释道："地委把这件事看得很重要，老梁曾多次出面活动，想方设法营救李玉婧队长，但都被大胡子的人挡了回来……"说着，老魏低下头，轻轻地摇摇，过了一段时间又长叹一口气，转过身又道，"可能……也可能因为时间太仓促，多次营救都没有成功。在我来这里之前，老梁再三叮嘱，要多劝劝陆勇同志，放下包袱，敞开心扉，战斗在敌人心脏里千万要谨慎小心，不能为了自己的感情，太过情绪化，更不能感情用事，让敌人发现咱们的意图，一旦被抓住把柄，打乱了上级的整体部署，全盘皆输。组织上也是好意，劝你要想开些，把眼光放长，以大局为重，当然也要保重自己的身体，革命总会有流血，有牺牲，有代价……但血债一定要用血来还。"老魏说着，拿过一条毛巾递给陆勇，让他拭一下发红的眼睛，然后又低声道，"昨天下午接省委通知，明天晚上有一批青年轮训干部，从这里去胶东培训学习，地委命令你们秘密配合区中队，无论如何要保护好这批干部路上的安全，平平安安地通过你们防区去胶东。"

"请首长放心，我们会想尽一切办法，保护好他们的人身安全。"

"这就对啦！共产党人一定要把眼光放长，要顾全大局，这才是一个真正的爷们，是一个合格的共产党员啊！"

陆勇苦笑着，又微微点点头，老魏轻轻拍了一下他的肩膀。

"陆勇同志，干革命不能感情用事，要想开些，要以民族大业为重，要以国家的命运为重，这才是一个真正的共产党员啊！"

陆勇听后再次点点头，老魏这才露出笑脸，二人接着又一起研究去胶东的路线和方案……最后老魏高兴地抬起头，看了陆勇一眼，然后指着桌子上的地图笑道："嗯，很好，我看就以你的方案去实施吧！"说完，他把手中的铅笔往桌面上一扔，"好啦，天不早了，我得连夜赶回去，向组织汇报你的方案，祝你们圆满完成工作任务！"说着，他伸出右手跟陆勇握手道别。

八猴子跟陆勇一场酣战，心里胆怯不敢恋战，一纵身跃上院墙，顺着墙头一溜小跑，往南跑出一段路，又停下来回头一看，见陆勇没有追来，心里好生纳闷:这小子今天晚上中邪啦？平时可不这样啊！难道,他干了见不得人的事？要不他不会不追来的。

转身又一想:不对呀！你看他那神态,悲痛欲绝;那心情,十分沮丧。心里不知装着啥事,连走路都变了样,踉踉跄跄,深一脚浅一脚地走着,更无心恋战。看来他心中肯定有鬼,要不然不会不追来。想到这里,他摇了摇头。不行！我得赶紧回去仔细瞧瞧,看看他的狐狸尾巴露出来了没有,哪怕发现一点蛛丝马迹也好啊!

想到这里,他一转身顺着墙头又跑了回来,一纵身从墙头上轻轻跳下,远远地跟在陆勇背后。

待陆勇一推门走进房间内,屋里的灯光突然亮了起来,心里好生纳闷,屋子里的灯光怎么会突然亮了呢？八猴子顿时起了疑心,轻轻来到窗前,一听屋内有人说话,立刻警觉起来,用舌尖蹭破窗纸,借着灯光朝屋子内一瞅,呵！只见一位陌生的长者,正在与陆勇谈话,葛鹏则站在桌子一旁倒水。

夜深人静。

虽说那声音很小,但贴近窗子跟前多少还是能听清楚,那老者站在陆勇跟前,手好像还比画着什么。

只听那位长者说道:“你甭说了,我们都知道了,今晚上我就是为这件事来的！”

嗯,这件事,这件事是啥事？莫非……与陆勇有关？嗯,有可能！要不这人怎么会来找他呢？细看老者的表情十分严肃……这人怎么这么面熟？好像在哪里见过,却一时想不起来。室内,陆勇与老魏的一举一动,都被趴在屋檐上的八猴子看得一清二楚,这时恰巧葛鹏从屋内走出来,门外巡逻放哨。

八猴子见势不妙,一纵身跃到房檐右边的杨树上,瞅葛鹏转身的机会滑下来,脚底下抹油,溜之大吉。

自陆勇走之后，李玉萍心里越琢磨越觉得不对劲，凭她多年的职业习惯,感觉陆勇心里似乎有什么不可告人的秘密,觉察到有点像共党的赤化分子,嗯,有可能！那他与姐姐李玉婧有啥瓜葛？

莫非是……听到姐姐去世的消息，他的神态是那么沮丧，连连唉声叹气。这里面肯定有问题,可能他故意隐瞒自己,要不他怎么对姐姐去世那么关心呢？

若真是那样,军座就危险了,陆勇不是一员虎将或者双枪将了,而是一枚定时炸弹。看来自己必须留一手了,若不防着,以后肯定会出大乱子,但是也不能操之过急,以免打草惊蛇。

以防万一,她急忙下床换上夜行衣,心里也想去独立团探听一下消息,轻轻敞开房门,双手扶着门框探出大半个身子,朝左右方向来回瞟了一眼,见没什么情况,刚要走出门口,咣当一声,从卧室里突然传来一声响动。

李玉萍吓了一跳,回头一看,只见一条黑影钻进墙脚黑暗处,看样子他躲在门后已偷看多时了,那……那刚才自己换衣服……她不敢再往下想,迅速从腰里拔出手枪,对准卧室的床后,大喊一声:“谁？”

“我,特派员！”

“快出来,再不出来,我开枪啦！”

“李小姐别开枪,别开枪！”

躲藏床后的黑影，一边喊着一边从墙角黑暗处走出来，李玉萍定睛一看,只见八猴子从屋里走了出来。

李玉萍冷笑一声:“我当是谁，原来是大名鼎鼎的王旅长。怎么堂堂的旅长大人也学会干偷鸡摸狗的事情了？”

八猴子摆摆手,慌忙摇头辩解道:“特派员小姐,您误会了,我有重要情报向您汇报。”

“什么情报？”

他谨慎地向四周瞅了瞅,见没特殊情况,这才回过头来,神秘地对她道:“特派员,你看……在外边是不是有点不合适,进屋内谈行吗？”

她冷笑着:“休想打姑奶奶的主意！”

她故意把手枪在眼前晃了晃,然后用枪指着他:“有话快说,有屁快放！”

八猴子一看没法子，只好低声对李玉萍道："特派员，我发现陆团长有通共嫌疑。"

"呸，狗嘴里吐不出象牙，你是不是想陷害党国功臣？"

"李小姐，看在党国的分上，请相信我，没错！"说到这里，他警惕地向四周看了看，见没啥动静，然后又回过头神秘地对李玉萍道，"今天晚上，我发现一个陌生人在他屋内，这个人我觉得有些面熟，好像在哪里见过，但一时又想不起来。本来想把这件事告诉军座，无奈军座去济南开会至今未归，郭副军长和王天和师长又在外地驻防，因此我只好到您这里汇报来啦！"

她稍稍沉思了一会儿，又问："情况属实？"

"千真万确，特派员请相信我，本人愿意拿自己的脑袋担保。"

"那就好！"她把枪收回来，往腰里一插，吩咐道，"我看这样，你暗中跟踪那个陌生人，待他走出独立团防区驻地就秘密逮捕他，把他押至六院小号牢房内，可千万不要惊动独立团的人，以免打草惊蛇。"

"是！"

八猴子转身匆匆离去。

夜深人静，烛光摇曳。

窗外的玄月，忽明忽暗地穿行于流云之间。

窗外的草地上，那些无忧无虑的蟋蟀、蝼蛄……还有一些不知名字的秋虫，躲藏在阴暗处，不知疲倦地叫着，重复着一个音符的老调。

整片大地死一般的宁静。

李玉萍回到屋内，坐在摇曳的烛光下，望着上下跳动的火苗，心中虽说不上"秋雨秋风愁煞人"，但不免有些"寂寞清樽冷怀抱"的落寞感。摇曳的烛火，上下跳跃不定，偶尔还发出噼噼啪啪的响声，"寒宵独坐心如捣"，她又陷入了愁思。

陆勇送走了老魏之后，后悔没有把今天晚上自己被袭击的事情告诉他，故躺在床上辗转反侧，夜不能寐，于是又披衣下床，站在窗前，静夜独思。

暗杀自己的凶手是谁？李玉萍？不可能。大金牙？也不像，他没那身轻功，再说他的个子太高，也太胖。吴牛？个头差不多，出手也有点相似，但他的身体太胖，那人身体细瘦，轻功不错，出手也敏捷，特别是翻转、跳跃、击打……他正想着，忽然，一个熟悉的影子浮现在眼前，对！是他，就是他，我怎么把他给忘了！

陆勇心里想的这个人正是八猴子王金荣。

无论是从身材，还是从武艺上看，都像八猴子王金荣，没错，就是他！那他为啥要加害于我，非要置我于死地呢？莫非为了比武那件事？还是为了特派员李玉萍？

窗外这时突然窜出一条黑影，陆勇赶紧拽出身上的盒子枪，朝大腿上一蹭，咔嚓一声子弹被掂入枪膛，敞开门一看，那黑影一闪不见了。

这个人又是谁呢?他慢慢收回盒子枪回到屋内，朝地上一看，只见靠门口地板上有一个小小的纸团，他急忙捡起来抹平一看，上面歪歪扭扭地写道：

陆团长：

你的客人被捕！

知情人

即夜

陆勇看完纸条，赶紧推开门四处寻找"知情人"，却杳无踪影。回到屋内，又把"知情人"的纸条细细阅读了一遍，心里十分纳闷，这个"知情人"是谁呢？是不是有诈？若是有诈，为何要告诉我，想一网打尽吗？不可能，若想一网打尽，不需要从老魏身上开刀，拿李玉婧做引子不是更好吗？

一连串的疑问，在陆勇脑海中翻来覆去，思考着，论证着，设想着，最后陆勇还是摇摇头，不管怎么说，先探探虚实，万一"知情人"透漏出情报是真的呢，那岂不枉送老魏的生命！嗯，看来……看来这个人是自己内部的，但他是怎么晓得老魏被捕的？若是真的，老魏被关在哪里才是最关键的问题。

不管如何，先救人要紧。想到这里，他把副官葛鹏喊来，对着他嘱咐一番，只见葛鹏点点头，急急忙忙地走了出去。

八猴子率人埋伏在半道上，将老魏秘密扣押在六院的小牢房内，连夜动手审讯，一无所获，气得八猴子暴跳如雷，随之动用酷刑，还是一无所获，最后报至特派员，李玉萍从暗室里走出来面审，也是徒劳无获，魏玉富无一招认。二人恼羞成怒，经秘密协商，打算明天上午把他押至济南，作为重要的政治犯交给宪兵队处理。

第二天一大早，八猴子心急火燎地来到李玉萍卧室，一推开门就大声吆喝："报告特派员！"

正对着镜子化妆打扮的李玉萍急忙转身回头，只见八猴子神色慌张地从门外走了进来。

"特派员，大事不好了。"

"啥急事？"

"大……大事不好了。"

八猴子一急，连说话也颠三倒四起来，而李玉萍却很镇静，继续对着镜子描眉画眼，打扮自己，不动声色地问道："咋啦？"

"昨天晚上我们抓的那个人跑了。"

"啊，啥时候跑的？"

"不知道！"

"站岗的人呢？"

"三个人全他妈的死了！"

李玉萍这才直起腰，瞪着眼怒对着他，八猴子一看，慌了神，哆哆嗦嗦地赶紧补充道："都是用飞镖封喉而死。"

女人这才把凶狠的目光从他身上慢慢移开，转过身去。八猴子紧盯着她暗暗吸了一口凉气，讨好地解释道："现在我想起来了，那个人就是共产党的区长，姓……姓什么来着？想起来了，那个人姓魏，叫魏……魏什么富，唉！你看我这记性，反正他是共产党的人。"

“那你怎么知道他是共产党的区长？”

八猴子十分得意，急忙走上去靠到她跟前，悄悄解释道：“那还是打厉小鬼的时候，我率一部分兄弟猛打猛冲，迷路进入厉小鬼的辖区，在王村乡公所的墙壁上贴着一张告示，内容我现在已记不清了，只晓得悬赏一千块大洋要魏的人头。上面还画着他的头像呢！”说到这里，他怕李玉萍听不明白，仰着脸又往前走了两步。

李玉萍点了两下头，自语道：“这么说，此人还真是共产党了！”

“嗯，没错，全城戒严，下令搜查吧！”

“笨蛋！”说着她瞪了八猴子一眼，“你想打草惊蛇吗？既然是昨天晚上逃走的，就一定找地方隐蔽起来了。”她见八猴子满脸疑云，解释道，“你想，那人被我们折磨得遍体鳞伤，走都走不动了，他哪来的力气逃跑？肯定有人在背后支持他，冒着生命危险把他救出，然后又把他隐蔽地藏了起来。莫急！等待时机，我们要一网打尽。再说城门紧闭，插翅难飞，难道他有土遁的本领不成？我相信他是跑不掉的。”

“说得不错，特派员英明，真英明。”

一席话说得八猴子心服口服，他见李玉萍扬扬得意，说着对她竖起了大拇指，趁机又谄媚了几句。

“嗯，不过我觉得像是独立团的人把他接走了，就像刚才你说的那样，遍体鳞伤的如何走得动呢？”

她点点头，沉思片刻，又嘱咐道：“嗯，完全有这种可能，不过先别急着惊动独立团的人，待我们抓住证据再动手不迟。”

“那……那他们若是跑了呢？”

“绝对不会！”她很自信地回答，“跑得了和尚跑不了寺，我们应该这么办……”

李玉萍说着压低了嗓门，对八猴子面授机宜。王金荣一听连忙点头，阴险的脸上顿时露出狡黠的笑容，一条阴险的毒计，在李玉萍脑海中蕴养形成，正向陆勇一步步逼来。

第十三章

葛鹏撒下人马四处打听魏区长的下落,时间不长,葛鹏就匆匆赶回来报告,魏区长被八猴子等人抓住审讯无果后,现在关在六院小号牢房内。

陆勇一听，当机立断，率人于拂晓之前将六院内小号牢房内的老魏救出,一看伤势非常严重,不能落地行走,又怕伤了筋骨,经二人协商后,暂时留在城东地下交通员张铁匠家中，由老张夫妻二人为其调理养伤，待身体痊愈后,再把他送出城外。

杨云龙去济南开会已有数日,本想一结束“剿匪”会议立即返程,谁料在这个节骨眼上,南京急电:调干爹沈鸿烈离鲁赴杭就任浙江省主席。

干爹欲走,作为干儿子的杨云龙自然恋恋不舍,在这虚情假意背后,不是父子之间那种真情实意，而是即将失去一座靠山，就像一个即将失去爹娘的孩子一样,无依无靠,因此顾虑重重。

沈主席早已看破他的心事,以长者的口吻劝说道:“云龙吾儿,老夫离任之前,送你三条锦囊妙计。”

杨云龙点点头,微微笑一下问道:“请干爹训示,哪三条锦囊妙计?”

“这第一妙计,兵权握手千万勿放。俗话说得好,无人无枪,放屁不响。只要手里有了人有了枪,也就有了一切,说话好使,也顶用,人人都听你的,用老百姓的话说,就是放个屁也响,否则一切免谈;第二条妙计,不能与党国为敌。将来真正能统治国家的政党，依老夫之见，恐怕只有国民党政府了，那边的人是成不了气候的，就那么几个人，几条破枪，他们是靠不住的，最终会被蒋家剿灭，不过他们的头头是非常厉害的一个人，也是一个有大智慧的人。至于日寇小鬼子，今后也掀不起大的风浪，你想想，一个倭寇小国，哪有那么大的魔力？人心不足蛇吞象，早晚会失败的，并且会败得很惨，所以你要忠心耿耿地为党国效力，剿灭共匪，一起灭掉当前共同的敌人倭寇，千万不要阳奉阴违，与党国作对，与蒋家作对。你看看，历代王朝凡是与朝廷作对的人，到最后没有一个有好下场，望你引以为戒，力图大业。”

“那第三条呢？”杨云龙佩服地点了点头，坐在沙发里静静地听着，然后又接着问道。

“嗯，这第三嘛，你应学会利用好‘三心术’。第一点，你要学会收买人心，常言道：人心齐，泰山移，其道理就在于此；第二点，要有恒心，不管大事小事统统都是如此，你看看，古今中外，凡是能成大事者，无不以恒心当头，其实质就是强调恒心的重要性。古人云：有志者事竟成，其实说的就是这个道理；第三点也是最后一点，人要有禅心，要学会以让为进的道理，不因丁点事乱了方寸，大动干戈，应以和为贵，攻心为上……为此，我想把李秘书留下来，以便于更好地辅助你。”

沈主席说那么多，杨云龙无一细听，可表面上一个劲儿点头答应着，而心里也有他自己的小九九，妄想“独霸山东，称雄中原”。

待回来之后，急忙招募兵马，征集粮饷，积极备战，以图大业。这样一来，他的所作所为在其辖区内民怨沸腾，怨声载道，老百姓民不聊生，自然也引起了国民党苏鲁战区司令官于学忠的不满。于部手下有五十七军和五十一军共两个军，五十七军辖 111 师和 112 师，驻守诸城、日照和五莲一带，而五十一军主要驻守安丘和沂水一带，因此于一心想吞并杨部人马。

天长日久，东北军与杨部的矛盾已经公开化，双方为了争夺一块地盘而大打出手，二者不断闹摩擦，最后都摆到了桌面上，即使多次谈判，也无济于事，于杨双方已经到了水火不相容的地步。

一九三七年“七七事变”后，驻守济南的韩复榘弃城南逃，使日寇长驱直入，山东局势顿时恶化。

当时驻守青岛海军陆战队的司令官沈鸿烈（后兼任山东省主席），与东北军司令官于学忠放弃了曾征用数万民工，历时数月修筑的南至黄海之滨，北到渤海沿岸，长约四百华里的防御工事，匆匆忙忙撤至莒县、沂水一带。此时又恰逢沈鸿烈离鲁督浙，于学忠兼任苏鲁战区司令长官，集军政大权于一身。他见杨部的实力越来越大，直接影响了自己的兵源与饷源，又加上杨部的人马不断与他的部下发生冲突，大大影响了自己的利益，待沈鸿烈一走，杨部再无靠山，欲把杨部的人马收编，既可以解决兵源和晌源，又可以为地方除去一害，因此他暗地里派人给杨高官俸禄，谁料想杨不但不领情，反而把使者痛骂一顿，于学忠气得暴跳如雷，扬言三天之内剿灭杨部众匪。

九月十三日下午，于司令在他的官邸召开团以上会议，摆开架势欲吞并杨部所有人马。与此同时，杨云龙也立即召开了军事会议，秘密地监视敌情，紧急部署应敌方案。

命王天和任东线总指挥，辖两个团近三千人马，居险坚守，不可强攻，待来敌溃败时夹击于部人马。又命郭祝廷部坚守西线，待中路军打响后，采取两翼怀中收拢之计策，猛击于部的背后。中路军由他亲自挂帅，辖独立团、炮兵团、常备队，以及骑兵营等对东北军作战。

第二天上午，通往杨部辖区的大道上，尘土飞扬，黄沙漫天，于部大队人马浩浩荡荡地直奔杨部老巢麓叩官庄而来。

苏鲁战区司令官于学忠根本没把这帮土匪放在眼里，以为杨部不过是一群乌合之众，放几枪，打两发炮弹，再扔两颗手榴弹，他们就会自动散去，因此他只派了五十七军 111 师和 112 师，共两个师的兵力围剿杨部。

五十一军和五十七军的士兵虽说是东北人，但大多数是山东过去的，也就是说大部分是山东人，其中祖籍是诸城、高密、安丘等地的士兵为数不少，他们大都是生活所迫，出来当兵混饭吃的。

常言道:老乡见老乡,两眼泪汪汪。

这仗还没开始打,五十七军的人马就败了三分,再说当时的舆论环境也不支持打内战,各界都纷纷呼吁"停止内战,一致抗日"。

在这种背景下,于部人马行动迟缓,情绪低落,又加上人生地不熟,一开始就处于劣势。

杨云龙那一两万人按说打不过于部人马,但战前思想工作做得比较好,弟兄们打仗肯积极卖力,占有天时、地利、人和等有利条件。在自己家门子上打仗,谁不出力,谁不卖命?倘若于部人马真打过来,不说别的,就是自己的老婆孩子,以及弟兄姐妹也要跟着遭殃受罪哩。

另外,在杨云龙这部分人当中,有的本身就是土匪出身,里面还夹着一部分亡命徒,人常说:一怕愣,二怕硬,三怕打仗不要命。光脚的不怕穿鞋的,杨云龙的部下,一愣,二硬,三打仗不要命全都占着,足够对付五十七军的。

王天和率部首先抢占了制高点,居高临下地守在有利地形上,凭着地理优势和阵地优势,待于部人马逼近时,用迫击炮、山炮等集中火力,对五十七军猛轰,那炮弹跟长着眼睛似的,一颗接一颗地飞进五十七军阵地,轰轰的爆炸声,在大北山脚下回荡。

刚刚爬上山坡的东北军被王天和率人团团围住,一败涂地,后边的人又被王天和的火力压着冲不上去,一袋烟的工夫,几乎被全部歼灭,剩下的人马纷纷向山下跑去。

站在大北山顶上的王天和见五十七军的人抱头逃窜,急忙下令收住龙头,往西部街头镇横冲过去。

西线总指挥郭祝廷,其部本身就是杨云龙的嫡系"铁五旅",在他的指挥下同样击败了于部的111师,就在他指挥人马准备冲下山时,忽听敌后枪声又响成一团,原来王天和的人马从左侧穿插杀过来了,祝廷一看有人过来接应自己,急忙放下手中的望远镜,战刀一挥率众全部出击,杀得111师和112师一败涂地,五十七军又败一阵。

大胡子团长像疯了似的,举手叭叭两枪把率部后撤的一个连长和一个班长击毙，然后又重新组织东西两线人马，对中路军发起猛攻。

中路军恰好是独立团打头阵，陆勇本身就因李玉婧牺牲窝了一肚子火，这次又跟大胡子团长硬碰硬，两军对阵，一场血战就在眼前。

陆勇为何帮助杨云龙积极打内战？其根子还是在李玉婧身上。自从李玉婧被大胡子团长逼死之后，陆勇就把五十七军大胡子当作仇敌，毕竟自己的爱人死在他手上，这是不可争论的事实。其实陆勇心里很讨厌打内战的，但为了报仇雪恨，陆勇能放过他吗？退一万步来说，即使不是陆勇，换成其他人，自己喜欢的人被逼死了，能拱手不管，任贼人逍遥法外吗？

陆勇率部首先抢占了有利地形，待大胡子的散兵一进攻，就用日本人的带达姆弹的轻重机枪来回扫射，迫使对方失去主动性，五十七军人马被打得嗷嗷叫唤。霎时间，山坡上炮声震天，火光闪闪，伴随着隆隆的炮声，九仙山也被震得浑身发颤，尸横遍野。

大胡子哪能咽下这口恶气，又重新组织奋勇队往陆勇阵地扑来，他们仗着武器精良，又有榴弹炮火掩护，黑压压的人群朝山坡上爬来……山坡被炸平了，修筑的工事被一个个掀翻了，一发发炮弹飞过来，一挺挺机枪变哑巴了，接着又被炮弹连人一起抛向空中，哗啦啦变成一块块废铁，散落在山坡上。陆勇还组织了一百多号人的敢死队，每个人手里握着一把大刀，在轻重机枪的掩护下，赤膊上阵与大胡子展开肉搏战。对方一看，怎么过来一群不要命的人，仗哪有这样打的？又加上达姆弹一颗颗凌空爆炸，一下子又败下阵去。

这边奋勇队一溃败，那边敢死队却来劲了，一边追杀一边喊：

“弟兄们杀啊！”

“抓着大胡子赏大洋三千呀！”

……

五十七军人马从山上溃败下来，来到九仙山脚下，大胡子本想把散兵先撤至街头，然后在街头镇重新组合，打算再继续反扑，可惜还是慢了一步，还没等他撤至街头就被冲过来的陆勇一枪击中，从岩坡上滚下去，一直滚到山脚下，趴在地上挣扎了几下，魂归西天。

这场血战，历时三天三夜，最后以五十七军失败而告终。但自此之后，杨部与五十七军也结下了梁子，那是后话在此不提。本次大战，虽说于部失败，但杨部也元气大伤，损兵折将三四千人，榆林中学、兵工厂、后勤医院、粮油供应站等统统被焚毁，再也无法在麓叩官庄立足，又害怕五十七军回来报复，于是就主动撤至诸城都吉台（又称斗鸡台）一带，想以此为根据地，继续管辖诸高安和五莲山等地，养兵蓄锐，以图东山再起。

早在春秋时期，据《史记·鲁周公世家》记载：鲁昭公二十五年（公元前五一七年），鲁大夫季孙意如（即季平子）与鲁大夫郈恶（即都昭伯），在“斗鸡台”上斗鸡，为了取胜，各自都要了鬼花招。

为了取胜，鲁大夫在斗鸡之前，偷偷将芥末面洒在鸡翅上，欲以此辣坏郈氏鸡眼取胜，而郈氏则将辣粉偷偷涂在鸡冠和鸡嘴上，但双方都未取胜；之后，季平子又给鸡套上护甲；而郈氏则在鸡爪上暗缚铜钩，最后双方“斗鸡”的结果为季氏鸡大败。季平子因怒而侵犯郈昭伯，郈昭伯也恼怒不已。臧昭伯的弟弟因躲藏在季氏家中，谗言害臧氏，臧昭伯故囚禁季氏家人。季平子恼怒，也囚禁臧氏大臣。臧氏和郈氏向鲁昭公告难，昭公竟为斗鸡儿戏，立即兴兵讨伐季氏。季平子请囚，请亡，皆不许。季氏遂联合叔氏、孟氏三家共伐鲁昭公，鲁昭公大败而失国出齐，郈恶亦被孟氏所杀。

后来，晏子劝齐景公，不要挽留这样的人，因为愚蠢的人总好悔恨，不贤德的人总认为自己贤德。被水淹着的人不询问蹚水的路线，迷失方向的人不打听道路，淹着以后再询问蹚水的路线，迷失方向以后再打听道路，这就好像面临外敌入侵，灾祸烧身了才急忙去铸造兵器，吃饭噎着了才急急忙忙去挖井，即使很快，也来不及了。于是鲁昭公逃到晋国，在晋国乾侯死亡，终年五十一岁。

可见，都吉台是一块风水宝地，杨部之所以选择在都吉台盘踞驻扎，看来也有他的一番深意。

李玉萍那边早已在县城各大药房门前布下天罗地网，暗地里撒下吴牛、大金牙等密探，秘密监视来药店抓药的人，并再三叮嘱，特别盯住独立团的人，或者来药店购买跌打外伤药品的人。二人会意，急忙向她点了点头，随后按特派员的旨意行事。

这天下午，吴牛正在春和药店门前转悠，忽然来了一位神秘的中年汉子，一下子引起吴牛的注意。只见来者中等偏上身材，穿着一身灰布衣裳，肩上搭着本地老粗布缝制成的钱褡子，长长的，搭在自己的左肩膀上，急匆匆朝药店门口走来，边走边警惕地环视着四周，在快要走到药店门口时，突然又停了下来，站在十几米远的合欢树下，朝四周望了望，确认没什么危险后，才急急忙忙地走进药店。

说起吴牛这小子，他本来就想在李玉萍和八猴子面前露一手，或者中个什么头彩，在众人面前显摆一下，也好捞个一官半职，在众人面前威风威风。可事与愿违，这几天一无所获，贼机灵的他于是改变了盯梢方式，在远处或者暗处秘密监视着城内各大药店。

今天恰好撞见这位壮汉，心里嘿嘿一笑，心想发财升官的机会到了，所以当壮汉已走近“春和药店”，他立即远远地盯着壮汉的一举一动。

“掌柜的，买点……”尽管那汉子把声音压得很低，但天生耳聪的吴牛，依然隐隐约约听清楚了来者欲购买治跌打伤的药品。

“老兄，您真是个明白人。”掌柜的笑了笑，然后对他竖起大拇指，接着又低下头神秘地说道，“不瞒您说，如今战事刚停，市面上这种药很吃紧。”

“那……那你也不能这么贵吧！”

掌柜的摇摇头，接着对他解释道：“前几天还是这个价。”说着他伸出三个指头。

“才隔一天，怎么一下子变成这个价了？”汉子说着，伸出五个指头。

“老兄，你又不是不知道，如今这买卖难做就是这个原因，前几天还是那个价，昨天早上去进药，一下子就变成今天这个价了。”掌柜的说到这里，故意拉着长音，“老——兄，你若不是常客，这个价我还不卖给你呢！”

“这个世道,真他妈的……”汉子叹息着,埋怨着,摇了摇头,最后无奈地回答,“好吧,这个价就这个价,你给我抓齐。”

他把手伸进钱褡子,许久才摸出一摞钱数了数放在柜台上,把剩余的钱又放进钱褡子里。一会儿工夫,掌柜的把药抓齐递到壮汉的手里,待掌柜的数完钱后,才小心翼翼地把药装进钱褡子,一扭身背在肩上,告别了掌柜的,急匆匆朝城东走去。

这位买药的壮汉不是别人,正是我党地下交通员,在城东开铁匠铺的大老张。这些日子,他见老魏的伤口感染了,化脓流血,而陆勇送过来的备用药品早已用完了,无奈之下,便背着老魏偷偷到春和药店抓了几次药。谁曾想,此时恰逢前线战事吃紧,县城各大药店控制出酬皮外伤消炎杀菌类药品,幸亏他跟药店的伙计和掌柜很熟悉,要不还真的不好买。可他哪里知道,他的一举一动早已被躲在暗处的吴牛看得一清二楚。

吴牛跟在他背后,一直尾随着来到城东铁匠铺门前。老张停下脚步,警惕地向四周看了两眼,见没什么可疑的地方,于是走上前去轻轻敲了三下门,时间不长,大门吱嘎一声,一个胖女人探出头,接着把大门敞开一道缝,那大老张一闪身走了进去,随后院子里传来一个胖女人的声音。

“买到了吗?”

“买到了,就是贵一点。”

“贵点怕啥,救人要紧。”

听到这里,吴牛赶紧转过身去,匆匆离开。

张铁匠来到屋里,见老魏脸色蜡黄,嘴唇微颤,急忙来到炕前,弯下腰对他低声道:“魏区长,你醒醒,你醒醒,药咱买到手了。”

老魏这才慢慢睁开眼,大老张把手中的药高高举起来。

“魏区长你看!”

望着夫妻二人,老魏感激地点点头,微微张了张嘴唇,接着又轻轻吧嗒了两下,却没发出声音。

“老魏你别吭声了,来,该敷药了。”胖女人一边说着一边脱掉鞋子,跳上炕说,“我帮你把身子翻过去。你看看!这群王八蛋,一个个不得好死!好好一个人给折腾成这个样子……”

“你不会小点声!”他指了指门外,瞪她一眼,“小心隔墙有耳。”

“怕啥?”她不服气,继续反问道,“我看这帮子土匪就是一个个不得好死!”

男人急得说不出话,最后憋屈着脸道:“我的姑奶奶,不会小点声!”

女人剜他一眼,再也不作声。

老魏敷上药,心里轻松了许多,感激地说道:“老张,我给你们夫妻添麻烦了。”

“你看你,这是说哪里话?”大老张这时安慰他,“咱们不是一家人嘛!”

“是呀!是呀!”胖女人过来插话道,“一家人不说两家话,你咋还这样说呢!”

老魏望着老张夫妇,笑着点点头:“我心里明白,也有数,这阵子把你们两个忙活得不轻。”

胖女人刚欲张嘴说什么,被老魏摆摆手挡了回去。

“哎,这几天外边的情况咋样了?”

大老张习惯性地用手摸了一下鼻子,解释道:“杨云龙和五十一军战事刚停,还看不出杨部有什么反共的迹象,不过四区的同志在敌人辖区内活动得很厉害,杨云龙也许有意再投靠日本人,下一步有可能对我们不利……”

胖女人这时眨眨眼睛,似懂非懂地摇摇头,端着盆子走了出去。

“陆勇他们这阵子怎么样了?”

“你放心,都没事,嘿嘿,他们好着呢!”

“唉!王林肯去青岛治病至今未归,再说青岛那边也需要他。丁耀祖和王寿山去了根据地连续送了三次药品了,那边战事持续紧张,也急需药品。这边就全靠陆勇他们……”

魏区长的话还未说完,只听咣当一声,房门被撞开了,一个男人随之扑通倒在地上,脑后瓢还冒着血浆。

屋内的人大吃一惊!

这时从门外走进来一个人,衣衫褴褛,头戴一顶破草帽,帽檐压得很低,几乎遮住他大半个脸庞,手里还拎着一把斧头,站着朝着屋内的人痴痴地傻笑。

屋内的人被惊呆了,更加迷惑不解,一个个不敢吭声,望着来者,呆呆地愣在那儿,来人这才慢慢摘下草帽,老魏定睛一看:"嘿嘿,原来是你小子。"来人正是机灵鬼葛鹏。

葛鹏走过来,指了指地上躺着的死者:"刚才去执行任务恰好路过此地,想进来看看魏区长,恰好撞见吴牛这家伙拎着枪趴在门上,从门缝朝屋内偷窥,知道这家伙嗅觉灵敏,可能他已经闻到什么气味了,我顺手拾起地上的斧头轻轻来到他背后,谁料想这小子毫无察觉,只知道往屋里偷窥,我就对准他的后脑勺狠狠来了一下,没想到这家伙真不顶事,扑通一声趴在地上,挣扎了两下就不动了。"

屋内的人一听,这才把悬在胸口上的石头放了下来。

大老张自语道:"不对呀! 这家伙是怎么找上门来的?"

听他这么一说,刚才大伙心里放下的石头突然间又悬了起来,额头上重新布满了愁云,变得更加紧张起来。

"哼,这还不简单,刚才你去抓药,让他盯上了呗。"

关键时候,还是快言快语的铁匠妻一语道破了天机。

"嗯,有可能,这么说我们已经暴露了,应该快转移,否则,让敌人追到这里,我们都难以脱身不说,还要付出生命代价,快……我看应赶快转移。"

老魏一边分析一边就要下炕,而大老张站在一旁,一脸疑云,迟迟不动。

"不对呀,我在进门之前还特意向四周看了看,见没人盯梢才推门走进屋里的。"

"问题就在这里。"老魏进一步分析道,"你们想,假如敌人没发现我们的蛛丝马迹,会追到这里吗? 肯定不会。这说明吴牛是一个鬼滑头,很可能已经把这里列入他的监视目标了,所以说应赶快撤离。"

葛鹏点点头："嗯，魏区长分析得很正确，敌人有可能已经发现我们了，你们赶快把这家伙的尸体处理掉，我现在就去找车，把你们送出城外。"

"你赶快去找车吧，这小子不用你操心了，包在我身上。"大老张挽挽袖子走上前，弯下腰，蹲下身子欲动手处理吴牛的尸体。

老魏点点头表示同意，葛鹏这才转身而去。

张铁匠把吴牛的盒子枪卸下，插在自己的腰上，用破布把冒血的脑袋裹好，打成捆再用麻绳扎起来，夫妻二人跟抬死猪似的把尸体抬至后院子里，移开秫秸垛，在垛底下挖了一个深窟窿，把吴牛的尸体抛进去，然后再填上土，铲平整好，还不放心，又用脚踩了踩，再把秫秸垛移过来重新布置好，二人这才稍稍喘口气。

天色渐渐暗了下来，整座小城又恢复了宁静。

铁匠的胖老婆非常勤快，正在屋内屋外忙活着擦洗地面上的血迹，忽然张铁匠慌慌张张地从外边跑了进来。

"快……快从后门走，敌人过来了！"

胖女人一听，大吃一惊："这该怎么办？"她心里一慌，一时失去了主张。

从胡同里闪出几个黑影，贴着墙根摸摸索索地朝这边走来。

"快……快……你快去把大门顶上！"大老张喘着粗气跑进来吩咐妻子。

"那老魏咋办？"

"这你甭管啦！"

女人来不及多问，按丈夫的吩咐，赶忙找来一截木棍，从里边把大门顶上。

大老张急忙飞身来到屋内，从腰里拽出盒子枪，打开保险机头，拉动枪栓推弹入膛，还没等老魏弄清是咋回事，大老张就弯腰从炕上背起他朝后院子里跑去。

砰砰砰，砰砰砰，传来了剧烈的敲门声。

"他爹快走，敌人撞门啦！"

女人一边抱着木棍，一边用肩膀顶着大门，用力不让敌人进院子，可哪能顶得住呢!

“快开门! 快开门! ”

“妈的,一枪崩死她算啦! ”

说着叭叭两声枪响,女人“啊呀”一声,倒在地上。

咣当一下,大门被撞开了,在八猴子的指挥下破门而入,十几个匪徒如狼似虎地一拥而进。

原来,吴牛发现大老张踪迹可疑时就尾随跟踪至铁匠铺门前,待张铁匠走进院子,他赶紧来到大门楼下,贴着门缝朝院子里瞅,恰好二人的谈话被他听到了,心里暗暗高兴,有心单枪匹马持枪闯进去,又怕打草惊蛇,斗不过屋里的人反而弄巧成拙。再说屋内有多少人,有何武器,有没有陷阱或者埋伏他还不知晓,因此不敢贸然往前迈步,只好赶紧跑回祥和药店,对盯梢的大金牙从头至尾说了一遍,让他赶紧回去报告特派员或者旅长八猴子。

大金牙已走,他还是觉得不踏实,担心走漏消息跑了人,于是又原路返回,再次来到铁匠铺门前,贴着大门朝院子里瞅,可能见院子里没啥动静,心里有些忐忑不安,于是就踮起脚跟想推开大门往院子里走,这时听到屋门吱一声,铁匠女人端着水走了出来,待她把脏水倒掉走进院子,吴牛拽出短枪,用手拎着蹑手蹑脚地来到门前,用手轻轻一推,大门吱一声闪出一道门缝,他见门闩没上,一侧身也跟着钻进院子里,俯下身子,趴在门上从门缝里朝屋里面偷看……这个节骨眼上, 恰好被葛鹏撞见, 顺手拾起地上的斧头劈头一下,一命呜呼。

大金牙怕耽误时间,回来先找了李玉萍,见李不在转身又回到旅部找八猴子王金荣,这一来一去把时间给耽误了,待找到王金荣时已是麻眨眼子了(方言:天快黑了),大金牙这才把吴牛看到的一切对八猴子详细说了一遍,王金荣一听急忙问:“吴牛现在在哪儿? ”

“铁匠铺。”大金牙回答得很干脆。

“哪家铁匠铺? ”

八猴子这一问,算是把大金牙问住了。

“这……这……”

大金牙支支吾吾地半天也没说明白，后悔当初没问清楚就急急忙忙地跑回来报信。八猴子却不管这些，抡起胳膊就是两记耳光，大金牙被打得眼冒金花，晕头转向。

“妈的，要你何用？蠢货！”他气得脸色紫青，双手掐着腰在地上来回走了两圈，忽地仰起头对着大金牙又问，“他在哪儿对你说的？”

“哎，就是在祥和药店门口那边。”大金牙被一下子打蒙了，朝西南方向指了指，其实人家祥和药店在东南方向，然后捂着脸慌忙又改口，“不不，在那边！”

“走，带路去祥和药店！”

大金牙哪敢怠慢，赶紧领着人马朝祥和药店奔去。工夫不大，有人打听到了铁匠铺的位置，急忙率大队人马朝城东铁匠铺而来。

天色已暗，人影绰绰。

王金荣率众人走进胡同，贴近墙根一步步向铁匠铺靠近。

大老张敞开大门，探出身子向四周望了望，想趁天黑转移，忽然见胡同里黑影一闪，赶紧蹲下身子定睛向远处一看，黑压压一群人正朝着这边摸来。

随后就是包围铁匠铺，枪击铁匠妻，咣当一声，大门被撞开了，众匪呼啦一下冲进院子里。

“报告旅座，有人朝后院跑去！”

大金牙急急忙忙跑过来向八猴子报告。

“快带人追！”

十几名土匪又呼啦一下跟着大金牙朝后院跑去。

大老张背着老魏来到后院子，一看围墙挡住去路，正急得没办法，突然，大金牙率人又从前院追过来。他举手瞄准跑在前边的一个匪徒，一搂扳机叭叭两枪，跟在后边的匪徒一看前边的弟兄眨眼见了阎王，吓得战战兢兢不敢靠前。趁此时机，大老张把老魏托上墙头，用手轻轻一推，送至墙外。

大金牙一看急了:“妈的,都是怕死鬼,谁再后退不前,老子就崩了谁。”

有几个匪兵壮着胆子猫着腰朝前冲来,大老张一抬手又是叭叭两枪,这两枪打得真神,弹无虚发,可能也是离敌人太近的缘故,一下子撂倒了三个,其他匪兵缩头缩脑地又不敢近前了。趁此时机,他一纵身爬上墙头想逃走,恰巧八猴子这时跑了过来,甩手对着墙头上的张铁匠就是三枪,这三枪快如风,声如钟,扣扳机,性命送。再看墙头上的大老张,一个跟头栽下墙去,连声都没来得及吭一下,就壮烈牺牲了。

众匪一看危险解除,一个个从地上爬起来,狂喊着,怪叫着,向矮墙这边扑过来。

墙外的老魏一看敌人追过来了,扶着土墙赶忙站起来刚走出几步,从背后突然窜出一个瘦子,一把将他拦腰抱住。

第十四章

“哈哈,这次你可跑不掉啦!”

老魏知道被敌人从后面抱住了,于是拼命挣扎,可惜年老体衰,又加旧伤未愈,无力挣脱,一下子被后面的匪徒围上来,七手八脚地把他捆得结结实实。

魏区长不幸再次落入敌人魔掌。

葛鹏急急忙忙地回到团部，把大老张发生的事情前前后后对陆勇汇报了一遍，二人正合计着如何把老魏送出城外，这时从城东忽然传来一阵枪声。

“不好,敌人可能已经下毒手了!”

陆勇预感不妙,赶紧组织人马向城东扑来,可惜还是晚了一步,八猴子已把老魏押往军部。

当天晚上,军部大院的老槐树下,两盏汽灯呼呼亮着,刺眼的光线把整个大院照得跟白天一样,雪亮一片。

灯光下,一搂多粗的老槐树上捆绑着刚刚被抓来的老魏,只见他皮开肉绽,血肉模糊,低垂着头,跟睡着了似的,脸上胡子拉碴,已有数日未刮。头发直竖,但无半点光泽,看上去像刚刚用过了大刑,让人觉得三分像人七分像鬼,使本来就十分脆弱的身体更加瘦弱。

在他面前三步远的地方,支着一口大铁锅,锅底下柴火正旺,那红红的火焰,正呼啦燃烧着发出呼呼的响声。锅内的油咕噜咕噜正冒着泡,一个劲儿上下翻滚。油锅旁边站着两个虎型大汉,赤裸着上身,胳膊和胸前文着龙虎图案,一个手里拿着牛耳尖刀,另一个在旁边扛着鬼头大刀,气势汹汹地望着被绑在大树底下的老魏。

院子正北中间放着一把太师椅,椅子里坐着黑瘦的军长杨云龙,在他的左边是一张八仙桌,桌面上放着刚刚吸完的烟枪,烟锅子里正冒着青烟,一缕一缕的,缭绕着慢慢升入空中。

他用极其仇恨的目光,看了看被绑在树上的老魏,许久未吱声。突然,他冷笑了几声,那笑声虽说不大,但是从鼻孔发出的,让人听了毛骨悚然,如同半夜猫头鹰的叫声,十分诡异可怕。

"你叫什么名字?"

老魏头不抬,眼不睁,装作没听见。

"军座问你话呢!"八猴子站在杨云龙身后狐假虎威,那声音很刺耳,几乎是声嘶力竭,如同狼嚎一般,使刑场上的气氛骤然凝重,十分恐怖,他对着树下的老魏又大声吼道,"你是聋子,还是哑巴?"

老魏这才慢慢抬起头轻蔑地笑了笑,不吱声也不吭气,任凭他站在一旁大声吼叫。

杨云龙见来硬的不行,于是嘿嘿一笑,换上另一副面孔,阴阳怪气地问道:"你是哪里人,来这里干什么?快快从实招来,免得受皮肉受苦。"

"军座问你呢!"怀抱鬼头大刀的刽子手这时低声阴险地问话,"别给脸不要脸,敬酒不吃吃罚酒。"

老魏咧咧嘴,还是轻蔑地微微一笑,过了许久,才慢慢开口说话:"要杀要剐,悉听尊便,来点痛快的吧!"

"这么说,你承认自己是共产党了?"

"我不明白你们的意思。"

"胡说,你就是共产党!你以为我不知道吗?"八猴子见他死不认账,急得脸红脖子粗,站在一旁指着魏区长继续大声吼道,"当初打厉小鬼的时候，有一次我率人到敌后侦察，在王村乡公所的墙壁上亲眼看见贴着捉你的告示，一千块大洋买你的脑袋，上面还画着你的头像呢！”

“哈哈哈！”老魏这时仰起头，朝天大笑几声，然后道，“真是一派胡言，依你之见，我这颗脑袋那么值钱？哼，请拿去好啦！别忘了我是过来走亲戚的，没想到你们错抓好人，草菅人命……”

一阵吭咳，憋得他说不下去了，只好停下来又连连咳嗽了好长一阵子。

“快说，你跟铁匠铺的人是什么关系？是不是与独立团的人有牵扯？”

八猴子脸色发青，全身不停地抖动着，眼睛里露出凶狠的贼光，瞪着老魏好大一会儿。

“王旅长说的可是事实吗？”

杨云龙这时指着一旁的八猴子大声问道。

老魏又冷笑了两声，假装耳背没有听见。又是一顿鞭子重重地抽打在老魏身上，豆大的汗珠子从额头上冒出来，顺着他瘦弱的脸颊滚落下来。

“你们这些汉奸、流氓、土匪……一个个不得好死，我是共产党，我就是共产党，真没想到今天落入你们这帮土匪手里……”

一听“土匪”二字，那还了得！杨云龙一生最恨的就是别人在背后骂他土匪。他一拍桌子，从椅子里忽地站起来，跟疯狗似的大声狂喊：“打，打，给我往死里打！”

两旁的打手刚要动手，八猴子急忙走上前朝手下人使了一个眼神：“且慢！”然后又转过身子，换成另一副嘴脸，低声附在杨云龙耳朵上，小声劝道，“军座请息怒！”

杨云龙坐在椅子里，把头朝右一歪，不想再搭理他。

“大哥请暂且息怒，待我审明白了再杀也不迟，倘若现在把他杀死，那些藏在幕后的奸细如何能被供出来？又怎能把支持他的幕后凶手挖出来？”

“嗯——”杨云龙长长地吸了一口气，不再言语。他心里明白王金荣说的幕后凶手指的是陆勇，难道陆团长真是共产党的人吗？他开始有些怀疑，可心里又拿不准，总觉得陆勇不像是共产党的人，倒像是王金荣的情敌，这事全军上下哪个不知，哪个不晓？

八猴子见他不语，又急忙道："依我之见，不如先把他押下去，待我弄个水落石出您再来审问如何？"

杨云龙见八猴子树下梯子给台阶下了，沉思片刻，顺水推舟做个人情，对他轻轻点一下头，算是默许了。

八猴子抓到老魏以后，的确对他用了大刑，逼其说出与陆勇的关系，可老魏以退为进，使用了迷糊计。

"我俩的关系不同一般，我是他的接头人，也是联络人，今天是专门来刺探情报的。"

王金荣还真认为他承认了自己是共产党的人，嘿嘿一笑，只要他在军座面前承认是共产党的人，并一口咬定陆勇也是共产党的人，哼哼！就不怕陆勇这小子不招供。只要他的把柄攥在自己手上，到那时自己愿意啥时置他于死地，那就啥时候了，只要把陆勇那小子干掉，李玉萍也就不愁弄不到手了。

想到这里，他心里有些得意，于是冲魏区长拉起了长腔。

"老东西，等一会儿只要你好好跟我配合，把刚才你说的话跟我大哥说一遍，我保你平安无事，还会给你好多好多的金钱、汽车、房子、女人……保你有一辈子也享受不完的荣华富贵。"说完他把脸一沉，又露出凶狠的一面，威胁道，"但是你必须一口咬定陆勇是共产党的人，否则……"他几乎一个字一个字，从牙缝里蹦出来似的，最后把牙一咬又露出狡诈阴险的冷笑，"否则，别怪我不客气！"

"嗯，那当然。"老魏轻松地回答，"长官的大恩大德，小的怎会忘记呢！"

"嗯，这还不错，识时务者为俊杰，谅你也不敢！"

王金荣自认为老魏被他控制住了，内心自然十分高兴，于是急急忙忙赶到杨云龙官邸，把老魏说过的话跟杨云龙学了一遍。

起初，杨云龙一听大吃一惊，等静下心来慢慢一想，又觉得十分滑稽可笑。

“王老弟说陆团长是共产党的人，有何凭据？”

“刚才抓到的共产党分子就是很好的证据！”

“噢——”这时他把语音拖长，又劝道，“老弟，凡事不能做得太绝，一个共党分子信口雌黄，随便一说你就相信了。那得错杀多少人？假如陆团长是共产党的人，那他为何冒着枪林弹雨豁出命来救我呢？”

杨云龙其实说的是心里话，早在“潍渠之战”时，厉小鬼一发炮弹打过来在他身边爆炸，是陆勇猛扑上去，趴在身上用身体掩护了他。第二次是对东北军作战时，五十七军进攻麓叩官庄，为鼓舞士气，他亲临前线坐镇指挥，但由于双方兵力悬殊太大，杨云龙被112师包围，对方以优势的炮火断了他的退路，就在叫天天不应叫地地不灵的关键时刻，也是陆勇率众杀进来硬把他扶上马，双手端着大肚盒子在前边横扫竖打，左突右冲，最后被陆勇救了出去才有幸得以活命，所以当王金荣说他是共产党的人时，杨云龙急忙摇头，打心眼里不相信陆勇是共产党的人，更不相信他说的话，认为他鬼话连篇，是想陷害独立团的人。

八猴子见杨云龙向着陆勇，急得满脸通红，辩解道：“军座，我看他即使不是共产党的人，也是共党的赤化分子。”

“唉！”杨云龙又拖起长腔，“老弟，你与陆团长有某种过节我是知道的，但不能陷害他人，更不能陷害自己的弟兄、伙计们，再说你们两个人都是我的左膀右臂，也是党国的栋梁，不能为了一个女人闹不和啊！”

一席话把王金荣说得哑口无言。

杨云龙见他仍不死心，还欲张嘴说些什么，于是就摆摆手示意他不需要再狡辩了，弄得他十分狼狈难堪，话都到嘴边上又咽了回去。

“算啦算啦，不要为这么一点小事伤了弟兄们的和气！”

“军座！”王金荣这时又打起悲情牌，诡辩道，“根本不是那么回事，我在审问那个共党分子时，他确实承认陆团长是共产党那边的人，不信军座您可以亲自审问一下，我要是有半句假话，天打五雷轰，不得好死……”

经他这么一说，杨云龙心里有些半信半疑了，又接着反问道：“那好，若那人不承认陆团长是共党分子呢？”

“我敢以自己的脑袋担保！”

“不行，没了脑袋怎么吃饭？”

八猴子转身一想，又发毒誓：“那就罚我面壁三天，剁掉左手小指头总可以了吧！”

杨云龙点头：“好样的，看来王旅长也不是个孬种！”

“军座？”八猴子试探性地问，“要是那个共党分子证明陆团长是共匪呢？”

“嗯，这个……”

“军座，你打算怎么处置他？”

“抽他的筋！”杨云龙这时咬着牙一个字一个字地说道，“扒他的皮！”

“好，军座高见！”八猴子有些激动，“我愿意跟大哥下这个赌注！”

“赌什么？”

“就赌陆勇这颗颈上人头如何？”

“好！”说着杨云龙把桌子一拍。一旁的八猴子怕他反悔，说：“一言为定？”

“一言为定！”杨云龙说完，仰起头哈哈一笑，这才引出刚才那个审讯的场面。

李玉萍这些日子，因沈鸿烈离鲁督浙前去送行至杭州，在人间仙境多玩了几天，故未赶上杨部与东北五十七军交战，待她从杭州匆匆忙忙赶回来时，双方战事已停，于学忠又奉老蒋之命，去前线抗击日寇，因此也未难为杨云龙及部属，致使杨部得以喘息，在辖区内继续招兵买马，积极备战，以防东北军打回来，再跟五十七军决战一雌雄。

李玉萍一从杭州回来，就急急忙忙奔杨云龙官邸而去。

官邸内，杨云龙倒背着手，在客厅里走来走去，本来因昨天晚上的审讯而有些心烦意乱，谁曾想今天一大早又有人来报，刘庄和岳庄一带共党分子十分活跃。特别是刘庄一带，离共党的诸莒县根据地较近，抗粮抗捐不说，还直接威胁着自己地盘和防务。

想到这里，他深呼一口凉气，坐在太师椅里半天没吱声，然后端起桌子上的烟枪，点上火媒刚吸了没几口，就听到一个熟悉的脚步声从远处走来，那脚步到了门口忽然又停下来，这时从门外传来一声："报告！"

他仍然吸着烟枪，低着头，眯着眼，盯着亮光闪闪的黄铜烟锅子，待了好久，才慢慢腾腾地问道："谁呀？"

"是我，军座！"

他这才急忙放下烟枪，从太师椅里站起来："是特派员回来了！快进来！快进来！"

李玉萍一推开门，一股大烟味扑鼻而来，她赶紧用手捂住鼻子，把门敞开一道缝稍稍透一下空气，这才走进来，随手又把房门掩上。

"快请坐！"他说着用手一指对面的沙发，李玉萍也不客气地转身坐下来。

"军座这些日子可好？"

"好好好。"他一边点着头，一边坐在太师椅里笑嘻嘻地问道，"他们都还好吗？"

显然，军座说的"他们"是指沈鸿烈一家。

李玉萍把沈鸿烈去杭州的前前后后对他详细说了一遍。

听着听着，他忽然想起了什么，忙问："最近南京方面有何意向？"

她从黑色文件包里摸出一份书信，站起来双手递给杨云龙，然后又转身回到沙发里。

"今奉蒋委员长和沈主席密电，号召全国地方武装要'曲线救国''剿灭共匪'，以绝后患。"

杨云龙一听，还是老生常谈，于是点了一下头，随便"嗯"了一声，慢慢把信拆开，只见上面写着：

云龙吾儿：

自离鲁督渐已有数日，似三年之久，今忙里偷闲提笔修书一封，委李小姐捎予你，以解为父思念之情。

倾接总统电谕：即日内率部投入“曲线救国”之中，望你与特派员精诚合作，艰苦创业，训练劲旅，剿灭共匪……

“剿共剿共，吆喝这么多年了，共产党不但没被剿灭，反而越来越多了。”他越说越生气，嘴里又嘟囔以前的那些琐事，埋怨道，“你说那些兔崽子打自己人有种，可见了日本人和八路军，跑得比谁都快！”

“军座息怒，于司令率五十七军和五十一军已去了安徽，又奔赴抗日前线了……”

“这么说，于匪已经走了？”

“嗯！”李玉萍点点头。

“那么依你之见，下一步山东这块地，又是谁的天下？”

“吴化文！”

“吴化文？”

她再次点点头解释道：“吴主席即将上任！”

他用瞧不起的眼神轻蔑地看了特派员一眼，讥讽道：“就是那个被叫……什么……无能司令的吴化文？”

“正是！”

李玉萍从文件包里抽出一张委任状双手递给杨云龙，安慰道：“这是我途经济南时，沈主席早已为你讨好的委任状，请您过目！”

李玉萍说着将委任状双手递了过去，杨云龙接过书信急忙打开一看，心中顿时大喜，只见上面用毛笔小楷写着：

杨司令官：

欣闻贵部屡建奇功，精诚团结，训练有素，堪称劲旅，为此特委任你为

"山东建国军第三方面军第一军团长"之职。

望你部即日起投入"曲线救国"之中。

如贻误战机，则以军法论处。

此致

布礼

吴化文

×月　×日　于济南

看罢此信，杨云龙心里异常兴奋，眼下虽是初冬季节，寒气逼人，但他心里还是热乎乎的，转过身抬起头望着李玉萍嘿嘿一笑。

"妈的，这不又归吴主席指挥了，待会儿给这位吴长官发电……"

现如今他不再称其"无能司令"了，而直接改口为"吴主席"或者"吴长官"哩。就这样，杨云龙在李玉萍的怂恿下，积极投入"曲线救国"当中，半阴半阳地依附于莒县日寇赖川怀中，借此机会，他把兵力一下子扩充到两万余人，三个整编师，七个旅……仍然驻守诸城、高密、安丘和日照五莲一带，达到一生中的鼎盛时期。

陆勇自从离开李玉萍房间后，再也没去找过她，若是有公务协商，不是找葛鹏代替就是让卫兵去应付一下，尽量避开她那带钩的眼睛，渐渐地，李玉萍对他产生了怀疑，但是心里又非常矛盾。说心里话，她真不希望他是共产党的人，可事与愿违，他的一言一行，又像一个共产党人，或者共产党的赤化分子。

常言道：情人眼里出西施。

陆勇的音容笑貌，一举一动，一言一行，时时刻刻浮现在她脑海之中，也占据着她那颗跳动的芳心。宽宽的背膀，魁梧的身躯，炯炯有神的眼睛，还有那个性极强的鼻子，嘴巴是大一点，但挺有诱惑力，特别是两片肥大的嘴唇，红而不紫，润而光滑，有一种特殊的魅力。在李玉萍眼里，陆勇可以说胜过白马王子，赛过奶油小生，给人一种诚实、文雅、大方且有风度的安全感。倘若二人结为夫妻，志同道合，一起为党国效忠，那……那该有多好啊！

想到这里，那颗不甘寂寞的芳心又重新骚动起来。

一阵脚步声由远及近，快要走到门口时突然又停下来，时间不长，接着传来敲门声。

她轻轻拍了一下胸窝，安慰了一下骚动的芳心，又重新回到沙发上，轻声细气地问："谁呀？"

"是我，特派员。"

"噢，进来吧！"

这时房门吱一声被推开一道缝，一闪身从外边钻进一个男人，李玉萍急忙抬头一看："噢，是王旅长！"

"正是卑职。"八猴子点点头，"报告特派员，那个逃走的共党分子被我又抓回来了！"

"哪个共党分子？"

"就是前些日子，那个从六院小号牢房逃走的共匪区长啊！"

李玉萍点点头："想起来了，想起来了。"她沉思片刻又接着问道，"现在关在哪里？"

"城西监狱。"

"审过了吗？"

"审过了，可这老家伙软硬不吃，十分滑头。"他望着李玉萍，怕她不相信，又接着强调了一句，"连军座都拿他毫无办法。"

"军座知道了？"

"知道！"停了一会儿，八猴子又接着补充道，"他还亲自审过呢！"见李玉萍看着自己，跟报功似的炫耀，"你看！"他说着把手伸到李玉萍跟前，"全是让那个共党分子害的，弄得我丢掉了半根指头。"

原来八猴子和杨云龙审讯老魏无果，也未证实陆勇是共党分子，自然打赌打输了，杨云龙微微一笑不屑一顾，自此也不跟他计较什么，而八猴子自觉脸上无光，无奈之下，还是兑现了前边的承诺，面壁三天，剁掉左手小指一截，以履行败赌之诺言，而李玉萍却不知其中原委，待他把断指伸过来，顿时吓了一跳。

八猴子把打赌的事，编筐接柳（方言：添枝加叶，把事情说得非常圆满）地说了一遍。

特派员点点头，又沉思片刻低声问："这么说，那个共党分子还真是共匪的区长了？"

"没错！"他回答得很干脆，但又无可奈何地摇摇头，"不过这老家伙很嘴硬，也很顽固，死活不承认跟陆勇有关系。"

"哦，这是预料中的事情。"李玉萍低头不语，须臾，又对他道，"我看这样，你先回去，让我仔细考虑一下，然后再商议对策提审如何？"

八猴子只好退了出去。

室内烛光摇曳，火焰跟顽皮的孩子似的，忽明忽暗，上下跳跃不定，一阵风突然把蜡烛吹灭了，月光透过窗子照进来，室内的一切好像披上了一层银纱，显得格外清幽。

陆勇一声不吭地坐在椅子上，望着窗外行走的云层，心里十分着急。自从老魏被捕后，他曾多方打听设法营救，皆因城西监狱墙高坚固，又有杨云龙的重兵把守，戒备森严，才使他难以得逞。谁料今天下午，他又奉命换防，调独立团移防平度一带。

他有心率全团人马攻下城西监狱救出老魏，可仔细一想，如果那样一攻，不但救不出老魏，自己反而也暴露了，付出的代价可能会更大，因此未敢轻举妄动，只好等待时机，谋长远之计。

第二天一大早，陆勇便率独立团移防平度一带了。

自从杨云龙移防都吉台，我党组织地下活动异常活跃，成为杨云龙的眼中钉肉中刺，多次寻找机会妄图搞破坏，可事实上却根本无计可施，为此他恨我党入骨，妄想把辖区内的共产党人一网打尽，扑灭抗日烽火。

岳庄一带是抗日军民最活跃的地区之一,他们村村成立民兵队,区区成立区中队或者游击队,队与队之间联系密切,村与村之间相互照应,让日伪军闻风丧胆。

古历七月初九这天晚上，杨云龙命王天和与八猴子等人以两个旅的兵力,勾结莒县日寇,以迅雷不及掩耳之势趁黑围攻岳庄,被抗日军民发现后鸣枪报警,分组突围,无奈因敌我双方兵力悬殊太大,大部分民兵在突围中丧生。

天明之后,杨云龙怂恿匪兵进村烧杀抢掠,无恶不作。

一对对鬼子兵与王天和的人马端着明晃晃的刺刀冲进村里,见人就杀,见房就烧,横冲直撞,实施了“三光”暴行。

大屠杀开始了。

一队鬼子兵押着一大群抗日军民来到村前湾崖上，另一群是皇协军王金荣的部队,押着一群男女老少也朝村前湾崖走来。

日寇命王天和与匪兵站在湾崖四周,架起机枪,把一群群抗日军民集中在一起。

杨云龙和随从翻身下马,朝一个土坡走去,那土坡地势很高,能观整个全局,赖川站在高高的土坡上,手握军刀,纵目四望,得意非凡。

杨云龙向赖川指了指湾崖倒下的人群，看上去好像有一种胜利感在心中作祟。哦,自己终于占领了整个村子,征服了所有抗日武装,剿杀了突围的民兵，机枪还在哒哒哒地喷着火舌，又一批人在湾崖前倒下去……渐渐地,枪声平息下来,可整个村子被大火吞噬得一干二净。

这时候八猴子的部下又押着一群人朝这边走来,杨云龙站在高坡上,把手一挥,八猴子会意,站在湾崖前大声高喊:“准备射击。”

人群中不知谁突然喊了一句:“乡亲们,反正死路一条,咱们同鬼子汉奸拼了吧!”

“对,跟他们拼了吧!”

人群中又有几个人点头附和,哗啦一下,湾崖上突然大乱。

“拼啊！”

“杀啊！”

大伙叫着，喊着，赤手空拳地冲向敌群。

八猴子见势不妙，急忙下令：“开枪！快开枪！”

哒哒哒，一排子弹扫过去，跑在前边的人顿时倒在血泊中，后边的人一看见前边的人倒在地上，吓得不敢靠近，朝右边冲杀过去，赤手空拳地与敌人展开肉搏。

一个鬼子兵突然冲入人群，从人堆里揪着一个青年的头发使劲往外拽，那青年拼命和他厮打，恰好被另一个鬼子兵看见，端着刺刀对准青年的后背一阵猛刺，疼得那人撕破嗓子大喊：“救命啊！救命啊！”

最终无力挣扎，被鬼子兵一下刺死。

另一个民兵看事不好，急忙跳入大湾中，一个猛子扎进水里向湾南游去，待他刚一露头，被八猴子叭一枪击中头部，当场毙命，待尸体浮上来时，水面上血红一片。

经过四个多小时的屠杀，杨云龙亲手制造了岳庄“无人村”惨案，令世人震惊。之后，他又率众匪进攻南戈庄活埋曹家父子数十人，一把火烧掉了大半个村庄。

噩耗传到陆勇这里，气得他彻夜未眠，自此之后，他对转化杨云龙的思想工作不再抱任何希望，这位在战争中成长起来的革命战士，忍不住流下悔恨而又痛苦的泪水……是啊！自从地下交通站被毁，大老张遇难，魏区长还关在城西监狱凶吉未卜……眼下，又发生了岳庄“无人村”惨案和火烧“南戈庄”事件，这一连串血腥的事实都是发生在自己身边的。

陆勇啊陆勇，你算什么革命战士！还配做一名共产党员吗？至今还麻木不仁，无动于衷。现在可好，如今与党和上级都失去了联系，想一想自己，就像一只孤独的小鸟，独自战斗在敌人心脏里，又如一叶扁舟漂泊在惊涛骇浪之中。

他越想越内疚，此时此刻，他心里多么需要党这盏明灯啊！哪怕给自己一束光也好啊！

室内烟雾缭绕，窗外明月静谧。

从来不吸烟的陆勇，此时正坐在靠窗的椅子上拼命地吸着烟，一个可怕的念头突然闪现在脑海之中，趁机暗杀掉杨云龙，对！干掉他！暗杀掉这个魔鬼！也好为死去的战友和同胞们报仇……可又一想，不行啊！没有上级的指示，自己不能乱来，以防因小失大呀！

唉！地委的指示和意图又是如何呢？他又陷入了沉思。

这时候，房门咣当一下被人撞开，陆勇大吃一惊，忽地从椅子上站起来，抬头一看，从外面风风火火地闯进一人，原来是机灵鬼葛鹏，从房门外急急忙忙闯了进来。

“报告团长！今天去军部探听消息，不知啥时候，也不知道是谁把一张纸条偷偷塞进了车里。”

葛鹏喘着粗气，把一张皱皱巴巴的纸条递给陆勇。

陆勇急忙接过来抹平一看，大吃一惊，原来纸条上歪歪扭扭地写着：

陆团长：

你的客人于明天中午押至潍水滩上，执行枪决！

知情人

即日

“又是知情人。”他思索片刻又自语道，“看来这位知情人的确知情啊！他躲在暗处帮助自己，可他又是谁呢？”

“管他呢，先救人要紧。”

听葛鹏这么一说，他立即抬起头来：“嗯，对，先下手为强！”

“团长，那你就下命令吧，给我一营人马，先杀回去干掉杨云龙那个狗日的，然后再打开监狱救出老魏。”

“胡闹，那样我们就全暴露了，不但救不出老魏，还要害了他。”

“那……那我们怎么办？”

陆勇没有直接回答，而是站在窗前凝视着窗外清幽的月光，心想：上级现在是啥态度呢？

他摇摇头，转过身子对着葛鹏低声道：“尽快跟党组织取得联系，把这里发生的一切如实汇报给地委，听从组织安排，否则，今后我们的工作会很被动。”

“那……那我们如何跟组织取得联系呢？”

“你趁夜到根据地去，把老魏的情况向上级汇报，制定一个营救方案，最好找到梁专员，把这里的情况向他反映一下……”

葛鹏点点头：“团长，你的意思我明白，你就等着好消息吧！”

“路上遇事要多动动脑子，千万不要莽撞，不过这几天潍渠两河的上游下了大雨，河水上涨了许多，东岸还有二旅的人把守，他们也许会把你当成探子抓起来……”说到这里，他突然又摇摇头，打消了刚才的念头，“不行不行，太危险了，要是敌人向你开枪咋办？”

葛鹏一看他变了卦，急忙道：“没事的团长，你就让我去吧！”见陆勇没有直接表态，他又进一步恳求道，“团长，我心里有数，我会见机行事的，你放心好啦！”

陆勇还是未开口，只是低着头细细沉思。

“要不我自己先去探探路？倘若不行，后半夜咱们再动身也不迟，到时候我会见机行事的。”

陆勇睁大眼睛看了他许久，还是没有直接表态。

葛鹏这时急了眼，大声呵斥：“团长，你想叫魏区长牺牲吗？时间不能拖得太久，时间越长，老魏的危险就越大。”说到这里，他几乎哽咽着哀求，“现在正是关键时期，不是你我斤斤计较的时候，你不是常说咱们要尽快与党组织取得联系吗？这关系到魏区长的生命安全，以及战斗部署和今后工作的开展。”葛鹏越说心里越激动，“别说是一条河两条河，眼前就是火焰山，也到了去闯一闯的时候了……”

一席话把陆勇说动了心,他急忙伸出双手紧紧握住葛鹏的双手。

“葛鹏同志,请你千万保重,我等待你的好消息!”

“放心吧团长,我会有办法对付他们。”

说着他举起右手,冲陆勇行了一个标准的军礼,转身走出屋外,消失在茫茫的夜色之中。

月亮慢慢地落下去了。

大地这时开始变得模糊起来。

通往潍水的大道上,身着便衣的葛鹏,摸黑来到潍水下游的狭窄地段,蹲在柳树行子里警惕地向四周望了一下,见河岸四周无人,刚要脱掉鞋袜,身后突然传来一声:“干什么的?不准动!”

第十五章

葛鹏听到喊声，吓了一跳，回头一看，只见从大树背后走出两个匪兵，一个手里端着刺刀，一个手提刚刚点亮的马灯，朝自己这边走过来。与此同时，林子左右两侧也有人向前挪动。

“你是干什么的？”一个大个子匪兵走过来，用枪指着葛鹏问。

“快说，你是干什么的？”

咔嚓，咔嚓，左右两侧传来拉动枪栓的声音。

“邻居家的老人，这几天叫糊（方言：人快要死的时候）叫得厉害，托我去河西请三仙姑给看病。”葛鹏不慌不忙地回答。

“胡说！谁家黑灯瞎火地去请三仙姑八仙姑，我看你分明是共匪的探子。”大个子匪兵端着枪，心里有些不大相信。

“不是咋的，谁家半夜三更去请仙姑？依我看，不是共匪的探子，也是厉小鬼的奸细。”一个矮个子匪兵这时提着马灯，嘴里一边咕哝着一边向他走来，“哼，干脆把他抓起来算啦！”

“对，干脆把他抓起来！”

“哼！我一眼就看出这家伙不是个好东西。”

……

这时又有几个匪兵随声附和，朝他这边走过来。

“走，到队部去！”大个子匪兵用枪指着他的胸膛下命令。

葛鹏一看他们欲动真格的，伸手往前怀里摸了摸，匪徒们都认为是摸枪,纷纷把子弹压入枪膛。

大个子瞪着眼:“你想干什么?”

葛鹏一看,一个个都吓成这个熊样,于是就微微一笑,然后把脸一沉,指着匪兵们教训道:“你们这些饭桶,也不睁开眼看看老子是谁!”

说着他掏出一个蓝皮证,打开举到马灯跟前,只见军部的朱红大印盖在上面,一个个哪里还敢看下去,一个立正向葛鹏敬礼。

葛鹏用长官的口吻训斥道:“看看你们这群人,成事不足败事有余,也不好好动动脑子想一想,共匪的探子能大摇大摆来此过河吗?”

“是是!”大个子领着匪徒们一个劲儿点头。

“嗯?”

大个子一听葛鹏“嗯”了一声,知道自己说错了话,急忙点头哈腰地改口说道:“不会,不会,请长官息怒,小的有眼无珠,还请您多多原谅,多多原谅。”

“这还差不多,今天我顺路到此,随便检查一下你们的防务,就是想看看你们这些人警惕性咋样。不过你们可要小心,千万不能让敌人钻空子。”他想了想又问道,“对岸有什么情况吗?”

“报告长官,对岸共匪没什么动静,不过厉小鬼的奸细有时来往。”大个子讨好似的回答。

“前几天我们还打死了一个厉小鬼的探子呢!”矮个子匪兵这时插话说。

葛鹏点点头手,一指问道:“下游那乌黑一片布防了吗?”

“长官,那是一块秫秫地。”大个子还怕听葛鹏不明白,又进一步解释说,“长官,那边水深,浪也很急,一般人过不去,因此无须布防。”

“你们可不能这样麻痹大意啊!”

“那是,那是。”

“好啦,我还有急事,你们都回去站岗吧!”

葛鹏说完,转身顺着原路往回走。

深秋的夜晚,潍水平原上虽有明月高悬,但凉风习习,吹得树叶在林子里沙沙地响。

葛鹏走在半道上,见前后四下无人,偷偷绕过布防的岗哨,一头钻进秫秫地,绊绊磕磕地摸着来到河边。

近几天由于上游雨水较大,洪水肆虐泛滥,河面上的浪花卷着庄稼的秸秆、树木、浮柴等朝下游冲去。

葛鹏整理了一下衣服,挽起裤管,刚一下水就被激流卷走顺流而下,他时而腾上高高的浪峰,时而跌入深深的浪谷,幸亏是在潍水河边长大的孩子,习水性,会凫水,只觉得身体飘飘悠悠,跟腾云驾雾一般飘向河中心。

天色逐渐暗下去。

浑浊的河水十分湍急,汹涌的浪头一个接着一个向他扑来,然后又簇拥着朝下游走去。

原以为河水齐腰,脱掉衣裤便可蹚过去,没想到水如此之大,深不可测,又加上时至金秋,从山上下来的洪水虽不能说冰肌切骨,但也是冰凉冰凉的。现如今河面上风又大,经秋风一吹,葛鹏趴在水中,一会儿工夫就被冻得嘴唇发紫,哆哆嗦嗦,牙齿也咬得咯咯作响,他已经顾不得那么多了,挣扎着,搏击着,继续努力向前游去。

到了河中心,虽说葛鹏是潍水岸边长大的,自小就在河水里泡惯了,但今天的河水比以往流量大十几倍。一个漩涡把葛鹏卷进去了,只见他拼死拼活挣扎了半天,最后费了九牛二虎之力好歹爬了出来,已是筋疲力尽,无力再与洪水抗争,眼看就要沉下去,忽然,一根檩条从上游漂过来,出于求生的本能,他一把抱住身边的檩条,浮在水面上,这才稍稍松了一口气。

过了好久才慢慢漂至西岸,乍从水里站起来,四肢酸软,两腿麻木,像灌了铅似的,死沉死沉的,他浑身战栗着一步步朝岸边走来。

过了沼泽地,来到池塘埂上停下来,俯下身子躺在池塘堰埂稍作休息,水面上的鱼腥味携着芦荻和香蒲的清香,从远处一阵阵向他扑来。这时候,空气又把多种气味巧妙地融在一起,散发出潍水平原上那种独特的气息,弥漫在寂静的夜色中。

草地上，一些不知名字的秋虫隐藏于蒿草丛中，时而发出唧唧或者吱吱的叫声。

东边的天空已经开始鱼白发亮了，他这才挺直了身子咬着牙站了起来，刚向前迈出几步，忽然，从林子里传来一声："站住！"

葛鹏急忙收住脚步，盯着前面的柳树林子，从林子里这时走出三个庄户打扮的年轻人。

"你是干什么的？"为首的一个年轻人问。

"邻居家的老人病得厉害，请我到河西搬三仙姑看病。"葛鹏向远处望了一眼，不慌不忙地回答。

"胡说，哪有凫着水过河去搬三仙姑的？"

"队长，我看这家伙是从敌占区来的，八成是个探子。"

"嗯，先绑起来拉到队部再说！"

三人端着土炮，一步步朝葛鹏走来……领头的那个人不是贵根吗？对了！是他！就是他！

"贵——根——"

他在这边一喊，那仨人反而蒙了。

其中一人仔细一看："啊哟！那不是葛鹏哥吗？"

另一个人惊叫起来："是葛鹏哥回来了。"

贵根擦了擦眼睛："啊！是葛鹏哥回来了。"

他惊喜地跑上去，搀扶起葛鹏的胳膊高兴地问道："葛鹏哥，你这是咋啦？"

"快……快带我去地委找梁专员，我有重要情报向他汇报。"

贵根一听有重要情报，赶紧背着葛鹏朝队部跑去。之后，又用车子把他送到区上，这样几经辗转，待天亮之前，葛鹏被带到了地委老梁跟前，他前前后后把老魏被捕的事情，对地委领导详细地说了一遍。临了，还不忘强调说："一定要赶在敌人动手之前，否则，老魏的生命就有危险了。"

老梁听后点了点头，稍微思索了一下，把自己的打算对大伙详细地介绍了一遍，众人一听非常高兴，接着他又根据大家提出的建议稍作补充，一份营救魏区长的作战计划酝酿成功，即将布置实施。

自从向李玉萍汇报老魏被抓之后，八猴子心里老觉得不踏实，不等天亮，一大早又来找她。

“李特派员，我老觉得留下共党分子是祸根，早晚人家会找上门来的，不如早早把他除掉，免得夜长梦多。”他抬头看了一眼李玉萍，见她正认真地听着自己说话，急忙接着又道，“上一次我们留有重兵把守，不知被谁走漏了风声，还是让人救了出去，因此我觉得这样老拖下去也不是办法……”

他见李玉萍面露难色，没敢直接说下去。

李玉萍问道：“向军座汇报了吗？”

“没有！”

“为什么？”

“我不敢说！”

听他这么一说，李玉萍慢慢转过身子睁大了眼睛，过了许久也没吱声。八猴子吞吞吐吐地又对她解释道：“上次跟姓陆的比武，已经闹得无脸了。这几天打赌，又输了，害得自己失去了一根指头。如今他火气正旺，怎敢……眼下唯有你亲自出面才能说服军座。”

“怕甚？有我顶着呢！”

“唉！”他叹了一口气，接着又摇了摇头对她解释道，“你又不是不知道军座的脾气，我哪有这个胆量？”

她轻蔑地看八猴子一眼：“胆小鬼！”

王金荣还想张嘴说什么，李玉萍摆摆手示意他不要再狡辩了，接着又安慰道：“好了好了，待会儿我去找军座，劝他明天中午签字下令，把姓魏的共党分子押至潍水河滩上，一枪毙了得了，省得再惹麻烦，招惹是非。”

八猴子见借刀杀人的诡计已成功实现，于是嘿嘿一笑，上前奉承道：“特派员所言正合我意，俗话说机不可失，失不再来，当断不断，反受其乱，不过……”

李玉萍见他吞吞吐吐，说话婆婆妈妈的，不知他此时又会生出什么幺蛾子，急忙督促道：“有话快说，有屁快放，别在这里磨磨唧唧的。”

“特派员请息怒！”八猴子见李玉萍一脸怒气，心生疑虑，慌忙看了一眼李玉萍，接着又低下头，对她委婉地解释，“不过这样一来，咱们内部的共党分子就很难挖出来了。您……您不是常说共匪一日不除，党国无安宁之日吗？”

李玉萍一时无言以对，但心里很明白，他嘴里说的共党分子是指陆勇。说实在的，李玉萍此时心里还是装着陆勇的，可她又十分矛盾，一方面不希望陆勇是共产党的人，另一方面也不愿八猴子看出自己的真实想法，其实她心里还是爱着陆勇，只不过在他面前不好意思表达罢了！

“你对陆团长有成见，这我是知道的，但也不能置人于死地，陆团长毕竟是党国的功臣，国家的栋梁嘛！”她见八猴子又想张嘴诡辩，于是不耐烦地向他连忙摆摆手，“好啦，今天咱们不谈陆勇了，不过你别整天疑神疑鬼的，只管把心放在肚子里好了！至于如何对付共产党的人，这一点军座和我们的想法，我觉得还是一致的。”说到这里她忽地回过头，见八猴子心中不悦，又婉言劝道，“你也是党国的有功之臣，又是军座的拜把兄弟，心胸要敞亮些，眼光要看远一点，不应盯着一点小事，闹得大伙都不开心，影响自己的前途不说，也影响党国的利益……”临了，她又说，“我看这样吧，为减少咱们内部的分歧，现在我与你一道去劝说军座除掉那个共党顽固分子如何？”

八猴子这才点点头。

二人朝杨云龙的官邸走去。

第二天上午，潍河沙滩上戒备森严，沙滩中间的硬地上竖有一截木桩，周围是荷枪实弹的士兵，不稀不密一字排开，如临大敌一般站在刑场四周。

与此同时，附近的村里响起了敲锣声，伪保长站在大街上扯破嗓子叫喊：“每家每户都给我听着，赶快到坝西沙滩上集合，今天午时三刻斩杀共党分子——魏玉富！谁家无故不到场，罚款大洋三十块，并以通共论处！”

一会儿工夫，附近村里的男女老幼纷纷走出家门，来到坝西河滩上，那些胆子大的人站在前面坝下，而那些胆子小的则站在柳树林子里，远远地观看如何处决犯人。

一时间坝上坝下，林里林外，沙滩四周，全是黑压压的人群，静静地等待着魏区长的囚车。

这时从公路上忽然传来一阵隆隆的马达声。

随着汽车的鸣笛声越来越近，人群开始骚动起来。

一辆老式日本汽车从远处开过来，车上载着全副武装的士兵，那车跟老牛喘气似的缓缓地爬上陡坡，驶入刑场最南端停了下来，从车上跳下一个个如狼似虎的执法队员，分列汽车左右两边，一排站好。

又一辆汽车驶过来，稳稳地在刚才那辆车左边停下。

这时从车上推下一位约五十多岁的人，只见他——

头发稀疏脸色黑，
步履蹒跚难迈腿。
衣衫褴褛成布条，
血肉模糊流脓水。
眉头气宇含正气，
双目怒火令敌畏。
昂首挺胸哈哈笑，
视死如归我怕谁？

从后面一阵小跑上来三个匪兵，每个人手里都端着明晃晃的刺刀，呈三角形摆开在前边开道，紧随其后是两名手持鬼头大刀的刽子手，背后押着魏玉富……

魏区长被押至木桩前，强制解去手铐脚镣，又被细麻绳横缠竖绑地捆在木桩上。老魏威武不屈，泰然自若，这时一名卫兵跑上去，用破布把他的嘴塞上，背后又插上了一块亡命牌，牌子上用笔写着九个大字：

斩首共党分子魏玉富！

名字上打着两道朱红色的斜叉，十分醒目，又显得十分扎眼。

两位虎形大汉脱去上衣，露出强健的肌肉，各人怀抱着一口鬼头大砍刀，胸前裸露着黑乎乎的护胸毛，面目狰狞，杀气腾腾的。

八猴子为监斩官，被一群卫兵簇拥着来到刑场，走上高高的监斩台，放眼向四周巡视一番，见没什么可疑的情况，从上衣口袋里掏出一块金表看了一眼，放开公鸡嗓子大声宣布："午时三刻将到，准备开斩！"

喊声未落，四周人群呼啦一阵骚动，他急忙掏出盒子枪对着天空叭叭就是两枪。

"谁敢乱动，老子就崩了他！"说着把手一挥，大声吆喝，"午时三刻已到，开斩！"

可惜他的嗓音还是太小，被嘈杂的吵闹声掩埋了，四周的人根本听不清，气得他站在监斩台上大声叫唤："开斩！开斩！快开斩！"

更可笑的是，两名刽子手不知是被吵闹的人吸引住了，还是没听见八猴子的命令，抱着鬼头大砍刀站在那里一动不动，急得王金荣站在台子上打着手势示意"开斩"，刽子手见八猴子站在台子上用手比画，也没弄明白是啥意思，心里还觉得十分滑稽可笑：

王旅长今天这是咋啦，怎么跟唱大戏似的站在那里手舞足蹈？

呵！还是头一次看到这样的监斩官，不下命令，却用手比画着什么。

王金荣站在监斩台上，见二人没明白自己的意思，各人怀抱着鬼头大砍刀还是迟迟未动。

八猴子举起手中的盒子枪对着天空又是叭叭两枪，人们这才安静下来。

"斩！斩！斩！"

两名刽子手这才反应过来，一个刽子手急忙举起手中的鬼头刀对准老魏的脖颈，刚欲动手，人群中突然传来叭叭两声枪响，两名刽子手应声栽倒在地上。这两声枪响可算戳马蜂窝了,哄一下子,人们乱嗡嗡地四处乱窜。

整个刑场顿时乱作一团。

常言道:兵败如山倒。八猴子哪能控制住这个阵势?更何况,四周枪声大作,子弹嗖嗖乱飞,谁不怕死?又加上轰轰两声巨响,停在刑场上的两辆汽车被炸翻了,接着枪炮声响成一片。

趁人群混乱之际,贵根率两名民兵冲上去,把老魏从木桩上救了下来,背着他跑出了刑场。

原来,老梁和武工队员及民兵化装后也夹在看热闹人群中,见两名刽子手刚欲动手行凶,老梁甩枪把两名刽子手当场击毙,挥手又瞄准了朝这边跑来的另一名匪兵,一搂枪机叭一枪,又把匪兵干翻在地,其他人一看老梁动手了,按预先布置的暗号与营救方案,夹在人群中的队员都纷纷亮出了家伙,跟敌人交上火了,随着手榴弹在敌群中轰轰爆炸,刑场顿时变为了战场。

刑场外围的三、四区中队的武工队员,在地委作战部长郭振文的指挥下,从外围入手掩护完群众撤离后,也迅速投入战斗,刚才轰轰那两声巨响把汽车都掀翻了,就是他们干的。

八猴子伏在监斩台后面,一边朝冲过来的武工队员射击,一边狂喊:“弟兄们,谁把共匪区长截住,我赏大洋五百!”

哒哒哒,区中队的机枪手一梭子弹扫过去,压得匪徒们都不敢抬头。王金荣见势不妙,拔腿往北逃跑,被追上来的老梁一枪击中,一头栽入沙坑之中。

众匪一看,旅长都被击毙了,纷纷向四处乱窜,有的撒腿往北逃命。

不到半个小时,敌人在我内外夹击之下,几乎全部被歼灭。

就在这时候,远处的大道上尘土飞扬,接着传来敌人增援汽车的马达声……各中队在地委老梁指挥下,还未来得及打扫就迅速撤离了战场。

潍水平原的三月,虽说已到了“天街小雨润如酥,草色遥看近却无”的季节，但由于西伯利亚寒流入侵，天气如同冬天一样寒冷。

柳枝上，那些蜡黄的嫩芽儿刚刚在枝条上蠕动，就被西伯利亚寒风吹得微微颤抖。

杨云龙这些日子被八路军武工队搞得十分闹心，彻夜难眠，先是辖区内抗捐抗粮，地盘萎缩，手下人被枪杀，后是八路军武工队劫了法场，救走了共党分子……

正在这时，房门咣当一声被来人突然推开，只见旅长张天海急急忙忙地走进来。

“报告军座！据可靠消息，共党分子被八路救出后逃向刘庄一带。”

杨云龙抬起头来，显得有些吃惊，尔后点点头：“又是刘庄，抗捐抗粮有它，窝藏共党分子有它，通风报信有它，聚众闹事有它……那就从刘庄开始大开杀戒吧！”

二人窃窃私语，一起密谋了好久后，张天海才匆匆离去。

杨云龙所说的刘庄，位于诸城、莒县和安丘三县的交界处，它分为东庄和西庄，两村以朱龙河相隔。西庄比较大，约有一百多户五百多人口，而东庄子比较小，约有二十几户不到一百口子人。两村西边都在小黄山和荆山脚下。南边是砂石岭，离程戈庄、小庄子也就是十多里地，但有很多杨云龙的据点。

刘庄的东边是花园岭，离岭东史家官庄据点也有五六里路。它的西南边二十多里是宋戈庄，也设有小鬼子的两个据点。只有北面是平地，但离石桥子、王院、里户、店子等也有二十多里地。

平原地面上相对宽阔，土质也好，可密密麻麻排着敌人的一溜据点。从地图上看，刘庄三面被鬼子和皇协军包围着，就像伸入敌占区的一个瓢把子，其形势极为不好。

“七七事变”后，刘庄一带几乎成了鬼子、汉奸、顽匪的割据地盘。不是今天你来要捐就是明天他来派粮，白天抓丁拉夫，夜晚抢劫绑票，若是你交不上捐税，他们就把人架走，要你拿钱去赎，弄得户户倾家荡产。又加上日寇纠结着汉奸队伍,三日一“扫荡”,二日一“清乡”,所到之处实行“三光”暴行,很多人背井离乡,四处逃荒,无数村庄变成了废墟。

常言道:哪里有压迫,哪里就有反抗。为了救民出水火,建立抗日根据地,八路军滨海十三团于一九四三年春天,由鲁中向北挺进,一气儿打开了诸、莒、安边境地区,并成立了诸莒边县,建立了抗日根据地,并继续往东推进。

这可把时任皇协军军长的杨云龙气坏了,他屡次扬言要去调鬼子,血洗荆山脚下的刘庄,把村里村外杀个鸡犬不留。春节过后,他派结拜兄弟张天海旅长带上三百石麦子到城里,奉送给日本人,并对鬼子许愿:八路军的枪支弹药库和粮食库都藏在刘庄,只要把刘庄打开,不仅可以得到大量的武器和粮食,还可以向西直捣诸、莒县,彻底摧毁那边整个抗日根据地。

一九四五年三月十七日,天刚麻亮,人们还在酣睡之中,杨云龙偷偷调动四个旅,约一千五百余人,配合驻县城的二百多名日本鬼子,悄悄把刘庄团团包围了。

狡猾的鬼子在赖川率领下,先瞅好了地形,然后在花园岭小桃行里,支起了几门“七·五”重炮,又在蚕场顶上架起两挺机关枪,准备从东面向村里进攻,而杨云龙则率一千五百余名汉奸兵抢占了荆山、小黄山,从南到北防线约有五里长,以打从西面赶来增援的援兵。

赖川和杨云龙按预先设计好的计划排兵布阵,就在这时候,突然听到叭的一声,从东边花园岭上响了一枪,那枪声很脆,也很刺耳,打破了清晨的宁静,接着炮弹像水鸭子似的向刘庄村内落去,随后鬼子仗着机枪和重炮的掩护,嘴里呜里哇啦地喊着向刘庄扑去。

自卫队员刘仲常兄弟四人,为了减轻东边围子墙上的压力,采取打一枪换一个地方,在西南角的草园里把正面敌人的火力吸引过来这一策略,这一招果然奏效,皇协军端着钢枪和明晃晃的刺刀朝自己这边冲杀过来,刘仲常沉着应战,指挥身后兄弟快速撤至石墙后,兄弟四人虽然从来没见过这样的场面,但是四人没有一个惊慌、退缩,反而“保家卫国”的怒火烧得更旺了。他们一个个屏住气息，瞄准了敌人，当汉奸兵攻到村西南乱石堆时，兄弟四人一齐拉响了早已埋好的石雷，几声爆炸声响后，石头满天乱飞，在一片炸飞的碎石中，十几个汉奸兵倒了下去。

石雷爆炸过后，围子墙上的土炮、台杆子枪用不同的声音发出了怒吼。

敌人被突如其来的土枪、土炮打蒙了，一个个做梦也没想到，在这偏僻土岭上的乡民竟然有这么大的威力和胆量，吓得滚的滚，爬的爬，败退而去。

鬼子的指挥官赖川站在岭顶上，一看这阵势也惊呆了，赶忙指挥大炮进行轰击。一阵炮后，围墙被炸开了十几米长的口子，鬼子又在重机枪的掩护下发起了第二次冲锋。

战斗从早晨打到东南晌，炮声响成了一团，弹片在村内四处飞舞，然后落在每一处角落，黑烟瞬间笼罩了村庄，倒塌的房屋堆上，梁檩木料堆集在一起，燃烧起一片火海，硝烟的气味令人窒息，刺激着人们的眼睛，围墙上的民兵和联庄队员，脸都被熏成了黑色，但是没有一个后退的。

最后，围子墙在鬼子的炮火轰击下还是被攻破了，刘仲常见势不妙，率领兄弟四人边打边退至自家院内，他回头小声叮嘱身后的弟兄们："不要怕，沉住气，要等待时机。"

张天海率匪兵在机枪掩护下，壮着胆子先从西南角攻进来一部分，兄弟四人急忙扔出手中的手榴弹，三个汉奸顿时被炸得血肉横飞。过了一会儿，又有几个汉奸兵冲了进来。在弹尽粮绝的情况下，刘仲常兄弟四人从地上突然跃起，大喊一声："爷爷在此，你们拿命来！"

四人一齐跳出来，大刀长矛明晃晃地向敌人乱劈乱刺，四个汉奸兵又倒在门口外，吓得其余的汉奸望着院内不敢进来了，汉奸把这种情况报告给了鬼子，鬼子便派兵团团围住了这座院子，在墙外乱叫。

"快上屋！"刘仲常吆喝道，兄弟四人急忙爬上了屋顶。

鬼子和汉奸兵疯狂地冲进了院子。刘仲常见鬼子和汉奸兵人多，怕吃亏，于是对着身边的兄弟命令道："宁死咱们也不能叫鬼子逮了去，快跳进墙外的水井里！"

兄弟四人一个跟一个，从屋顶上纷纷跳到墙外的水井里。

待院子里的鬼子和伪军冲到墙外的井台上，一个个跟做贼似的走上前，朝井里开了一阵子枪，踮起脚跟往水井里一看，全是翻滚的水波，却不见人影，纷纷摇头，小鬼子这时候恰好响起了集合号令，日伪军一个个跟打了霜的茄子似的，无可奈何地匆匆离去。

曾在农村里生活的人都知道，过去村人挖水井时，一般都在水井底下留有一个匚洞，兄弟四人就这样在齐胸的水井中钻进了匚洞，在敌人眼皮子底下逃过一劫。

上午，敌人冲进村子实行灭绝性的屠杀，当诸莒独立营得到消息后，立即命令最近的三个连队跑步向二三十里远的刘家奔去。

营救刘庄临时指挥部设在荆山后村，小黄山的东部，这时候炮声响成一团，区武工队立即组织荆山一带的民兵配合独立营强攻荆山和小黄山。

敌人一看形势不利，便一面用炮火拦击独立营反复冲锋，一面集中炮火向刘庄轰击，仅在村东日寇就打了四十八发炮弹，村子顿时成了一片火海。

狡猾的鬼子兵趁着南面有烟火，自卫队员看不清的时候，扒开南围子墙冲进村子。

武工队员刘德洪把小袄一脱，光着膀子，手里提着大刀冲向鬼子兵，抡刀就砍，一刀下去，一个鬼子的膀子给卸了下来，他还不解气，又向其他鬼子杀去。鬼子仗着人多，几把明晃晃的刺刀同时向他扑来，当他用大刀拨开敌人，刺入一个敌人的胸膛时，他背后也着了鬼子的刺刀，被一阵乱刺，跪在地上，就这样牺牲了。

刘世山手持二齿钩子，从墙角忽地冲了出来，一个鬼子不认识一棍两齿的武器，吓得慌忙翻墙欲逃，刘世山追上去，一二齿钩子把鬼子抓死。

孙洪奎翻过墙躲在一场院里，踏着磨顶，向南边冲来的鬼子扔出一个手榴弹后，刚刚从门口转过身子就被冲上来的一个鬼子摁住了，这个五大三粗的壮汉，一个翻转，抓住鬼子兵的脚脖子，一下子把鬼子兵扔出了五六步远，跌得爬不起来时，上去一闷棍打得他趴在地上，再也不动弹了。

一个鬼子兵这时候顶着脸盆，怀抱着机枪爬上屋顶，向独立营射击，被刘世坤砰的一枪，骨碌碌从屋顶上滚了下来，恰好掉在刘尔顺家中水缸里，刘尔顺娘看见了，拿起铁锨上去一顿乱捣，最后缸也破了，这个鬼子兵也被捣死了。

战斗一直持续到下午四点多，刘庄已成了一片瓦砾，遍地是血肉模糊的尸体，牲口、衣服、粮食全部被抢光了，望一眼，心欲裂，看一下，心已碎。

后来听四老爷回忆，当屠杀的噩耗传到王林肯耳朵里后，王立即动手写信怒斥，杨云龙诡辩，拒不承认过错，还背后扬言欲加害王林肯。王林肯见杨云龙公开投日，不断在解放区根据地制造惨案，策反工作已无希望，自己也命悬一线了。

八路军山东军区曾派人接过王林肯，但时机、行动、途径在当时都是难题。王林肯却胸有成竹，预先告诉杨云龙他要离开。杨云龙深知挽留不住，扣留则伤老友感情，落个忘恩负义的恶名，便以“军务特需”为由，将王林肯女婿王正留在军中，对其全家秘密监视，表面上却不动声色。王林肯认清了杨云龙的真面目，薰莸不能同器，便带着一子两女离开班岗去了解放区。临行前，他留下亲笔信让夫人和长女王禾送给杨云龙。

你已投降了日寇，我们走的不是一条路。我走了，但家眷在此，托你关照，若你丧尽良心把他们害了，共产党和人民群众是不会放过你的，将会把你送上断头台，你的汉奸嘴脸终究会受到历史的审判！

杨云龙阅后哭笑不得：“大哥这是说些什么，我暂时投降小日本也是没有办法的办法，我哪会把你们怎么样？”

随后下令全部都放掉。

一波未平，又起一波，一债未还，又欠血债。

岳庄的血腥未干，刘庄又染上斑斑血迹。

战斗在敌人心脏里的陆勇，重担在肩，一夜未眠。

他走到窗前，轻轻推开窗子，一种雨后特有的清新，从潍水岸边柳树林子方向飘来。东方的地平线上，一轮红日冉冉升起，紫外线从雾气朦胧的柳林缝隙斜射过来，形成了五彩缤纷的光环，那光环一圈圈变大，最后扩散出去，映照在绿莹莹的草地上。

他的思绪也随着心灵的窗口而敞开，伸开双臂，在草地上来回奔跑，去迎接那美丽的光环，跑向河边，跑向柳林，跑向田野，跑向潍水平原上每一个角落。

哦，这太阳，这光环，这田野，这树林，这村庄……还有潍水岸边，这块血雨腥风的土地上，到处都染证着潍水儿女的血迹。

一股生命之火，在他胸口拼命地燃烧起来。

时至一九四五年八月， 全国各大媒体纷纷刊登前线胜利的捷报。西北、东北和长江以南各大战场，向日寇发起猛烈进攻，迫使小鬼子一步步退缩……敌占区正一步步缩小。

与此同时，苏联红军攻克柏林，迫使德国法西斯无条件投降，并于八日对日寇宣战，出兵进攻我国东北地区的关东军。

美国人也不甘落后，从正面战场加紧对太平洋战场的进攻，日本人节节败退。八月六日与八月九日，美军分别向广岛和长崎投下两枚原子弹……

赖川于八月十日，在鲁西战场上被击毙，杨云龙见日寇大势已去，从背后又狠狠捅了日寇一刀，攫取了大量的军火物资占为己有，迅速装备了自己的队伍，把自己的地盘又扩大了一倍，这是后话。

第十六章

一天上午，杨云龙跟往常一样吃罢早饭，半躺在太师椅里悠闲地听着大戏，眼前忽然一闪，一个熟悉的身影跟幽灵似的来到屋内。

“大哥，我回来了。”

杨云龙回头一看，吃了一惊，从太师椅里忽地坐起来。

“哎哟，四弟，你可把我给想死了。”

来者是谁？正是杨云龙拜把的兄弟，八猴子王金荣。

有人欲问，劫刑场时不是被梁专员打了一枪吗？是的，他是中了梁专员一枪，可那一枪没打到要害部位，八猴子机灵，中枪之后，他趁机一头栽入沙坑中装死，八路军和武工队员们都认为他被老梁给一枪打死了，急急忙忙撤离了战场。

待八路军和武工队匆匆撤离刑场后，被赶来的援军王天和救起，送到了城里医院，后因伤势严重，由李玉萍从中协调，把他转至济南的协和医院，据说动了大手术，后来才知道，是割掉了一大截肠子，又给他换上了一截狗肠子才保住了性命。

今天一出院，就急匆匆直奔杨云龙的官邸而来。

杨云龙把他让到沙发上，坐下来刚问候了几句，八猴子忽然想起了什么，讨好似的说道：“军座，好消息！特大的好消息哟！”

杨云龙先是一愣，然后盯着他问：“啥好消息？”

“今天临走时，我从济南各大报纸上看到小日本完蛋了！”

杨云龙一听，又大吃一惊，立刻站起来，仔细沉思之后，笑着摇摇头，眯着眼睛对他嘿嘿一笑："不可能，绝对不可能！"

八猴子见他不相信自己的话，又重复了一句："大哥，小鬼子真他妈的完蛋了呀！"

"你说的当真？"八猴子点了点头，怕杨云龙还不相信自己的话，又补充了一句，"真的，一点错不了，军座，这可是千真万确呀！"说着从腰里摸出一张《益世报》，展开抹平，双手递给了杨云龙，"大哥你看！'日本投降矣！'都是用大字写的。"

他又从上衣口袋里摸出《新华日报》和《大公报》铺在桌面上，上面有特大号字的标题：

号外！号外！日本投降了！日本投降了！

杨云龙睁大眼睛细细端详了一会儿，没吱声，这个突如其来的消息让他一时难以接受，看上去还是有些迟疑。

"各大报馆今天纷纷刊登了小鬼子完蛋了的消息。你若不信，随便走进济南的一条大街小巷，到处都能听到人们议论日本人投降的事。"

杨云龙低下头，盯着桌子上的报纸看了许久，然后又仰起头轻轻叹了一口气，习惯性地撇撇嘴，腮帮子微微抽动了几下，用手托着下颌思索了片刻，这才默默地点了点头，终于承认眼前日寇已经投降的事实。

"不过，听说老蒋又出山了！"

"老蒋又出山了？"杨云龙盯着问。

王金荣见杨云龙回头看着自己，就微微点了一下头："不过我觉得……"

一听八猴子话里有话，杨云龙轻轻点了一下头，瞪着眼看着他，示意他继续说下去。

王金荣这才断断续续地分析道："我……我觉得老蒋这次出山，对咱来说并非坏事，如果他是出来收拾残局，必定会跟共产党闹翻，咱们为何不借此机会大捞一笔呢？"

杨云龙倒背着手，在地板上来回踱了几步，接着又停下来对着王金荣盯了许久，以赞许的口气说道："嗯，你说得很有道理，不过我们先从谁身上开刀呢？"

"那……那当然先从共产党身上开刀。"

"不！"他轻轻摇了摇头，冲八猴子狡黠一笑，然后摆摆手，"不不，你错了，应先从日本人身上下手！"

"日本人？"

"对，日本人！"说到这里，他瞟了一眼八猴子，见王金荣闷在葫芦里不解其意，于是又卖了一下关子，得意扬扬地说道，"你看，如今的日本人是菜板上的一块肥肉，咱想怎么剁就怎么剁，想怎么切就怎么切，想怎么炖就怎么炖，只要跟国民政府讲好条件，从背后狠狠捅小鬼子一刀，趁此时机大捞一笔战争财。他妈的！只要咱手里有人，有枪，还怕甚？就是天王老子来了，嘿嘿，咱也不害怕！"

八猴子这时才恍然大悟，大拇指一举："军座高明！实在是高明！"

"哈哈哈！"

二人又是一阵狂笑，之后，又细细密谋了一番。

日本天皇通过无线电波有气无力地向全世界宣布："从现在开始，亚洲太平洋各大战场上的日本军人，一律放下手中的武器，向当地政府无条件投降……"

中国人民奋战了八个年头，终于在一九四五年八月十五日，迎来了日本侵略者宣布无条件投降。正当全国人民沉浸在喜庆之中时，蒋介石却撕下温柔的面纱，在美国人的帮助下，抢夺胜利果实，开始积极备战。在这种背景下，杨云龙由皇协军摇身一变，被李延年封为"山东省诸高胶海防军司令官"，成为当地屈指可数的接收大员。

几天后，为非作歹、横行一时的青木，早已失去了昔日的威风，一下子变成了杨云龙的阶下囚。日本人的武器、弹药、汽车、洋房、女人……全都被他接收过来，变成了自己的私有财产。

昔日在日本人面前规规矩矩、点头哈腰的哈巴狗，一下子变成了日式豪华洋房的主人。

客厅内，那盏紫荆花式的洋灯，还是跟往常一样闪烁着柔和暗淡的光线。

杨云龙扬扬得意地坐在长条沙发上，怀里抱着一个十八九岁，穿着和服的日本女孩，跷着二郎腿，左边坐着正献殷勤的芳子小姐。一会儿他逗逗撒娇的女孩，一会儿闲不住，悄悄把手伸入宽大的和服中，一个劲儿乱摸芳子的上身，也许是旧情复发，也许是藕断丝连，燕语喃喃，滴滴传情。

昔日里，以阴险狠毒闻名的芳子，现如今换成了另一副嘴脸，笑盈盈的，甜滋滋的，色眯眯的……

“哝——”细声细气，冲杨云龙一撒娇，“嗯——”

“司令莫急嘛，待会儿包你满意哟！”说完嘻嘻笑个不停，温柔地推开乱摸的手，慢慢地站起来，扭着南瓜瓣似的屁股走出客厅。

早已把大和民族的羞耻抛到九霄之外的青木联队长，暗地里使上芳子和日本年轻女孩，投其接收大员所好，趁战败回国之际，欲把在中国捞取的财富带回日本国内。

他在日式洋房隔壁的套间里眨着小眼睛，搓着双手，来来回回地挪动着矮小的下肢，急得像热锅上的蚂蚁。一会儿走到门后，贴近木门的缝隙，偷偷向外仔细端瞧，看看杨云龙是否上钩；一会儿又搂住箱子，生怕被别人抢去似的，把牛皮箱紧紧贴在怀里。见杨云龙已上钩，心中暗暗欢喜，高兴得跟个孩子似的，脸上写着美滋滋的笑意，一仰头，恰好撞见芳子从客厅里走出来，赶忙迎了上去。

“芳子小姐，你看有把握吗？”

“英雄难过美人关，你尽管放心好啦，这件事包在我身上。”

“那多谢芳子小姐了。”

走进客厅的套间，她摇了摇头，鼻子轻轻哼了一声，然后一仰头，朝身后甩了一下秀发，冲青木微微一笑，用挑衅的口吻说道：“不过，那批货咱俩一人一半！”

“什么？”他吃了一惊，“一人一半？”

“对！”

青木一听，这是在他背后捅刀，顿时大怒，刚要发作，转而一想：不行呀！人在屋檐下，不得不低头啊！于是在女人面前一下子蔫了。他把头埋了下去，嘴角微微动了动，竟没敢吱声。

若是在往日，他早就把她臭骂一顿，甚至把她打入水牢，要不一枪把她毙了……可是今天却不行，他心里很明白，眼下自己是战犯，是罪人，也是杨云龙的敌人，自个儿的性命及一切都攥在他手上，只要杨云龙不高兴，随便把手一挥，自己的小命就立即归天。好汉不吃眼前亏，眼下唯一的办法就指望芳子以及这帮日俘娘们，先把自己的性命保住，一切都好说。至于那些掠夺来的金银珠宝，一切都是身外之物，能带回日本则带回去，不能带回去，给中国人留下便是。

此一时彼一时，当然最好还是能带回去……想到这里，他强忍着自己的坏脾气，嘴巴吧嗒了两下，再也没敢吱声，也不敢吱声。

芳子很清楚青木所想，便狠狠地敲了他一笔竹杠，而青木却如同哑巴吃黄连。

“嘻嘻！”

“嗯——”

“司令您真坏……”

这时候，客厅内又传出日本女孩娇滴滴的声音。

客厅套间内，芳子双手抱着肩膀，站在地板上轻蔑地看着他，等待青木的答复。

“怎么，想不开，还是不舍得？”

青木见她紧紧相逼，支支吾吾地说：“这……这事……”他支吾了半天也没说出啥来。

她仰起头威胁道：“哦，我现在明白了，看来你是要财不要命了！”

“别别，这事……”青木看上去有些心慌，“容我再好好想一想。”

“有啥好想的？别这事那事的，舍不得也没啥关系。一会儿，我回去对杨司令官说一下你的难处……”芳子威胁道。

“别，别这样，芳子小姐，我答应你的条件。”他急忙走上去一下子拽住芳子的胳膊，痛下决心，低声答应，“就依着你好了。”

“一人一半？”

“对，一人一半！”

“痛快！”她点点头。

青木怕她又要出什么幺蛾子，赶忙耷拉着吊丧脸对芳子道：“不过，此事必须办好，否则……”话还未说完，芳子“扑哧”一笑，低声对青木道：“哎哟，我当啥事，一切都包在我身上，你尽管把心放在肚子里好了！”

“一言为定？”

她见青木有点怀疑：“咋啦，您不相信我吗？”

“不不，我是说……”

“放心吧，我的队长，一言为定！”

话音刚落，她又想起了什么，扭头冲青木道：“不过，我丑话说在前头，若队长不守信誉，那本小姐也不客气！”最后一句，她几乎是咬着牙根说的，很严肃，很坚决，青木从来没见过如此狠毒的女人，吓得张口结舌，暗暗打了一个寒战。

待芳子换成另一副面孔，扭着屁股笑嘻嘻地走进客厅时，青木恨得牙直痒痒，心里暗暗骂道：妈的，当初不是老子特意把你留下来，你……你哪有今天？早他妈的上战场当慰劳品了，忘恩负义的东西……

客厅里这时又传出芳子的声音，她趴在杨云龙腿上，浪声浪气地劝杨云龙道：“杨司令，我提议让姬子小姐给您唱支小曲咋样呢？姬子小姐可是我们大日本帝国一流的才女哟！”

姬子小姐从他怀里站起来，忸怩着唱了一段日本浪曲，因为她是用日语唱的，杨司令根本听不明白，于是摆摆手示意她停下来。芳子机灵，一看杨云龙不喜欢，急忙笑着走上前，对着女孩耳朵咕哝了几句，姬子这才低头一笑，赶忙施礼，改唱中国小调，浪声浪气地又唱道——

一呀么一更天，
张生约莺到桥边。
杨柳春风戏桃扇，
唯独羞月汉时关。

二呀么二更天，
张生约莺到墙边。
蹲下身来搭一肩，
如同吕布戏貂蝉。

三呀么三更天，
月亮躲在红楼边。
一觉睡到天亮前，
丢根青丝恋张帆。
……

杨云龙自成气候之后，有两大嗜好：一是女人，二是听大戏。据说后来被王耀武和丁治磐枪毙之前，他还连唱三板，唱功及痴迷程度不亚于梨园戏子。

此时，他被姬子唱得悲切切，痴情寒澈，完全陶醉于唱曲之中。

芳子见时机成熟，撒娇似的把屁股朝他身边挪动了一下，半躺半倚在怀里，呢喃细语："杨司令，听说已经开始遣返日俘了？"

"从昨天开始的。"他说着伸手把芳子一把搂在怀里，顺手轻轻拧了一下她的腮骨朵，"小宝贝，你问这事干吗？"

"没什么，我只不过随便问一问。"她冲杨云龙抿嘴一笑，小声嘀咕，"我听说所有被遣返的日俘,一律不准携带任何财物?”

“那当然,根据政府新出台的规定,所有被遣返的日本人,一律不准携带任何财物回国。”

杨云龙回答得有些心不在焉,她努努小嘴,一个劲儿在他身上撒娇:“哎哟喂,我的司令官,日本侨民多年远离故土,每人或多或少都有些积蓄和衣物,还望司令高抬贵手,网开一面,允许我们多少带一点回去,也好打发今后的日子哩!”

他一听,这才一本正经地问道:“带一点啥回去?”

“其实也没什么值钱的东西,都是一些衣服。”

妈的,日本人心眼子就是多,连日本娘们也贼精,钱财你直接说钱财就是了,为什么绕一个大圈子,偏偏说衣物呢?可见其中必有诈,嗯,别中了日本人的圈套,应防着一点。想到这里,他笑着冲芳子眨眨眼。

“噢,衣服,好说,好说,你们统统都可以带回去。不就是我一句话吗?只要你们好好侍候我,本司令不会让你们受委屈的……”说完,又狡黠一笑,那只毛茸茸的大手又伸了过去,在她身上又乱摸起来。

芳子推开他的大手,撒娇说道:“司令,您说话可要算话呀!”

“呵,姓杨的从来说一不二,咋不算数呢?”说着又想把手伸过去,突然,咣当一声,房门被人推开了,接着从门外走进一人。

“堂堂的司令官不去约束自己的部属,原来躲在这儿寻欢作乐。”

芳子和姬子见势不妙,赶忙提上和服似的裙子,匆匆忙忙地朝里间走去。

杨云龙坐在沙发里,朝来人微微一笑,不慌不忙地说道:“原来是特派员小姐,有何公务?”

“杨司令,你是党国功臣,又是政府要员,理应率先垂范,以作表率,谁想,你带头违反党规国法!”

“什么党规国法?”他啪的一拍桌子,从沙发里忽地站起来,大声呵斥,“只要老子手里有钱,有人,有枪炮……怕个锤子,就是天王老子来了,老子也不怕!”

“那也不能动日本女人呀！”李玉萍仗着省府特派员的身份，以及杨云龙与沈鸿烈的特殊关系，当面反驳道，“她们可是日本的女战俘！”

“女战俘怎么了？在我眼里，她们统统都是女人。”

土匪出身的杨云龙哪里理会这一套，瞟了她一眼，鼻孔发出哼的一声，眯着眼睛，朝她微微冷笑。

听其言观其行，李玉萍见他匪性难改，于是耐着性子规劝道：“杨司令，我这是为你好，也是为你着想。”稍停了一会儿，她看了杨云龙一眼，见他坐在沙发里满不在乎的样子，又低声劝道，“杨司令，你这样做，考虑过后果吗？上行下效，你的队伍现在都变成一盘散沙了。不信，你现在出去看看，手下人都已经跑到日俘家中，追姑娘，抢钱财去了……倘若共产党的武工队或者八路的115师打过来，你的队伍现在已毫无战斗力，还能抵挡得住吗？请司令三思啊！”

说到最后一句，李玉萍有些激动、忧虑，甚至有点失望。

一席话，把杨云龙说得心里热乎乎的，不管怎么说，特派员也是为自己好，眼下自己的队伍毫无战斗力是事实，若是西山里的人马真打过来，自己抵挡不住也是事实，没了人，没了枪，自己不成光杆司令了吗？

想到这里，他点点头，冲门外大喊：“杨副官！”无人回应，他有些恼怒，“妈的，我找女人，你们也跟着玩女人，这……这成何体统！”

他见杨副官不在，大为恼火，气冲冲地走出客厅，朝日俘侨眷胡同走去。

这里乌烟瘴气，早已混乱不堪，有的匪兵跟日俘侨眷撕打着抢夺财物，有的东奔西跑追逐着女人，还有的躲在僻静处，怀里搂着日本姑娘嬉戏取闹……这时候，杨副官衣冠不整，连自己的裤子都没扎好，从一间房子里醉醺醺地走出来，嘴里还哼着下流小调。

“杨副官！”

杨副官打了个酒嗝，抬头先是一怔，见杨云龙站在远处正双手掐腰，怒视着他，吓得脸色蜡黄，赶忙跑过去一个立正。

“到！”

杨云龙上去就是两记耳光，打得杨副官眼里直冒金花。

"通知各师团，把队伍拉到广场上紧急集合！"

"是！"

杨副官捂着腮跑向远处，杨云龙站在大街上焦急地等待着。

一个小时过去了，两个小时过去了……一盘散沙的队伍，集合哪那么容易？各师旅团长都不知去哪里寻欢作乐去了，士兵就更不用说了。

过了好长时间，也没把队伍人员整齐，最后又等了许久，在广场上才集合起一支五花八门的杂牌军。

你看，有的拎着刚刚抢来的包袱，有的斜背着大枪，手里却拎着日本人的裤子和鞋子，还有的一手夹着衣裳，一手提着日本人的箱子，更有甚者，把刚刚抢来的毛毯披在自己身上……

杨云龙登上高处，瞪着眼睛，从左至右巡视了一遍，然后把脸一沉，大声训斥道："妈的，你们都快看看自己，一个个变成啥样了？人不是人，鬼不是鬼，要是西山里的115师真打过来，能顶得住吗？简直不成体统……"临了，他向众人发出警告，"眼下，我正跟日本人谈遣返日俘侨眷问题，从现在起，一律不准到日俘侨眷家里去，一律不准再去追逐那些日本娘们，各师团人马全部撤出县城，回到你们的防区驻扎，所有抢来的日本人的东西……"说到这里，他看了一下众人，沉思片刻，又做出肯定回答，"那就都归个人所有吧！"

李玉萍一听，差一点没把鼻子气歪，这哪里是训话，分明是怂恿部下，去烧，去杀，去抢，去掠……真是匪性难改！

说完他把手一挥，走下高处反剪着手，又朝着日式洋房走去。

第二天上午，八点开始遣返日俘，日俘家眷排成长长一队，一律从卡子门通过，接受检查，随身携带的财物全部被扣下了，芳子和青木一看，傻了眼。

"你们两个过来。"一个执行公务的大个子士兵，手指着他们两个，"把箱子全部打开，接受检查。"

"谁敢动手？"芳子一看急眼了，"这是杨司令允许我俩带回国的。"说着她赶忙走上前与大个子交涉。

“妈的,都战败俘虏了,还这么横！”大个子再次命令道,“快把箱子统统打开。”

“谁敢？这是杨司令特批的！”

“妈的,我不管杨司令还是张司令,在这里,老子就是司令,一切都由我说了算,快接受检查。”说着走上前,让手下人强行打开箱子接受检查。

青木站在一旁,不愿开箱,两只手抓住箱子的把手,死死不肯松,大个子士兵却不管这些,上去猛踹了两脚,青木还是死拽着不放手,大个子火了。

“妈的,你这龟孙子想找死！”

他上去就是一顿拳脚,打得青木鼻子嘴里蹿血,然后用力一推,青木本来身子就矮胖,骨碌碌一下子滚出好远。

其他两个士兵一步步逼近芳子,欲采取强硬手段,吓得她拎着皮箱一步步后退。

“别,别胡来,这是杨司令允许我带回去的东西。不信,你们可以去问问杨司令。”

“妈的,今天老子就是司令。”

一个矮个子匪兵忽地冲上去,欲夺她手中的牛皮箱。

“慢,不得如此无礼！”

正在这个节骨眼上,杨云龙率卫兵从后面走过来,匪兵们一看,真司令来了,急忙退到一旁立正站好。

芳子见杨云龙过来了,如同捞到救命稻草一样,急忙扑到他身上委屈得说不出话来。

杨云龙安慰了她几句, 这才转过身子和颜悦色地问道:“芳子小姐这是为何？”

“司令您不是答应我可以把它们带回国吗？”她挤眉弄眼,站在杨云龙面前忸怩着,半埋怨半撒娇地回答。

“对,我是答应你可以带回去的。”

“可是你的部下……”

“报告司令，他俩不肯开箱接受检查。”大个子士兵站在一旁，用安丘腔插话道。

“不让检查？”他一扭头，冲芳子问道：“哎哟！这就是你的不对了，不让检查哪里行？”扭头瞥一眼，见芳子还是不动，于是嘿嘿一笑，低声劝道，“总得例行公务嘛！”

芳子睁大眼睛，忧心忡忡地看着杨云龙，看得出她心里还是有疑虑。最后，在杨云龙的劝说下，终于同意把皮箱打开了。

“啊呀！”

众人一看，大吃一惊！

原来箱子里全是黄澄澄的金条、银链、珠宝……

青木从地上爬起来，见芳子已经把箱子打开了，只好也把另一个箱子打开，里面也是金条之类的财物。

杨云龙冷笑一声：“芳子小姐，这可不是什么破衣服呀！”他瞟了一眼芳子和青木，摆摆手，向大个子使了一个眼色，“人可以放走，但东西全部留下。”

“是！”

匪兵们急忙上前收拾好金银珠宝。

芳子一看急了：“司令您……您不是允许我们带回去了吗？”

“芳子小姐，我说的是衣服可以带回去，而不是金银珠宝，这是中国人的东西，理应归还给我们，假若你带回去了，我如何向国民们交代？”

说完头也不回，令士兵把珠宝箱拎走了。

秋天的夜空，暗蓝暗蓝的，宝石似的繁星眨着眼睛，缀满了整片天空。

从潍水岸边飘来泥土的腥味，夹杂着野花和秋草的芳香，充满了整个房间。

陆勇坐在靠窗的木椅上，出神地盯着忽明忽暗的摇曳火焰……房间门突然开了,陆勇扭头一看,见精灵鬼葛鹏从外边急急忙忙地走了进来。

“啥事这般慌张?”

“你听说了吗?”

“咋啦?”

“杨云龙在火车站搞接收,捞了一大笔财富,却把我们独立团调至穷山沟里,虽说离县城也不太远,可咱心里窝气,不说别的,就说咱们每次行动吧,处处受人监视,任人摆布,是不是对咱起了疑心?”

“不要乱说,隔墙有耳,注意影响!”

“据说这次接收,杨从背后捅了小鬼子一刀,逼迫日本人把大批的武器弹药,成箱成库地拱手交给了杨云龙,这还不算,听说杨把汽车、洋房,甚至女人全部照单接收了。前几天,昌邑游击队奉地委之命也去搞接收,却被王天和撵出了防区,双方交了火,游击队差一点被歼……”

“嗯,这个我知道,据说他们是奉沈鸿烈和李延年的密电干的,这里面特派员李玉萍起了主导作用。”

“那,那……”葛鹏说话太急,有点结巴,“那这么说,和平是假,打内战是真的了?”

“嗯,有可能!”陆勇托着下颌思索片刻,然后站起来走到一幅军用地图跟前,用手指着对葛鹏道,“你看,老蒋又有新动向,他把主要兵力,在美国主子的帮助下,用飞机和军舰偷偷运至东北、华北,还有山东战场,也从海上运来了大批的人马。这些情况足以说明,内战马上就要开始了。”

葛鹏长叹一口气:“本指望抗战胜利了,老百姓都能平平安安地过上好日子,谁知却迎来了假和平,又要跟龟孙子们干仗了……”

“葛鹏同志,你还年轻,过于天真和单纯,有些事情理解得过于片面,或者有些简单化,只要敌人一天不被消灭,老百姓会有好日子过吗?显然不可能,那我们只有拿起枪杆子跟敌人进行针锋相对的抗争,把全中国的敌人统统消灭了,到那时候,我们才能过上平平安安的好日子哩!”他见葛鹏不语,瞪着大眼睛看着自己,偶尔还点点头,看上去有些似懂非懂,又接着解释道，“战争是残酷的，毫不留情面的，老蒋这次来者不善啊！今后我们可能要面临更大的挑战，你还年轻，处事要谨慎小心，千万不要粗心大意，让杨云龙嗅到什么，或者抓住小辫子……”

“团长你说到这里，我想起来了……”葛鹏眨着眼睛道，“近些日子，我觉得李玉萍对我们盯得很紧，好像她已经嗅到了什么。”

葛鹏沉思了一下：“你反映的情况很重要，我也觉察到了什么，不过她好像还没抓到什么把柄，这是一个极其危险的人物，先不要去碰她，这是我们身边的一颗定时炸弹，应另寻找机会把她除掉。”

“那杨云龙咋办？”

“他那两只手沾满太多的鲜血，策反已无希望，应想方设法把他干掉。”

话音刚落，门外突然传来两声枪响，划破了寂静的夜空。

机警的陆勇赶忙拽出盒子枪，低声对葛鹏道：“不好，有情况！”

聪明的葛鹏迅速熄灭蜡烛，慌忙掏出枪随陆勇一起冲出门外，几个匪兵端着枪急急忙忙朝这边跑来。

“为什么开枪？”陆勇迎上去问。

“报告长官！刚才有一条黑影鬼鬼祟祟地朝你的窗口摸来，我问他干什么的，口令，那黑影不但不回答，反而调头往东撒腿就跑，我一看就知道这家伙不是个好东西，于是就冲他背后开了两枪，没想到那家伙手脚伶俐得很，一个箭步蹿上墙头向南逃走了。”

葛鹏一听，追问道：“是男的还是女的？”

“报告长官，是男的！”

“你看清楚了？”

“绝对没错，我又不是瞎子。”想了一会儿，胖子又赶紧补充说，“刚才他蹑手蹑脚朝窗前走，我借着屋里的灯光看见了他的背后。是个男人，绝对没错！”

“你好好想一想，从背后看，你觉得像谁？”陆勇警觉地问道。

“报告长官，这……”胖子觉得有些为难，嘟囔了半天也没说出啥，最后摸着头皮说，“这个……我也说不准。”

“没关系，你大胆说就行，说错了也不怪你！”

胖子士兵点点头：“长官，从背后和翻墙动作上看，我觉得那人有点像王金荣旅长。”他停下来看了一眼陆勇，又谨慎小心地解释道，“不过刑场被劫时，王旅长被八路击伤了，听说至今还在济南治疗，又不可能是他！反正黑灯瞎火的，我也看不太清楚。”

“嗯，知道了。你们千万要注意警戒，一有情况，赶紧向我汇报！”末了，陆勇又嘱咐了几句，最后对他们褒扬了一番，胖子挺高兴，一个立正，冲陆勇敬了一个礼：“好的长官！”然后才转身离去。

葛鹏见他们一个个都走远了，自言自语道：“真他妈的活见鬼，劫刑场时，八猴子被老梁一枪击毙了。谁料想这小子命大，反而被王天和救起送济南治疗至今未归，怎么今晚又蹦出来了呢？”

“问题就在这里。”陆勇接过话题，琢磨道，“这其中必定有诈！”

“也有可能是胖子看错人了，把某一个人看作八猴子了呢！”

“不可能！”陆勇分析道，“你想，天就是再黑，可对面窗口还亮着烛光，更何况今天晚上并不是那么漆黑漆黑的，再说，咱队伍里，能飞檐走壁，有如此敏捷的身段的有几个？翻墙越脊的本领有谁能超过八猴子？”

“嗯，没有！”葛鹏摇摇头。

“这就对了！”他继续分析，“唯有王旅长才有如此的本事啊！”

“可他人不在呀。”

陆勇点点头：“刚才我说过了，问题就在这儿……”

听他这么一说，葛鹏有些气馁：“若是像你所说，他真的回来了，咱们今后的工作将会更加困难了。”

陆勇点点头。此时此刻，他又陷入了沉思之中。

其实胖子一点也没看错，此人正是王金荣。想当初他被王天和救起后，被李玉萍转至济南协和医院，动手术割掉了一截肠子，换上了一条狗肠子才存活至今。

在济南医院治疗的这段时间，他整天无事可干，躺在病床上翻过来覆过去，大脑跟放电影似的，把刑场被劫的前前后后轮番播放，一幕幕细节，展现在脑海之中，突然，一个镜头闪现在他眼前，那就是葛鹏趁夜偷渡时被匪兵发现的场面，报至防区营长范晓桐，范营长接到这一消息后，认为此人的行动十分可疑，立马来旅部报告给王金荣，八猴子根据匪兵们描述，判断为陆勇手下的副官葛鹏，但苦于无确凿的证据，也不好向军座交代，因此也就这样拖下来了。

想到这里，他的大脑里左一个陆勇，右一个葛鹏，二人在他脑海中旋转起来。

若是真的，二人埋伏在大哥周围，那可是两枚定时炸弹啊！

他越想越害怕，越害怕就越想，不等伤口完全愈合就缠着医生匆匆出院，恰好又赶上日寇投降，这才急匆匆地来到杨云龙的官邸，偷偷拜见了杨云龙。

杨云龙正在兴头上，又加上以前他对陆勇的偏爱，再说自己也无确凿的铁证，全凭推断而已，故话到嘴边又咽了下去。这次回来，他怕杨云龙给他走漏了风声，暗地里让军座给他保守秘密，就连特派员李玉萍也不晓得他回来了，背后私查暗访，千方百计地寻找陆勇通共的蛛丝马迹，只要有了铁的证据，立即上报给杨云龙，置其于死地，一绝后患。

今天晚上，本想摸黑过来窃听消息，不想被哨兵发现，背后挨了两枪，子弹虽然没击中，但自己吓出一身冷汗，于是赶紧越墙逃走了。

第十七章

陆勇见杨云龙的面目越来越狰狞,越来越凶狠,越来越残暴……从内心里就想除掉他,可是杨云龙的行动十分诡秘,几乎是飘忽不定,因此暗杀的计划一拖再拖,至今难以实施。这一天,实施暗杀的机会终于到来了。

杨云龙由于蛰居日式洋房内太久,整天把女人的盐坛子当成蜜罐子,私生活上不检点,也不节制,纵欲过度,使得本来就十分虚弱的身子,被秋风一吹更加不堪一击。又加上近些日子秋夏季节交换,中风着凉后一病不起。严重时,吭咳吐出的痰液里偶尔还带着鲜红血迹。县城内外,大夫皆已找遍,照方抓药,煎熬诊治,皆不见起色。

李玉萍见此情景,派卫兵把他护送至杨府官邸——六姨太和七姨太的住处,然后又从老家把大姨太请来,早中晚三位夫人轮流照料。军务暂时由郭祝廷和李玉萍等酌情处理。

常言道:富在深山有远亲,穷在闹市无人问。

杨云龙生病的消息传至老家,凡是沾亲带故的,皆来探望。

在众多探望的人群中,有一远房瓜蔓亲戚告诉大姨太太,说大河洼有位郎中,绰号叫"赛扁鹊",看病抓药奇好,特别是把脉看病挺神奇,听说一般小病一副汤药就好,为此南北上下庄里的人都来找他看病,家里整天跟闹市一般,人来人往,络绎不绝……

人常说,有病乱投医,大太太信以为真,第二天一大早,杨云龙就把家住大河洼一带的葛鹏找来,命他带人前往大河洼请"赛扁鹊"这位郎中。

大河洼位于潍水下游的一个小乡村，因地势低洼，又西邻潍水，村子四周常年潴水而得名。

传说潍水下游的大河洼一带，村里家家户户都会一种传统手工艺——编织一种叫“蒲袜”的草鞋，草鞋编织的材料来源于潍水滩涂上的香蒲。

香蒲，老凉台人又叫它蒲子或者蒲草，是一种水泽野生植物，喜温暖和光照充足的环境。蒲草的茎极短且不明显，走茎比较发达，偶尔分枝，外皮为淡黄褐色，前端可以不断地分化出不定芽株。叶为青绿色，直立型，长度达一公尺以上。花单性，雌雄同株，盛花期在夏季，茎在植株成熟时快速抽长，顶端穗状花序，花序为黄绿色，雄花序在上方，雌花序在下方，雌花序比雄花序长，雌雄花序紧紧相连，其间并有大型的苞片参差，花粉鲜黄色。

大河洼人编织的蒲袜跟别的地方不一样，这里民风淳朴，村里人朴实憨厚，编织的蒲袜草鞋也结实厚道，他们选择的蒲草跟别处的不一样，别人选择嫩草，或者当年的新芽草，看起来华丽好看，但是不耐穿，也不耐磨，而大河洼人选择微微发黄的根茎上的老叶，或者三片叶和四片叶的根上草，其质材细腻、柔软，韧性也好，但是看上去又厚又笨，可穿在脚上耐磨、暖和、结实，不像其他地方的草鞋，只重视外表却不实用。

每年杀完秋进入冬季之后，潍水下游正是芦花盛开的季节，乳白色的苇花像羽毛，似飞雪，如棉絮……轻轻的，盈盈的，软软的，一团一团的，飘飘悠悠，随风摇曳。

河堤下，只有高高的苇荻站在寒风中抖动，枯黄的叶子发出唰啦啦的声响。

地里再也没啥农活了，每家每户就在地上或者炕头上，把扭绳的木架子固定好，把成捆的香蒲用水湿润一下，拿柴刀破蒲草呢子，主要破开那些粗壮的香蒲叶或者其主干部分，接着轻轻地用小刀梳成条状或者片状，这个过程叫破蒲草。然后是编织，织蒲袜时须从鞋底开始，用麻绳来回穿扣，一端拴住蒲草，另一端固定在木架子上。

扭绳，也叫搓绳，有的地方还叫捻草绳，蒲绳搓成后，一字摆开，用大针引麻绳穿过，织成鞋底状。鞋帮则是用蒲绳直接编织而成，不是用麻绳相连。棉鞋的鞋帮可多层,中间也可以加上一些丝绵物,用于保温。单鞋的鞋帮只有一层，不添加任何丝绵物，轻快、凉爽……最后一道工序是握鞋沿子,这可是技术活,一般根据脚的大小再留鞋口,以防大脚穿小鞋,或者小脚穿大鞋。

蒲袜编织成型之后,用草绳相互连接,主人买回家用剪刀剪断就行。为了草鞋更耐磨，也可以在鞋底用麻绳钉上胶皮或者牛皮等耐磨物。鞋帮也可以用粗线订上布条之类的东西。

通往大河洼的汽车上,葛鹏透过汽车的挡风玻璃,望着老家熟悉而又陌生的古道,心里有些忐忑不安,自己可好长时间没回家了呀,爹娘和小妹她们都过得还好吗？村东头那棵老槐树快落掉叶子了吧！就是在那棵老槐树下,爹娘亲手把自己交给老六团侦察科长陆勇,那一年自己刚刚十六岁。

一个十五六岁的少年,在爹娘跟前还是一个刚刚懂事的孩子啊!

他清楚地记得,那是大哥在胶东战场上跟刘珍年部作战遇难的第三天,“狠心”的爹娘还有身后小妹妹,站在老槐树底下眼里噙着眼泪,与他挥手作别……

小妹妹把白胖胖的小手伸过来,使劲拉着自己,怎么也不肯放手,哭喊着:“哥哥我不让你走,我不让你走。”

“傻闺女,你哥是去当八路军,是去打鬼子,你不让他走行吗？”娘走过去一把拽开她,倔强的小梅哭喊着:“我不嘛,我不嘛……我要哥哥留下来,要哥哥留下来！”

“孩子快上路吧！”老实巴交的父亲劝道,“到了队伍上,要好好听话！”他沉默了片刻,又想起了什么,使劲鼓鼓腮帮子,却没吱声,最后实在憋不下去了,这才憋足了劲,又再三嘱咐,还是前边所说的意思,“到了队伍上,要好好听话,别忘了给家里捎个信,我和你娘都惦记着你,过年若有闲空就早点回来,全家人都等着你哩……”

说到这里,他老泪纵横。娘站在一旁,怀里搂着小梅默默地哭泣,毕竟大哥刚刚牺牲，全家人还都在悲伤之中，最后娘哽咽着放了声：“孩子走吧！快走吧！”

“哥哥，我还给你留着大枣呢！等你回来呀！”

妹妹哭喊着想挣开娘的手，可娘蹲下身死活不肯松手，紧紧搂着她。

“走吧！孩子走吧！”父亲又一次摆摆手，“我和你娘都不拦挡你，到了队伍上，你可要给咱家里争脸啊！”

他鼻子一酸，抬手又抹了一下眼泪。

娘的身体微微抖动，再也支持不住了，干脆把后背倚靠在老槐树上，右手颤抖地挥动着。

葛鹏趁人不注意，赶忙掏出手绢轻轻拭了一下眼睛。

路面上的辙痕纵横交错，坑坑洼洼的，是被老牛车和独轱轮木车碾起的垫窝子。日本汽车的发动机喘着粗气，左右摇晃，上下颠簸，坐在车上的人随着车辆东倒西歪，上下跳跃。

时至秋季，天高地阔。

瓦蓝瓦蓝的天空中不见一朵白云。

蓝天下，潍水像一条银白色的缎带，曲曲弯弯，蜿蜒游动于青山绿草之间。峡山湖的水面上，渔舟荡漾，涟漪滚动，辽阔的潍水滩涂上，遍布着芦苇、青蒲、水草……还有一些不知名字的野花，一簇簇，一团团，五彩缤纷，清香扑鼻。

三四年了，是的，已经有三四年没回家看看了。

此时此刻，葛鹏多么想回家看看自己的亲人啊！

不能！绝对不能！

因为革命还没有胜利，国民党反动派和土匪军阀杨云龙还没有被消灭，回去以后，爹娘要是问起来，自己怎么回答？还有脸回去吗？

想到这里，他让司机调转车头，朝地下党组织的联络站开去。

李玉萍自从觉察到陆勇有赤色嫌疑后，每天都无精打采，不知为啥，心情也跟着越来越坏，懒洋洋地躺在床上，翻来覆去痴痴地傻想，她恨自己把一片痴情，毫无保留地全部倾注到陆勇身上，可到头来，看不见一丝眷恋，更不用说光明了。说心里话，她有些伤心，有些痛苦，有些悲哀……想想，有时也恨自己，恨自己如此执着，如此多情。当然，也恨陆勇，恨他如此无情，恨他薄情寡义，也恨男人不理解女人的心，特别是不理解女人的一颗苦心……昔日，她含情脉脉，秋波荡漾，陆勇就是不表态，使自己一步步坠入爱河，付出的多，收获的少，欲成则不达，欲罢则不舍。爱情这种东西在她心里，此时就这么任性，这么有魔力。就这样痴情着，矛盾着，半阴半阳地赖活着。

这真是：翻江倒海心难静，痴情一片负心郎。

莫非，他真是共产党的人？每次提到姐姐李玉婧时，他都很伤心，很难过，很悲痛，他与姐姐李玉婧到底是啥关系？

看来这里面大有文章！若真是那样的话，可真中了王旅长的推断，自己的一片苦心也就白白枉费了。

她正在床上胡思乱想着，从门外突然传来一声汽车的喇叭声。

她趴在窗台上往外一看，从车上下来一位陌生人，由葛鹏陪着朝杨云龙官邸的后院子走去。

李玉萍放心不下，从床上忽地下来尾随其后，也朝后院子走去。

待葛鹏把陌生人领到杨云龙床榻前，一鞠躬，对大太太道："夫人，'赛扁鹊'郎中现已请到！"

说着他把陌生人推至床榻前，大太太这才抬起头，仔细打量眼前的这个陌生人。只见他——

鹤发童颜神矍铄，
一顶礼帽头上搁。
右手拄着文明棍，
左手拎着医药盒。

金丝眼镜脸上戴，
身着锦衣绸与罗。
健步来到病榻前，
伸手问寒搭脉搏。
须臾摇头只叹息，
劝君今后莫作恶。

原来，陌生人正是地委作战部长郭振文，那郭部长是咋来的？葛鹏又是怎样请到这位江湖郎中“赛扁鹊”的呢？

那还得从昨天上午说起，葛鹏让司机调转车头，朝东左拐弯后直奔峠山镇而去。

这是一座千年老镇，常年在镇子上生活的人大约有一两千户人家，因镇子西边紧靠潍水，离峡山湖上游的凉台平原也有八九十里路，平时来往的渔船、商船常常在镇西码头上停泊，所以镇子上开了不少店铺，招引来南来北往的客商，倒也十分热闹，后有诗人赵风虎写诗赞叹曰——

潍水南来绕山走，峠山坐落在昌南。
西出水岭鸣山川，柞蚕缫丝织绸衫。
盛唐曾置胶东县，北金设寨扬马鞭。
商周遗址存山里，夏禹治水留夏湾。
峠阳书院居山阳，多有贤达出其间。
刘棨蚕诗三十首，王训刻石立山巅。
柞树喂蚕成神话，赵氏八缸传万千。
乾隆盛开千叟宴，赵瓒赵昌把盏欢。
茧纸刺绣吉氏创，上古至今列名单。
柞丝绸锻传柳疃，一队商船出水滩。

去年抗战虽已胜利，但兵荒马乱的，客商还是少了许多，各店铺的生意自然也就清淡了许多，不过这里毕竟是交通枢纽，党组织的秘密联络站就设在“福祥药店”内，这还是上次葛鹏为救老魏偷渡凫水，与地委专员老梁见面时知道的，平时遇到急事或者特殊情况，可以从此店转手消息交给地委。

眼下老蒋又开始打内战了，古镇刚刚晴朗的天如今又阴云密布，压得人一时透不过气来。

葛鹏让手下守在镇外，自己带一名贴身侍卫化装后来到镇上。

街道两旁，店铺林立，招牌众多，可生意清淡与抗战时期没啥两样。镇北平时还住着厉文礼一个营的兵力，一些过往的土匪和杂牌军还是常常出没，弄得人心惶惶，十分恐怖。

“福祥药店”是一家挺有气派的老字号药店，位于镇中间十字大街以东，青砖碧瓦，飞檐拔势。青砖铺的台阶一共五层，檐下的柱子是用上等的小青砖砌成，一共三根，高高耸立在屋檐下。瓦房坐北朝南，分前后两院，一共两排，一排五间，一字排开，前排五间是药店，药堂正面是一排排檀木做成的小抽屉，里面装着草药，而东西两面则摆着大大小小的药瓶子，还有数不清的药罐子。后一排是家属的院子和库房，后院堆满了刚刚进过来的中草药，看样子还没来得及入库，堆在天井里……

葛鹏见来抓药的人并不多，回头对侍卫低声嘱咐了几句，然后健步走上台阶进了药店，掌柜的是一位六十多岁的老头，正忙着给一位老人抓药……须臾，客人皆走，轮至葛鹏，他机警地朝四周看了一眼，见周围无人，这才走近柜台，低声问：“有半斤冬虫吗？”

那掌柜的睁大眼睛，仔细打量了他一会儿，冲葛鹏轻轻摇了摇头，又笑着对他说道：“冬为虫夏为草，小店里哪有这个？”

“有半斤的参王也可以。”

掌柜的又摇摇头：“四两为参，半斤为宝。”

“家中急用，不知何处药店有这两种药材？”

掌柜的这才正视葛鹏，然后左右瞟了一眼，低声回答：“客官可以到路南

‘富贵药店’看看！”

暗号对上了，掌柜的高兴地走出柜台，握着葛鹏的手热情地说道：“同志，您……您这是从哪里来？”

“我从县城里才赶过来，有急事找地委梁专员汇报。”

“你来得正好，老梁他们正在这里开会。”一转身他又神秘地嘱咐道，“小点声，老梁他们正在北院子里开会，请跟我过来吧！”

葛鹏跟着掌柜的左拐右转，最后来到后院子一间草屋跟前，他叫葛鹏在门外稍候，梆梆梆，轻轻敲了三下门，然后推开门走了进去。

工夫不长，掌柜的一个人笑眯眯地走出来，悄悄道：“小同志，快进去吧！老梁他们正等着你呢！”

葛鹏点点头，轻轻推开房门走了进去，见老梁和其他人正商量着什么，于是赶忙转身欲退出来。

老梁眼尖，一看葛鹏欲走，急忙站起来招呼道：“来来，葛鹏同志请过来吧！”

他也不好推辞，只好硬着头皮走了过去。

梁专员走上前热情地握着葛鹏的双手，一番寒暄后，又转身拉着葛鹏向在座的人介绍。

“大家都来认识一下吧！”他用手指着身边的葛鹏介绍道，“这位就是我刚才提起的葛鹏同志。”说着他把葛鹏推至大伙面前。

大家都友好地相互点了一下头。

接着他又介绍道：“这位是民运部长王鹤寿同志。”

王部长急忙站起来，主动伸出双手握着葛鹏高兴说道：“葛鹏同志，早就听说你的威名了！”

“王部长您过奖了，今后还望您多多指教！”

“这位是作战部长郭振文同志。”

“我俩早就认识了。”葛鹏轻松地回答。

“对对，俺俩之前就认识了，葛鹏同志，欢迎你的到来！”

“郭部长,多谢您上次帮我渡过河,我代表陆团长和魏区长向你表示感谢!”说着,他向郭振文深深地鞠了一躬。

……

大伙与葛鹏一一握手之后,各人又回到自己的凳子上坐下来,老梁这才说:“葛鹏同志,有啥重要情报,你现在就汇报一下吧!”

葛鹏点了点头,严肃又认真地对大伙说道:“近些日子,杨云龙病得不轻,今天他让我……”

葛鹏把这次来的目的,前前后后对大家详细地说了一遍。末了,他又强调:“陆团长的意思,是想利用这次机会,神不知鬼不觉地干掉杨云龙。但不知地委的意见如何,因此就派我过来听一听上级的意见。”

“好哇!杨云龙对我们的工作危害极大,起初我们想把他拉到人民这一边,谁料他阳奉阴违,死不悔改,至今继续与人民为敌,咱们仁义已尽,理应除掉他。不过,咱们不能草草行事,要制定一个周密的计划,否则打虎伤到自身。具体实施意见,下面咱就讨论一下吧!”

老梁的话音刚落,一位青年干部抢先发言:“依我看,杨部只不过是一帮土匪,是一群乌合之众,只要我们干掉了杨云龙,树倒猢狲散,其部不攻自破……”

青年的话还未讲完,王鹤寿在一旁沉不住气了,忽地站起来:“我认为不可轻敌,这种冒进的思想太危险了,小刘庄和岳庄就是血的教训,给我们的反思还不深刻吗?杨云龙之所以能发展到今天,一是他军有两万多人,人多势众,武器又精良,几乎独霸了整个胶东半岛;二是他八面玲珑,自有灵活的头脑,又加上背后有李延年和沈鸿烈的支持,虽不能说攻不可破,但也万万不能轻敌!”

“王部长说得有些玄乎,太危言耸听了吧!”青年干部反驳道,“人虽多,但是一群乌合之众!”

王部长刚欲张嘴,一旁的郭振文站起来劝道:“现如今,我们不是对比敌我实力的时候,关键是制订方案,如何尽快干掉杨云龙。”

“对！我赞成郭部长的观点，现在应把讨论的问题集中到这一重点上来，因为这是问题的关键，大伙都要好好想一想，咱们如何设计，把杨云龙除掉这是正事。”一个中年干部补充说。

老梁自始至终没说话，只是微微点点头，过了许久，他才开口讲话：“计策倒是有一条，只是考虑得还不成熟，也不知道中用不中用。”

“老梁快说说看，让大伙听一听，也许对大家有所启发。”郭振堂抬头望了一眼，见老梁只顾低头吧嗒吧嗒吸烟，于是又进一步道，“俗话说，三个臭皮匠，顶个诸葛亮，更何况我们现在这么多人。”

“嗯！”

“是的！”

“梁专员说说看！”

……

大伙议论着，把目光都集中到老梁身上。

又过了许久，老梁这才抬起头朝四周看了大伙一眼，不紧不慢地说道：“好吧！那我就说说看，让大伙给个意见啥的。”

他磕了磕烟袋锅子，用手指轻轻试一试，不烫人了，这才把烟袋挽好塞进口袋里，然后从凳子上站起来，低声说道：“我是这么考虑的，咱们可不可以利用一下‘赛扁鹊’这根内线，打入敌人内部，来他个以假乱真，用药物把他毒死？”

大伙一听，此计好是好，可派谁去以假乱真，扮作“赛扁鹊”呢？

众人你看我，我看你，一时又陷入了困境。

“哎哟！你看我这脑子！”民运部长王鹤寿这时突然从凳子上站起来，瞅着一旁的郭振文挑逗道，“派咱们的‘半仙师傅’郭部长去，准中！”

“嗯，差不多！”

“不是差不多，而是准行！”

“对对，无论相貌还是身材，关键他还懂药理知识，又会针灸，又会搭脉，我赞成！”

……

听大伙七嘴八舌地这么一说，老郭再也坐不住了，从凳子上也忽地站起来，向众人一鞠躬，然后摆摆手："哎呀！不行不行，我那两下子，胡诌八扯忽悠外人还可以，要是真办正事那就不行了，再说，我与杨云龙从没正面接触过，也没打过交道，经验甚少，万一出了差错咋办？"

"哎——"老梁这时站起来，插话说，"我看行，同志们都相信你，你就大大方方地站出来把这副担子挑起来吧！"

"关键我对杨云龙的事情知道得太少了！"

"这不是问题，问问小葛子不就知道了吗？再说别无合适的人选，我看就这样定下来吧！"说着老梁又把头转向跟前的葛鹏，严肃而又谨慎地嘱咐道，"你们要想尽一切办法，保护好老郭的人身安全！"

"请组织放心！"葛鹏点点头。

听葛鹏这么一说，老梁这才转过身子，仔细打量着眼前的这位年轻人，一个十八九岁，脸上还未完全脱去稚气的孩子，却在特殊的环境里锻炼成长为一名革命的战士……心里一阵感动，他一把抓住葛鹏的双手："好样的，有你这句话，那我就放心啦！"这时候他忽然想起了什么，一拍脑袋，"噢，对了！还有一个好消息忘了告诉大家，昨天晚上，我刚刚接到省委通知，咱山东纵队即将西征，为了配合115师和鲁中军区一举拿下鲁中、鲁西、鲁西南和鲁西北，让我们做好群众对敌的思想工作……"

散会后，他又把葛鹏单独留下，再次仔细叮嘱："攻城的具体时间定为九月十五日凌晨两点，别忘了把杨云龙干掉后，让陆团长率部起义，配合老六团和滨北十三团攻城，起义后的联系信号在城墙顶上点燃三堆火，到时我们发三颗红色信号弹，千万别忘了点燃三堆火，在城内接应我们……"

"请首长放心，保证完成任务！"

老梁用手轻轻拍了一下葛鹏，满意地点了点头，脸上露出胜利的微笑。

郭振文随葛鹏来到杨云龙病榻前，见杨病恹恹地躺在床上，简单寒暄了几句，六姨太赶忙拉过一把椅子，推至郭振文身下。杨云龙伸出右手，他把手搭在杨云龙的脉搏上，仔细把了一会儿，抬起头和颜悦色地说："请杨司令张开嘴让我看一下。"

杨云龙张开嘴。

郭振文托着他的下颌，让他伸出舌头，又仔细看了一会儿舌苔，这才摘下眼镜故意惊讶地说："哎哟！司令得病已有数日，从脉线上看，肾虚脱汗，招风着凉；从舌苔上看，房事过频，急火攻心。加上季节更变，因此病情较重，吭咳不止……"

话音未落，杨云龙又是一阵吭咳，眼泪溢出。

李玉萍站在一旁，用警觉的目光盯着郭振文问："大夫，杨司令到底是啥病？"

郭振文故作沉稳，没有急着回答，反而扭头看了她一眼，用怀疑的口气问道："你是司令的……"

"不不，你弄错了大夫。"李玉萍慌忙回答。七姨太见李玉萍十分慌乱，就插话过来解围道："她是省里派来的特派员，协助司令工作的。"

李玉萍这才傲气十足地仰起头，摆出一副盛气凌人的样子。

郭振文点点头："我还以为是司令的……"他摇摇头，没有继续说下去，装作明白了的样子，对她一本正经地解释道，"司令得的是一种综合征，此症状多发于夏秋季节，房事较频，肾虚脱汗，外气乘虚而入，伤之肾、脾、肺、喉等，整日咳嗽不止，食欲不振，四肢乏力。严重时，上吐下泻，痰中带血……"

他把早已编好的病例词句从头至尾背诵了一遍。

众人皆服，信以为真，唯独李玉萍站在一旁沉默不语。

"大夫，你快看看这病咋治？"大姨太着急问。

"是呀是呀，您快救救他吧！"

"司令好多天吃不进东西去了，您快开个方子医治一下吧！"

……

女人们哀求着，又有几个人随声附和。

六姨太见杨云龙躺在床上，天长日久，不见好转，悄悄用哀求的语气对郭振文道：“大夫您行行好，赶快开个药方子给司令医治一下，否则，让俺今后怎么过啊！”说着呜呜地抽泣。

杨云龙躺在病床上，听女人们在吵吵闹闹，啼哭不止，十分生气，大声吆喝：“我还没死，都快给我滚出去！”说完虚汗淋淋。

“大家别担心，此病医治不难。”说着他打开药盒，从里面取出红丸三粒，并嘱咐道，“分早中晚，随开水服下即可，一两天内便可见效。不过药可治病，但不治本，本贵在平时修身养性，生活精心调养，方可病除，三天之后，我再来探望。”说到这儿，他故意停顿一下，朝周围的女人看了一眼，附在杨云龙耳朵边小声嘀咕了一阵，杨云龙听后连忙点头。

七姨太这时端来一盘钱让郭振文收下，郭推辞不过，只收三十块作为药费，然后吩咐道：“先让司令服下药丸一粒，另外两粒今晚与明早分别服下。”

一会儿，女人端来汤水，杨云龙取过药丸放入嘴中，喝水吞下。

郭振文见杨云龙把药丸一口吞下，欲起身告辞。

众人挽留，吃过午饭再走，他力辞不肯。

站在一旁静观不语的李玉萍顿起疑心，急忙对匆匆往外走的郭振文大声喊道：“大夫，请等一下！”

走出门外的郭振文假装没听见，慌忙爬上早已停在门口的日式汽车，在葛鹏的陪同下匆匆地离去。

李玉萍前脚刚踏进门槛，杨云龙就双手扶着床边，头朝下腚朝上，把刚刚吃进去的药丸，呼啦一下呕了出来。

“司令，你这是咋啦？”

“刚才我吃过药丸后，觉得浑身无力，肚子里憋得难受恶心，没想到一低头，药丸就呕了出来。”杨云龙喘着粗气回答。

院子里的人，听司令在屋内呕吐就一起跑了进来，听他这么一说，大伙才把心中悬着的石头落下，而李玉萍站在跟前却大吃一惊！

“啊呀，司令咱们中了奸计！”

“奸计？”杨云龙一怔，心中顿时明白了八九分，“你是说……”

一阵咳嗽之后，看了看众人欲言又止，待大姨太把人都招呼出去，急忙问特派员：“你是说这药有问题？”

“正是！”李玉萍点点头，“据我观察，此人十有八九是共匪派来的奸细！”

他点点头，意思是让李玉萍继续说下去。

“你想，临近中午他为何不肯用饭？这是别人求之不得的事情，而他坚决推辞；还有他见你吃下药丸后为何走得这样匆忙？神色为何又这般慌张？为钱显然不是，那为什么呢？答案很明显，是冲你来的。这一连串的疑问，足以说明其中有诈。”

说到这里，她叫手下拿来一块猪肉，弯腰捡起地上的红色药丸塞入肉中，冲院子里的黄狗叫了几声，须臾，大黄狗跑进来，李玉萍把肉扔过去，大黄狗一口吞入肚中。

时间不长，黄狗倒在地上，嘴里吐着白沫，嗷嗷叫唤，最后四肢乱蹬一阵子，口鼻溢血，惨叫几声当场断气。

原来那药丸含有剧毒，无须吞食三粒，只要一粒，人兽皆可毙命，而郭振文见杨云龙把红丸吞入肚中，心想必死无疑，故行色慌张匆匆离去，可谁想这家伙气数未尽，一下从肚子里又呕了出来。

这真是：死里逃生苟活命，气数未尽残喘世。

杨云龙一看黄狗倒地，顷刻丧命，吓得毛发直竖，冷汗淋漓，顿时病愈大半，他刚欲动怒，李玉萍冲他摆摆手，示意他少安毋躁，不要声张，然后对其小声嘀咕了几句，他立刻又躺在床上，对外声称命丧黄泉。

众人一听司令归天，赶忙张罗丧事，一时间杨府大院内外哭声不断，啼声悲惨。

葛鹏心急火燎地送走郭振文后，调转车头重新返回杨府门前，想刺探一下消息，忽听院中有女人的哭泣声，那声音凄凄惨惨，悲痛欲绝，十分揪心。

一抬头又见门楼上招魂幡随风飘摆……莫非，他真的死了，要不咋举办丧事呢？但仔细一想，不对劲啊！那哭声乍一听是十分伤心，可仔细一琢磨，又不像发自内心的，有些应付。

他跳下车走进院中想探个明白，杨家人忙进忙出地张罗丧事，他也不便打扰，径直朝灵堂走去。

灵堂设在大厅内，坐北朝南，厅内横放着灵柩，正中是一个斗大的“奠”字，“奠”字两侧悬挂着挽联、挽幛……八仙桌上供着灵位、香烛、糖碟、水果……一大摞黄表烧纸摆放椅子上。

大姨太和六姨太分别肃立在灵柩两旁，家人跪在地上低声哭泣，却不见李玉萍和七姨太等人的踪迹。他健步走近灵柩跟前趁鞠躬静默之时，偷偷看了一眼六姨太，见她红腮粉面，眼泪未滴。细细听——家人哭声时断时续，哀而未伤。心里顿时暗吃一惊，赶忙起身欲拔腿朝门外急走，忽听背后咔嚓一声，顿时眼花耳鸣，倒在地上，昏了过去。

深秋的月夜，寒气逼人。

杨云龙和李玉萍将计就计，把葛鹏秘密逮捕，打入六号牢房内，二人又秘密从长计议，打算先解除陆勇的兵权，但又不敢硬逼强取，以防他把队伍拉走投靠西山里那边。其次，以私通共匪的罪名将其逮捕，挖出幕后所有共匪幕僚，将他们全部杀掉。

可眼下独立团移防外地，杨云龙有些鞭长莫及，本想以召开军事会议为名将其捉拿，又怕陆勇识破伎俩不肯到会，反而会弄巧成拙，鸡飞蛋打，于是二人商量来商量去，最后决定还是以正常调防为名，名正言顺地再次将独立团调至城区，然后等待时机秘密逮捕他。

陆勇对葛鹏走后发生的事情一无所知，因为杨云龙的“丧事”都是在小范围内进行的，再说外围有重兵把守，封锁着消息，葛鹏开始也无察觉，只有到了杨府官邸才发生了眼前一幕，因此陆勇还是跟往常一样，又把队伍移至城区驻防。

陆勇靠在木椅背上，从上衣兜里摸出一盒香烟，轻轻打开纸盒从里面随便抽出一支叼在嘴上，划一根火柴慢慢点上，狠狠吸了一口，然后仰起头，香烟随着滋啦声，分别从鼻孔和嘴里被慢慢吐出来。

其实他心里焦急如焚，不得已以吸烟作掩饰，焦急地等待着葛鹏，两天两夜了，至今杳无音信。

香烟一支接一支，直到纸盒里底朝天，葛鹏还是未归来，此时他心里有点忐忑不安，甚至有一种不祥的预感，心里还伴随着一种特殊的恐惧感。

他站起来朝窗外张望——窗外静得出奇，月亮早已躲到云后，只有背后桌子上那块老式座钟发出的咔嗒咔嗒走动的声音。

莫非出事了？不可能，若出事也该有个音信了。

难道交给他的任务没有完成？也不可能，自己向来很欣赏他的工作能力，一般情况下，不会出现啥问题。上次劫刑场时，趁夜渡河都没有把他吓倒，难道在自己的鼻子底下还会翻船吗？

可眼前他至今未归，莫非被他们察觉，扣押了？那……想到这里，陆勇心里咯噔一下，凉了半截，若是那样的话……他不敢继续想下去，但又不得不朝着这方面去想，他舍不得这位勇敢的小战士，可爱的小伙子，自己年轻的部下，他的哥哥才牺牲没几年……

陆勇叹了一口气，多好的战友啊！天真纯洁、机警勇敢，才来到人世间还不足二十年啊！

他不再为自己的危险而担心，开始为战友的生死未卜而难过，陆勇不愿再往坏处想，然而事实与愿望恰恰相反，迫使他不得不往坏处去想，一时心乱如麻，搅得他坐立不安。

背后桌子上那块嘶哑笨拙的座钟，敲响十一声之后，又发出嗒嗒的响声。

陆勇再也坐不住了，从椅子上忽地站起来，刚要出门朝外走，窗外突然响起沙沙的脚步声，他赶紧拽出大肚盒子，一个闪身躲到门后，从门缝里影影绰绰看见一个人影朝这边走来，到了门前，那人影一闪，忽然又不见了。陆勇正纳闷，低头一看，一个纸团从门缝下滚了进来。

第十八章

他有心敞开门看看来人是谁，可又怕惊动了这位在暗中帮助自己的好心人。待脚步声匆匆离去，他这才弯腰捡起地上的纸团，那纸团被揉搓得非常厉害，他一点一点抹平打开一看，大吃一惊！踉踉跄跄地倒在地上，幸亏卫兵及时过来，把他扶到床上……纸上用铅笔歪歪扭扭地写着几行字：

陆团长：

葛副官已于前天下午被捕，现关押在六院小号牢房内。

知情人

即日

窗外秋风飒飒，树叶抖动，唯有那轮明月还悬挂在空中，把黑夜照得格外晴朗，洒向大地一片银光。

陆勇躺在床上，辗转反侧，难以入眠，心里牵挂着落入虎口的葛鹏。今夜若不趁早把他救出来，待天明后把他押至城西监狱，那麻烦就大了……看来杨云龙要下毒手了，在这关键时刻若不采取行动，后果不堪设想。

这时候，他脑海里忽然闪出一个可怕的念头——劫狱！先救出自己的战友，然后把队伍拉至西山里根据地去……想到这里，他一骨碌从床上爬起来，收拾好夜行装，又把两支大肚盒子和掌中飞刀插在腰上，对卫队长梁志成秘密叮嘱了一番,然后轻轻推开门,朝六院小号牢房扑去。

六院小号牢房不同于城西监狱那么墙高森严，这里墙头四周没有架设电网,院子四角也没有岗楼岗哨,周围也不跟城西监狱似的,布满了明岗暗哨……六院小号牢房,一般关押着预审的重要的政治犯,在这里,只要预审一结束,罪行确定属实后就可以转至城西监狱服刑,或者押至郊外枪毙。虽说这里戒备没那么森严,但也有丈把高的围墙,平常还有一个班的兵力看守,特殊情况再加派兵力,平日里没啥事,一般很少有人到这种地方。

陆勇一路上躲过无数的明岗暗哨和巡逻的士兵，翻墙越脊来到六院墙外,贴着墙角蹲下来,借着清幽幽的光线,警惕地向四周扫视一眼,见周围没什么危险,一个旱地拔葱蹿上丈把高的围墙,弯腰屈膝地伏在围墙上朝院子里观望,流动岗哨在院子里进进出出,来回走动,很明显,今天晚上增加了岗哨,敌人有所防范了。

大街上死一般的宁静,只有远处的胡同里偶尔还传来一两声狗叫。

陆勇顺着一棵靠墙根的大杨树慢慢滑了下来,双脚刚一着地,突然,一阵脚步声由远而近,一个黑影顺着台阶小路朝这边走过来。

“谁?”一个安丘本地腔哨兵问道。谁知那黑影并不回答,只是低着头一个劲儿往前走。老安丘一看急了眼,咔嚓一声,子弹被推入枪膛,冲着黑影大声喊道:“再不回话我就开抢啦!”

刚一说完,一道白色的手电光柱朝院子四周扫来扫去。

陆勇急忙躲到树后。那黑影用沙哑的声音回答:“我!”

这声音听起来好凶狠,好像是从心底下发出来的,叫人听得毛骨悚然。

老安丘一听,好像不是外人,这才收起枪冲来人喊道:“昨夜午时三刻!”

“今夜良宵美景!”

陆勇躲在树后，听来人的对答口令有些耳熟，有点像旅长王金荣的声音,可又一想,不对呀!八猴子在济南至今未露过面,前段时间,在独立团窗下被卫兵发现开枪射击,当时也猜测是他,却好久未见此人的踪迹,再说他说话的声音虽然有点像八猴子,可王金荣的声音以前没这么沙哑,眼前这黑影到底是谁呢？他正猜疑不定，只见那黑影轻轻来到老安丘跟前。

站岗的匪兵借灯光一看，冲来者一个立正，然后操着老安丘腔回答："原来是王旅长！"

陆勇躲在树后，借着手电筒的反光这才看清，原来那黑影就是八猴子，心里顿时咯噔一下，妈的！这小子原来早就回来了，怪不得前些日子大个子卫兵说贼影像他，果然不出他所料，来者的确是这个丧门星。

他心里暗暗地骂着，恨不得拔出腰间的盒子枪一枪干掉他。

"嗯！"八猴子又是一句阴沉沉地回答，稍停片刻，又接着问道，"那小子还在里面吗？"

"报告长官，还在里面呢！"老安丘讨好似的回答，"这龟孙子刚醒来不久，您来之前还在屋里骂我哩！"

八猴子又叮嘱道："要好好看守，别让他跑了！"

"请长官放心！"老安丘一边利落地回答，一边指着牢房，"你看这牢房，全是砖石砌成，有二十多公分厚，跟铁打的一样坚固，门闩又才上了铁锁，能跑得了吗？"

"共匪可狡猾得很，要是让他跑了，老子可扭下你的脑袋当球踢！"

"放心吧长官，他跑不了！"老安丘见王金荣还在迟疑，接着又补充道，"长官你若不信，我现在打开牢门让您看个明白。"

八猴子点点头，老安丘讨好似的转身放下手中的钢枪，在腰间捏了半天，才小心翼翼摸出牢门钥匙，对准锁眼朝右一扭，哗啦一声，门锁被打开了。

八猴子推开牢门走了进去，一股霉臭的气味扑鼻而来，他赶紧掏出手绢堵住口鼻，一道雪亮的手电光柱射到葛鹏身上，耀得他睁不开眼，只好愤怒地半闭着，机警地注视着来者的一举一动，他伸直左腿但右腿却半蜷着，双手摁地朝后，倚墙而坐。仔细瞧，右手摁着一块半头砖，蜷缩着身子，用下身挡住，不走近跟前几乎看不出来，头部左侧和米黄色的军服上，还沾有黏糊糊的血迹。脸色苍白，双眼半闭半睁，看上去疲惫不堪。

八猴子眯着眼睛，看上去十分得意，上上下下仔细打量了一会儿，然后

才发出嘲讽的声音:“葛副官,让你受委屈了。”他嘿嘿一笑,急忙走上前

葛鹏把头朝左边一摆,理也不理。

“妈的,这小子还挺倔!”老安丘站在八猴子身后,怒斥道,“等会儿老子给你点厉害瞧瞧!”说着欲上前动手。

“慢!”八猴子急忙把手一摆,示意他退下,假惺惺地劝道,“我不忍心看到葛副官如此悲惨!”

“龟孙子,要杀要剐随你们便,爷爷若是害怕眨一下眼,就是孬种。”

葛鹏坐在地上一骂,八猴子不但不生气,反而嘿嘿冷笑几声,阴森可怕的冷笑,余音绕梁,暗藏杀机,那笑声又如坟墓里夜猫子的嚎叫一般,突然受到惊吓冲出坟墓,让人觉得万分恐怖。

“好小子,死到临头了还这般嘴硬,待会儿把陆勇一起抓到……哼哼!我送你们一起上西天。”说到这里,他红红的眼睛里布满了血丝,稍停片刻,他又用沙哑的声音威胁道,“哼,老子会抽你们的筋,扒你们的皮,挖出你们的心肝烹炒下酒喝。”

八猴子想给葛鹏来个下马威,乱咬狂吠,站在牢房里咋呼一顿,可谁曾想,葛鹏坐在地上理也不理,根本没拿他当盘菜,像没事情发生过一样。

王金荣有些气急败坏,可又无可奈何,双方斗了一阵嘴,也没能让葛鹏屈服,只好摇摇头反背着手欲朝门外走,刚走到门槛,前腿还未迈出,葛鹏摸起地上的砖头,从地上一跃而起,像发怒的雄狮一样使出浑身力气,瞄准王金荣的脑后狠狠砸过去。

葛鹏在灵堂上被杨云龙的伏兵击昏后,抬至六院小号牢房内,待他慢慢苏醒过来,明白了眼前发生的一切,非常后悔,恨自己麻痹大意,骄傲轻敌,恨自己没把这群乌合之众放在眼里,才酿成如此大祸,陷入虎口之中。说实在话,自己牺牲是小事,可万万不能耽误攻城的大事啊!自己落入虎口已有几天了吧,如果今天晚上再逃不出去,那……那老六团,十三团,区中队,武工队,游击队……马上将要攻城了,而眼下的联络信号,攻城的时间,上级

的作战指示精神，独立团起义后城里城外前前后后部署的情况……统统都未送到陆团长手上，那……那后果可不堪设想啊！

牢房内一片漆黑，腥臊烂臭，里面还夹杂着一股发霉的味道，让他恶心得要吐。头也剧疼，用手一摸，黏糊糊的液体顺着指头和胳膊滴下来，湿漉漉的发梢，血水一滴，二滴……一股血腥之气扑鼻而来。

他用手摸摸黏糊糊的伤口，手指间发黏，觉得头顶上好像还有一个大疙瘩，那血水就是从裂缝中流出的，然后顺着头发梢滴下……月亮慢慢升起来了，看清了！那光线从铁棂和门缝间钻进来，又斜射在地面上，屋子里也跟着亮堂起来，借着窗口射过来的光线，模模糊糊地还能看见身上的血迹，那血腥味儿正浓。

看来自己躺在这里的时间不短了。

借着微弱的亮光，他回头看了看，墙角边好像还铺着一层麦秸草，葛鹏用胳膊拐着地面，拖着沉重的躯体朝墙根边上爬去……坐在麦秸草上，身子背靠着墙角，觉得比刚才舒服了许多，起码屁股下不再那么冰凉，可就是有一些小虫子在身上爬来爬去，他已经顾不得这些了，只觉得背靠着舒服就行。一会儿工夫，四周乱哄哄的蚊虫，嗡嗡地叫着又向他扑来。

俗话说：七月底，八月半，蚊子嘴，快似钻。

现在虽说已是九月了，但这些嗜血如命的家伙还是不肯放过自己，他用手驱赶着，仍无济于事，瞧！又有好几只冒险者飞过来，扑到他肩上、背上、腿上、脸上……钻透衣服叮咬得他难受。

今天是几号？他摇摇头，静下心来努力想了一会儿，眼前突然一亮，想起来了！

前天是十三号，也是自己去执行任务的第一天，昨天是第二天，也就是十四号，那么今天是十五号呀！十五号夜里凌晨两点，可是大部队攻城的时间啊！那……那应该生三堆火呀！

火！

火！

火！

此刻，他已顾不得蚊虫叮咬，扶着砖墙从麦秸草上慢慢地站起来，咬紧牙挺起身子，一步步走近窗前，急得他来回摇晃窗户上的铁棂子，又猛拽上着门锁的大门……可他哪里拽得开呢！

团长你在哪里，你在哪里呀?!

他急得想哭，可怎么也哭不出来，面对如此坚硬的墙壁和上着门锁的大门，他心急万分，一时又毫无主张。

葛鹏啊葛鹏！人人背后都称你“机灵鬼”“小诸葛”，如今你算什么“机灵鬼”“小诸葛”，是徒有虚名吧！

在这生死存亡的时刻！

在攻城战役即将打响的时刻！

在杨云龙将要被消灭的时刻！

葛鹏啊葛鹏，你可千万要把情报送出去啊！

耳边这时又响起梁专员再三嘱咐的话语，可眼前毫无主张的葛鹏，默默凝视着四角黑魆魆的墙壁，又陷入了愁思。

不行，必须想个法子逃出去，陆团长和战友们还在焦急地等着自己，对，决不能在这里等死，要想尽一切办法逃出去。

想到这里，眼前又浮现出千军万马攻城的场面……葛鹏把腮贴在冰凉的铁棂子上，泪珠从稚气的脸上滚下来。他在为自己的过失而难过，为自己的无能为力而难过，也为自己的粗心大意而难过，可现在后悔有啥用呢？

泪水迷蒙了他的眼睛。

离攻城的时间越来越近。

此刻，他又为攻城的战友们而担心。

情报送不出去，陆团长又不知道上级的指示精神，独立团无法按时起义不说，他亲手建立起来的独立团可能还有很大的危险，更无法配合大部队攻城，当然，老城墙上也无法点燃三堆火的联络信号。城内城外，敌人修筑的明暗碉堡和火力点可是纵横交错啊！部队若是强攻，必然会造成巨大的伤亡,可能会比平时多出几倍,甚至几十倍的伤亡。

血淋淋的场面这时又浮现在他眼前, 攻城的战士一个个又相继倒下去……敌人炮火轰鸣,硝烟弥漫,明暗碉堡里的机枪,开始哒哒哒地怪叫着,冲上来的战士被压在墙底下,抬不起头,只好趴在地上被动挨打……血浆流在地上,鲜红鲜红的,在战士们身边形成一条条血色的小溪,四周甚至整座县城的上空都充满着血腥的气息,战士们一个个相继倒下去,大地被血染红了,城墙内外被血染红了,刚刚升起的太阳把东方的天空也染红了,整个大地上到处都是血红一片。

葛鹏啊葛鹏,你算什么革命战士,你分明是党和人民的罪人啊!

他不敢再继续想下去,急忙用手背擦拭了一下眼泪,竭力控制住自己的情感,心里暗暗下着决心,不管冒多大的危险,无论如何也要逃出去!对,逃出去,无论如何也要把任务完成。

恰在这时,一阵脚步声由远而近,朝小号牢房这边走来,他赶紧回到墙角下的麦秸草上,假装又昏睡了过去。

来人趴在窗口上,操着安丘本地腔朝屋里骂道:“妈的,这么长时间没听到动静了,这小子八成死了!”

装睡的葛鹏一听骂自己,心里正窝着一肚子火气,腾地一下就上来了,冲着窗外的老安丘大声骂道:“老子永远死不了, 你们这群土匪、流氓、地痞、恶棍……盼着老子死,龟孙子,爷爷实话告诉你们,共产党人是死不了的……”

谁料想他这一骂,老安丘不但不恼,反而狡黠地嘿嘿一笑:“好小子,还挺倔的,甭你充能,待会儿老子请你吃‘花生米’——送你上西天见阎王。”

老安丘嘴里不干不净,骂骂咧咧地又朝远处走去。

刚才老安丘是有意试探葛鹏,看看他醒过来没有,没想到他火气正旺,年轻好胜又加上心里急躁,故破口大骂,反而中了老安丘的奸计。

他见老安丘嘿嘿一笑,朝远处走去,发疯了似的冲他狂喊。

“有种回来敞开门,老子跟你一对一地干一场,看看谁是孬种……”

老安丘可不理会他这一套,跟没听见似的朝远处走去。

葛鹏气得嘴唇发紫,浑身哆嗦。

牢房又恢复了刚才的宁静。

蚊虫又开始绕着他嗡嗡叫个不停。

葛鹏又回到墙角下的麦秸草上,刚才叫骂时还不觉得头痛,现在一静下来头脑嗡嗡直响,疼得快要涨破了似的。他往后挪动了一下身子,想找墙根靠背的地方,倚在墙上稍微休息一下,伸手往后一摸,腚底下竟有一块半头砖,后悔刚才没给老安丘一砖头,心里又感到窝囊,这时候从窗外传来一个哑嗓子和老安丘对话,他听得一清二楚,从二人对话的语气和腔调中,觉得那个哑嗓子声音很熟,有些像八猴子的声音,不过那声音有点沙哑,跟破锣似的,似乎又不像八猴子,再说王金荣现如今还在济南医治枪伤,怎么会突然冒出来了呢?若真是这个龟孙子,那可被枪击他的大个子卫兵言中了。

不……不可能是他,若真是他,为什么被大个子卫兵枪击之后再也未见过他的面?

葛鹏摇摇头,心想不可能是他。

但那口气,那余音,又像他,没错,就是他!

葛鹏皱着眉头用力去想,可心里矛盾得很,一会儿觉得像他,一会儿又觉得不像他。管他呢,反正都不是好东西,待会儿老子让你们尝尝这砖头的厉害,这才引出葛鹏怒砸八猴子的场面。

葛鹏抡起手中的砖头,像一头发怒的狮子,瞄准八猴子的脑袋用力砸去,可八猴子也不是平庸之辈,忽听背后嗖嗖生风,预感不妙,急忙把头往右一歪,砖头恰好砸在他的左肩上,痛得他“哎哟”一声,一个趔趄,差点摔倒。

呵,好家伙,八猴子毕竟是习武之人,虽说不能眼观六路耳听八方,但也是走如风,站如松,闪似电,跃如猴……动作敏捷,伶俐机警,若换上别人,早就头破血流,气断身亡了。

八猴子踉踉跄跄,赶忙用手扶住门框没有倒下,接着来一个一百八十度的大转弯,反将身子一扭,冲葛鹏左颧骨猛一拳,这一拳的确下手太狠,只听葛鹏“啊呀”一声,扑通趴在地上不动了。

老安丘见葛鹏从背后偷袭,吓得拔腿就跑。

八猴子一看火了,冲上去啪啪就是两记耳光,打得老安丘眼冒金星,差一点栽倒在地上。

“妈的,就你怕死,快给我滚回去!”

老安丘被两耳刮子打得晕头转向,又挨了一顿臭骂,吓得再也不敢向前迈步了,只好转过身子又颤颤抖抖地走了回来……一瞅见地上躺着的葛鹏,窝一肚子火正好没处撒气了,摸起地上的钢枪,端着刺刀刚欲攮葛鹏的腹部,却“哎哟”一声倒在地上,双腿乱蹬了几下不动了。

原来陆勇躲在树后,怕惊动敌人没敢吱声,听了八猴子和老安丘的对话后,他蹲在树后仔细观察,然后见机行事。

月亮这时升起来了,地面上比刚才清晰了许多,见老安丘端着刺刀对准躺在地上的葛鹏就攮……好一个飞刀双枪将,说时迟那时快,陆勇迅速拔出腰间的飞刀,一甩手,那飞刀嗖一声,直奔老安丘的脖颈而去。

八猴子低头一看,老安丘躺在地上挣扎了几下不动了,大吃一惊,急忙拾起地上的钢枪,端着刺刀朝陆勇这边扑过来。陆勇看事不好,急忙往左一闪,让过他的猛虎扑食,谁料八猴子反将身子一扭,又冲陆勇的胸口刺来。八猴子这一招叫“反身猛刺”,这一手非同小可,倘若不小心撞在刺刀上,那可不是简简单单的破皮流血,而是刺刀穿心。再瞧陆勇,来一个旱地拔葱,如蛟龙出水,平地腾空跃起,躲过一劫,接着伸开双臂来一个大鹏展翅,朝八猴子后背扑来,八猴子看势不妙,就地一滚,来一个翻山倒海,平地跃起。陆勇趁他双脚还未落地之际,顺手抄起一截木柴棍飞身迎斗八猴子。

八猴子一看,两次都躲过刺刀,又凶狠地将身子一纵,从右侧直奔他的腰部而来,陆勇见背后受敌,急忙往左边一跃,回头用木柴棍拨开,八猴子见刺刀扑空,急红了眼,端着刺刀来一个蟒蛇缠腰,上下左右四个方位一齐出手,对着陆勇乱捅乱戳……

有人欲问:八猴子此时为啥不喊人?

会看的看门道,不会看的看热闹。

八猴子不喊人是有一定原因的,其一此人生性好强喜斗,不喜别人过来助战,因为那样既显不出自己的能耐,又让大伙嗤笑他没有真正的本事。上次他跟陆勇比枪法就是很好的证明,心里虽然妒忌陆勇,甚至千方百计地陷害他,但就不愿意别人过来掺和;其二八猴子抱着一种特殊的心理,今夜我就是战不过你,四周都是自己的人马,谅他也跑不出去,既然跑不出自己的手心,哼哼,最终也是死路一条;其三八猴子有意拖延时间,使用调虎离山之计,把陆勇困在这里,杨云龙就可以腾出时间收拾独立团,一下子缴了独立团的枪械,看陆勇还反动啥?

八猴子这时端着刺刀来一个猛虎掏心,分上下左右快速出击,把陆勇逼到墙根下,对他一阵乱刺……陆勇一看这小子耍的是梨花枪,心里暗暗吃惊,没想到这龟孙子还会这么一手,有点眼花缭乱,但他毫无惧色,仅凭手中的一截木柴棍,使出杨家枪的棍法,来一个排风烧火,左撇右挡,又来一个排风揉面,上拨下压,再来一个排风担水,不求主动进攻,只求躲闪腾跃,木柴棍被他舞得呼呼生风,上下翻飞,令八猴子眼花缭乱。

两人一上一下,一左一右,棋逢对手,鏖战了十多分钟,还是不分胜负。

八猴子求胜心切,累得大汗淋漓,呼哧呼哧直喘粗气。

陆勇手中虽然握有木柴棍棒,但是不敢硬碰硬,心里害怕棍子被折断,或者被八猴子手中的钢枪磕飞。再说八猴子的武艺的确不凡,他也暗暗佩服,因此打算智取,不会硬拼。

八猴子见陆勇武艺娴熟高超,水平的确高出自己一截,心里也暗暗称奇,庆幸今天晚上自己手中握有钢枪,要不小命非葬送于陆勇手中不可。

想到这里,他腰板一挺,使出浑身气力,来一个夜叉探海,直逼陆勇的前胸而来。陆勇一看此人如此狠毒,飞身腾起,来一个猛虎跳涧,躲闪过去。八猴子一看自己扑了空,接着使出回马枪,扭身来一个猴子探月,陆勇再次双脚腾空飞身躲过,来一个海底捞针,对准八猴子后背就是一闷棍,这一棍子的确太狠了，一棍下去非死即伤，八猴子并非等闲之辈，收住枪往怀中一搂，就地来一个驴打滚，一下子滚出好远，只听咔嚓一声，棍子着地断为两截，身子随之向前倾斜……谁料想，这时候陆勇被老安丘的尸体绊了一下，单脚着地不稳，扑通摔了一个仰面朝天。

人常说越冷越打战，越热越出汗，心里越怕鬼，偏遇鬼搂腿。

八猴子一看陆勇摔倒在地，顿时乐坏了，哈哈，天助我也，忙把胸部一挺，端着刺刀直奔陆勇的腹部而来。

葛鹏被八猴子一拳击倒在地，昏迷不醒……待他醒来时，二人已打斗在一起了，他想挣扎着爬起来，无奈伤势太重体力太弱，怎么也站不起来，只好眼巴巴地看着二人厮杀。

这时候，他见陆勇被突然绊了一下，扑通摔了一个仰面朝天，不好！八猴子这时端着枪冲上去欲猛刺他的腹部。

不知从哪里来的一股力气，葛鹏忽地一跃而起，一把抓住八猴子的大腿死死不肯松手，八猴子一看急了，大腿被葛鹏拽着动弹不动，扭身冲葛鹏的腹部就刺，机灵鬼朝左一翻身，无奈下身动作稍慢了一点，被刺刀正中大腿，鲜血顿时渗透裤子流到地上，新的伤口四周黏黏糊糊的，一片血腥。

八猴子这一枪刺得的确够狠的，一枪攮下去，因为用力过猛，使劲太大，刺刀穿过肌肉贴着大腿骨插入地上，还没等他把刺刀拔出来，陆勇趁此机会，顺手拔出老安丘身上的飞刀，对准八猴子的右肋攮了进去……这一刀带着愤怒，带着仇恨，带着正义，一刀刀扎进去，一刀刀见红，可能因用力过猛，最后一刀连刀把子也戳了进去。

罪大恶极的王金荣，甚至连声都没来得及吭一声，就这样稀里糊涂地做了陆勇的刀下之鬼。

陆勇急忙背起地上的葛鹏，刚刚迈出小号牢房的东门口，从背后忽然传来一个熟悉的声音："陆团长，你还走得了吗？"

话音刚落，从后面走上来一个人，持枪拦住了他的去路。

陆勇暗吸一口凉气，微微抬起头，借着前院中的灯光一看，来人正是自己的冤家对头——李玉萍。

李玉萍是从何处而来？那咱还得从八猴子说起。

近些日子，李玉萍心烦意乱，食欲不振，夜不能寐，在床上怎么也睡不着，出于军人的习惯，枪不离身，穿好衣服来到院子里，想静坐一会儿。刚坐下不久，眼前突然一闪，从对面短胡同窜出一条黑影，鬼鬼祟祟，朝她这边走过来。嗅觉灵敏的李玉萍急忙躲到葡萄蔓底下，屏住气息，仔细观察来者是谁，想干什么。

黑影越来越近，透过前院里的灯光，终于看清了，只见他——

此人细长脸，
个矮似时迁。
走路如同飞，

敏捷贼猴猿。
边走边张望，
天生狐狸仙。
声音吭咳小，
行动似魂冤。

李玉萍蹲在暗处一看，心中十分纳闷：这不是王金荣旅长吗？怎么……难道他出院了？啥时候回来的？自己怎么一点也不晓的？军座也没提过他呀，难道他们对自己也有了戒心不成？有可能，要不自己怎么还蒙在鼓里呢！看来……他们背着自己不知要什么鬼把戏，若果真如此，想要把这群乌合之众拉至党国这边，死心塌地地为党国服务并非易事，恐怕也枉费了沈主席的一片赤诚之心。

杨云龙他们也留了一手，在背后暗暗防着自己。看来今天晚上必须得跟他们弄个水落石出，但又一想：不行呀，那样会打草惊蛇，不如暗地里跟着他，看看他们背着自己到底想干什么。对，跟上去。

八猴子是谁？属麦秸草垛的——浑身是心眼子，私下觉得背后似乎有人跟踪，便一头钻进一条小胡同，左拐右拐，东进西出，一会儿工夫就把身后的李玉萍给甩掉了，待李玉萍灵敏的嗅觉辨别出六院小号牢房的气味时，八猴子早已魂归西天。

陆勇背着葛鹏，见李玉萍端着手枪从斜弄里走上来，暗吸一口凉气，死死地盯着她的枪口讥笑道："尊贵的特派员小姐，你的鼻子好灵呀！"

"陆团长没想到吧！"她掂了掂手里的枪，"这也算螳螂捕蝉，黄雀在后吧!"她见陆勇不语，说完把眉毛往上一挑，十分得意，又纠正道，"本小姐不是鼻子灵敏，而是腿长，是腿长懂吗？"

他不屑一顾地看了她一眼，问道："那你打算咋办？说吧！痛快些！"

"陆团长莫急，我有的是办法。"这时候她又换上了另一副面孔，用诚恳而又认真的口吻冲陆勇劝道，"陆团长，这些年你风里来雨里去，跟着共产党干了这么多年，捞到了什么好处？人为财死，鸟为食亡，这个道理……我想你会懂的。说心里话，我很欣赏你，也很佩服你，凭你这一身本事和聪明才智，不如跟我一起远走高飞，为党国建功立业。”

“还有呢？”陆勇见她唠叨个没完没了，有些不耐烦。李玉萍一听，心中暗喜，认为他已回心转意了，于是眉飞色舞地劝说道：“只要你跟着我走，保你升官发财，还有金钱、洋房，还有……反正保你成天吃香的喝辣的，荣华富贵享受不尽。”

“够了够了，收起你那套鬼把戏吧！”陆勇没好气地说道，“我若不跟你走呢？”

“那你是敬酒不吃吃罚酒，我手里的枪弹可不认人。”

陆勇冷笑两声：“李小姐，请不要逼人太甚，我可没时间跟你唠叨，今后你走你的阳关道，我走我的独木桥，咱俩井水不犯河水，请让开路！”

李玉萍掂了掂手里的勃朗宁小手枪：“不知趣的东西，那你就别怪我不客气了。”说着，她瞄准了陆勇的头部。

“你敢？”陆勇话音未落，忽听背后叭响了一枪，李玉萍“啊呀”一声倒在地上，两腿挣扎了几下咽了气。

这时候，从墙角黑影里走出一位年轻漂亮的持枪女子。

陆勇扭头一看，大吃一惊：“啊呀！怎么是你?!”

第十九章

“没想到吧！”

“难道在暗中帮助我的知情人，就是你？”

来人点点头。

“你……你是共产党的人？”

她摇摇头，冲他莞尔一笑。

“那……那你……”

陆勇迷惑不解，女子见他说话吞吞吐吐，急忙上前解释道：“陆团长，我是中国人！”她见陆勇瞪着眼睛看着自己，好像还有些怀疑，于是上前解释道，“虽然我不是共产党的人，但我十分敬佩共产党，因为你们干的都是大事业，是光明正大的事情，是真真实实在为中国老百姓谋福祉，更是为咱们国家的前途着想……我很敬佩你们！”

说到这里，大家肯定欲问这女子到底是谁。

七姨太！

对！杨云龙的第七个姨太太。

那她又为何在暗中帮助陆勇呢？要回答这个问题，咱还得从她在济南上学时说起。

七姨太原本是山东大学的校花，因参加反对内战运动，组织学生上街游行、示威、请愿……与当局发生冲突，后被秘密逮捕入狱。一次偶然的机会，被去济南开会的杨云龙相中，才得以保释，最后被迫纳为杨的姨太太。

一阵急促的脚步声正朝这边跑来，七姨太见敌人追来，急忙朝陆勇使了个眼色。

“陆团长快随我来！”

陆勇背着葛鹏一路小跑，从小号牢房后门逃了出去。

院子里的匪兵听到枪响，知道后院小号牢房出事了，大金牙急忙率领二十多个匪兵朝后院子扑来。推开牢门一看，见地上躺着两具黑乎乎的尸体，赶忙拿手灯一照，正是王金荣和老安丘，牢房内的葛鹏这时早已不知去向，顿时慌了手脚，胡乱吹起了警笛，然后对着夜空叭叭就是两枪，一个个跟疯狗似的朝院外扑来。

清脆的枪声震碎了宁静的夜空，惊动了四周的匪兵，也跟着纷纷鸣枪示警，叫着喊着朝这边扑来。

七姨太看事不妙，冲陆勇道：“陆团长，你们快从后门走，这里太危险了。”

“那……那你咋办？”

“我没事，甭惦记，你们快走吧！”说完，她顺着后墙根往西跑去，一会儿工夫就消失在茫茫的夜色之中。

大街上传来一阵阵慌乱的警笛声、喊叫声、跑步声……陆勇背着机灵鬼又是一阵狂奔，路上颠簸，本来昏迷不醒的葛鹏，被一顿折腾慢慢醒了过来，待他睁开眼睛，见自己趴在陆勇后背上，顿时明白了眼前发生的一切。

听——团长背着自己，一阵奔跑累得直喘粗气。

看——后边的匪兵喊着，叫着，咋呼着，从背后追过来。

想——子时已过，离凌晨两点越来越近，大部队攻城迫在眉睫，应赶快在城墙上点燃三堆篝火呀！

葛鹏再也沉不住气了，挣扎着要下来。

“团长快放下我吧！”说话的语气里有些哀求。

“不中，就是死，也要跟你死在一起，我不能把你一个人丢在这里。”

陆勇一边说着，一边背着葛鹏来到东小门，刚欲上台阶，从门外突然窜进来三个匪兵,陆勇一抬手叭叭,三个匪兵弹弹咬肉,一个个倒下去。他不敢恋战,背着葛鹏冲出东小门,顺着大街刚跑了几步,不好!又被敌人发现了,接着躲进胡同里往北跑。

“快快,往北跑了,给我抓活的!”

一个匪兵用手电筒照着,一边在背后咋呼:“弟兄们快追!”

……

敌人的脚步声越来越近,子弹贴着头皮嗖嗖乱飞。

“团长放下我,快放下我……”

陆勇哪肯放下,低着头,鼓足气,还是一个劲儿往北跑,渐渐地,速度越来越慢,最后跑不动了,眼看敌人就要追上来了,葛鹏趴在他的后背上,再次拼命挣扎着要下来。

“团长,你想叫咱俩都牺牲吗?”他苦苦哀求,几乎哭出声来,“别忘了,咱们的任务可还没完成,老梁命令你今天晚上率独立团起义,配合城外梁师长的老六团和十三团一举拿下县城,独立团起义可离不开你啊!老梁和战友们正在城外等着起义信号,凌晨两点,千万别忘记在老城墙上点燃三堆火呀!”

陆勇不语,咬着牙,还是坚持一步步向前迈腿。

“团长,照这样下去,咱俩谁也逃不掉,快放下我吧!”

他哽咽着,又一次苦苦哀求,忽然,从左边斜弄里射来几束手电光,随后就听见大金牙撕破嗓子狂喊:“弟兄们,共匪在右边胡同里,都快往前冲……”

“谁抓住共匪,司令有赏啊!”

砰砰砰,叭叭叭,敌人的枪又响了。

“妈的,谁开的枪?老子要活的,要活的!”

大金牙一边吆喝着,一边指挥着匪兵又朝他俩扑来。

陆勇扭头一看,匪兵快逼近了,又双手端起枪,左右开弓,叭叭两声枪响,跑在前边的两个匪兵被撂倒了,后边的人一看,跑在前边的人倒地身亡,一个个吓得不敢冒死上前,只好趴在地上瞎吆喝。

“弟兄们，共匪就在前边，快开枪打哇！”

匪兵们趴在地上，嘴里还一个劲儿嘟囔：“刚才不叫开枪想抓活的，这会儿又让开枪，真他妈的活见鬼！”

大金牙对着前边举手就是两枪。

“妈的，都是一群怕死鬼，快……快给我站起来往前冲，谁若是再趴着不起来，老子就一枪毙了他。”

匪兵们硬着头皮一个个从地上爬起来往前冲。

陆勇见敌人穷追不舍，离自己越来越近了，最后实在走不动了，于是俯下身子，对葛鹏低声嘱咐道：“在这儿等着我，千万别走开，待我把敌人引到前大街，再回来背你冲出城。”说着他把老安丘留下来的两颗手榴弹塞进葛鹏手里，飞身跑出胡同，刚要开枪把敌人引过去，葛鹏扶着墙壁忽地站起来，走到胡同中间，一下子拦住了大金牙他们的去路。

“龟孙子，老子在这儿，有种的你们就上来吧！”

大金牙一听，葛鹏在左边胡同里，便一个个弓着腰，缩着头，一步步朝左边胡同的葛鹏靠近。

他拧开手榴弹的后盖拽出引线，用力一拉，那手榴弹在他手中冒着白烟……

“团长，别忘了三堆火啊！”

轰，一声巨响，一个大火球在敌群中开了花，五六个匪兵又倒在地上。

葛鹏壮烈牺牲！

陆勇站在胡同里，眼巴巴地看着这位伟大的战士，为了新中国的解放事业献出了年轻的生命。

心如刀绞，泪水顿时迷蒙了他的眼睛。

火！

火！

火！

应赶快点燃三堆篝火啊！想到这里，陆勇擦了一把眼泪，抬腿顺着胡同向前奔跑。

快！

快！

快！

绝不能再让其他战友做无辜的流血牺牲，应赶快生火给城外部队发信号，否则就会有更多的战士倒下去。

他来到大街上，刚一露身就被大金牙的巡逻队发现了。

“报告长官，共匪就在前边！”

“在哪里？”

“快看，正在前边跑着呢！”

一个匪兵用手电筒照着穿夜行衣飞跑的陆勇，对远处的大金牙喊道：“你看，从大街又朝胡同里跑去了。”

“妈的还想跑？快给我追！”

本来渐已平息的枪声，这时又叭叭响了起来。

陆勇一看，敌人又从后边追来，甩手叭叭叭又是三枪，跑在最前边的三个匪兵，“啊呀”一声又栽倒在地上，后面的人一看不妙，又吓得趴在地上不敢近前了。

“弟兄们不要怕，前面只有一个共匪，他已经没子弹了，冲上去抓活的。”

大金牙这一吆喝还真管用，那些怕死的匪兵跟打了鸡血似的，在他的督促下，跟风狗似的又一次冲陆勇扑去。

陆勇身上没葛鹏，撒腿如飞，顺着大街的南墙根往城东门跑去……刚至刘家胡同路口，突然，从里面窜出一队人马，持枪拦住了他的去路。

陆勇一看前有拦截后有追兵，腹背受敌，一时失去了主张。

“陆团长别开枪，是我们呀！”

人群中忽然有人冲他吆喝，陆勇一听，是卫队长梁志成率人接应自己了。

“你们怎么来了？”

“一言难尽！”梁志成话音未落，一阵脚步声由远而近，敌人的手电光从背后刷地扫过来。

“报告长官，共匪就在前边！”

“快追，抓住共匪，司令重重有赏！”

匪兵们一听，呼啦一下朝陆勇这边扑过来。

陆勇一看，敌人追来，扭头对卫队长梁志成下令道：“梁队长，你亲自带人冲上老城墙点燃三堆火，别忘了，是点三堆火！其余的人留下来拦住敌人，我立刻回团部通电各营各连，独立团今晚对外宣布起义，全团一齐抗击敌人……”

“是的，团长！”

临走之前，他怕梁志成没听明白，又补充了一句：“是三堆火！火！火！”

“放心吧团长！”

陆勇说完，一甩手叭叭叭又是三枪，然后消失在夜色之中。

梁志成是从哪里来的？独立团现在怎么样了？要问这些事，咱还得从陆勇欲救葛鹏时说起。

当初杨云龙和李玉萍巧设陷阱把葛鹏逮住，秘密押入六院小号牢房内，昼夜轮流看守，妄想通过封锁消息，掩盖葛鹏被捕之事，以此稳住陆勇，害怕独立团被拉至西山里那边去，然后派王天和率人秘密包围独立团，想强迫陆勇的人缴械就范……陆勇从知情人七姨太那里得到葛鹏被捕的消息，安排卫队长梁志成准备起义工作，自己连夜来到六院，从小号牢房把葛鹏救出，谁知匪兵追得急，葛鹏拒敌而光荣牺牲。

陆勇回到团部，当夜通电各营各连立即起义，全团一齐抗击杨云龙的一师。

王天和领命把独立团包围后，打又打不过，攻又攻不下，结果被独立团一顿暴揍，只好甩手让独立团反水起义。

在独立团反水起义的过程中，有一人值得一提，那就是卫队长梁志成。

梁志成说是卫队长，其实他手下只有一个班的兵力，是陆勇救葛鹏的唯一知情人。临走时，陆勇特别嘱咐，让他通知各营各连今夜一律不准休息，坚守驻地防区，背后又把三营偷偷移防至城里，一来保卫团部，二来协调城外大部队拒敌，整个独立团实行一级战备，只等陆勇一声令下。可陆勇久去未归，梁志成心急火燎，这时候又听见城内枪声大作，就知道陆勇跟敌人接上火了，他怕陆勇有危险，于是嘱咐手下人守住电话，自己冒险带领人马去接应陆勇，恰好这时胡同里又响起密密麻麻的枪声，梁志成率卫队混入敌人的追捕队伍当中。

正当枪声响成一片时，梁志成趁敌人不注意，率众人溜进张家胡同直奔前大街而去……在路口上才与陆勇相遇。

老梁率各区中队、游击队、武工队，以及民兵与山东纵队的滨海老六团会合后，埋伏在城外等待独立团起义的信号——三堆火，好里应外合共同打击敌人，一举拿下县城。谁料想，时间已逼近凌晨两点了，还不见独立团发出起义的信号，梁专员此时心急如焚。

正在这时候，城内突然响起枪声，细细听里面还夹杂着轰轰手榴弹的爆炸声，而城墙四周却安静如初，如同没发生任何事一样。

城外的人哪里知道城内发生的事情呢？因不知底细，也不敢贸然行事，只听城内的枪声时急时缓，最后只听到零碎的几声枪响，隐隐约约还传来跑步声，里面夹杂着敌人一阵阵的吆喝声……

正在大家心急如焚的时候，城墙上突然燃起三堆大火。

“火！快看！火！”贵根一伙人指着城墙上三堆篝火，兴奋地对老梁道，“梁专员快看，火，火，准是葛鹏哥他们烧的！”

“小伙子们都是好样的！”

火！火！火！

这是愤怒的火！

这是神圣的火！

这可是战斗胜利的象征啊！看得出，老梁此时的心情十分激动。

城内梁志成一伙人，除留下阻击敌人的外，其他人跟着卫队长冲上城墙,各人扒下自己的上衣倒上油,点燃了衣服。

红红的大火,突然间烧红了整座县城的上空。

西北风把带着棉布焦味的油烟,不断地吹向这边……霎时间,城内的喊杀声以及轰隆隆的枪炮声又响成一片。

“快！快！赶快打三颗红色信号弹。”

砰！砰！砰！

三颗红色信号弹腾空而起。

“开炮！”

梁师长一声令下，老六团各种口径的火炮，一齐瞄准城墙内外的火力点,一阵猛轰。

杨云龙带领人马折腾了大半夜,连陆勇的影子也没抓到,反损兵折将不少,本来身子骨就没好利落,又加上今夜一顿折腾,累得筋疲力尽,待他垂头丧气地回到军部,一屁股坐在太师椅里,刚想坐下来喘口气,房门咣当一声又被人推开了,王天和急急火火地来不及报告便硬闯了进来。

“报告司令,独立团反水了！”

杨云龙气得咬牙切齿,刚想发火,突然,大金牙这时慌慌张张地又从外边跑了进来。

“报告司令,大事不好了。”

“咋呼什么？天塌下来,老子一个人顶着！”

“火……火！火！”大金牙指着门外,心里一急,说话也结结巴巴、颠三倒四起来。

“什么火？”

“东城墙上有人点燃了三堆篝火！”

杨云龙一听,吃了一惊,忽从椅子里站起来,瞪着布满血丝的大眼直愣愣地盯着大金牙。

“谁点的火？”

“不知道！”大金牙摇摇头，稍思片刻，又接着补充说，“大概是共匪点火攻城的信号吧。”

“妈的！”杨云龙低声骂了一句，这时王天和自告奋勇道，“司令，我率人过去看看吧！”

杨云龙点了一下头，随口“嗯”了一声，王天和转身而去。

望着门外被火映红的天空，杨云龙气得脸色发青，嘴唇现紫，手也跟着哆嗦起来，毛发直竖着，嘴角抽搐，一咧一咧的，最后耷拉着吊丧脸来到院子里，朝东一望，见三堆大火趁着风势烧得正旺，把县城东半天的上空映得火红一片。

火！

惊魂动魄的大火！

杨云龙惊魂未定，眼前忽地一亮，腾一声，又升起三颗红色信号弹，接着响起轰轰隆隆的炮声，那声响如翻江倒海，似山崩地裂，像天塌下来一般，瞬间把东关大街的城墙内外炸成一片火海。

大街上传来汽车声，跑步声，哭喊声……人群嘈杂，乱作一团。

“快快，赶快给王吉祥和郭继先发报，让他们火速增援！”

“是！”大金牙应声而去。

过了一会儿工夫，只见他慌慌张张地又跑回来：“报告司令，二师和三师同样被共军包围了！”

“铁五旅呢？”

“联系不上！”

“妈的！”他骂了一句，“无论如何，叫郭继先过来增援！”

“是！”大金牙又转身而去。

轰！轰！轰！

一颗颗炮弹在城墙四周纷纷爆炸，杨云龙怕王天和部下守不住东关，朝门外大喊：“来人！”

“到！”

杨云龙一看，大金牙又跑了进来，便问道：“郭继先呢？”

“郭师长率人马上就到！”

“快……快调预备队，先去增援东关！”

“是！”大金牙率杨云龙的预备队向东关大街跑去。

拂晓时，天空中下起了麻杆子雨。

县城里轰隆隆的枪炮声接连不断。

来回飞行的子弹，在半空划出一道道白线。

炮弹一颗接着一颗在城墙四周爆炸，每爆炸一声，大地和城墙就被炸得颤一下。

待天明时，城墙四周的明暗碉堡和火力点，一个个被掀翻炸平，几乎被老六团的炮火清除殆尽，为下一步攻城做好了准备。

敌人纷纷溃逃退至城内蜷缩在炮楼里，暗堡下，吓得不敢露头。

这时城南门外轰的一声巨响，震耳欲聋，陆勇率独立团一营人马，在城墙根下拉响一个一百多公斤重的“大拉雷”（当地人称大炸药包子为拉雷），城墙顿时被撕开一个大口子，裂口四周接着又响起密集的枪声。

老梁知道独立团的人打过来了，跳出战壕朝背后一呼：“同志们，独立团的人接应我们来了，冲啊！”

“冲啊！杀啊！”

老六团的人马纷纷跃出战壕，战士们叫喊着朝城墙的裂口方向扑去。

雨越下越大，可战士们越战越勇。

裂口被独立团的人牢牢控制着，大金牙组织人马反扑厮杀几次，见无望后便放弃反扑，改为固守，纵队和独立团的人马在城墙的裂口处汇合，为大部队实施总攻铺平了道路。

十五日下午三点四十分，我军发起总攻，激战中大金牙见大势已去，慌忙率领二十多个匪徒退缩在一栋二层水泥岗楼中，凭借着砖墙上的射击口继续负隅顽抗。陆勇摆摆手让战士们停止射击，然后躲在一堵高墙背后从砖缝的空隙向敌人喊话。

“大金牙和里面的人都听着,我是独立团团长陆勇,现在你们已经被包围了,希望你们放下手中的武器,从里面走出来举手投降,解放军优待俘虏,否则死路一条。”陆勇见岗楼里停止了射击,又喊,“里面的穷苦弟兄们,你们不要再为杨云龙卖命了,快放下手中的武器,向解放军投降吧,共产党优待俘虏,你们也可以立功赎罪,也会被宽大处理,我绝对保证你们的人身安全,现在我等你们一分钟。”

小雨还在密密地下着,岗楼内沉默无语。

县城西门和城西监狱方向忽然传来一阵激烈的枪声,还夹着隆隆的野炮声。

躲在岗楼里的大金牙哈哈大笑。

“陆勇你给我听好了,杨司令待你不薄,十分器重你,没想到你丧尽天良,忘恩负义,投靠了共匪,与司令为敌,你的良心何在?道义何在?不知羞耻的东西!”

大金牙刚刚说完,一个粗嗓子夹着胶南腔又喊:“陆团长,你罩起耳朵听一听,杨司令和郭师长一会儿就打过来了,用不了多长时间就能收复全城,听我良言相劝,回头是岸,与我们一同合作,共同抗击共匪……”

“你们已经被我们包围了,谁来也救不了你们的狗命!”陆勇回敬了一句,岗楼里的轻重机枪突然又哒哒哒地响了。

“弟兄们,给我狠狠地打,司令增援我们来了!”

“打!打!打!”粗嗓子躲在岗楼里声嘶力竭地狂喊着,子弹顿时跟暴雨似的倾泻下来。

陆勇把胳膊一挥,立即组织人员实行爆破,其他人掩护。

在两挺机枪的掩护下,一个战士抱起炸药包冲了上去,可惜,他刚刚跑出二十几步就被敌人的机枪击中,倒了下去。

“第二组上!”陆勇怒睁着眼,手握着拳头下令,又一个战士接过炸药包冲了上去,但跑到中途又倒了下去。

他一看两个战士倒地牺牲，顿时火冒三丈，夺过一挺机枪对着岗楼内的敌人一个点射，楼内的机枪突然哑巴了，随之又有一个战士冲了上去，眼看就要冲到岗楼跟前了，谁料想敌人的机枪又突然哒哒哒地狂叫起来……又有一位战士倒了下去。

陆勇气得咬牙切齿，把手中的机枪往地上一掷，冲身旁的机枪手喊道："你们掩护，我上！"

"团长，这怎么行，哪有团长抱着炸药包子冲锋陷阵的？机枪手给掩护，我上！"梁志成说着，抱起炸药包就要往上冲。

"站住，不想活命了？听我命令！"

"不，团长，还是我上吧！"

"是的！团长还是我们上吧！"

又有几位战士这时争吵着要上。

陆勇望着这些可爱的小战士，习惯性地把手一挥："同志们，现在不是你争我吵的时候，关键是要把敌人的岗楼炸掉！"最后一句，他说得语气很重，回头看了看一个个稚气的战士，一咧嘴，对着他们微微一笑，"你们都经验不足，还是我来吧！"

梁志成哽咽着，几乎哭出声来，哀求道："你是团长，哪有团长抱炸药包的？还是让我们上吧！"

"让我上吧！"

"我上吧！"

"我上！"

……

"你们别吵了！"陆勇发疯了，大声喊道，"机枪给我掩护！"

他猫着腰跟离弦的弓箭一样冲上去，一个就地十八滚，轱辘辘，滚到牺牲的战士跟前，拾起身边的炸药包，时而匍匐，时而奔跑，眼瞅着快要到岗楼跟前了，突然，一梭子弹扫过去，他趴在地上不动了，显然，敌人觉察到岗楼已不安全了，就来到底层朝外扫射。

这可把梁志成吓坏了，急忙喊道："团长——"

"队长，我上！"又有一个战士抢先请战。

"不！我是共产党员，应我先上。"一位身着老六团军装的解放军战士这时候向梁志成请求道，"你给我掩护，我上！"

"不！我爆破技术熟练，还是我上。"刚才那位年轻的战士倔强地反驳，说着他就要往上冲。

"快看！"一个小战士惊呼道，"陆团长站起来了！"

"快掩护！"

梁志成急忙对机枪手下命令，霎时间，机枪，步枪，冲锋枪……一齐向敌人的岗楼开火。

陆勇从地上一跃而起，直奔敌人的岗楼而去。

岗楼里的敌人一看来不及了，纷纷喊着、叫着，欲跳楼逃跑。

轰！

一声巨响，岗楼颤抖了几下倒塌了，二十几个匪兵无一生还，大金牙和粗嗓子血肉横飞，连完整的尸体也难以找到。

十五日下午，城西赶来的敌人皆被我军击退。

杨云龙和郭继先见大势已去，慌忙收拾残局，从东门狼狈撤出，向东北方向逃窜。

夕阳从马路两旁树叶子的缝隙斜射过来，在地面上洒下斑斑点点的阳光，在叶片的缝隙间躲躲闪闪，来回晃动。

大街上热闹非凡，陆勇告别了梁专员、魏区长、郭部长和贵根他们，率独立团又加入了山东纵队，配合 115 师投入了解放鲁西南的战场之中。

杨云龙和郭继先化装从城东门逃走后，一路上整合着残兵败将，仓皇地朝东北撤退……队伍行至桥北头，又有几路败兵加入。

恼人的秋风飒飒吹起，杨云龙的心十分煎熬，想想自起兵以来，跟日本人，跟厉小鬼，跟于学忠的五十七军……五十一军也干过呀！自己一生经历过大大小小的战事无数,可从未出现像今天这样的败绩,败得如此狼狈,败得如此心酸,败得如此难堪……他连连唉声叹气。真没想到,自己一手打造的嫡系王牌“铁五旅”也败得一塌糊涂,溃不成军。

这真是:人在福中不知福,祸到临头方觉醒。

悲！悲！悲！

叹！叹！叹！

一路疾行,待黄昏时分,已到南岭村。

近些日子,由于身体还未完全恢复过来,又加上昼夜连续作战,一整天未吃点东西,已是人困马乏,大家肚子饿得实在是走不动路了。

“司令,咱们经过几昼夜奋战,直到现在也未吃顿饱饭,您看,弟兄们连饿带累,快走不动了,是不是……”

“嗯！”杨云龙想了想问,“这是什么村？”

“南岭村。”

“什么村？”

“这个村叫南岭村呀！”郭祝廷又重复了一遍。

杨云龙仔细琢磨了一会儿,忽的仰起头大声喊道:“不准进村,继续前行！”

祝廷纳闷,本来有意进村歇息一下,怎么突然间又变卦了呢?

掌灯时分,队伍行至张家营这才停下来,打算进村吃点东西再走,杂牌队伍老是改不了土匪的恶性,一进村就传来鸡飞、猪叫、人哭,狗咬等嘈杂声。

从村子的西南角突然又传来叭叭一阵枪响,时而还夹着手榴弹轰轰的爆炸声,紧接着传来机枪的吼叫声。

“冲啊！杀啊！”

“别叫杨云龙跑啦！”

……

喊杀声铺天盖地,此起彼伏。

第二十章

原来是地委作战部长郭振文率领武工队员及时赶到，从村西南角冲杀过来。一朝被蛇咬，十年怕井绳。惊慌失措的杨云龙哪敢恋战，急忙令王天和断后，继先前边开道，其他人护着家眷，继续向高密方向撤退。

天色暗淡，残月正西。

风过潍水，河汊子里的鱼腥味夹着水草的气息一阵阵扑鼻而来。

也许在潍水岸边住习惯了，一种“去去渐知潍水近，好从水底听鸣泉”的眷恋感，从心底下油然而生。杨云龙想想这些年，从潍水平原上拉竿子起家，至今天败得如此狼狈，如此不堪，潍水啊潍水，唉！这真是成也萧何，败也萧何。

“司令，咱们到古县了！”

继先这时来到身边轻轻说了一句，杨云龙只是点点头，没有吱声，他已被陆勇和老六团打得晕头转向，一下子没了脾气。

“古县可有淮沙落雁、韩坝明月……那可是高密古代人的八景啊！”他自言自语，“当初我们曾经在这里打过刘桂堂，一下截获了刘黑七五十多匹马……”

杨云龙所说的刘桂堂，也叫刘黑七，一八九二年出生于山东平邑县铜石镇南锅泉村，一九四三年十一月被击毙。

据说韩复榘曾经调五个师和民团在鲁西南重创刘黑七匪部。刘匪仅余千人，便向韩请求收编，遭拒绝后窜入泰山，准备南下返回蒙山老巢。在官军兜剿下，四月初刘匪仅余的二三百人逃往江苏赣榆县。江苏省主席陈果夫派兵迎击，刘匪搜罗当地土匪至五百余人，回窜胶东时又被沈鸿烈调海军出击，南京政府派飞机助战，刘黑七北逃至高密、诸城、安丘一带，再南下苏鲁边界，率残匪数十天奔逃作战，长发垢面，寝食难安，坐在马上昏昏欲睡。

一九三三年四月二十二日，匪徒在莒县中伏，伤亡殆尽。刘黑七将残众交给手下师长刘怀志，自己只身逃至赣，买船遁往天津隐居。韩复榘倾全力追剿近四十天，仍未获魁首，对刘黑七的公仇私恨刻骨铭心。这年夏天，韩派特别侦探大队的刘耀庭和原刘匪教官徐一龙，暗地里潜往天津行刺刘黑七，刘的脚和嘴都中弹了，四颗门牙皆被击碎，居然命大未死。

一九三四年的《山东民国日报》也刊登，景芝镇驻军前往高密会同杨云龙围剿刘黑七土匪的报道，其大体内容是：

刘桂堂残匪前日窜入五莲山，未久停留，又复窜潍水，原疑奔海口，只因海口海军密布不敢前往。昨日午后至诸城城北之昌城，继续沿潍河岸北进赵家庄，双唐，寨里，王家巴山，李家庄，过潍河至高（高密）诸（诸城）城五十里，景芝镇东南三十里，高密联庄会，杨云龙及附近东注沟和西注沟等处，匪未觉察，入古县后，时出痛击，至八点止，已毙匪六十余人，匪马五十余匹，纷纷溃逃，景芝镇驻有唐邦楠旅之一团，闻警出动，其他及（部队）消灭残匪在即，韩主席原定昨（日）午后东赴督剿，手枪两营乘第一列车先开道后，第二营随韩乘第二列途北去，韩临时中止出发，其手枪旅两列车智开潍县，待莲山窜出沿途军队痛击情形……

如今杨云龙所提到的五十多匹马，打死刘黑七六十多人，就是指《山东民国日报》刊登的大古县对刘黑七一战那件事。

“再往东走就是注沟了吧？”杨云龙问。这会儿又轮着郭祝廷点点头，他瞟一眼杨云龙沮丧的样子，知道人落魄的时候心里都是念旧，又开始想些什么。

“司令，注沟地段可是有‘东村十景’啊！”

杨云龙点点头，思索片刻，接着跟孩子背小九九似的，咏诵道：“曲岸桃花、春溪柳色、涧底松籁、竹林积翠、镜泉涌雪、荷溪晚香、桐阴秋月、疏篱红豆、西崦霜叶、古寺晨钟……”

“对对，据说浓墨宰相刘墉也欣然题诗十首，他在《曲岸桃花》中提到：南亩西畴穑事同，开轩场圃逗春风。东村独有春如锦，千树桃花照水红。”

“好像还有一首，红衣……盖……什么秋来着？”

杨云龙这时随着话悄悄问，祝廷摸了一下自己的额头，用手托着下颌静默了一会儿，回答道：“红衣翠盖锦成秋，一曲明湖忆旧游。今日晚香闲里得，不须重上木兰舟。这好像是在《荷溪晚香》诗中提到的。”

“对对对，就是这首！”说到这里他叹了一口气，“继先啊！你做过先生，也教过书，自然比我这个大老粗知道得多。我还是上私塾的时候，先生教过几句，那时自己还是个孩子，也是一知半解，一知半解呀！”这时他忽然想起了什么，扭头问道，“家里有音信了吗？”

祝廷摇摇头。

“报告司令，还未听到。”一个卫兵插话，如实回答。

他摆了摆手，示意让卫兵走开。

杨云龙唉声叹气，闷闷不乐，是有原因的，也正如他自己所说，自从潍水平原上拉竿子以来，曾枪击薛建秋，火烧南戈庄，诱杀宋焕金，智擒徐小乾，反攻厉文礼，血战于学忠……从无失过手，就是跟日本人打交道，自己也都是占上风，血祭景芝街那一仗，只逃走了一个小鬼子；红石岭一战，小鬼子死伤七八十人；自己还骗过青木，搞到了军火和武器；伏击战中也杀过秋山……双羊镇的杜耀庭如何？那小子依靠日本人的势力称霸一方，可一听到“杨云龙”三个字，吓得闻风丧胆，赶紧外逃……唯独与共产党的解放军作战，竟败得一塌糊涂。

他仰起头长长地叹了一口气，早知当今，何必当初，西山里的人今非昔比啊！此一时彼一时……这时候，一个匪兵急急忙忙跑了过来。

“报告司令，前边又发现了情况！”

“多少人？”

"离得太远,模模糊糊的,看不清楚。"那匪兵又接着道,"看样子好像是从哪里撤下来的队伍!"

杨云龙命令道:"继续侦察!"

"是!"

见士兵转身离去,他拽出盒子枪:"弟兄们,放水的(暗语:逃跑的士兵)过来了,准备干一家伙!"

匪兵们咔嚓咔嚓拉动枪栓,在路边隐蔽起来。过了好大一会儿,还不见动静,他有些不放心,刚欲站起来,那匪兵又从前边跑了过来。

"报告司令,是王金铭营长的人马!"

"快……快把王营长叫来!"

"是!"

卫兵又朝前跑去,时间不长,王金铭哭丧着脸来到他跟前,还没吱声,扑通一声跪倒在地。

"司令,我们败得好惨哇!"说着泣不成声,杨云龙见他如此伤心,也不好恶语攻击,只斥责了几句。

"起来吧,家中情况如何?"

"回司令,今天下午大院被攻破,好在家人全部撤出,无一人伤亡,只是队伍上损失惨重!"

他点点头道:"只要家人无事就好,快,快把队伍集合起来,向高密挺进。"

王金铭点点头,转身急忙朝前边跑去。

一路上人喊马叫,匪兵们拥挤在一条大道上,跟一群无头苍蝇似的顺着潍水东路没有秩序地朝高密奔去,这下可苦了那些老弱病残和徒步行走的士兵,被大队人马远远地甩在后边。

"妈的快点走,再不快走,老子崩了你们!"

一个军官模样的人夹在队伍后面,骂咧咧地督促着,吆喝着,驱赶着。

"快快,司令有话,快向高密挺进……"

"挺进挺进,日他娘的早晚出殡。"这时候,一个吊着胳膊的匪兵走在队伍后边发着牢骚。

“我说老弟，别说那些丧气话好不好？要是让后边那个小子听见，小心扭掉你的脑袋。”

一个上了岁数的老兵这时劝他，谁知那个吊着胳膊的匪兵根本不领情，也不感激。

“咋啦？怕啥？老子就是这个脾气，不就是个死吗？”

“就是，刚刚干完仗，饭都没吃一口，肚子饿得咕噜咕噜直叫唤，又他娘的东进，这不是要咱们的命吗？”一个长条脸的匪兵，这时走在队伍里嘟嘟囔囔插嘴说。

“哎哟俺的亲娘，你看我这条腿，早就迈不动步了。”一个小个子匪兵低声埋怨着，“照这样下去，咱们走不到高密就完蛋了。”

那个埋怨的小个子匪兵突然想起了什么，追上前边的老兵问道：“大叔，小时候俺听爷爷说，高密古代还有个叫什么阴城哩？”

“城阴城！”

“对对，是叫城阴城，俺爷爷的爷爷小时候还去城后挖过宝贝呢！”

老兵嘿嘿一笑，解释道：“真让你说对啦，实话告诉你，俺的老家就住在那里。古代，俺的村子叫稻谷城哩，就是专门给城阴城储存粮食的地方。不过城阴城离俺老家很近，它在田庄村东大约二里地的地方，城阴城西邻潍水，东靠薛家岭，应该说地处潍水平原的中南部……”

老兵正饶有趣味地讲着，这时候长条脸插话说：“我姥姥家就是薛家老庄人，小时候去姥姥家住，西坡地里石人石马有很多，传说城阴城是一座方城，西南东北的长度均约二公里，周长约八公里。现在其遗址上分布着十几个小村子呢！”

“薛家老庄有个薛瑞你知道吗？”老兵问道。长条脸摇摇头，顿了一会儿又补充说：“我只知道有个叫薛谦若的人，还是俺姥爷告诉我的。”

老兵点点头：“薛谦若也叫薛授益，也是薛家老庄人，薛授益是薛瑞的老爹，传说薛授益在平定三藩之乱中屡立战功，历任嘉兴营守备、福建督标左营游击、汀州副将。薛授益因平定福建军功，恩赐骑都尉加一云骑尉世职，其后裔三世承袭封爵。薛授益在漳州战役中，冒矢石体无完肤，炮石由面贯脑后，出血淋甲胄尤力战。听我爷爷说，康熙二十七年奉旨进京引见，康熙皇帝亲自问前后破贼状，且解衣验其创。同年十一月初八日，康熙皇帝至晾膺台视阅军容，命薛授益等人射箭，以示军威。后升潮州总兵，授荣禄大夫（从一品）。曾祖薛介、祖父薛梗、父薛应诰俱赠荣禄大夫，其曾祖母王氏，祖母戚氏、刘氏，母范氏，妻刘、屠氏俱赠一品夫人。”

“你爷爷怎么知道那么多？”小个子匪兵问。

老兵回答：“我爷爷上过私塾，念过好多书，知道的可多了！”

“薛授益后来呢？”

“后来，康熙四十一年七月，薛授益都七十一岁了，后来卒于潮州总兵任上。当时薛授益的长子薛士杰刚刚罢任张家口游击，回到故乡。闻丧匆忙南下广东处理丧事。康熙四十三年，薛士杰扶丧北归，是年山东发生大灾荒，丧事受阻，遂暂时寄柩于滕县。康熙南巡的时候，薛士杰与母亲屠氏迎驾，康熙皇帝垂问良久，康熙皇帝念及薛授益军功，特擢薛士杰侍卫内廷。薛士杰对父亲未能归葬故乡一事念念不忘。听说康熙四十五年，薛士杰陈请归葬其父，康熙已经应允，时值康熙南巡，遂随驾南行，授镇江营参将，因入洋搜海寇尽心，圣心大悦，反正是康熙爷高兴的时候，把他擢湖南辰州副将。在康熙五十四年，薛士杰升任处州镇总兵，加左都督，进阶从一品。康熙五十七年，功成名就的薛士杰将父柩归葬高密故里。”

“薛家好厉害啊！”小个子暗暗赞叹。

“还有更厉害的呢！”老兵说，“薛授益有五子，长子叫薛士杰，四儿子就叫薛瑞，乾隆间任台湾总兵、署都督佥事。父子三人都是总兵，这些故事，俺都是听我爷爷说的哩！”

“不准胡嚓嚓了（方言：不准说话），快往前走！”这时候，后面又传来那个军官的吆喝声。

一阵沉默之后，那位上了岁数的老兵在背后低声咕哝：“依我看，咱们瞅空快溜吧，若跟着他们继续混下去，早晚得把命搭上，弄不好还连累了家人。”

“我看也是。”长条脸又道，“我看司令现在是泥菩萨过河——自身难保喽！照这样混下去，我们早晚也是枪下之鬼，不如趁现在不注意逃走，要是到了高密，咱们都难脱身了！”

那位吊着胳膊的匪兵想了一会儿，然后粗声粗气地对着老兵说道：“好是好，咱们得合计合计。”

“还合计啥？依我看……”老兵瞥了一眼跟在后面的军官，又小声咕哝，“过了刘墉老家的逄戈庄就是倾王家，我记得前边有个十字路口，这地方我熟，咱们就在前边那个十字路口往南跑吧！”

“我看也行……”

长条脸还未说完，背后的军官又开始叫骂：“谁在前边嘟囔？再嘀咕老子一枪崩死你，不准嘟囔了，快给我跑步前进！”

队伍又沉寂下来，只听到刷刷的脚步声。

雨后的胶潍平原上，秋风阵阵，凉气袭人。

杨云龙坐在马背上，迎着从潍水河汊子吹过来的凉风，身体一阵哆嗦，打了一个寒战，卫兵赶紧脱下自己的衣服给他披上，杨云龙身上才感觉暖和了许多。

正在这时，身后忽然传来一阵嘈杂声，接着听到有人喊：“站住站住，再跑老子就要开枪了。”喊声未落，哒哒哒，一梭子子弹扫过去，划破了静寂的夜空。

杨云龙骑在马背上，背后突然传来刺耳的机枪声，如同惊弓之鸟，大声吆喝：“谁开的枪？”

“报告司令，有几个人开小差，被王营长当场击毙！”

一听有人开小差，他勃然大怒：“告诉王营长，若发现逃兵，就地正法，格杀勿论！”

“是!”

卫兵转身朝队伍后边跑去，直至身影消失在视线之外，杨云龙才回过头来，习惯性地把手一挥，继续朝高密方向行进。

冬去春来，一年飞过。

杨云龙盘踞在胶济线上，苦心经营的堡垒被我滨海部队横扫干净，混战中只好带着少量的匪兵逃往青岛，后来被国民党授予青岛警备司令部少将高参。

郭祝廷自县城被攻克后，与杨云龙率部连夜逃至高密，连惊带吓，整日里提心吊胆，不久，旧病复发。随之，脱离了杨部，与家人一起去了青岛治病疗伤。

时至一九四六年九月九日，淮安县刚刚成立不久，又建立了渠河区，工作队孙玉堂部长利用夜色掩护，召集中岭武工队指导员王炳烈、通讯员付汝太、村干部范锡荣、郭本荣等人开会。会议主题是传达上级指示精神，主要讲各个解放区取得的胜利，蒋家王朝很快会灭亡，当前斗争形势很严峻，指出村干部在敌后工作中出现的问题，暴露出麻痹大意的轻敌思想，并在会议上布置今后的工作任务。

落马口村干部郭某人，平时工作积极主动，和蔼可亲，积极拥护共产党，暗地里却因土地改革，自己的利益受损失，背后勾结土匪，和还乡团与人民为敌。待会议结束后，已是深夜十一点多了，孙玉堂部长和村干部匆匆吃完饭各自睡下。郭秘密联络还乡团，利用大家深夜熟睡之际，去秘密逮捕区工作队孙玉堂部长，区武工队指导员王炳烈，通讯员付汝太等人。

当时孙入睡但未脱衣，熟睡中突然被撞门声惊醒，他一个翻身滚到炕前里，急忙从身上掏枪还击……激战中，王炳烈当场牺牲，孙玉堂、付汝太等人被押至高密县城西阚家镇官塘村东给活埋了。

在这次血洗过程中，范锡荣多亏自己的老婆掩护幸运逃脱。当天夜里向区武工队队长报信，待区武工队长率队员们赶到时，还乡团一行人早已经逃走。

这就是当地著名的“九九事件”，也叫“落马口惨案”。

九九惨案发生后，郭继先手下的还乡团成员偷偷跑到青岛，向郭祝廷(此时他正在青岛治病)显摆并邀功，师长听后气得当场破口大骂：“兔子还不吃窝边草，落马口你们几个从此回不去了……”

一九五一年至一九五二年，在“镇反运动”中，还乡团成员一行四人在落马口围子墙南大门被政府执行枪决。

一九四七年郭祝廷病逝于青岛。

同年秋，棺木运至高密以西(今蔡站一带)，有人飞报景芝一带已被鲁中纵队和滨海十三团解放，护灵车队不能运至落马口下葬，于是车队掉头转至高密单家营(第三任妻子娘家，当时单家是高密大户人家)，棺木匆匆葬在一个小土岭子上。

杨云龙倒台后，一直在青岛蛰居的劲敌瞅他一垮台，见报仇时机已到，齐聚青岛警备司令部小客厅，贿赂当局，联合控告杨云龙十大罪状，欲以叛国罪置他于死地。

小客厅内，灯光暗淡，如同控告人的心情一样，只有二十五瓦的灯泡不知疲倦，把一束束幽暗的光线发泄到每个人脸上。曹克明三人正在嘀咕，门外忽然传来一声：“丁司令到！”

一听警备司令来了，仨人赶紧从沙发上站起来恭候迎接。

门慢慢地被推开，随之从外边进来一人，只见他——

高额头，胖圆脸，
两道剑眉向后翻。
说话吼声如雷鼓，
络腮胡须乱动弹。
走路迈步一阵风，
左右看人珠不转。

人送绰号黑钟馗，
青岛警备司令官。

曹克明仨人一听丁司令来了，急忙从沙发上站起来，收腹挺胸，一个个毕恭毕敬地立正站好。

“卑人恭候多时，承蒙丁司令垂见。”

曹克明见赵季勋上前搭话，自己也不敢怠慢：“对对对，我们已恭候多时了。丁司令日理万机，承蒙召见，实乃三生有幸，三生有幸啊！”说着深深鞠了一躬。见三人如此客气，丁司令把手轻轻一挥，示意不须如此礼节。

“哪里，哪里！”说着一点头，手一伸，表示请三人坐下说话，“诸位，非常时期无须客气，有话直讲。”

三人暗喜，周毓英坐在沙发上，首先打破僵局，冲对面斜靠在沙发上的丁司令道：“丁司令，杨云龙已逮捕数日，依卑职之见，理应尽早铲除，以免夜长梦多，放虎归山啊！”

“老兄此言差矣！”他看了众人一眼，解释道，“杨云龙今乃少将高参，不是一般的人物，须呈王耀武主席审批才好，没他的手谕，卑职也无能为力呀！”

丁司令这个人平时喜怒哀乐不表现在脸上，其实心里也有自己的小九九，自杨云龙出任警备司令部上将高参一职，视杨为政敌，暗地里也想找借口除掉他，但一时又找不到合适的把柄，因此也无法动手。而杨云龙谨小慎微，千方百计地不让他抓到自己的把柄，待时机成熟后也想翻盘子，可见平时二人各怀心志，貌合心不合。

却说机会终于等来了，那就是曹克明和赵季勋联合上诉，周毓英也签上了自己的名字，控告杨云龙贿赂当局、叛国投敌等，被丁秘密逮捕下狱。今天三位劲敌又联合出手，督促丁快快动手，以防沈鸿烈那些人知晓，放虎归山，那就杀不得了，又要危害一方。

丁司令见仨人急得像热锅上的蚂蚁，故意表现出若无其事、悠然自得的样子。

曹克明见他不急不躁地卖着关子，心里早已明白他的意思，于是冲他一抱拳微微一笑："司令，我和杨云龙同是乡党，他的所作所为最清楚，其实不用我说大家也都知道，相信您也有所耳闻吧！"他看了丁司令一眼，见他有所沉思，又接着道，"司令，您现在好心收留，但他可是猛虎啊，是不可救的东西！说不定有朝一日会反咬您一口，到那时您后悔也……"

曹克明没有把话说到底，其意丁心里自然也明白，那是擒虎容易纵虎难啊！几句话直戳他的心窝子，点到了要害之处，再看丁的脸色，由黄变青，又青变紫，嘴角微微一动，刚要发怒……谁料想他却突然哈哈一笑，转怒为喜，其他人不明白他的用意，也就不好插嘴多言了。

"诸位，我知道你们和杨云龙有过节，恨不得立刻把他碎尸万段，但咱也不能落井下石，乘人之危吧！倘若上面怪罪下来，我……我可担当不起啊！"

说完他又半躺在沙发里，周毓英见他如此推诿，于是又生一计，从沙发里慢慢站起来，上前冲半躺在沙发里的丁司令说："丁司令说得是，杨云龙那贼确实不易除掉，他前有少将高参等头衔要职，后有沈主席他们作后盾，谁敢在太岁头上动土？那可是掉脑袋的事情啊！"说到这里，他故意提高了嗓门，"再说杨云龙，那是人中猛虎，又是反复无常的小人，倘若司令您处理不当，也会招来杀身之祸呀！不敢杀！绝对不敢杀！也不能杀！"他把头摇得跟货郎鼓似的，又继续道，"依卑职之见，应把他放出来，以酒肉好好侍候，再提拔他当高官，委以兵权，方可……"

丁司令抬头一阵狂笑，那笑声跟饿狼扑来一般，令在座的毛骨悚然，忽然，笑声戛然而止……

"丁司令，您就别绕圈子了，有什么话，请直说吧！"

这时周向赵季勋使了一个眼色，赵会意，急忙把身后的公文包打开，从里面摸出一个红绸缎小包轻轻放在桌面上，然后动手一层层打开，呵！一、二、三、四……整整十二根黄灿灿的金条，摆在丁司令面前。

"丁司令请过目！"

看见“大黄鱼”，丁睁大了眼睛，这时也正坐起来，对着桌面的金条，又嘿嘿一笑，不动声色地问：“杨云龙的头，就值这几个钱？”

“只要司令快快动手，事成之后，我们愿意再付二倍的价钱，您看如何？”

赵的话音未落，周毓英急忙站起来对丁司令说道：“是呀！只要丁司令快快决断，我们再付二倍的价钱，不！是三倍！您看如何？”

丁点点头，心里自然十分高兴，于是连夜行动，一一列举杨云龙的十大罪状，呈报给时任山东省主席的王耀武。

王耀武收到杨云龙的十大罪状，细阅之后勃然大怒，挥毫当日亲手批复。

丁司令：

呈文收悉，经反复琢磨，认为处决杨云龙一案，应拍手叫绝，百姓称快。此人自起事以来，为非作歹，叛国求荣，身居要职却不为众人垂范，反而临阵脱逃，视党规国法为儿戏，不堪重用，理应处决。

将军坐镇青岛，能为党国利益着想，实为可贵，故予以批准，就地正法，格杀勿论！

山东省主席　王耀武

民国三十六年二月十日

青岛警备司令官丁治磐收到山东省主席王耀武的电文后，一气阅完，心中暗喜，立即通知周毓英等三人。

工夫不长，三人驱车急匆匆赶到警备司令部，丁司令满面春风，向三位同僚传达了王主席的批复，周毓英与赵季勋二人兴奋异常，唯独曹克明站在一旁不语，只见他——

剑眉两道微微颤，

一旁冷笑不上脸。

胸藏万兵真英雄，
自古凉台出好汉。

于是出现了开头的一幕，杨云龙被押至刑场后，嘴里还是大喊大叫，骂声不绝，一个士兵这时跑上去朝他的膝盖猛踹一脚，强迫他跪在地上，他仍然想挣扎着站起来，忽听叭一声枪响，结束了杨云龙罪恶的一生，时年四十四岁。

后来有人赋诗一首嘲讽曰：

云龙血溅青石城，
一代枭雄命归天。
唯愿来世重抖擞，
可叹世间无烽烟。

杨云龙被枪毙后不久，一辆乌黑铮亮的小汽车由远而近，缓缓开到青岛警备司令部大楼门前，车子还未停稳，车门就被打开了，从车上下来一位二十五六岁的青年男子。丁司令抬头望去，只见乌黑的头发擦得油亮，入时的西装笔挺，鲜红的领带衬着洁白的内衣，显得更加夺目鲜艳，脚上穿着一双铮明瓦亮的尖头时髦皮鞋，走起来咯噔咯噔直响，但脸色有些黄，眼内布满血丝，看上去好像已有几夜没合眼。

“哎哟喂沈公子。”

丁司令率众人站在大楼台阶上，一眼认出来者正是浙江省主席沈鸿烈的二公子沈剑秋，众人赶忙迎上去。

“沈公子光临，使我们倍感荣幸。”

“岂敢岂敢，小侄此行，是受家父委托，还望丁司令对杨云龙网开一面！”

丁治磐一听，面露难色：“这……这……”支支吾吾说了半天，最后冲他一抱拳，愧歉道，“沈公子来迟一步，本人已奉王耀武主席之命，刚刚把杨云龙就地正法了。”

“什么？”沈公子睁大眼睛，以为自己听错了，急忙追问，“杨云龙已被……”

丁治磐点点头，又抱歉道：“公子来迟一步，刚刚被枪决！”

“笑话，天大的笑话，一位‘抗日英雄’，一个被授过‘青天白日勋章’的人，就这么被枪杀了？岂有此理！真是岂有此理！”他一甩手，头也不回地朝自己的车子走去，一把拽开车门，扭头朝丁治磐扔下一封书信，不冷不热地丢下一句，“丁司令，我来迟一步，你可要后悔一辈子。”

沈公子一跺脚，砰一声把车门带上，连句客气话也没说，朝远处开走了。

“妈的，有啥神气的？”他见沈公子甩脸离开，生气地骂了一句。

“司令，书信！”赵季勋急忙上前弯腰捡起地上的书信，小心翼翼地打开，看过之后吓得面如黄土，赶忙递给眼前的丁司令。

“不看！”

“是老头子的手谕。”

“谁的？”

“是蒋委员长写给王主席的！”

丁司令一听是老蒋来的信件，哪敢怠慢，赶紧接过来细阅。

耀武将军：

从沈鸿烈处获悉，青岛警备司令丁治磐近日即将处决杨云龙一事，极为不妥，眼下国军欲长驱直入，全歼共匪。青岛地处前沿，更需效忠党国之士……故予以释放之！

中正

民国三十六年二月十一日

原来曹克明等人草拟了杨云龙的十大罪状，连夜电告山东省主席王耀武，谁料想王耀武手下的电译员是王金铭的一个亲信，杨云龙战败后，独自逃往青岛出任少将高参，而王金铭则率部投靠了吴化文，时任王耀武麾下的少校团长，正驻守济南机场。

亲信译员收至杨云龙十大罪状后，暗地里通知了王金铭，让他想方设法营救，王自知孤掌难鸣，于是想到了浙江省主席沈鸿烈。

沈接到电文后，救人心切，连夜向王耀武求情，哪知王推诿，不给面子，一气之下，乘飞机抵达南京面蒋，告之详情……这才引出“沈公子奉命齐鲁行”的救杨之举，而丁治磐他们全蒙在鼓里，他哪知道这里面的事情呢？

看完老蒋手谕后，丁治磐觉得天摇地转，一个踉跄差点摔倒，幸亏众人急忙上前扶住，丁司令自觉责任重大，急忙乘专车奔济南王耀武官邸而去。

不久后，山东大地上传来轰轰隆隆的炮声，中国人民解放军对济南府发起了进攻，那隆隆的枪炮声，如同三月里的春雷，在齐鲁大地上激荡回响。

1996.8 初稿
1997.9 第二稿
1998.6 第三稿
2021.11 第四稿

后 记

窗外，玄月隐退，残星暗淡。

室内，灯光生辉，彻夜未眠。

乡村的夏夜是迷人的，静寂的天空，繁星闪烁，偶尔一两颗流星从头顶上悄悄划过。嘈杂的大街上，谷场上，胡同头，芙蓉树下……三个一撮，五个一堆，坐满乘凉的人群，其中总有那么几位胡须飘逸的长者，饶有兴趣地讲述着自己过去的见闻、遭遇、经历……在这种背景下，笔者根据一些耄耋老人的沧桑记忆，结合潍水遗址，史迹评说，乡间趣闻，民间文化，世事烟火，传奇故事，以及民间传说，稍微加工，创作了这部长篇小说。

至于小说人物，可能有的人喜，有的人悲，有的人喜了又悲，有的人悲了又喜，半生喜乐，半世苍凉。其实，他们都跟世人一样忙忙碌碌一辈子，到头才发现抢来抢去，争来争去，来回厮杀至最后，有些东西根本就没有必要……胡同里的四老爷后来也感慨：人生本来就是一场修行，苦就苦，难就难，贪念过多，欲念过盛，背负的东西也就越多。当一个个深陷欲望的陷阱不能自拔时，识时务者为俊杰，不妨减轻身上的行囊转身，让华丽的人生落下帷幕，也可以延续人生的华章。只可惜有些人就是听不进去，自己酿下的苦果子，最后还是被自己吃下去，方才导致了人间悲剧。

在创作过程中，作者秉笔叙史，力求以历史事实为依据，尽量保持故事的紧凑性和原创性，直抒胸臆，以诗文与民间大众化的口味，俗雅兼备，让各层次的人群赏心悦目，阅读原汁原味的传奇故事。当然书中的地名、人名，还有少量的故事情节，笔者都进行了艺术加工。

书稿在即将完成之际，景芝薛文凯(曹克明的营长)从台湾回来探亲提起，曹克明随国民党部队去了台湾，后升为国军副参谋长，据说他的儿子还做过台北市的警察局副局长。若真如他言，笔者真心希望他们以民族大业为重，为海峡两岸多做点有益的事情，以传后世，万古流芳。

余本布衣，世代躬耕峡山湖上游的凉台平原上，祖上匮乏，无大业可继承，唯读数载诗书，视若珍宝。谁知光阴似箭，如同白驹过隙，恍然间，又似飞梭穿行，自觉身上的稚气尚未散尽，一晃接近六十个春秋眨眼而过。拾拣人生的记忆，多亏朋友和亲人们相助，以及社会的关爱与呵护，自己的人生之路方才有了一点精彩。小说在编辑出版过程中，有幸得到了张金智、陈汝孝、韩钟亮、张龙江、王建军、田立宝、韩相福、梁俊亮、闫翼翔、刘福康、曹成、李海涛、张湫耳、赵志友、庞瑞贞、黄浩、李成武、丁少玉、张伟、黄鑫、管慧、曹耀华、李家亮、张海滨、梁玉国、王畔政、梁国庆、李琦年、孙姝源、毛玉东、王坤、王权、田绍村、田绍旭、辛如杰老总以及“潍水七友”等人(排名不分先后)的大力支持，除了再次表达感谢之外，还会有什么呢?

2021.12.10 于城子学校